马克思主义美学思想研究丛书

Between the Tradition and Reality

the Research on the Ancient Literary Theory from the Perspective of Sinicization of Marxist Theory of Literature and Art

在传统与现实之间

马克思主义文艺理论中国化视域下的
古代文论研究

顾文豪 著

上海交通大学出版社
SHANGHAI JIAO TONG UNIVERSITY PRESS

内容提要

    本书从全面和深入的角度，对中国古代文论研究借鉴了马克思主义文艺理论的得失成败做了一定程度的梳理和评价，并给出对中国古代文论的衍变生成的一种解释，不仅是对中国古代文论在马克思主义领域的探寻，更为日后的研究提供一个更完整的观照视野。

图书在版编目（C I P）数据

在传统与现实之间：马克思主义文艺理论中国化视域下的古代
文论研究 / 顾文豪著. —上海：上海交通大学出版社，2017
ISBN 978 - 7 - 313 - 15226 - 8

Ⅰ.①在…　Ⅱ.①顾…　Ⅲ.①中国文学-古代文论-研究
Ⅳ.①I206.2

中国版本图书馆 CIP 数据核字（2016）第 140628 号

在传统与现实之间——马克思主义文艺理论中国化视域下的古代文论研究

著　　者：顾文豪

出版发行：上海交通大学出版社　　　　　地　　址：上海市番禺路 951 号
邮政编码：200030　　　　　　　　　　电　　话：021 - 64071208
出 版 人：谈　毅
印　　刷：上海景条印刷有限公司　　　　经　　销：全国新华书店
开　　本：710mm×1000mm　1/16　　印　　张：13.5
字　　数：245 千字
版　　次：2017 年 11 月第 1 版　　　　　印　　次：2017 年 11 月第 1 次印刷
书　　号：ISBN 978 - 7 - 313 - 15226 - 8/I
定　　价：58.00 元

目　录

导论：
立足现实，扎根传统

一

晚清著名文学刊物《小说林》创办人之一，编辑家、翻译家、小说家徐念慈，以笔名"东海觉我"撰写了一部科幻小说《新法螺先生谭》。是书主人公法螺先生擅吹法螺，尤具科学精神，致力于打破陈规陋矩，不欲局限于诸家之说，而为一"学界之奴"。为此他殚精竭虑，苦思冥想，终致"脑筋紊乱，忘其所以"。灵智闭塞之时，忽一日他得神秘力量之助，竟能飞升上空，直攀三十六万尺之高山。而在狂飙突进的天宇驰骋之际，法螺先生亦灵、肉两分，各自飘荡——肉身坠落至地心，灵魂却莫名幻化为"不可思议之发光原动力"，其光亮较之太阳亦要强万倍。

熠熠生辉的法螺先生御风而行，经天纬地，雄壮瑰奇，不可一世。当其途经欧美，光耀立刻引起科学界的震惊，众人纷纷嗟叹问询。而当法螺先生归返本邦，期待华夏子民同样有所震动时，等待他的却是国人的昏昧不醒——时值正午，全中国的人民正南窗高卧，鼾声阵阵呢！光亮抵过烈阳万倍的法螺先生绝对想不到自己的刺眼光芒，竟然根本掀不开国人昏沉惺忪的睡眼，而少数醒着的也不过是另一种"昏睡"——耽溺于阿芙蓉的袅袅烟云之中。

灵魂的光射不进中国人的心，那肉身之旅又是何等光景呢？

原来法螺先生的肉身躯壳跌落地心，最终掉在一老者的睡炕之上。老者并非凡夫俗子，实乃九千余岁的黄中祖。在他的带领下，法螺先生有幸进行了另一番诡异的地底之旅。在"外观室"的地球穹形天幕前，法螺先生只见天幕上的中国乌烟瘴气，随处可见吸食鸦片的国人，体质羸弱，萧索不堪。"内观镜室"更是奇景连连，室内陈列着各色瓶子，以此窥见各国人的"气质"。而中国人的"气质"中堪称优良者，百不得一，充斥烟毒吗啡者，则近七成，至于愚蠢、贪婪、迷信者，更是每不乏见。

由此,黄中祖喟然叹曰:"余与君现皆未睡,不知我子孙此时宵梦方酣也。余老矣,发音不亮,惜无人代余唤醒之耳。"①

徐念慈笔下的法螺先生对于科学的念兹在兹,诚然在在透出晚清知识分子对于西方器物之学的暧昧之感,既充满好奇惊叹,又不乏畏惧惶惑,但我以为此篇小说更其具体地呈现了自晚清开始的大变动时代下的文化语境,以及知识分子对于时代嬗变的复杂心绪。

显然,法螺先生的闭门苦思,或可理解为中国传统儒家格物致知的思考方式的体现,但究其愁苦的根由,则不妨说是对于时代变动中固有的知识资源乃至文化传统的有效性与合法性的暗自怀疑。而当其灵肉分离,各自展开一段荒怪之旅时,更其吊诡分裂的内在景观也随之出现。灵魂因获致伟力而射放光芒,周游世界甚至星际奇航,观看到了大千世界最新奇有趣的科技剧情,但肉身却须洞见国人的诸般猥琐颓唐,换言之,灵魂或可凭借超自然的力量遨游太虚,肉身却不能须臾逃离现实的宰制。不妨再进一解,西方物质科学的昌明发达已使知识分子之"魂"莫名触动,甚至获致了某种超越体验,但他们的"身"不得已仍旧陷在本土势力的泥潭之中。以声、光、热、力为象征的现代化进程确乎叩响了中国的大门,少数以黄中祖、法螺先生为象征的知识分子亦猛然惊觉,但国门内的大多数人一如鲁迅的"铁屋子"之喻,兀自昏睡不已。徐念慈凭借离奇的科幻故事书写出知识分子面对中国现代性开启阶段的最初的剧情与心情——时代的变动已然到来,西方的现代化力量在在可见,时势因应更是刻不容缓,可是仅凭"光之源",而欠缺"声之原",并不足以唤醒国民,唤醒中国。

是的,唤醒国民,唤醒中国,因为时移世易,更因为兵临城下,不容人不改弦更张,亟思良策。自晚清以降,尤其是 1894 年的甲午战败,中国传统的文化观念与价值典范在西方船坚炮利的进击入侵下,轰然崩塌,不敷应对事变与世变。在中西文明的巨大差距面前,所谓"超稳定结构"②的固有价值系统暴露出种种缺陷,传统的权威性与合法性遭到前所未有的质疑与诘问。而随着辛亥革命的爆发,绵延数千年之久的传统帝制一朝终结,同体依附的价值体系至此亦寿终正寝,全盘解体。政治秩序的瓦解,往往牵连到文化秩序的断裂,最终从政治制度、思想观念乃至日常生活等各方面造成深刻的价值典范的转移,"天不变道亦不变"的传统观念宣告破产,取而代之的则是对于"变者天道也"的公理信奉,求新求变成为彼时知识分子的

---

① 关于徐念慈《新法螺先生谭》的解读,可参考王德威:《涌乱的视野——科幻奇谭》,《被压抑的现代性》第五章,北京大学出版社 2005 年版,第 335—341 页。

② 关于中国文化的"超稳定结构"的研究,可参考金观涛、刘青峰合著的《兴盛与危机》、《开放中的变迁》以及《中国现代思想的起源》等三部著作,法律出版社 2011 年版。

共同价值取向，而中国固有的知识、思想与文化信仰确乎已经无法提供给人们完足的价值资源，也无力进行有效的自我更新。

外部世界的山雨欲来，势必催生变革更易的时代需求。事实上，我们不必细说从头，晚清以降的求变之声仍旧言犹在耳。龚自珍疾言"法无不改，势无不积，事例无不变迁，风气无不移易"①，隐然成为那个时代的叛逆之音；冯桂芬甘冒天下之大不韪，认为"法苟不善，虽古先吾斥之；法苟善，虽蛮貊吾师之"②，一改唯我独尊的中国式自大，开始正视西方的优越先进；康有为更明确表示"能变则全，不变则亡；全变则强，小变则亡"③，将变革程度与国家存亡径相等价；而一生善变的梁启超在二十世纪开始的头一年即指出，这是一个充满变数的"过渡时代"，此前的数千年中国都处于"停顿时代"。在这变动不居的"过渡时代"里，不独政治上要造成"新政体"，学问上要酿成"新学界"，社会理想风俗上也要形成"新道德"。④　急切更新传统的殷殷求变之声，显然已成为自晚清开始的中国知识分子的共同诉求。而当这一价值诉求日渐流播滋蔓，最终成为中国社会的群体意识，那么中国固有的思想、制度和知识谱系也就随之发生根本性的转变。

大抵来说，这种转变在思想学术领域内有如下几大表现：

首先是价值取向与文化认同上的转变。当中国开始从"天下"走向"世界"，发现自己并非世界的中心，尤其是面对西方物质文明的强大时，最先感受到的是文化自尊心的失落。在对西方爱恨交织的复杂情意结中，一方面中国人对于西方的入侵凛然含怒，另一方面也对以西方国家为代表的现代世界饱含向往，由此形成对于西方文化价值观念的暧昧之情。但不论是视而不见的一味排拒还是改换门庭的渐趋迎合，一个本质性的变化在于，传统的以儒家为代表的社会文化价值取向受到了巨大冲击，几至解体。当然我们不能说中国传统文化观念的影响力消失殆尽，但较之此前，则确实面临着纲常解纽、王道不再的尴尬局面。在这样的思想转型的时代背景下，以儒家为主要核心的传统学术文化经典也就很难具有不证自明的合法性。尤其是随着科举制度的废除，现代学术建制的日益完善，传统的经学霸权被消解，儒学传统及其所彰表的价值观亦一并脱弃冠冕，逐步转型成中性的学术形态。与此形成鲜明对比，西方的文化价值观念日益渗透进来，虽然知识分子们尚未全盘西化，并且试图将西方学说置于中国传统思想脉络中加以把握，但至少自此开始，西方文化价值观念被逐步移植到中国知识分子的思维中，成为他们用以推动中国社

---

①　龚自珍：《上大学士书》，《定庵文集补编》卷二。
②　冯桂芬：《收贫民议》，《校邠庐抗议》卷上。
③　康有为：《应诏统筹全局折》，《康有为政论集》（上），中华书局1981年版，第211页。
④　梁启超：《过渡时代论》，《饮冰室合集·文集之六》，中华书局1989年版，第27—30页。

会在政治、学术、文化以及生活方式等各方面现代性进程的重要的价值典范。

其次是知识阶层的现代转型。如果说 1894 年之后的中国遭逢了三千年未有之大变局，那这变局中的变局或是 1905 年的废除科举，此举从根本上改变了中国知识分子的身份构成，促成了现代知识阶层的形成。陈独秀一针见血地指出："旧文学、旧政治、旧伦理本是一家眷属，固不得去此而取彼。"①夏曾佑则更其深透地点出废科举对于中国社会造成的深刻影响："社会行科举之法千有余年，其他之事，无不与科举相连。今一举而废之，则社会必有大不便之缘。"②大体言之，废除科举彻底破坏了中国传统的政治选拔模式，并且瓦解了中国传统社会结构，使得此前一心学而优则仕的读书人无法循此作升阶之谋，与政治权力中心渐趋疏远。仕途中断的读书人因此开始与初步兴起的报章媒介、现代学校或是社会组织相联系，转而通过这些社会媒介继续发挥政治文化影响力，以此传播现代思想，推进社会变革。政治上的日益边缘，社会身份上的游离无根③，与借助现代传媒获得的巨大影响力，使得传统士人从庙堂转型为奔走在江湖之间的现代知识分子，由此造成其思想往往在文化守成主义与激进反传统主义之间徘徊折返，而这也为日后中国思想进程中各种二元对立模式埋下伏笔。

其三则是传统知识制度的改变。学术思想的生产是不同时代下不同知识制度的产物。当整体社会文化的价值取向与知识阶层的身份认同方式都发生本质改变，那么作为学术政治在知识领域的结果，关系到知识生产与传播方式的知识制度自然也须随时而变。约略言之，中国传统的知识制度与科举制关联紧密，知识生产很大程度上是为谋位曳名，缺乏足够的学术自由和独立的价值标准，每与权力系统遥相呼应。晚清维新运动之后，现代传播媒介日益发达，报章杂志激增，现代出版事业亦蓬勃兴起，言论公共领域开始出现，加以借鉴西方学术体制的新式学校多有创建，终于造成了传统知识制度的现代转型，由此也拓展了新知识与新思想的传播渠道，为现代知识制度的确立奠定了基础。

由是观之，无论是基于西方物质文明的大举入侵，还是中国本土社会政治文化系统的信用破产，无论是西方文化思想价值观念的主动移植，还是知识分子为因应时局而被动的弃绝传统，无论是西来刺激下的现代政治文化论域的出现，还是中国内部政治文化系统的自我调整，要之求变思进已然成为时代进程的价值主线，甚至时至今日，我们仍旧不能免却这一时代主题，仍旧在谋求通过诸种变革不断应和/

---

① 陈独秀：《答易宗夔》，任建树编，《陈独秀著作选》第一卷，上海人民出版社 2009 年版，第 438 页。
② 夏曾佑：《论废科举后补救之法》，《东方杂志》，1905 年第 11 期。
③ 关于中国知识分子在近代历史中发生的身份变化以及由此带来的思想观念的迁变，可参考余英时：《中国知识分子的边缘化》，收录氏著《中国文化与现代变迁》，三民书局 1992 年版。

迎合现代性进程。因此,唯有充分认识到晚清之后的时代变局,以及求新求变、寻求富强的时代意识对于社会各个方面造成的深远影响,才有可能使我们透过历史的烟云去拨见更多历史的全相与初颜。

二

如果说西潮冲击下的中国社会在各个领域发生的剧烈而频繁的变动,是知识分子所必须正面应对的"现实"问题,那么对于中国文化传统以及基于其上的知识资源的解构与重构,则不妨视为是对晚清以降的严峻的中国现实与现实中国的一系列"回应"。正如马克思、恩格斯在《共产党宣言》中对现代性进程中的社会变化所作出的精确而充分的描述:"一切固定的僵化的关系以及与之相适应的素被尊崇的观念和见解都被消除了,一切新形成的关系等不到固定下来就陈旧了。一切等级的和固定的东西都烟消云散了,一切神圣的东西都被亵渎了。人们终于不得不用冷静的眼光来看他们的生活地位、他们的相互关系。"①自兹而后,中国文化传统中那些"素被尊崇的观念和见解"也濒临被消除的境地,突破了伦理中心主义的知识分子们迫切希望"一切等级的和固定的东西"烟消云散,原先那些看似"神圣的东西"都将被以现代和进步之名进行"亵渎"。

但"打破"和"亵渎"并不能成为中国现代性进程的万宝全书。诚如林毓生正确指出的,中国新知识分子企图"藉思想文化以解决社会根本问题"的思想方式使得他们认为传统不过是一件可以全然抛弃的过时衣衫,但人总要穿衣蔽体,于是他们越是对传统这件"破衣烂衫"诟病詈骂,也就愈加渴望能用符合时代现实要求的意识形态来织就一件全新的外套。②就如1919年12月陈独秀在《新青年》的《本志宣言》中宣称的那样:"我们想求社会进化,不得不打破'天经地义'、'自古如斯'的成见;决计一面抛弃此等旧观念,一面综合前代贤哲、当代贤哲和我们自己所想的,创造政治上、道德上、经济上的新观念,树立新时代的精神,适应新社会的环境。"③旧秩序一夕崩塌,知识分子不仅决心要抛弃旧观念,打倒旧偶像,他们所面临的更迫切的任务是主动因应世变,从政治、学术、文化与社会风俗等各方面造成新典范。换言之,回应现实的一大途径即不仅在打破传统,更在于透过与现实语境的若合符节来再造传统,因为"新思潮的优点就恰恰在于我们不想教条式地预料未来,而只

---

① 《马克思恩格斯选集》第一卷,人民出版社2012年版,第403—404页。
② 林毓生:《中国意识的危机——"五四"时期激烈的反传统主义》(增订再版本),穆善培译,贵州人民出版社1988年版。
③ 陈独秀:《本志宣言》,《陈独秀著作选》第二卷,第40页。

是希望在批判旧世界中发现新世界"①。

作为整体的中国文化传统的解构与重构是一个大哉问,非本书所能详加讨论。但如果我们认同文学曾经是并且依然是文化传统中的一大核心部分,"继承了沉重的伦理、意识形态乃至政治的任务"②,那么我们就有理由在某种意义上将文学以及文学的历史发展进程的重塑视为是对于整体的文化传统的重构的一种具体表现。换言之,作为一项现代发明,文学始终被刻写在特定的历史传统与文化制度之中,因此我们有可能透过文学传统的演变与建构一窥整体社会政治文化制度以及价值观念的变迁。

需要特别说明的是,强调文学与所在时代意识形态的紧密关系,并非意在否认文学本身的自律性。众所周知,文学始终存有一个二律背反,亦即它或与社会同声相应,也可能大唱反调,或追随时代变动,也有可能凝定不动,抑或成其先导。但这种相对主义并不妨碍我们从时代演变的视域中去发见文学传统的解构与重构,甚至恰恰因为这种不可名状的纷繁多变,才有可能让我们真正憬悟时代的善变与嬗变,文学的发生与发展亦非按部就班。

本书的议题是基于马克思主义理论中国化视域下对古代文论研究加以考察,虽然古代文论这一学术领域看似与现代并无太大关系,但事实上,作为古代"诗文评"传统的现代学术身份,其学科合法性仍然是因为"现代性"问题深刻地介入其中。质言之,古代文论研究所讨论观照的对象乃中国数千年积累而成的关于文学创作与文学认知的一系列精思卓见,就其客观的发生时间而言,确乎年湮代远,但古代文论研究真正区别于"诗文评"的一大特质,即是因着现代性的介入,其对古人的文学思考每能以新眼观旧书,时刻以现代知识公义去复核、检视、开显甚或规训古人的文学批评。

因此,与其他那些在中国现代性进程中创设出来的现代学科一样,古代文论研究同样不可能避免与中国的现代化历史以及现代性经验发生关系。正如刘禾将"五四"以来所形成的"现代文学"定义为一种"民族国家文学",认为这一文学的发展正"与中国进入现代民族国家的过程刚好同步",是"民族国家的产物",也是"民族国家生产主导意识形态的重要基地"。③ 如果我们以刘禾的观点来观察古代文论研究学科的发生发展过程,那么将发现古代文论研究同样或可说是"民族国家的产物",与自晚清开始的一连串中国现代社会的政治、文化、思想的变动进程遥相呼应。强调此点,并非意在贬低古代诗文评传统的落伍过时——事实上,对于古典文

---

① 《马克思恩格斯全集》第一卷,人民出版社 1956 年版,第 416 页。
② (英)特里·伊格尔顿:《文化的观念》,南京大学出版社 2006 年版,第 33 页。
③ 刘禾:《语际书写——现代思想史写作批判纲要》,上海三联书店 1999 年版,第 191 页。

学认知的具体抉发，我们很可能反倒逊于古人——而是希望提请诸位注意古代文论研究学科的现代转型同样在现代中国的历史经验中不曾缺席，它同样需要对自晚清以来的历史语境中迭相而来的诸般"现实"问题作出自己的"回应"。而这一学科从教育制度的变化、知识谱系的建构乃至价值典范的确立等一系列转型步骤，毋宁也是现代中国国族建构与文化建构的花开一枝。遑论按照福柯的说法，学科本身就是权力"规训"的产物，学科合法性的确立以及自身体制的营构，在在都须依凭国家权威与制度性实践。

因此，如果我们认同古代文论研究学科与现代中国的现代性进程关涉密切，也就能理解这一学科的现代转型不可避免地会与整体时代的现实问题彼此勾连，而其趋向现代的过程某种程度上也可视为是对古代文论传统的一次重构。如此我们就能设法追问如下问题：晚清以来的中国现代性进程是否同样影响到了人们对于中国数千年古典文学传统的具体认知？求新求变、寻求富强的时代呼声是否只是局限于中国的政经领域，它们之于古代文论研究是否也有不可忽视的影响？现代西方的文学观念究竟是怎样介入到中国文学的研究与创作中去的，它与中国固有的文学观念发生了怎样的博弈互动？具备现代学术品格的古代文论研究是如何观照中国文学批评的具体问题的，又是怎样确立自身文学典范的？往者已矣的古代作家与作品，为何有些人随事迁，沉埋故纸，有些却金身不坏，名垂青史，这方生方死的文学现象背后复杂的合法性过程的真相究竟如何？相较古人，今人的古代文论研究在方法论上有着怎样的变化与进步，不同的方法是否又会导致文学事相的不同认知？如果说文学是想象的一种方式，那么对于古代文学的想象又将在怎样的意义与层面开启人们对于古代中国的不同遐想？更重要的是，看似古今断裂的古代，是果真能与现代/现实秋毫不犯，各安其命，还是其实不安分的"现实"总能出其不意地更动乃至形塑我们对于传统的认知？

论者心知，这些问题并不容易一一作答。但至少经由对于上述问题的思考，我们才不会忽略晚清之后的中国的现实语境对于文学研究所产生的巨大影响。因为这种影响并不仅仅总是作为时代背景而存在，事实上，现实的挤压与诘问已然成为现代文学研究展开的文化土壤，甚至幻化为悬诸其上的无形标准。而通过对这些问题的省思，我们才有可能回到历史的原初语境，不致遗忘了簇拥在文学研究周边的各种文化力量，抑或将古代文论研究的现代转型简单粗糙地视为文化现代性进程中的自然/必然环节。但这也不意味着古代文论研究的现代转型只是中国现实剧情的亦步亦趋，抑或说对于传统的解构与重构只是现实欲望的直接投射，而是希望透过古代文论研究这一学科在中国的确立与转型过程的"历史化"，尤其是对其转型过程中的知识生产与话语建立的分析，最终揭示出现实与传统这两股力量究竟如何互为博弈,同时试图发见古代文论与现实中国的内在联系,发见古代文论研究究竟在"制度化"过程中自我更新了什么,又自我规训了什么。

<h1 style="text-align:center">三</h1>

鲁迅曾形象地描绘过现代中国因着古今中外的交融互摄而导致的光怪陆离:"中国社会上的状态,简直是将几十世纪缩在一时:自油松片以至电灯,自独轮车以至飞机,自镖枪以至机关炮,自不许'妄谈法理'以至护法,自'食肉寝皮'的吃人思想以至人道主义,自迎尸拜蛇以至美育代宗教,都摩肩挨背的存在。四面八方几乎都是二三重以至多重的事物,每重又各各自相矛盾,一切人便都在这矛盾中间,互相抱怨着过活。"①鲁迅的议论辛辣嘲讽,但其真确地点出了现代中国的纷繁多歧,不能划一,我们固然可以嘲笑彼时的洋不洋腔不腔,但更重要的是鲁迅在这种中西古今的杂陈中看到了现代中国的复杂性与包容性。

一切人是否都在"互相抱怨着过活",我不确知。但现代中国社会的矛盾特质确乎由此可见,而这也就提醒我们对于现代中国社会的观察的困难与审慎。至于中国现代性问题与文学研究的关涉,事实上也是头绪繁多。举凡制度的创设、观念的改易、语言的变革乃至文体的转换,凡此种种也未尝不是"都摩肩挨背的存在"着。因此,我们虽然深知晚近中国的现实语境对于古代文论研究的现代转型有着深刻的影响,我们也明乎古代文论学科从确立到发展的过程某种程度上不啻是一番传统的再造,但如何寻找到两者之间的有效中介来加以考察,就成为本书的突破口和立足点。而在论者看来,通过马克思主义文艺理论中国化作为研究视域,或许可以成为考察古代文论研究的现代性问题的一个角度。

毫无疑问,马克思主义文艺理论是随着马克思主义思想在我国的传播而输入进来的。作为中国革命成功开展的思想纲领与理论武器,马克思主义文艺理论也紧密地同中国社会的现实革命进程相联系。换言之,长久以来中国的文艺理论从众生喧哗到多元归一的历史进程,正是在马克思主义文论思想的指导下发展以趋成熟的。因此,我们完全有理由认为马克思主义文艺理论既是现代西方文化思想观念的外来成果,同时经过多年来的理论涵育与现实实践,最终也演变为具有鲜明中国特色的本土学说和文论资源。也就是说,不论置诸历史实际还是理论思考,马克思主义文艺理论的中国化完全符合现代中国的历史现实,并且准确揭示出现代中国的政治社会变革与文化思想之间丰富复杂的互动关系。

---

① 鲁迅:《热风·随感录五十四》,《鲁迅全集》第1卷,人民文学出版社2005年版,第360页。

　　必须指出的是，作为深深植根于中国文化传统的古代文论，在其现代转型的过程中，中国化的马克思主义文艺理论同样产生了深远的影响。事实上，正是凭借着马克思主义文艺理论的巨大理论能量，激活了古代文论的自身活力，促进其转变为具有现代文化品格的新文论。因此，马克思主义文艺理论中国化的历史进程充分说明了西方文论与中国古代文论之间完全可以求取互动互融的共生关系，在保有古代文论的古典文化品性的前提下，经由借鉴马克思主义文艺理论中国化的理论视域、思想观念以及思维方式，使得古代文论研究真正摆脱古人掌故闲谈，以资赏鉴的经验式言论形态，最终建构起符合现实语境，呼应现实要求的现代性文论体系。而这也就使我们有理由认为以马克思主义文艺理论中国化的视域来对古代文论研究的现代转型加以考察，是一种有效且可能的尝试。

　　需要说明的是，马克思主义文艺理论中国化的历史进程每多歧变，与中国社会现实的交合程度大抵超乎一般的想象。本书不论从体量还是深度都势必无法完全涵容和厘析就中的种种衍变，这既无可能，也不必要。然而选择的有限性并不意味着选择的随机性。本书在对这一历史过程加以考察时，既希望能切实直观地展现出马克思主义文艺理论中国化之于古代文论研究的影响，同时也希望能扩大视域，不照本宣科，而是尽量裸呈出马克思主义文艺理论在中国的历史演变轨迹，最终强调马克思主义思想在用以解决国家层面的政治/文化危机的同时，亦确实对"文学"以及文学研究产生了不可忽视乃至决定性的影响，相应的，"文学"以及文学研究在面对这种影响时也确乎发生了根本性的自我更新，形成了更其丰富和独特的文化特质。

　　基于如上考虑，本书试图从以下六个方面来加以探讨：

　　首先是关于现代文学批评观念的确立与衍化。诚如黄人所言："夫世运无不变，则文学也不能不随之而变。"①传统"文学"观念因着时局的改变，西学的输入和现代学科制度的逐渐创设而发生了巨大改变。现代"文学"观念以及现代"文学批评"观念在中国的形成与建构，最终导致了"文学"义界的重新确立，由此为研究者厘析出一条中国文学的新路线图进行了铺垫，也使得古代文论研究从传统集部中叨陪末座的"诗文评"演变为符合现代知识公义的文学批评。而这一全新的现代学术身份的获致过程并非自然行为，而是牵涉各种文化政治力量的互相角力，同时也顺应了晚清开始的知识谱系重构的时代进程。

　　其次则着重讨论作为影响中国现代化进程最重要的时代思潮之一的进化论对于古代文论研究产生的影响。虽然中国传统的思想观念以复古论、循环论为尚，但

---

① 　黄人：《中国文学史》，上海扶学轮社，第2页，本书未标注出版日期。

本书强调与此同时中国文化仍然有对历史新变的关注。而从龚自珍、魏源以迄严复、康有为、梁启超、章太炎,进化论不仅成了他们念兹在兹的思想理论,也是他们试图援用于现实的一套危机解决方案,更为马克思主义思想在中国的流播导夫前路。通过现代知识分子的合力营构,进化论在特定的历史时刻对中国产生了巨大影响。而当进化论应用在古典文学与文论研究,则关于中国文学的历史衍变的阐述思维一转为以进化为进步,以复古为衰败的直线论述,从此文学史上的各种力量开始出现了优劣之别、先进与衰朽之别。但我们不能将进化论文学史观仅仅视为是中国对于西方思潮的被动回应,事实上,它同时也是中国的现代性建构中的传统"合法化"过程,是一次彻底的文学典范的价值转移。

与进化论的张扬桴鼓相应的则是"赛先生"的风头大盛。中国知识分子有感于传统学术研究观念并方法的落后与缺憾,希望通过对西方科学观念和研究方法的引入来纠正中国传统学术研究的弊端。在古代文论研究领域,郑振铎、朱自清、罗根泽等人试图通过新方法的运用,以开显传统文论的内蕴特质,本质上是一次汇融新观念的学术实践。作为二十世纪中国意识形态的重要方面,以及马克思主义思想传入的一大观念基础,科学主义使得中国学者的研究观念和方法发生深刻改变,而经由古代文论研究科学化进路的理论演练与学术实践,也最终使得古代文论研究由"科学"以至"学科",实现了方法论上的现代转型。

而不论是文学观念的转型、文学典范的转移,还是研究方法的更新,要之都在学术研究共同体内部进行变革。而当马克思主义传入并以其自身的理论魅力成为当时最受欢迎的理论范式,历史唯物主义以对于历史现象的解释以及历史变革动力的相互关系的探索,极大冲击了千百年来儒家传统所形成的中国知识分子的思维模式。马克思主义对于历史复杂性的揭示及其对于制约和塑造政治以及思想现象的社会空间的极度关注,使得原有的古代文论的阐释从泛道德化逐渐趋于对历史进程的革命性理解。而它的现实性、实践性及其对于现实生活采取干预态度的理论主张也与自来的中国传统文学观念颇为契合。因此,时人的古代文论研究对于历史唯物主义的大量借鉴,最终形成了马克思主义文论传统在中国的确立与张大。

而随着毛泽东文艺思想作为马克思主义文艺理论中国化的地位的最终确立,从理论和实践两个层面深远地影响了当代中国的文艺思想和学术批评的建设与发展。而中国知识分子也从各自角度和领域出发,与其进行不同维度的思想对话,最终形成以毛泽东文艺思想为主导和主体的,同时由众多的创作者和批评者共同参与的一场革命和文艺的互动与对话。第五章试图以郭沫若与废名为例,就他们与毛泽东文艺思想所做的或主动或被动的对话,以及对于"时代意识"、"人民本位"的努力呼应，来讨论这一时期马克思主义文艺理论中国化进程中的特质与问题。

　　毫无疑问，建国后持续不断的各种政治运动，一定程度上扰乱了学术发展的自身规律，尤其是1963年之后的文艺批评活动几乎完全脱离了学术研究的常道与正道，成为彻底的政治斗争，文学政治化的趋势日益强烈。直到"新时期"开始，政治趋于理性清明，整个国家开始进入社会主义现代化建设的新的历史时期。尤其是三中全会以后，思想文化界开始出现一场影响深远的思想解放运动，在"解放思想，实事求是"的精神指导下，试图冲破此前"左"的束缚和禁区，文学创作与研究也开始重新谋求自身定位，文学的去政治化趋势进一步得到加强。就古代文论研究领域而言，研究者们一方面对庸俗社会学和泛政治学的研究观念进行了痛定思痛的反思，力倡回归原典，回归传统，另一方面也不满足于简单地以古释古，力求以现代学术眼光，衡酌古今中外，在多方比较的视域下，为古代文论研究别开生面。由此分别从观念的反拨、研究方法的翻新、古代文论研究的现代转型等方面进行了具体探讨与革新，延拓了更多元的价值取向，开阔了更宽广的学术视野，取得了更丰硕的成果。

　　本书通过对于马克思主义文艺理论中国化视域下的古代文论研究转型加以考察，不仅意在裸裎出古代文论研究现代转型的现实语境与思想背景，更意在提请诸位在注意文学研究独立的审美特质的同时，亦须关注其与中国现代历史经验的深密关系，在一个更其宽阔整全的研究视野中把握中国文学的现代性与文学性的内在关联，以及晚近中国文学与整个现代思想、文化和社会历史的多重互动与丰富联系。

第一章
从"诗文评"到"文学批评"
——现代文学批评观念的确立与衍化

朱自清在为罗根泽《中国文学批评史》与朱东润《中国文学批评史大纲》两书所写的评论《诗文评的发展》一文中指出:"中国文学批评史的出现,却得等到五四运动以后,人们确求种种新意念新评价的时候。这时候人们对文学采取了严肃的态度,因而对文学批评也取了郑重的态度,这就提高了在中国的文学批评——诗文评——的地位。这也许因为我们正在开始一个新的批评时代,一个从新估定一切价值的时代。要从新估定一切价值,就得认识传统里的种种价值,以及种种评价的标准;于是乎研究中国文学的人有些就将兴趣和精力放在文学批评史上。"①

在辞简意丰的评析中,朱先生告诉我们中国文学批评史的出现之所以是在"五四"之后,因为那是一个"人们确求种种新意念新评价的时候"。新时代鼓励人们发现"新意念",作出"新评价",而"新意念"与"新评价"的纷然出现也反过来凸显和定义了时代的新。"从新估定一切价值"不仅成为一个创想,更成为一种可能,意欲对所在时代加以重新审视的企图配合着整个民族求新求变的迫切愿望,最终获致了一种极其巨大的解释能量,赋予人们全新的眼光去认知和裁断"传统里的种种价值,以及种种评价的标准"。准此,提高中国文学批评的地位自是不言自明的了。

第一节　集部的"尾巴"

然则,中国文学批评的固有地位是怎样的呢? 用朱自清文章里的另一句话说即是:"老名字代表一个附庸的地位和一个轻蔑的声音——'诗文评'在目录学里只是集部的尾巴!"

大抵来说,中国目录学之成立,在西汉成帝之时。其时因典籍多有散亡,故在

---

① 朱自清:《诗文评的发展——评罗根泽〈中国文学批评史〉与朱东润〈中国文学批评史大纲〉》,《朱自清古典文学论文集》(下),上海古籍出版社 2009 年版,第 544 页。

① 朱自清:《诗文评的发展——评罗根泽〈中国文学批评史〉与朱东润〈中国文学批评史大纲〉》,《朱自清古典文学论文集》(下),上海古籍出版社 2009 年版,第 544 页。

河平三年(公元前 26 年)"使谒者陈农求遗书于天下"。如是几番搜觅,竟致"书积如丘山"①。成帝诏命刘向校经传、诸子、诗赋,步兵校尉任宏校兵书,太史令尹咸校数术,侍医李柱国校方技,历时十九年而终成我国第一部综合性提要目录《别录》。然向校书未竟而卒,遂由其子歆赓续之,"集六艺群书,种别为《七略》"②。《七略》系我国第一部综合性图书分类目录,共分辑略、六艺略、诸子略、诗赋略、兵书略、数术略、方技略共七部分,著录书籍六百零三家,一万三千二百十九卷。后班固又据此作《汉书·艺文志》,类此群书为六大门,其中文学作品归属为诗赋略。晋时荀勖作《中经新簿》,改七略之法为四部之门,诗赋与图赞、汲冢书一道列于丁部。南朝宋齐间著名的政治人物和学者王俭,则依《七略》之例,别撰《七志》。虽当时四部分类渐已流播,他却仍采七分之法,并鉴于《七略》名为七分而实为六分,遂特增图谱一类,以求名实一致,其各类分为经典志、诸子志、文翰志、军书志、阴阳志、术艺志并图谱志。文学作品当属其中文翰志一门。与此相似者,为南朝梁目录学家阮孝绪,以一己之力,讨论群书,总集众家,撰成《七录》十二卷。其七分之法为经典录、纪传录、子兵录、文集录、术技录、佛法录并仙道录,则文学作品自属文集录一门。

此后自刘宋至隋,除《七志》《七录》之外,文献编辑之法,大抵皆依四部之法统属条贯之。唐贞观十五年(公元 642 年),唐太宗诏修周、齐、梁、陈、隋五代史志。就中《隋书·经籍志》则据《隋大业正御书目录》并参考阮孝绪《七录》之分类体系编撰而成,编者有魏征、李延寿等人。是书删汰繁复,重加排比,依经、史、子、集四部四十类,著录存书三千余部,成为中国目录学发展史上首部取用经史子集而非甲乙丙丁作类名的典籍目录,并成后世典籍分类之楷式。

中国传统典籍目录之分类衍变大体如上所述。此可就"集"之一部再作申论。

盖"集"字,《说文》本作"雧",释为"群鸟在木上也"。因名思义,则集部自有兼收并蓄、丛杂猥集之特性。就其细目而言,自《七录》始有"文集录"一门,其下又可分为楚辞、别集、总集、杂文等四部,然后世"诗文评"一类则彼时尚未有。至唐开元年间编定《崇文目开元四库书目》,分甲、乙、丙、丁四部四十五类,其中"集部三类,删楚辞,创文史一类"③遂开后世目录学阑入"诗文评"著作之先导。

延及宋代,文学批评意识较之前朝大为发达,诗话、文话、词话等传统文学批评著作勃兴滋蔓,于文章楷式、文字工拙、文辞敷演、声韵谐律等诸多文学创作的技术程式问题别有措意。《新唐书·艺文志》"文史"类即阑入李充《翰林论》、刘勰《文心

---

① 《汉书·艺文志》。
② 《汉书·楚元王传》。
③ 来新夏:《古典目录学》,中华书局 1991 年版,第 204 页。

雕龙》、颜竣《诗例录》、钟嵘《诗评》四部著作。而王尧臣等编撰的《崇文总目》则在集部中删除了楚辞类，转将"文史类"提升至与"总集类"、"别集类"鼎足而三的地位。晁公武《郡斋读书志》"文说类"下则录《文心雕龙》、《修文要诀》、《金针诗格》、《续金针诗格》、《李公诗苑类格》、《杜诗刊误》、《韩文辨证》、《韩柳文章谱》、《天厨禁脔》等著作，陈振孙《直斋书录解题》"文史类"亦列有除《文心雕龙》之外的诸如欧阳修《六一诗话》、陈师道《后山诗话》、叶梦得《石林诗话》、范温《潜溪诗眼》等多部诗话类著作。①

　　而随着社会经济的日益发展并博雅好古的知识追求，有明一代不仅私人藏书空前发达，文章评点之风亦大盛。尤须注意的是，前此诗文评著作渐自"文史"类移置至"诗文评"类。焦竑《国史经籍志》即首设"诗文评类"，其云："昔人有言，文之辩讷，升降系焉；鉴之颇正，好恶异焉。作之固难，解亦不易。故长编巨轴半就湮没，而其仅存者，又未尽雅驯可观，盖亦有幸有不幸焉。今次其时代，总为此篇。"②所谓"文之辩讷"、"鉴之颇正"，显然指称对于文章流别乃至结体修辞工拙的评断赏鉴，具有鲜明的文学批评史意识，较之宋人文史杂糅的观念自有进境。故此，"诗文评"这一概念的提出，正与整个时代文学批评意识的渐趋成熟若合符节。

　　至于最能彰显古人整体的文学批评史意识、最能代表古人对古代文论研究的具体思考的，允推清乾隆四十七年编竟的《四库全书》。③《四库全书》集部"诗文评"类著录著作六十四部，凡七百三十卷，存目著作八十五部，凡五百二十四卷，历朝古代文论之重要研究专著大体已囊括其中。就学术意义而言，《四库全书总目》对于古代文论资料多有汇集、整理、辑佚、考辨的基础性工作，并从整体上和理论上勾画了中国古代文论研究学术史的发展脉络，精当概括了诗文评的体例、程式和地位。其"诗文评"部分的提要云：

　　文章莫盛於两汉。浑浑灏灏，文成法立，无格律之可拘。建安、黄初，体裁渐备。故论文之说出焉，《典论》其首也。其勒为一书传於今者，则断自刘勰、钟嵘。勰究文体之源流，而评其工拙；嵘第作者之甲乙，而溯厥师承。为例各殊。至皎然《诗式》，备陈法律，孟棨《本事诗》，旁采故实。刘攽《中山诗话》、欧阳修《六一诗话》，又体兼说部。后所论著，不出此五例中矣。宋、明两代，均好为议论，所撰尤

---

① 关于宋代"诗话"文体的大量勃兴及其之于文学创作之影响，可参考美国学者艾朗诺《美的焦虑：北宋士大夫的审美思想与追求》第二章《新的诗歌批评：诗话的创造》对此做出的精彩论述，上海古籍出版社2013年版。
② （明）焦竑：《国史经籍志》，《丛书集成初编》第28册，中华书局1985年版，第295页。
③ 关于《四库全书总目》于诗文评研究的作用，可参看吴承学《论〈四库全书总目〉在诗文评研究史上的贡献》，载《文学评论》1998年第6期。关于《四库全书总目》"诗文评"类提要的文学思想考辨研究，可参看台湾学者曾守正《权力、知识与批评史图像》（台湾学生书局2008年版）。

繁。虽宋人务求深解,多穿凿之词;明人喜作高谈,多虚憍之论。然汰除糟粕,采撷菁英,每足以考证旧闻,触发新意。《隋志》附总集之内,《唐书》以下则并於集部之末,别立此门。岂非以其讨论瑕瑜,别裁真伪,博参广考,亦有裨于文章欤?①

这段总论首先点出中国古代文论著作的几大基本话语形态及其代表作,即探究文体源流迁变,并评定文学创作之工拙的《文心雕龙》;品第作者高下并追溯师承源流的《诗品》;完备陈述诗歌创作律则法式的《诗式》;间采旁搜与文学创作相关之典掌轶事的《本事诗》;体兼说部、或资闲谈的《中山诗话》、《六一诗话》等。此五种体类,基本牢笼了后世古代文论著作的创作样态。同时亦可见出《总目》作者试图通过历史化的叙述而将历代诗文评著作"作为一个对象进行整体观照的努力"②。

其次,《提要》揭示出整个中国文学批评观念的衍变历程是自开初"浑浑灏灏"的初无成法,逐步臻至体裁渐备、师承有序、楷式昭明、旁采故实的成熟形态,而这一渐趋整全的过程,恰是由历代文论著作递相承继而成。易言之,文学批评意识的明晰成熟与文学批评著作的滋育勃兴实为相辅相成之关系。同时,《提要》亦揭出"诗文评"一体之写作,至宋代前期已基本成型,此后所作虽代不绝有,要之皆不出前此范围。且宋明两代之诗文评,皆有失当处,前者失于"穿凿",后者失于"虚憍"。三者,《提要》亦揭出"诗文评"在整个中国文学中的地位。馆臣虽肯认"诗文评"著作不乏"考证旧闻"、"触发新意"的功能,甚或因"讨论瑕瑜"、"别裁真伪"、"博参广考"而"有裨于文章",但最终的地位无非是自"总集之内"晋升为"集部之末",所谓"别立此门"。而"岂非"一词,在在透出馆臣已然视此种待遇为"诗文评"一门可能获致的优渥奖赏了。

是以虽然《总目》诗文评类提要乃传统诗文评研究中极其重要的历史文献,可恰如朱自清所言,"诗文评"在整个中国文学的殿堂中,终究还只是"集部里的一条尾巴"。而若要不甘做这条"尾巴",则须如朱氏所言:"若没有'文学批评'这个新意念、新名字输入,若不是一般人已经能够郑重的接受这个新意念,目下是还谈不到任何中国文学批评史的。"③

因此,古代文论研究要从"辨句法,备古今,纪盛德,录异事,正讹误"④的传统学术形态转变为现代意义上的"文学批评",端赖"文学批评"这个"新意念、新名字"的输入,并且连"一般人已经能够郑重的接受这个新意念",古代文论研究才谈得上

---

① 《钦定四库全书总目》(整理本)卷一九五,中华书局1997年版,第2736页。
② 蒋述卓等著:《中国古代文论研究的古典形态》,《二十世纪中国古代文论学术研究史》,北京大学出版社2005年版,第8页。
③ 朱自清《诗文评的发展——评罗根泽〈中国文学批评史〉与朱东润〈中国文学批评史大纲〉》,《朱自清古典文学论文集》(下),第544页。
④ (宋)许顗:《彦周诗话》,《历代诗话》,丁福保编,中华书局2006年版,第377页。

从集部的附庸走向学科的独立。

第二节　何谓"文学"

　　古代文论学科摆脱集部的附庸走向学科的独立,与其说是一种地位的提高,毋宁说更是一番义界的改变。而这一改变的开端处与基本点,即是现代意义的"文学"观念的"创设",它使得传统中国文艺思想被置于一个全新的学术视野来加以整体考察,由此令中国传统的"文学"观念得以从新估定和把握,而建基于上的古代文论研究也才从根本上有机会真正求得"地位的提高",进入"一个新的批评时代"。

　　就中国传统学术观念来说,"文学"本只称为"文",且亦非专指文辞。因"文"之本义乃纹采之纹,后引申至人文社会领域,用以指称涵括文字、礼乐、典制等一整套富含人文意义的社会建构。此后复因文辞之社会功能与思想意义愈加特出,故"文"渐自概称整体人文建构衍变为特指语言文字本身。① 而"文学"一词,则始见于《论语·先进》中的"文学:子游、子夏"。皇侃《疏》引范宁说:"文学,谓善先王典文。"邢昺亦云:"文学,谓之文章博学。"且儒分为八,儒学经籍多为子夏一门所传,即所谓传经之儒,故此处之"文学"非如后世"文学"概念下的烂漫抒情之章,而实为知识性的文献学术之义。

　　两汉时期,"文学"一词亦是册籍之学之义,故《史记·儒林传》云:"夫齐鲁之间于文学,自古以来,其天性也。"及至刘宋设"文学"一科,始与近世"文学"、"文章"之义相近。但古人所谓"文章"包举万有,举凡章、表、书、奏、碑、箴、铭、诔、诏、册、令、启、弹事、奏记、符命尽皆阑入,文体各各不同,功用在在有异,在传统的"文章者,经国之大业,不朽之盛事"的观念笼摄下,这些应用性文字从未被摒弃在"文学"之外,此与近世文学观亦颇不相同者。

　　逮及近世,这一概念变动不居,品类繁杂不一的基于"杂文学"生发出来的传统"文学"观念到了需要重加审视和定义的境况。

　　首先,就时代背景而言,中国屡遭外侮,尤其甲午一役,以天朝大国见败于素所轻蔑之日本,撼怖朝野,中国传统知识分子"惴惴然虑其学之无所可用",②亟亟认识到必须调整对于整个外部世界的认知,在新的世界格局中寻到自己的适当位置。而基于中国传统政教合一的思路,"群起而求所以然之故,乃恍然于前此教育之无

---

① 关于"文"的概念及其在中国学术文化传统中的衍变历程,可参考龚鹏程,《中国文学艺术发展的结构:说文解字》,《文化符号学》,上海人民出版社 2009 年版,第 52 页。
② 严复:《与〈外交报〉主人书》,《严复集》第三册,王栻主编,中华书局 1986 年版,第 561 页。

当"①,遂集矢于八股策论,诏天下遍设学堂。这就注定关于中国文学史的认知以及现代"文学"观念的引入,始终伴随着国族存续下的"惴惴之心",对于"文学"义界的重新诠解与中国文学传统的重新确立不再是一番对于历史的单纯回溯,更是一次借由重整历史经验来因应现实语境的实际功利行为。

再者,群起集矢于八股策论,诏天下遍设学堂,遂使施行上千年之久的科举制度在 1905 年被废除。作为中国社会的"循环系统",科举制,使得政经资本与文化资源在社会的不同阶层得以有效循环流动,在中国社会结构中起着重要的联系和中介作用。② 当此一废,其对于相关的整体政治文化制度所产生的巨大影响自不必言,最关键处是由此延展开去的知识生产方式并文化运作机制也一并发生了本质改变。

1902 年 8 月 15 日,张百熙主持颁布《钦定京师大学堂章程》,设政治、文学、格致、农业、工艺、商务、医术七科,文学科则分为经学、史学、理学、诸子学、掌故学、词章学、外国语言文字学七目,文学之义仍为文献典籍之义。③ 1904 年 1 月 13 日颁布了由张之洞主导的《奏定大学堂章程(附同儒院章程)》,经学与理学则从文学科中划出。④ 文学科下共有中国史学、万国史学、中外地理学、中国文学、英国文学、法国文学、俄国文学、德国文学、日本书学九目。"中国文学门"一目涉及文字音韵、训诂、历代文章流别、古人论文要言、周秦至今文章名家、周秦诸子乃至世界史、西国文学史、中国古今历代法制考、外国语文、外国科学史。而原本以溯源文体流别、析解作文章法为要的传统文学讲授方式显然不足以承当这样的教学需求。《大学堂章程》且特别提及"博学而知文章源流者,必能工诗赋,听学者自为之,学堂勿庸课习"⑤,从以写作技能与赏鉴趣味为核心一转为以知识传授与新学吸纳为主要目的,教学之重心与着眼点之不同于焉可见,为此林传甲于是年编写了中国最早的《中国文学史》教材。

林书仿日人笹川种郎《支那文学史》一书而成。共七万字,分十六篇,从文字、音韵、训话、古今文体衍变、文章作法一路至讲解经、史、子之文、汉魏至"今"文体之析解、骈散两文体之评骘,以近乎纪事本末体的论述方式贯通之,内容驳杂不一。

① 严复:《论教育与国家之关系》,《严复集》第一册,第 166 页。
② 关于科举制度在中国历史上的意义与作用,可参考余英时《试说科举在中国史上的功能与意义》,《中国文化史通释》,北京三联书店 2011 年版,第 204—236 页。
③ 琚鑫主编:《中国近代教育史资料汇编·学制演变》,上海教育出版社 1991 年版,第 236 页。
④ 琚鑫主编:《中国近代教育史资料汇编·学制演变》,第 339 页。
⑤ 《大学堂章程》,北京大学校史研究室编《北京大学史料》第一卷 108 页,转引自陈平原《新教育与新文学》,《作为学科的文学史》,北京大学出版社 2011 年版,第 10 页。关于京师大学堂的创设、章程设计及其中国文学科目的讲授,亦可参考是书。

然则作为中国文学史的开山之作,恰是其驳杂处,分明见出"文学"一词至此亦难为界范。一方面是对于传统的中国学术思维处在排拒和依恋的暧昧态度之中,既心知传统的文学观念不足以因应时变,理应弃之,但舶来的西方观念尚难落地生根,为本土文化思维完全融摄;另一方面则是对于文学学科的功用和达成功用的手段无法求取最终的共识,及至文学史的写作体例亦乏成例可资参考,加之此类撰作本"非专家书而教科书",①第一角色先是为津逮后进的教材之作,而非集毕生精力而成的专门著述,可说是徘徊彷徨于中学西说与古法今体之间。

与徘徊彷徨相应的则是对于"文学"义界的重新把握亦可谓曲折,虽欲图新作,要亦不免依循传统。如桐城派代表人物之一的姚永朴,1914 年编著了京师大学堂"文学概论"课程《文学研究法》。是书虽首揭以"文学概论"的专门研究,实亦不脱传统文章学的理论框架。是书上下两卷,安章宅篇则系起原、根本、范围、纲领、门类、功效、运会、派别、性情、状态、神理、气味、格律、声色、雅俗、繁简等廿四目,终章作结。姚氏门人张玮在此书序言中写道:"其发凡起例,仿之《文心雕龙》。自上古有书契以来,论文要旨,略备于是。……今或谓西文艺学可质言之,无取于文,一切品藻义法之谈,有相与厌弃而不屑道者,吾不知其于西文果有心得否耶? 言之无文,行之不远。"②

西风欧雨,渐次袭来,姚氏一门未必不知,所论虽效仿《文心雕龙》,然就具体论述而言,并非一意泥古,甚或姚氏心心念念者是在谋求桐城派"义法"与现代文学观念相融相合。有论者指出是书较之传统中国文章学著作,能"摒弃一切偏狭之见","论文不分宗派",主张文学应具有"明道"、"经世"、"论学"、"匡时"、"纪事"、"达情"、"观人"、"博物"等诸多功用,③并视文学为文教之要则,提倡"文教者,保国之精神",彰显了深切的"经世致用的思想"④。然而,置身激烈转型的时代,这一更多沿袭中国传统论文之法的著作,仍旧不可避免的沦为落伍之作,桐城义法之类的"一切品藻义法之谈",在西方文学观念大举侵入的情境下,时人竟已"相与厌弃而不屑道"了。因此,三年之后的 1917 年,姚永朴亦从北大去职,其"文学概论"之讲席此后亦再无人接续。

姚氏欲藉新旧杂糅的《文学研究法》来为中国传统文学观获致现代合法性,显

---

① 江绍铨:《〈中国文学史〉序》,《中国文学史》,武林谋新室 1910 年,转引自陈平原《作为学科的文学史》,第 14 页。关于林书之于中国近代文学史研究的价值,可参考陈国球"'错体'文学史——林传甲的'京师大学堂国文讲义'",《文学史书写形态与文化政治》,北京大学出版社 2004 年版,第 45—66 页。

② 张玮:《文学研究法》序,《文学研究法》,凤凰出版社 2009 年版,第 1 页。

③ 魏世民:《桐城派理论的发展和最后总结——论姚永朴的〈文学研究法〉》,《安徽大学学报》2009 年 11 月刊。

④ 许结:《姚永朴与〈文学研究法〉》,《文学研究法》前言,第 1 页。

然收效甚微。越来越多的学者,开始将目光投注于"文学"本身的封域界范。不过义界的确立并非一蹴而就,在思考与讨论的初期,时人多偏好从广义的角度来定义"文学"。

就中最具代表性的或为章太炎所言:"文学者,以其有文字著于竹帛,故谓之文;论其法式,谓之文学,凡文理文字文辞皆称文。"①章氏此说是为反对刘师培而发。刘氏早年在《文章源始》中推阐阮元《文韵说》"凡为文者,在声为宫商,在色为翰藻"的观点,主张"骈文一体,实为文体之正宗",并认为:"明代以降,士学空疏,以六朝之前为骈体,以昌黎诸辈为古文,文之体例莫复辨,而文之制作不复睹矣。近代文学之士,谓天下文章,莫大乎桐城,于方、姚之文,奉为文章之正轨。由斯而上,则以经为文,以子史为文;由斯而降,则枵腹蔑古之徒,亦得以文章自耀,而文章之真源失矣。"②对此,章太炎颇不认同,认为"今欲改文章为彣彰者,恶乎冲淡之辞,而好华叶之语,违书契记事之本矣",当"以文字为准,不以彣彰为准"。③ 章刘之争透出各自对于文学特质的不同认识。刘氏以"沉思翰藻"为文学之特征,推举音韵铿锵词采烂然,章氏以乾嘉朴学治学之法,认为"凡彣者皆成文,凡成文者不皆彣",不可一概而论,溯源追根,主张凡见之于竹帛的文字,皆可阑入文学范畴,而刘氏之观点,是"以文/笔之争、骈/散之分、文/言对待等一系列历史和文化问题,搅乱了对文的逻辑界定"。④

章氏于刘师培主张背后之问题,可谓辨析微茫,其个人之文学观,于今看来,或过于宽泛。刘师培推举"沉思翰藻"为吾国文学之特质,未可断然言非。沉思者,精心结撰也,翰藻者,词采可观也,非如此不足以言能文。其可究诘处,在于若但求声韵文采,舍质从文,则易轻忽文学之所以能撄人心者,非徒在此,而在内里缘情而发的冲动。⑤ 章氏之说与乾嘉以降的中国主流学术思潮相谐,加之章门弟子坛坫广大,从者颇众。其时任教北京大学的陈中凡对于章氏弟子朱希祖任教的北大文学史课程评价道:"看他的讲义,分经、史、辞赋、古今体诗等篇,近于文学概论。读其内容,实则是学术概论,非文学所能包括也。"⑥"非文学所能包括"与其说指的是朱

---

① 章太炎:《文学总略》,《国故论衡》,上海古籍出版社 2006 年版,第 38 页。
② 刘师培:《文章源始》,《刘师培经典文存》,洪治纲主编,上海大学出版社 2005 年版,第 290 页。
③ 章太炎:《文学总略》,第 38 页。
④ 陈雪虎:《文学总略:"以文字为准"及其革命潜义》,《"文"的再认:章太炎文论初探》,北京大学出版社 2008 年版,第 57 页。关于章太炎与刘师培各人文学观的不同与比较分析,可参考罗岗主编《现代国家想象与 20 世纪中国文学》第一章《"文"与"国性":现代文学观念形成章太炎的文学论述》,上海人民出版社 2014 年版。
⑤ 关于"沉思翰藻"作为中国文学之特质的论述,可参看陈伯海:《杂文学、纯文学、大文学及其他》,《文学史与文学史学》,北京大学出版社 2012 年版,第 65—72 页。
⑥ 陈中凡:《悼念胡小石学长》,《雨花》1962 年第 4 期,第 62 页。

氏文学史课程内容含涉太杂,体性不专,不如说宽泛的"文学"封域透露出人们认为文学的研习或仍应沿袭章氏所代表的乾嘉朴学一路,广涉博采,单单研讨词章之学而弃经、史、子诸学于不顾,是不重根本之计。

　　然则即便过程辗转曲折,"文学"作为一门学科终于逐渐在中国确立下来。即如 1913 年 1 月 12 日教育部颁布的一项章程中明确宣布的那样,今后大学文科将分哲学、文学、史学、地理学四门,文学继与经学分隔之后,亦最终与史学分离,成为一门完全独立的学科。讲授内容亦以语言和文学为主要内容,①与今日大学中文系课程庶几近之。准此,关于"文学"的观念确立亦进一步丰富明晰,注意到"文学"之定义广义之外,尚有狭义。

　　1918 年出版的谢无量著《中国大文学史》即以"中国古来文学之定义"和"外国学者论文学之定义"②的双重叙述策略试图解决这个问题。黄侃《文心雕龙札记·原道篇》着力调停前述章、刘之争,认为"书以文字,著之竹帛者",皆谓之"文",在强调文之界域宽广的同时,亦指出"揆其本原,则文实有专美",文章必要"韵语"、"偶词"、"文采"兼重,文贵"修饰润色"。故就"书契记事"的初阶而言,章氏之说言之成理,文化演进之后,"文"之范围亦势必日趋"缩小",雕饰日甚,刘氏之说良有不可废者。是以文辞封略,本可张弛,既可拓其疆域,无所不包,复可专求本原,端有确指。值得注意的是,黄侃的调停之说,也是广、狭二义的叙述策略,而与谢说相较,可见出其对文学特质的把握有思理折进处。且细究其言,中道之说的背后显然更倾向于刘师培的观点,他对章太炎的"当以文字为准"说的认同更多是建立在"文化"意义上的认同,转及"文学",则终以纂组锦绣为尚。

　　黄人则总结道:"能以言语表出思想感情者,皆为文学。然注重在动读者之感情,必当使寻常皆可会解,是名纯文学。"③这条尚难称明晰准确的定义最要紧处在其注意到了言语与感情之关系,重点强调"动读者之感情",方为"纯"文学。与谢无量的双重论述不同,黄说之重点不在谢说所强调的中西不同,而在文学之纯与杂的性质不同;与黄侃的观点不同的是,黄人虽亦体认到文学与言语之关系,但首要仍在"动情",且黄侃推重文采斐然,不论普通读者是否可读可感,而黄人却强调"必当使寻常皆可会解",才谈得上是"纯"文学。这种将情感和语言牵连并举的文学观,不仅进一步缩窄了文学的封域,更成为五四运动之后愈加被认可与接受的主流观念。

---

① 琚鑫圭编:《资料汇编》,第 697 页,转引自戴燕《文学史的权力》,北京大学出版社 2002 年版,第 9 页。
② 谢无量:《文学之定义》《中国大文学史》,开明书店 1924 年版,第 1—4 页,转引自戴燕《文学史的权力》第 5 页。
③ 黄人编:《普通百科新大辞典》,钟少华编《词语的知惠》,贵州教育出版社 2001 年版,第 59 页。

1908 年周作人发表《论文章之意义暨其使命因及中国近时论文之失》，该文同样比对了中西文学观念之不同，并借鉴英国论家亨特的见解，认为文学必具"思想"、"意象"、"感情"、"风味"四端，循此方可"铸裁高义"、"阐释人情"、"发扬神思"并"普及凡众"。① 1919 年罗家伦发表《什么是文学——文学的界说》，将文学定义为"人生的表现和批评，从最好的思想里写下来的，有想象，有情感，有体裁，有合于艺术的组织"。② 1920 年，胡适在《什么是文学》一文中指出文学须具备三个条件："第一要明白清楚，第二要有力能动人，第三要美"，因为"文学的基本作用（职务）还是达意表情"。③ 朱希祖亦不再如前述那般抱持广义之文学观，转而指出"盖文学者，以能感动人之情操，使之向上为责任者也。……文学以情为主，以美为归。"④ 1922 年凌独见在《国语文学史纲》一书开篇即批评"文学者，以其有文字着于竹帛，谓之文"的说法是错误的，认为"文学就是人们情感、想象、思想、人格的表现"。⑤ 1924 年鲁迅翻译日本作者厨川白村的《苦闷的象征》，解释此书"于我有翻译的必要"，是因著者所言"生命力受压抑而生的苦闷懊恼乃是文艺的根底"⑥颇获其心。1932 年出版的胡云翼《新著中国文学史》对广义和狭义的文学定义态度更为明确，他批驳前者只是古人于学术文化分类不清的结果，并不适用于时代，而后者"专指诉之于情绪而能起美感的作品"，才是"现代的进化的正确的文学观念"。⑦ 如果说此前的广义、狭义之分尚是一种言说策略，实际并无太过明显的价值判断，那胡云翼的这条界说则显然取向分明。

至此，此前随世迁转至难厘定的"文学"之义，在西方文艺思潮大举涌入之际渐趋清晰起来。作为某种程度上缩合着传统文化中对于个人与社会文化修养的概念，"文"不可避免地承载着多重知识假设。而随着西方现代文学观念的介入，

传统文学观日益式微，实用功能之外的美学特质日益受到重视。而知识分子通过对于"文"之定义的重新修正，力图去除附其上的传统的话语权威。此后几乎所有撰作关于中国文学史或文学理论、文艺思潮的作者都近乎自觉地认同了新的纯文学观念。以崭新的眼光审视传统的古典诗文，并极力抬高向被轻忽的戏曲、小说的文学地位，即如刘大白在其未竟之作《中国文学史》里头斩截宣称："文学具体

---

① 周作人：《论文章之意义暨其使命因及中国近时论文之失》，《周作人文类编》第三册，钟叔河编，湖南文艺出版社 1998 年版，第 1—30 页。
② 罗家伦：《什么是文学——文学的界说》，《新潮》第 1 卷第 2 号，1919 年。
③ 胡适：《什么是文学》，《胡适文集》第三册，人民文学出版社 1998 年版，第 165 页。
④ 朱希祖：《文学论》，《朱希祖文存》，上海古籍出版社 2006 年版，第 49—50 页。
⑤ 凌独见：《国语文学史纲》，商务印书馆 1922 年版，第 1 页。
⑥ 鲁迅：《译〈苦闷的象征〉后三日序》，《鲁迅全集》第十册，人民文学出版社 2005 年版，第 261 页。
⑦ 胡云翼：《新著中国文学史》，《胡云翼重写文学史》，华东师大出版社 2004 年版，第 5 页。

的分类,就是诗篇、小说、戏剧三种"。①

第三节　何谓"文学批评"

恰如前述关于"文学"义界的重新确立,古代文论研究的学科成立同样需要对于"文学批评"有全新的审视和把握。

今日之文学批评史皆许陈中凡先生作于 1927 年之《中国文学批评史》为"中国人自己撰写的第一本《中国文学批评史》"。② 诚然陈著之撰著,可视为中国古代文论研究学科的成立标志。然则初版于 1922 年(长沙湘鄂印刷公司),并于 1924 年由太平洋印刷公司重印,1934 年复由上海商务印书馆新版,并收入王云五主编的"百科小丛书"之一种的刘永济《文学论》一书,实有特为拣出研讨之必要。

刘永济,字弘度,别号诵帚,晚号知秋翁,湖南新宁人。自上世纪二十年代始,先后任教于长沙明德学校、东北大学、武汉大学,并长期担任武汉大学文学院长职,"文革"时期含冤自杀。

《文学论》即刘永济年轻时在明德学校讲授"文学概论"一课的讲义。环视彼时文学理论著作,或译介西作,如宋桂煌译介英人 Hudson 的 An Introduction to the Study of Literature(《文学研究法》,1913 年)、景昌极、钱堃新译介英人 Winchester 的 Some Principles of Literary Criticism(《文学批评之原理》,1924 年)、章锡琛译介日人本间久雄《新文学概论》(1925 年)、傅东华译介英人 Hunt 的 Literature:its principles and problems(《文学概论》,1936 年);或执守传统,如前述章太炎《国故论衡》、姚永朴《文学研究法》等,要之多不能融通中西而出以一家之言。故此,初版于 1922 年的《文学论》,就显得尤为特出而重要了。此后马宗霍《文学概论》(1925 年)、潘梓年《文学概论》(1925 年)、孙俍工《文学概论》(1933 年)相继出版,但就整体论述与历史识见而言,未能掩蔽刘著。

刘著之最大特色,乃在融通。其自序云"参稽外籍,比附旧说",旨在循此构筑"时地虽囿,心理玄同"的具备普遍性的历史论述。③ 而其又有感于"今代学制,仿自泰西,文学一科,辄立专史,大都杂撮陈篇,铺苴琐屑,其下焉者,且稗贩异国之作,绝无心得之言,求其通视万里,心契千载,网罗放失,董理旧闻,确然可信者,尚无其人"。④ 至于时人孜孜固守之国粹菁华,亦直言批评:"年来虽国粹国故之说尝

---

①　刘大白:《中国文学史》,岳麓书社 2011 年版,第 5 页。
②　蒋述卓等著:《二十世纪中国古代文论学术研究史》,第 32 页。
③　刘永济:《文学论》,"自序",中华书局 2010 年版,第 7 页。
④　刘永济:《十四朝文学要略》,中华书局 2007 年版,第 1 页。

闻于耳,而其所谓国粹,究未必便粹;其所谓国故,又故而不粹。"故其亦不满国人于西人论中国文化之虚骄之态,"我国家之政治、社会之习尚、君子之行动、艺术之作品,皆文化所表见者,我居其实,则人有以观瞻,我实果美,则人自知采纳,不必呶呶费解也。"①换言之,其迥异前人处,即在于刘氏不再只是纯然稗贩西说抑或偏执传统,而是谋求在中外古今的对比互参中来重新考察"文学"之要义,并抉发中国文学之特色。

因存着这样的学术视野,是书在具体篇章安置上,亦较前此传统文论研究著作大有改易,呈现出西式的现代研究样貌。书分六章。第一章"何为文学",考察文学成立及发达之因,认为文学之成立"不出感乐与慰苦两特性",而文学之发达,即"发达此二特性"②,而所谓"文学"者,乃"作者具先觉之才,慨然于人类之幸福有所供献,而以精妙之法表现之,使人类自入于温柔敦厚之域之事也"③;第二章"文学之分类",则细究文学之内部组织,并阐明我国文学体制之历代因革;第三章"文学的工具",指出"文字者,文学之工具也"④,故查考"文字"之源起与特点及其之于文学之影响;第四章"文学与艺术",指出"文学既为艺术,当然执美为其中心",而"文学之美,初在能自感,继在能感人"⑤,由此申论文学具体表现之法;第五章"文学与人生",以"显文学之真用"⑥,并探讨文学作品之价值;第六章"研究我国文学应注意者何在",则因"文学者,民族精神之所表现,文化之总相也,故尝因文化之特性而异",谆谆语告研究中国文学者"不可不知我国文化之特征"⑦。

刘著虽篇幅不多,但论述切实精要,显然是思深之作。前述此著之最大特色,乃在融通,而其融通不仅在观念,更在方法。

如其论"文学"之定义,即先对文学有一整体之认识,认为"文学为艺术之一",而"人类有求真之要求,于是有哲学;有求善之要求,于是有伦理;有求美之要求,于是有艺术。故哲学以求智为根本,伦理以合理为根本,艺术以善感为根本。哲学属于智识,伦理属于行为,艺术属于情感。"⑧而作为艺术之一种之文学,必当"执美为其中心"。此等认识,实然超出传统的文学观念,遂能特为指出我国固有之文学观"多不能出孔门之外","以言志为文学之事",其所谓志"即修身、立言、观风、化俗之

---

① 刘永济:《文学论》,第97—99页。
② 刘永济:《文学论》,第8页。
③ 刘永济:《文学论》,第20页。
④ 刘永济:《文学论》,第38页。
⑤ 刘永济:《文学论》,第62页。
⑥ 刘永济:《文学论》,第79页。
⑦ 刘永济:《文学论》,第97页。
⑧ 刘永济:《文学论》,第61页。

事",以致后世之儒更有"文以明道"之说。刘氏并批评后世拘泥者"遂至见诗文之内容非质言道德者,即叱为无用。而艺术之真义,遂缺而不全。"①以现代艺术自律性去审视传统文学观念的轨辙推迁,进而批评固有文学观具有功利化的泛道德主义倾向,较之前此拘囿传统抑或崇洋媚外之论家,更见平正通达。

再如其论"研究我国文学应注意者何在"一章,亦有卓见。传统文论每多耽溺辞章偏嗜修辞,一字间识得分寸,一句中辨析微茫,此固为优长,亦乃弊端,往往入而不能出,几成饾饤之学。刘氏则专门指出研究中国文学者,尤要能从文化、哲学这一"总相"进入。深刻指出我国文学之三大流派,孔门文学当为主流,主张"以善为本",其长在"切近人生"、"温柔敦厚",其短则在"不随时变"、"情趣缺乏";老庄派之文学,其长在"超出寻常智虑之上"、"与自然冥合",其短则为"任诞放达",其极者,连篇累牍"皆风云月露之状";佛学派之文学,其长在"多析玄理",其短则为"不切人事","易陷于虚空"。而三家之长短优劣,在在证明"我国文学始终不外主善一义"。② 能自作为"总相"的历史文化进程中去抉发审视中国文学的特点,并经由比较历史上主要的思想学术流派,来明确不同流派之间关于文学的具体主张,勾连宏观历史与具体文学创作,出言虽简,却切中肯綮。

而是书附录"古今论文名著选",自《诗大序》而迄《曾国藩湖南文征序》,则充分显示出刘氏意欲借现代眼光来重加审视传统文论的用意。该附录"例言"有云:"附录之意,在辅助前论之不足,兼供览者之参证。"③换言之,此处之古今论文名著,不仅是作为材料性质的"参证",更试图作为全书所论之"辅助"。就所收论文名著而言,因着全书融通中西比附古今的视域维度,方谈得上以新眼看旧书,使这些材料之价值得以抉发彰显。就全书秉持的文学观点而言,则又因这些材料的"辅助"、"参证",以证所论其来有自,端有根柢。而其"编次略依时代,以见历朝文学递嬗之迹",则"体例与现代权威的《中国历代文论选》本大致相同"。④ 所选篇目,如《文心雕龙》、《史通》等"自成专书"者不选,诗话、笔记等"片辞只义"者亦不选,入选者在除此二者之外之类如序跋、书信单篇文章,不惟弥补了《四库全书》"诗文评"部分所录限于专书的不足,更拓展了古代文论研究的材料边界,故"附录"部分之价值亦不可轻易看过。

正因既有夯实的材料基础,又有深透的文学思考,才使得这部成于二十世纪初的文论著作标持的"参稽外籍,比附旧说"的写作初衷得以实现。由此也使是书融

---

① 刘永济:《文学论》,第 15、18、19 页。
② 刘永济:《文学论》,第 105—109 页。
③ 刘永济:《文学论》,第 113 页。
④ 蒋述卓等著:《二十世纪中国古代文论学术研究史》,第 24 页。

通中西古今的特色益加鲜明,此点在彼时传统艰难转型之际,尤为可贵。而这种中外古今连类并举的研究方法,也为后世古代文论研究提供了宝贵借鉴。

及至 1927 年,陈中凡《中国文学批评史》由上海中华书局印行出版。全书约七万余言,分十二章,自孔子诗论迄章太炎之文论皆有论述,于中国文学批评之脉络、重要的批评著作及批评家作了大致勾勒,奠定了中国文学批评史著作的初步构架。于今视之,此著自不免粗略简单,彼时则可说是一部开创性著作。虽然朱自清评是书"似乎随手掇拾而成,并非精心结撰"①,不过这部似乎并非精心结撰的著作于"文学"、"文学批评"之义界封域却颇为精心。

陈著开篇即有专章讨论"文学之义界"。先就"文"之本义沿波讨源,随后就"历代文学之义界"分别析解,指出"汉魏以前,文学界域甚宽",衍及晋宋,"是有情采声律者为文,无情采声律者谓之笔。故文学之界画,自南朝而始严也",转至唐朝,古文大兴,以致"文学之界,又复漫漶",此后学者议论蜂起,而于"文学"之义界,迄无定论。陈氏汇融当时主流认知中章太炎、文选派并西人亨德之说,认为"文学者,抒写人类之想象、感情、思想,整之以辞藻、声律,使读者感其兴趣洋溢之作品也"。同时,他批评古代诗文评著作"为例各殊,莫识准的",故于"批评"一词始终未能确认其义,"考远西学者言'批评'之涵义有五:指正,一也;赞美,二也;判断,三也;比较及分类,四也;鉴赏,五也",而批评,必"先由比较、分类、判断而及于鉴赏、赞美,指正特其余事耳。若专以讨论瑕瑜为能事,甚至引绳子批根,任情标剥,则品藻之末流,不足于言文事也。"②其于旧式诗文评之不成系统之不满,及欲依凭西说而考验文学作品之性质之企望在在可见。尤须注意者,则是陈著亦如刘氏之《文学论》,持论融汇中西而断以己意,易言之,越来越多的著者认同不能再单单以传统文章学观念来建构理论论述。

郭绍虞 1934 年出版了《中国文学批评史》上卷,1947 年又由商务印书馆出版下卷。凡七十余万言,规划周密,取材丰富,大大拓展了由陈中凡建立起来的中国文学批评史的最初框架,详细描画出中国文学批评发展的历史脉络,重要批评家的理论观念和文学主张亦得到较为周至的评述,是以朱自清推奖其为"第一个大规模搜集材料来写中国文学批评史"③。

据郭氏自陈,其本打算写一部中国文学史,但感到领域太广,仓促下笔,不易成功,遂决心缩小范围,集中心力撰写中国文学批评史。他坦言,撰写中国文学批评

---

① 朱自清:《评郭绍虞〈中国文学批评史〉上卷》,《朱自清古典文学论集》(下),第 540 页。
② 陈中凡:《中国文学批评史》,上海中华书局 1927 年版,第 6—7 页。
③ 朱自清:《诗文评的发展——评罗根泽〈中国文学批评史〉与朱东润〈中国文学批评史大纲〉》,《朱自清古典文学论集》(下),第 545 页。

史是受了陈中凡的启发,然后出转精,不论是资料的搜觅、论述的详瞻并观照的深入,皆胜过陈著。尤为特出者,郭著以"文学观念"本身的衍变作为中国文学批评不同历史阶段的分期。

他指出:"大抵由于中国的文学批评而言,详言之,可以分为三个时期:一是文学观念演进期,一是文学观念复古期,一是文学批评完成期。自周、秦以迄南北朝,为文学观念演进期。自隋、唐以迄北宋,为文学观念复古期。南宋、金、元以后直至现代,庶几成为文学批评之完成期。"①而相较前此论著于"文学观念"多作凝定的释名绍介不同,郭著折进一层,自不同时段发现"文学观念"的历史迁变。

就"演进期"而言,他认为:"周秦时期所谓'文学',兼有文章博学二义:文即学,学不离文,这实是最广义的文学观念,也即是最初期的文学观念。"两汉则"始进一步把'文'与'学'分别而言了,把'文学'与'文章'分别而言了。……汉时所谓'文学'虽仍含有学术的意义,但所谓'文'或'文章',便专指词章而言,颇与近人所称'文学'之意义相近了。"至魏晋南北朝,"别'文学'于其他学术之外,于是'文学'一名之含义,始与近人所用者相同。而且,即与同样美而动人的文章中间,更有'文'、'笔'之分:'笔'重在知,'文'重在情;'笔'重在应用,'文'重在美感。始与近人所云纯文学、杂文学之分,其意义相似。"而"复古期"则因不满六朝文学的"淫靡浮滥",外加"不甚了解文学之本质,转以形成复古的倾向"。至于北宋,"文以载道"说愈加流衍,论文竟至"以古昔圣贤的思想为标准"。② 原本渐趋清晰的文学观念复又再趋浑沌。

与上述观念相符应,他认为文学观念的演进即是"文学批评本身的演进"。故周秦之际,绝无专门系统的批评;到了两汉,才有类如扬雄之论赋、《汉书·艺文志》之《诗赋略》等"专门讨论某种文体的言论";及至魏晋南北朝,《文心雕龙》出,体大思精,"文学批评的基础也自是成立",而"这实是文学观念渐趋正确后的时代的产物"。批评唐宋文人的复古主张,是为"逆流"。进而认为不同阶段的文学批评亦各有不同的中心,演进期"以文学之外形为中心",复古期"以文学之内质为中心"。③

从文学观念正—反—合的历史发展波浪式进程来观照整个中国文学批评史,"以问题为纲"的撰写思路超越了以朝代为纲的传统分期法,以"文学观念"的衍变牵连深闳的思想背景,郭著不再仅仅满足于对"文学"与"文学批评"的义界做完备的说明,而是试图勾勒出一条历史线索来贯穿不同时期变动不居的文学现象,并且就义界封域的张弛更易做出一己裁断,可谓自出手眼别有识见。

---

① 郭绍虞:《中国文学批评史》,百花文艺出版社 2008 年版,第 3 页。
② 关于"文学观念"各分期的论述,可参考郭著第一篇第二—四章,第5—10 页。
③ 郭绍虞:《中国文学批评史》,第 11 页。

相较郭绍虞的"以问题为纲",罗根泽则以搜览务全、诠叙为公见称。1934 年至 1945 年,罗著《中国文学批评史》一至四册相继在商务印书馆出版。在《周秦两汉文学批评史》第一章绪言中,罗氏即对文学与文学批评之界限区隔、文学史与批评史之关系、文学批评与时代之关系等诸多关涉中国古代文论研究学科的理论问题作了一番周密平实的探讨。

在他看来,"文学批评"是英文 Literary Criticism 的译语。Criticism 的原意为裁判,后冠以 Literary 为文学裁判,由文学裁判引申到文学裁判的理论及文学的理论。文学裁判的理论就是批评原理,或说是批评理论。故"文学批评"亦有广、狭二义之分:"狭义的文学批评就是文学裁判;广义的文学批评,则文学裁判以外,还有批评理论及文学理论。"①而对中国文学批评之研究,"必须采取广义,否则就不是真的'中国文学批评'。"且在中国,批评从来不被视为"一种专门事业"。《文心雕龙》体大思精,但"其目的不在裁判他人的作品",而是"论文叙笔",讲明"文之枢纽","侧重指导未来文学,不侧重裁判过去文学",加之"中国的批评,大都是作家的反串,并没有多少批评专家。作家的反串,当然要侧重理论的建设,不侧重文学的裁判","中国人喜欢论列的不重在批评问题,而重在文学问题",及至胎育中国文化的地理环境又迥异西方,以致中国文化"尚用重于尚知,求好重于求真"。②

由此可见,罗氏不满中国传统文学批评地位之低下,文学的裁断总让位给道德的批判,功利性的思维倾向更使传统文学批评无心于纯知识的探讨。此外,他还注意到中西文学批评之不同,前者注重文学理论的提贯说明,后者侧重文学裁判,善于分析具体的文学作品。罗著倡言"将文学批评还给文学批评",进而"将中国还给中国,一时代还给一时代",如此"才能将我们的材料跟那外来意念打成一片,才能处处抓住要领"。故罗著虽不及郭著胜义纷呈,但令人只看目录,就觉"耳目清新",因为"他抓得住的原故"。③

1934 年方孝岳《中国文学批评》由世界书局印制出版。是书《导言》指出之所以"现在把一个国家古今来的文学批评,拿来做整个的批评,其目的在于使人借这些批评而认识一国文学的真面。"批评家的职务,"就是说出人人心中所欣赏或憎恶之点"。研究一国之文学批评,首要"注意文学批评和文学作品的本身有互相影响的关系",复关注"文学批评和文学作品本身的风气"。与很多学者不同的是,方孝岳认为中国的文学批评学"向来已经成了一个系统",且尤为推重"总集"、"文选",

① 罗根泽:《中国文学批评史》,上海书店出版社 2003 年版,第 5 页。
② 罗根泽:《中国文学批评史》,第 13—15 页。
③ 朱自清:《诗文评的发展——评罗根泽〈中国文学批评史〉与朱东润〈中国文学批评史大纲〉》,《朱自清古典文学论文集》(下),第 545 页。

批评"研究文学批评的人,往往只理会那些诗话文话,而忽略了那些重要的总集了"。① 方氏试图提请研究者关注不同的材料领域,进而完满文学批评的义界。方著新见纷呈,颇有洞识,以史的线索为经,横推各家义蕴为纬,虽不及前此诸家之全面周到,但议论横出卓识纷然或有过之。②

1944 年朱东润《中国文学批评史大纲》在开明书店出版,被许为与郭著、罗著鼎足而三的著作。在绪言中,朱氏认为文学上能"折衷群言"、"论列得失"并"辨析疑难",即"所谓文学批评",而"批评文学"则"指其中尤雅伤整齐者"。同时指出文学批评之盛衰与文学创作之盛衰未必"同时升降",如唐人之诗,包毓灵异,而唐人论诗,则"未中肯綮"。其归纳古人文学批评之成就为六端:一者,"自成一书,条理毕具";二者,"发为篇章,散见本集";三者,"甄采诸家,定为选本,后人从此去取,窥其意旨";四者,"亦有选家,间附评注,虽繁简异趣,语或不一,而望表知里,情态毕具";五者,"照乘之光,自他有耀,其见于他人专书";六者,"见于他人诗文"。在写作体例上,朱氏"以批评家为纲",将诸评家之各类论点统贯出之,以便照见具体批评观点之全相。他特别强调这样的写作体例实乃"有意"为之,因为"伟大的批评家不一定属于任何的时代和宗派。他们受时代的支配,同时他们也超越时代"。③ 如此操作,有利于避免批评家的历史全相为时代风尚、宗派观念的论述所湮没。

另一部不可略过的研究著作则是傅庚生于 1946 年由商务印书馆出版的《中国文学批评通论》。

不同于前几位研究者多以印证文学史为学术旨趣,傅著于文学批评原理的探讨用力更甚。傅庚生感慨当时学界"对于文学批评之原理与问题短于发抒;间有旁及之者,又不免格于体制,或则简阔其言辞,或则枘凿其篇目,不能予人以明确的概念与因依之准则",遂决意"别标体制",撰著《通论》以"诠证古今,沟通中外"。上篇四章,分别为"文学之义界"、"文学批评之义界"、"创作与批评"、"中国文学批评史略"。中篇本论,包括"中国文学批评之感情论"、"想象论"、"思想论"、"形式论"。下篇则"个性时地与文学创作"、"文学之表里与真善美"、"中国文学之文质观"。《通论》复多资引近现代西方文学理论以发明传统理论,尤以引述西方心理学理论为多。

在傅看来,科学以"真"为目的,伦理学以"善"为旨归,文学艺术则以"美"为极诣,"若为文能感情真挚,想象丰富,思想高善,而形式优美,则臻首选矣"。同时,因

---

① 方孝岳:《中国文学批评》,北京三联书店 1986 年版,第 2—5 页。
② 关于方著的评论可参看舒芜《〈中国文学批评〉重印缘起》,《中国文学批评》前言;张伯伟《一部颇有识力的中国文学批评史》,载《中国社会科学》1987 年第 6 期。
③ 朱东润:《中国文学批评史大纲》,上海古籍出版社 2007 年版,第 2—4 页。

不囿于传统眼光和本土立场,傅氏认为文学批评之理论或因文体、时地之不同而各异,亦未尝不可"通华夷而莫谬"。所谓"夫生今之时,仍墨守古今文学相沿之成规,不旁察中外文化交融之反应,则止可以因袭与守阙,必不能为谋承先与启后,所谓闭户不可造车也;然若必艳羡外族文化既成之果,蔑视本国文学已种之因,则只宜于介绍与摹仿,亦不足语于融会与创作,所谓抽刀不能断水也。"① 以现代文学理论的方法和眼光,辅之以西方文学理论的框架来重新阐释传统文学理论,使之适应于现代,是此书独特、高远处。

从 1927 年陈中凡的《中国文学批评史》始,在西方文学与学术观念的激发与推动下,经过朱自清、郭绍虞、罗根泽、方孝岳、朱东润、傅庚生等一大批学者的辛勤耕耘,持续开拓,终于为古代文论研究学科的现代转型奠定基础。诸位先贤的理论观念、思维方法并研究立场在在不同,然其合力却使独立的学科意识日渐发萌、滋育,学科属性亦益加明显,进而令古代文论研究终于摆脱了"或仅说做法,或笼统略评,或摘句推敲,并杂及诗人的琐务和韵事"② 的旧式形态,努力以符合现代学术观念的话语形态,来使传统的诗文评脱胎换骨,升等为现代学术门类中的一员,并时刻保持与文艺学和古代文学两门邻近学科的密切互动,形成相互依赖、相互补充的学术格局。

第四节　从"诗文评"到"文学批评"

如果二十世纪初古代文论研究领域对于现代西方文学观念的引入以及由此展开的学科创设过程大致如前所述的话,那是否可以说,"文学"与"文学批评"义界的最终确立,与其说是一则客观事实被发现出来,毋宁说是一套主观话语被创制出来。"文学"或非一则义界凝定的概念名称,更是一种变动复杂的"话语实践",麦克唐纳所谓:"话语随着话语在其里面成型的各种制度设施和社会实践之不同而有所不同,也随着那些言说的人们的立场和那些被他们教训的人们的立场之不同而有所不同。"③

从"话语实践"的角度来看待这一被创制过程,那更深刻的问题并非何谓文学,而是究竟是哪些力量透过何种途径最终"生产"出今日你我皆视如平常的文学的?一如特里·伊格尔顿在《文学理论引论》中所指出的那样:"我们不仅揭示了文学并

---

① 　傅庚生:《中国文学批评通论》,商务印书馆 1947 年版,第 198 页。
② 　张陈卿:《钟嵘诗品之研究》,北京文化学社 1926 年版,第 10 页。
③ 　(美)Diane Macdonell:Theories of Discourse,p.1,Blackwell ,1986 转引自罗岗《文学:实践与反思——对一个论题的重新探讨》,载《现代中国》第二辑,北京大学出版社,2002 年。

不在昆虫存在的意义上存在,以及构成文学的种种价值判断是历史地变化着的,而且揭示了这些价值判断本身与种种社会意识形态的密切关系,它们最终不仅涉及个人趣味,而且涉及某些社会群体赖以行使和维持其对其他人的统治权力的种种假定。"①

如果我们借鉴伊格尔顿的理论和方法来审视中国问题,则势必要将现代意义上的"文学"观念的兴起置于建构它的历史语境中去。

外乱频仍,迭遭侵凌,使得传统文化在与外来文化作全面冲突与全面交汇的过程中失去了对知识分子的说服力,进而危及存在合法性。尤其是某种程度上作为传统帝国体制"核心部分"的科举制度在 1905 年被废除,导致传统的"士"阶层进入社会体制和权利获取的方式丕变,现代知识分子发挥影响和作用的方式也一转为投身报刊传媒与现代教育体制,极大改变了传统中国文学的传播方式和写作方式。②

在此语境下思考和确立"文学"之义界,显然并非一个自然化的行为。在旧有的文化制度和政经制度遭遇双重危机的背景下,关于文学的思考不可避免地需要面对和回应这一危机。当将"文学"之义界从传统推导至现代,其实也是知识分子们为中国提供的现代性方案之一种。既然纲纪伦理全然崩塌,传统政经架构难以撑持,那是否有可能依凭日渐趋于独立的文学或广义上的文化而重建文化的合法性和重续文化的生命力,并且实现对整体性中国文化危机的有效回应,"通过不断自我更新的紧张,它顽强地保存着自我"。③

就此而言,古代文论作为一门现代学科的建立,既为"文学批评"义界的确立提供了一种可能,同时也提供了一种创制方式。一门独立学科的建立,首先是作为一种文化的合理分化而呈现的,知识被系统化地承传和体制化地分类,"在这一过程中,不仅文化的不同组成部分(认知部分、表现部分以及道德部分)有了自己的'内在规律',这些价值领域之间也形成了紧张关系。"④落实到世纪之变的中国社会,诸多知识也日渐被技术化处理,成为一种非文化的领域,其含义与进程诚如汪晖所言:"首先是知识如何从文化中'分化'出来,其次是道德、审美领域从如何普遍的科

① (英)特里·伊格尔顿:《20 世纪西方文学理论》,伍晓明译,北京大学出版社 2007 年版,第 15 页。
② 关于近代中国知识分子与城市公共媒体之间的互动关系,可参看许纪霖等著《近代中国知识分子的公共交往》,上海人民出版社 2008 年版。
③ (日)竹内好:《何谓近代——以日本与中国为例》,《近代的超克》,孙歌编,李冬木等译,北京三联书店 2007 年版,第 183 页。
④ (德)尤尔根·哈贝马斯:《马克思·韦伯的合理化理论》,《交往行为理论:行为合理性与社会合理化》,曹卫东译,上海人民出版社 2004 年版,第 159 页。

学谱系中'分化'出来,第三是这种思想领域的'分化'与社会体制的变化的关系如何。"①

　　而作为"分化"结果的具体学科,同样需要面对整体性的文化危机。此前主要作为"修养"来加以传授的文学知识与文学技能,与以"兴会"闲谈形式为主的文学批评,皆须尽快转型为客观化、中性化和普遍化的知识形态。而这样的改换,更深在的目的则是借重构知识谱系和知识样态来重塑民族文化价值,撤除原本附着在"文学"之上的旧有的意识形态,使"文学"不再沦为政教工具,但恰是这种呈现为客观中性的知识形态建构,在现代大学制度的平台中成为"对现代人进行社会训练和知识训练的机制或'技术'",②促进实现造就未来中国亟须的"新人"的主体诉求。而学科独立与现代大学的出现,自来被视为"民族文化、国家历史、国家认同和国家统治的一个组成部分",其核心任务即是"建构和维系具有一致性的国家"。③ 在本尼特·安德森关于"想象的共同体"的阐述中,印刷语言和印刷文学使得即便彼此从未闻问但分享同一种语言文字的人群,也可透过"文学"感受到彼此的休戚与共,进而有助于创造现代民族国家这一"想象的共同体"。

　　同样值得指出的是,作为知识生产的文学教育本身也密布着各种文化权力的争夺。通过对"文学"、"文学批评"义界的不同描述和"文学经典"机制的不同建构,来为整个社会提供一套定夺文学与非文学,筛选好文学与坏文学的认知标准。就其最根底的面相,则如伊格尔顿所言:"它是这一切都存在的文学学术机构与整个社会中居统治地位的权力利益之间的一个权力关系问题。通过维护和有效控制地扩大所说的这种批评语言,社会在意识形态上的需要将得到满足。"④

　　不过,我们也不能完全将现代意义上的"文学"观念在中国的引入和古代文论学科的创设简单视作是一个完全被植入的过程。事实上,即便这一过程很大程度上确是不停在与强势的西方文化保持回应,有时甚至是被动的回应,以求缩短历史进程的时差,但我们仍旧不能忽视本土文艺传统和文学思想在这其中扮演的重要角色。

　　这条线索我们至少可以追溯至正当陵谷巨变的晚清,诚如王德威所指出的:"当晚清作者面对欧洲传统的同时,他们已然从事对中国多重传统的重塑。"⑤譬

---

①　汪晖:《知识的分化、教育改制与心性之学》,《现代中国思想的兴起》(下卷),北京三联书店 2007 年版,第 1335 页。
②　汪晖:《现代中国思想的兴起》(下卷),第 1387 页。
③　(日)三好将夫:《"全球化":文化与大学》,《全球化的文化》,弗雷德里克·杰姆逊、三好将夫编,马丁译,南京大学出版社 20002 年版,第 211 页。
④　(英)特里·伊格尔顿:《当代西方文学理论》,王逢振译,中国社会科学出版社 1988 年版,第 292 页。
⑤　王德威:《没有晚清,何来"五四"?》,《被压抑的现代性——晚清小说新论》,第 10 页。

如,黄遵宪不认同自古奉为圭臬之《六经》可阑入文之界域,认为:"《易》以言理,《春秋》以经世,《书》以道政事,《礼》以述典章。皆辞达而止,是皆文字。唯《诗》可谓之文章。"①在《人境庐诗草》自序中主张诗歌创作亟须在"诗境"、"取材"、"述事"和"炼格"四方面有所革新。不仅应博采历代诸家诸派之长,更可取方言俗谚、新词新典,汇融烹炼出"不为古人所束缚"的"为我之诗"。进而谋求改变中国语言与文字相脱离的状况,务使二者合二为一,因"语言与文字离,则通文者少;语言与文字合,则通文者多",力求文体现代化与通俗化,最终"令天下之农、工、商、贾、妇女、幼稚,皆能通文字之用",②开启了晚清"文界革命",亦为日后五四新文学反复研讨的言文合一与文体通俗化等问题肇启先声。

　　另一位旗帜人物则是梁启超。其言中国"非有诗界革命,则诗运殆将绝",以往的诗人不过是"鹦鹉名士"。今后"若作诗,必为诗界之哥伦布、玛赛郎然后可",作诗则必具备"繁富而玮异"的"欧洲之意境语句","欧洲之真精神、真思想",使用"日本语句"。"诗界革命"之时机已渐趋成熟,诗界之哥伦布、玛赛郎出世之日指日可待。③ 1902 年梁启超发表《论小说与群治之关系》一文,就小说改良政治、造就新民的作用作了肯定的回答:"欲改良群治,必自小说界革命始;欲新民,必自新小说始。"④向来在中国文学中处于卑下之位的小说因着"小说革命",地位大幅提高,知识分子意识到小说"其入人之深,行世之远,几几出于经史上","且闻欧、美、东瀛,其开化之始,往往得小说之助"。⑤ 不过伴随着小说地位提高的是,以梁启超为代表的正统文学观念控制了小说,使得"原来在外部压迫小说的正统儒家文学观念'内化',进入小说内部,使小说变为政治的工具。"⑥

　　王国维则从梁启超等人强调文学的社会作用转进抉发文学内在的审美性,主张"文学者,游戏的事业也",⑦指出美之性质在于"可爱玩而不可利用",⑧试图切断文学与政教之道的联系,明确肯定文学价值的独立性与自律性。他认为文学之功用在"描写人生之痛苦与其解脱之道,而使吾侪冯生之徒,于此桎梏之世界中,离此

①　黄遵楷:《先兄公度事实述略》,《人境庐集外诗辑》附录三,中华书局 1960 年版。
②　黄遵宪:《日本国志·学术志二·文学》,《中国近代文学大系·文学理论集一》,上海书店出版社 1994 年版,第 56 页。
③　梁启超:《夏威夷游记》,《中国近代文学大系·文学理论集一》,第 675—677 页。
④　梁启超:《论小说与群治之关系》,《中国历代文论选·近代文论》,舒芜等编选,人民文学出版社 2006 年版,第 161 页。
⑤　严复:《国闻报馆付印说部缘起》,《中国历代文论选·近代文论》,第 200 页。
⑥　袁进:《中国文学的近代变革》,广西师范大学出版社 2006 年版,第 167 页。
⑦　王国维:《文学小言》,《中国历代文论选·近代文论》,第 776 页。
⑧　王国维:《古雅之在美学上之位置》,《王国维遗书》第五册,上海古籍书店 1983 年版,第 23 页。

生活之俗之争斗,而得其暂时之平和",①深受叔本华影响的王国维摆脱了古来士大夫赏玩诗文的自娱心态,而是直面人生悲苦真相而欲超越之的深沉之情,文学绝非社会与政治议题的附庸。

1907年,鲁迅在《河南》杂志发表了集中体现当时文学思考的论文《摩罗诗力说》。强调文学的功能在于使人"兴感怡悦"、"涵养人之神思",而"与个人暨邦国之存,无所系属",并批评中国传统的文学创作多"拘于无形之之囹圄,不能舒两间之真美"。同时鲁迅亦颇注重其"自与人生会,历历见其优胜缺陷之所存,更力自就于圆满"的"斯益人生"之一面,指出中国文学的出路在于"别求新声于异邦"。② 周作人亦不逊乃兄。经由对中西文学各自源头的比较,道破中国传统文学观念的局限,即混淆政治与文学之划界,"立劝惩为枢极,文章与教训,漫无畛畦,画最隘之界,使勿驰其神智",③以致诸多文章之士"不惜折其天赋之性灵以自救樊鞅"。④

不论是黄遵宪、梁启超、严复等人将文学视为重塑国民精神方式之一种,还是王国维、鲁迅、周作人敏锐地意识到文学的审美主体性与超功利特质,也不论晚清"诗界革命"、"小说界革命"、"文界革命"对于中国传统诗文形式并内涵之再认识及对小说价值之肯认,还是关于中国文学之出路的借镜/借贷西洋,种种观念的研讨与实践的尝试,都可说是文学观念自传统至现代的转型实验。其思考或有偏窄处,创作或有幼稚处,但无不充溢着知识分子们在面对变革时所付出的宝贵心力。同时,这些思考和实践也为现代意义上的"文学"观念的引入和对"文学"义界的重新确立提供了先导,并尽量以自身的方式读取舶来的思想观念,使之更好适应本土语境,共同完成"文学"观念的建构。我们当然无意将中国现代性的开展与发展尽皆视为晚清的文学遗产,认同"没有晚清,何来五四"并非宣称"唯有晚清,才有五四"。只是指出当西方的思想观念被引入中国时,华夏本土的文化传统与思想观念本身也正处于澜翻潮涌的重塑与重估的历史进程中,日后视如完全脱胎西方思想的现代文学观念并非石破天惊的横来剧情,相反是不同的文化资源、思想观念与操作形式互相角力、杂糅之后的诞育物。

正如雷蒙德·威廉斯对于"文学"一词所作的文化学意义上的探讨:"这个词汇在表面上不会令人觉得难以理解,除非我们提出问题:是否所有的书本与著作皆是文学?(如果不是,究竟哪些类别被排除? 根据什么标准?)。"⑤如果我们接纳威廉

---

① 王国维:《红楼梦评论》,《中国历代文论选·近代文论》,第751页。
② 鲁迅:《摩罗诗力说》,《鲁迅全集》第一卷,人民文学出版社2005年版,第74页。
③ 周作人:《红星佚史》序,《苦雨斋序跋文》,止庵校订,河北教育出版社2002年版,第6页。
④ 周作人:《论文章之意义暨其使命因及中国近时论文之失》,《周作人文类编》第三册,第1—30页。
⑤ (英)雷蒙德·威廉斯:《关键词——文化与社会的词汇》,刘建基译,北京三联书店2005年版,第269页。

斯的观点,那就意味着我们的任务并非简单缕述现代意义上的"文学"观念的具体内容及其嬗变过程。作为社会语言发展的一则突出例证,"文学"义界的衍变,"文学批评"的创制,尤其是晚近中国语境中的衍变,其价值是"不断为某种处在变化中的实践意识找到新的(活动)方式、新的形式和新的定义",因此,"文学"的"许多能动价值决不能只被看做概念"。① 我们必须试图析解观念背后的历史建构过程,考掘以"知识"形态出现的"文学"究竟是如何依凭"知识"的面目而获得合法性基础,进而思考现代意义上的"文学"观念本身作为现代性的一种产物,它又是如何反过来为中国的现代性提供一个可堪深思的视角和可资参考的方案。

① （英)雷蒙德·威廉斯:《马克思主义与文学》,王尔勃等译,河南大学出版社 2008 年版,第 58 页。

第二章
从复古到求新

——文学典范的价值转移

在 1929 年出版的《中国文学进化史》一书中,著者谭正璧给文学史下的定义是:"叙述文学进化的历程和探索其沿革变迁的前因后果,使后来的文学家知道今后文学的趋势,以定建设的方针。"甚且认为,"文学史所叙述的文学是进化的文学,所指示的途径是向进化的途径,能够合于这原则的是好的文学史。"①

径以"进化"作为评定文学史著作优劣的标准,如胡适所谓"一部中国文学史只是一部文字形式(工具)新陈代谢的历史,只是'活文学'随时起来替代了'死文学'的历史",②对于进步文学史观的无上推崇几乎成为二十世纪初中国文学研究领域中的主流。事实上,作为一种重要的思想观念,进化论因其正契合国人求变求新,力争挽国族于危亡的现实需求,遂成为对国人造成巨大冲击的西方学说之一,举凡"哲学、伦理、教育以及社会之组织,宗教之精神,政治之设施,几无一种不受它的影响"③。而当进化论从最初的自然科学领域日渐滋蔓到社会文化领域,也就意味着进化论在中国的时代语境中已然成为这个民族现代意识形态的最主要内容之一。甚至我们可以这样说,某种意义上进化论在中国之兴起与流播,恰为日后马克思主义在中国的传播提供了理论前提与思想基础。至于中国古代文论研究之属,亦因大量借镜进化论来重估古人言说,而取得迥异前此的现实效果。

第一节　复古、循环与新变

费正清在与赖肖尔合著的名作《中国:传统与变革》中指出:"中国人传统上把他们的过去解释成一连串王朝的循环……他们(中国人)有这样的观念,认为人们

---

① 谭正璧:《文学与文学史》,见《中国文学进化史》,上海古籍出版社 2012 年版,第 14 页。
② 胡适:《四十自述·逼上梁山》,《胡适文集》第二卷,第 457、458 页。
③ 陈兼善:《进化论发达略史》,《民铎》第 3 卷第 5 号。

最希望的再现古代的黄金时代。结果,中国文明的巨大发展就只不过隐藏在这种表面的人间诸事的循环运动之中。"①诚如费氏所言,中国传统文化确乎呈现出一种复古是尚的倾向与循环往复的趋势。在这种倾向与趋势的影响下,传统知识分子毕生追求的是恢复"三代之治"的盛况——一个政治、文化、物质生活、思想伦理都保持和谐完满的社会状态,知识分子需要做的是在不同现实情境中探索归返的途径与设计可能的方案。

基于此,一种以崇古是尚的复古文化模式渐自确立。这里暗含着对于消逝时代的深切缅怀,也充溢着对当下现状的深刻不满,以及对于理想社会秩序重建的深度焦虑。在他们看来,现实多是今不如昔的每况愈下,而最期待的盛况是"使万物各复归其根,则是所修伏牺氏之迹,而反五帝之道"②。

复古的价值取向深刻影响了人文社会的整体建构。即就学术领域而言,从汉代今文经学的谶纬之学、唐宋古文运动、明清考据学以至绘画、书法,皆贵古贬今。在古人看来,"古"不仅是一套须奉若神明的价值标准,更是一处取之不尽用之不竭的历史源泉。所有的革新,既要通过传统来加以评判,更要从传统中汲取思想与话语资源以正名之,所谓"托古改制",即是以更早的"古"去批判和校正时间序列较后的"古"。"古文运动"上追秦汉而贬抑六朝,明人论诗不满宋调而高喊"文必秦汉,诗必盛唐",清阮元论书主张"卑唐",以北魏碑学之沉拙力矫帖学之姿媚,凡此种种,皆可为证。

与"复古论"相依相循的则是中国传统思想观念中的"循环论"。此说肇始于邹衍的"五德始终说"。据《吕氏春秋·应同》所记,五德乃"土木金火水"五行相生相克原理的产物,依次为土德首胜,木克土,故继之,此后则金、火、水迭相承续,终由土继之,如此循环不止。每一德盛行之时,必有与此德相对应的一套人文社会建制产生,所谓虞土、夏木、殷金、周火,如此形成一套完整的历史循环。

古人又认为天地四时亦一循环系统,万物流转生灭,推及人事代谢,乃至国家、民族的盛衰递嬗,皆在此中,故《易》所谓"无平不陂,无往不复"。万物生灭或有始终,然就整体世界言,则生灭相继,兴衰相续,恰呈变动不居之势,获致某种"内在稳定性",而"每一新的东西某种程度上也就是旧的东西",因此"新"往往只是"永恒"中的一部分,"历史目的观与古代称作恒定运动的观念相比,就居于退居其次的地位"。③

由"复古论"与"循环论"共同构筑起来的阐释系统,极大影响了中国人对于历

---

① (美)费正清 赖肖尔:《中国:传统与变革》,江苏人民出版社2012年版,第64页。
② 汉·刘安:《淮南子·览冥训》。
③ (德)鲍德刚:《中国人的幸福观》,严蓓雯等译,江苏人民出版社2006年版,第89页。

史与现实的看法。一方面,人们认为整个自然社会与人文社会的展开都依循着循环往复的原理,重要的不是观察现在,而是了解过去,只有基于对历史的深刻洞悉,才能透彻把握当下,所谓"彰往而察来"。另一方面,这种强大的历史主义,使得人们更为强调对于规律的信守,并不乐于夸大个人的能力与价值,个人的价值在于能准确地识别"时"与"势"。换言之,中国传统价值观强调的是与历史构建一种和谐关系,强调个人只有透过对整体历史的把握,明确自身适宜的位置,才谈得上创造成功的人生。其弊端则导致民族整体精神面貌和文化性格的保守与封闭,将历史的演变简化为天道的循环,"个体价值完全从属于这个作为外在权威的超个性的普遍秩序"①,以致奴性增长,拘执禁锢。

不过,虽然复古论和循环论给中国传统文化抹上了一层浓重的宿命论色彩,但这并不意味着中国传统思想完全否定新变在历史进程中的作用。如果说复古论更多追求历史的"本然","循环论"更多着重历史的"必然",那么传统思想中的"变易观"则更多着眼于历史的"应然"。

然而,中国式的"变易观"亦非西方文化的线性历史观,体现为连续的、直线的、不可逆的发展形态,而是线性与循环两者兼备。按照中国传统文化的看法,则一为常,一为变,"常中有变,变中亦有常,中国古人用一时字,即兼容并包常与变之两义。"②社会发展规律是为常,个人虔然信守,但若拘囿于此,则又不免不够"通变",因为万物皆处于消长转化的变化过程之中。所以中国传统思想中的进步观首先表现为对常的确认与明晰,并不因为强调变,而完全否定常的价值,常更多是作为变的基础而存在,由此变才获得合法性与正当性。就整体来说,中国人求取的是守恒的价值,但就其中每个面向而言,又无不因时生变。正在这常变交错,迭相推演的过程中,整体历史状况缓缓发生改变,向前行进,迥异于西方式的激进直截的线性发展模式。

由此可见,中国传统思想是一复古论、循环论并变易观互为融摄的综合体。历史之开展与前进,并非如西方传统的线性历史观般直截,而是在常变交叠中呈螺旋式上升。虽然多弹盛衰相继、周而复始之类颇似循环复古论之老调,但就历史主流发展而言,则仍旧不乏主张承续中有创造,因袭中求革新的新变之声。

这一新变之声,及至晚清,更蔚为大观。列强逼近,政治荒败,民生日艰,俗乱道倾,逢此三千年未有之大变局,知识分子纷纷亟思富强救国之策。具体因应之道,自多纷呈,然一切章法,皆可归结为求变,不论是出于自强兴邦之主动求变,抑或是碍于兵临城下之被动求变,皆不得不变。在为中国设计的各种"变局"方案中,

---

① 李泽厚:《秦汉思想简议》,《中国古代思想史论》,北京三联书店 2013 年版,第 179 页。
② 钱穆:《变与化》,《晚学盲言》,北京三联书店 2010 年版,第 75 页。

有一种在晚清颇为盛行，即传统的"公羊三世说"，时人纷纷据此提出具体的政治变革构想，成为晚清最重要的历史发展观。

"三世"者，所见世、所闻世、所传闻世也。据《公羊传》所记，孔子作《春秋》，"所见异辞，所闻异辞，所传闻异辞"。意谓《春秋》之编写，本诸"自近者始"之原则，远者简约，近者详赡。董仲舒据此申论："《春秋》分十二世以为三等，有见、有闻、有传闻，有见三世，有闻四世、有传闻五世。"①此处之"世"，乃在位时间之意，与日后"三世说"之"世"并不相同。董仲舒虽然将十二世分为三等，要之仍旧意在论述孔子作《春秋》之"自近者始"的写作原则，所谓"世愈近而言愈谨"。

待东汉公羊学大师何休在为《春秋公羊传》作注时，"三世"之说渐始成为一种新的历史观：

所见者，谓昭定哀，己与父时事也；所闻者，谓文宣成襄，王父时事也；所传闻者，谓隐桓庄闵僖，高祖曾祖时事也。……于所传闻之世，见治起于衰乱之中，用心尚粗犷，故内其国而外诸夏；……于所闻之世，见治升平，内诸夏而外夷狄；……至所见之世，著治太平，夷狄进至于爵，天下远近大小若一。……所以三世者，礼为父母三年，为祖父母期，为曾祖父母齐衰三月，立爱自亲始，故《春秋》据哀录隐，上治祖祢。②

何休认为"三世"之分蕴蓄着孔子的微言大义。"所传闻之世"象征着孔子心目中的衰乱之世，"所见之世"则系升平之世，至于"所见世"则为太平之世。何休至此已然跃出单纯就《春秋》写作笔法的讨论藩篱，所表述的"公羊三世说"，归结言之即由据乱至升平，终至太平的历史发展过程。

而从中国学术发展史的角度来看，魏晋之后，公羊学日渐衰败，直到清乾嘉之际，因有感训诂、典章、名物之学无济于世，遂转进倡言今文之学。而今文五经中，独《公羊传》存世，故是书渐为世所重。

就中尤为重要的一支，即是以庄存与、刘逢禄为代表的常州学派。诚如艾尔曼所言："今文经学代表着一个充满政治、社会、经济动乱的时代的新信仰，它倡导经世致用和必要的变革。"③在时代允许的范围内，力图从西汉经学中汲取思想与话语资源，重构现实，干预当下，并为未来奠定合法性。但从严格意义上讲，不论是庄存与的《春秋正辞》，还是刘逢禄成所著的《公羊何氏解诂笺》、《公羊何氏释例》等大量今文经学著作，阐幽释微，彬彬可观，要之仍旨在通过向西汉今文经学的复归来

---

① 汉·董仲舒：《春秋繁露·楚庄王》。
② 汉·何休：《春秋公羊经传解诂·隐公元年》。
③ （美）艾尔曼：《经学、政治和宗族——中华帝国晚期常州今文学派研究》，赵刚译，江苏人民出版社 2005年版，第 238 页。

冲击彼时的意识形态，未将矛头直接指向现实政治，是"一种有关政治合法性的经学研究，一种政治实践的理论，一种适应王朝体制的历史变化而不断完善的历史观和世界观的建构"①，而真正使公羊学变为重构现实政治社会的重要力量的，允推龚自珍和魏源。

龚自珍对公羊三世说的哲学体系进行了颠覆性改造，他认为封建统治的演变规律为"治世——衰世——乱世"，所谓"书契以降，也有三等"，"治世为一等，乱世为一等，衰世为一等"，并宣称当时的中国社会已沦为"衰世"，陷入"痹痨之疾，殆于痈疽，将萎之华，惨于槁木"的窘境。② 而衰世之后即为乱世，即要"当兴王"，"以俟蹞兴者之改图"，③龚氏认为此时将有一场巨大的社会变革发生。因此他将三世说中的变易进化部分尤加发挥，指出："自古及今，法无不改，势无不积，事例无不变迁，风气无不移易。"④准此，"公羊三世说"不再只是王朝兴衰循环论的阐释形态，或只是在经学视野内就王朝意识形态和具体历史知识展开考辨说明的学术话语，而成为知识分子从汉学的冗碎和宋学的疏空中摆脱出来，转向社会实践的一大进阶。尤为值得注意者，则是龚自珍的自铸新词亦影响了日后知识分子的思考方式，为进化论的流播盛衍铺垫了道路。

与龚氏一样，魏源也自许为经世派人物，同时也是他所在时代最具原创力的政治思想家。⑤ 这种原创力，既反映在他所编著的第一部系统介绍西方国家的专论《海国图志》，及囊括经世致用之学的皇皇巨著《皇朝经世文编》里——这两部书为其赢得了倾向进步与认清现实的美名——同时也反映在他对于古代经典的现实政治性解读里。

魏源不愿如大多数学者般在一字一词中争胜负，因为任何锱铢必较的训诂考据，仍旧只是将古代经典限制在狭隘的学术研究中的做法，"锢天下聪明智慧，使尽出于无用之一途"⑥。他致力发现经典与解决现实问题之间的可能，"以《周易》决疑，以《洪范》占变，以《春秋》断事，以《礼》、《乐》服制兴教化，以《周官》致太平，以《禹贡》行河，以三百五篇当谏书，以出使专对，谓之以经术为治术。"⑦他不仅试图在上古典籍中寻求因应现实之道，更意在从中发现一种更为珍贵的普遍性原则。

① 汪晖：《内与外（一）：礼仪中国的观念与帝国》，《现代中国思想的兴起》上卷，第490页。
② 龚自珍：《乙丙之际箸议第九》，《龚自珍全集》，上海古籍出版社1999年版，第6—7页。
③ 龚自珍：《箸议第七》，《龚自珍全集》，第6页。
④ 龚自珍：《上大学士书》，《龚自珍全集》，第319页。
⑤ 关于魏源思想的研究，可参考贺广如《魏默深思想研究——以传统经典的诠说为讨论中心》，台湾大学出版社1999年版；孔飞力《中国现代国家的起源》第一章《政治参与、政治竞争和政治控制——根本性问题和魏源的思考》，陈兼等译，北京三联书店2013年版，第27—49页。
⑥ 魏源：《武进李申耆先生传》，《魏源集》，中华书局2009年版，第359页。
⑦ 魏源：《默觚上·学篇九》，《魏源集》，第24页。

魏源所发现的普遍性原则,亦为"变"。龚自珍疾言"衰世"的到来,预言"乱世"的开启,变革成为无法回避的社会图景。而魏源则率直表明"变"之本身就是完美政治秩序的来源:"以三代之盛,而殷因于夏礼,周因于殷礼,是以《论语》'监二代',荀卿'法后王',而王者必敬前代二王之后,岂非以法制因革损益,固前事之师哉!"①历史上并无一恒定不变,供后世模拟的社会制度存在,"自三代之末至于元二千年,所谓世事理乱、爱恶、利害、情伪、吉凶、成败之变,如弈变局,纵横反覆,至百千万局。"②与其心心念念恢复并不存在的凝定的政治模式,"三代以上,天皆不同今日之天,地皆不同今日之地,人皆不同今日之人,物皆不同今日之物",不如切实把握变革之力,以期"变古愈尽,便民愈甚"。③ 因为"废谱而师心,与泥谱而拘方,皆非善弈者也",真能用以应对时局改换的力量,绝非抱残守缺,而是"有变易之易而后为不易之易"④。

或许确如孔飞力所言,魏源期待国家"通过让文人们更为热诚地承担责任以及更为广泛地参与政治,从而在国家变得更加富有生气的同时,也使得威权统治得到加强",最终"向我们揭示了中国现代国家起源的独特性和本土性"。⑤ 但关键的问题在于,魏源在变革之力与"三世说"之间构建了一种更其周至灵活的关系,在为后者提供多一重理解维度的同时,也为前者夯实了理论合法性。

因此,虽自晚清开始西方进化论日渐大行其道,为中国引入了一种全新的历史观和世界观,由此从政治、学术、文化等多方面改变了中国固有的思想价值观念。但这一引入不能完全被解释为一个被动植入的过程,其间本土文化实亦扮演着重要角色。身处全新历史图景前的知识分子们,虽然无奈地接受中国与世界从抽象的价值观念到具体的日常生活之间都存在着巨大断裂与鸿沟的现实,但终究不甘完全随世推移,而是努力从自身传统中撷取与进化论可能有绾接相合的话语资源,以此因应时势,形成传统思想资源的重新阐释与价值重估。此时,"以进化论为形式的西方进步观念,才可能以易理之类的传统资源为接榫口",形塑了"中国人的进步观"。⑥

① 魏源:《明代食兵二政录叙》,《魏源集》,第161页。
② 魏源:《默觚下·治篇十六》,《魏源集》,第79页。
③ 魏源:《默觚·治篇五》,《魏源集》,第47—48页。
④ 魏源:《默觚·治篇十六》,《魏源集》,第79页。
⑤ (美)孔飞力:《中国现代国家的起源》,陈兼等译,北京三联书店2013年版,第31、49页。
⑥ 高瑞泉:《进步与乐观主义》,收入许纪霖等编《现代中国思想的兴起》,上海人民出版社2012年版,第136页。

第二节　进步的渴望

就西方进化论在中国的传播史而言,目前所能见到的最早相关文献,系1871年由著名学者华蘅芳和美国传教士玛高温合译出版的英国地质学家赖尔的《地质学原理》一书。翌年,达尔文出版了《人类起源和性选择》一书,而1873年6月29日的上海《申报》即对此书有所报道,并称此书为《人本》。1877年英国在华传教士傅兰雅创办了《格致汇编》,发表了《混沌说》一文,就中即有动物进化到人的过程介绍。1884年北京同文馆组织翻译了美国传教士丁韪良的《西方考略》一书,绍介了达尔文物种起源的进化观念。可见进化论彼时已不同程度地经由多种渠道引介到中国。①

1898年4月,严复译英国生物学家、哲学家托马斯·亨利·赫胥黎之著作《天演论》出版。赫氏终身信奉达尔文进化论观点,自称为"达尔文的斗犬"。1894年其将有关进化论之论文,集为一册,以"进化论与伦理学及其他论文"为名正式出版,以简明晓畅的语言论述了"适者生存"之理。严复本人因译介此书一举成名,被推奖为"一个十九世纪末年中国感觉敏锐的人"②,所绍介之"进化论"思想亦在中国迅速传播开来。虽然达尔文本人的《物种起源》中文版直到1920年才由马君武历时二十载终告译介完全,上海中华书局以《达尔文物种原始》为题正式出版。

不过值得注意的是,赫胥黎本人并不认为"适者生存"这一生物界的自然科学理论能通盘应用于人类社会。他认为,人类社会的伦理规程与自然法则、生命过程不尽相同,人性自有天良,非如自然界寡情乏灵之物种,因此这一套"优胜劣汰"的法则的运用应严格限制在生物领域。但此时因受甲午战败之刺激,猛然憬悟只有"多看西书……是真实事业"③的严复并未切切遵循赫氏之主张。早年曾出国留学,为时任驻英公使郭嵩焘许为"于洋务所知者多……见闻广博,予每叹以为不可及"④,并在1881、82年即接触斯宾塞著作的他,虽肯认赫胥黎于进化论之论述,但其实他更心许斯宾塞的社会进化论。是以在具体翻译过程中,严复并未如其在"译例言"中所彰表的那般以"信、达、雅"为旨归,而是一如史华慈所指出的,更多体现了严复自身的意图而非作者的本意,不同程度地对赫著有所增删,并加三十多条长

① 关于进化论在中国的初期传播情况及背景,可参看汪子春:《达尔文学说在中国初期的传播与影响》,《中国哲学》第九辑,北京三联书店,1983年,第365—387页。王中江《进化主义在中国的兴起》则给予我们更详细全备的研究,中国人民大学出版社2010年版。
② 鲁迅:《热风·随感录二十五》,《鲁迅全集》第1卷,第311页。
③ 严复:《与严璩书》,《严复集》,第780页。
④ 郭嵩焘:《郭嵩焘日记》卷3,湖南人民出版社1982年版,第444—445页。

篇按语,以申论斯氏之观点,而赫著有异于斯宾塞处,则加以反驳与补正。①

　　具体来说,严复将"进化"一词译成具有普遍性意义的"天演"。而事实上,赫胥黎本只从物种竞争的角度阐释了"选择"的概念,并未提出"天"的概念。这一"天"的对象的创建,不仅出于严复希图从中国固有文化传统中找到一个对应物,更深在的原因是要强调进化论符合人类社会的本有规律。作为一个概莫能外的世界运行法则,任何试图从中逃逸的民族与个人,最终都将面临淘汰出局的下场。而任何人类社会的思想行为与制度实践,纵或各有妍媸,就其本质来说,皆为"天演"所统摄。

　　在构建了"天"这一驾临其上的主体后,严复同时标举达尔文进化主义中的"物竞"与"天择"之说。所谓"物竞",指的是"物争自存也,以一物以与物物争,或存或亡,而其效归于天择也"。所谓"天择",指的是"物争焉而独存。则其存也,必有其所以存,必其所得于天志分,自致一己之能,与其所遭值之时与地,及凡周身以外之物力,有其相谋相剂者焉"。并为弥补赫胥黎之不足,增添了原文所无的斯宾塞之言"天择者,存其最宜者也",而后自添一解,指出"夫物既争存矣,而天又从其争之后而择之,一争一择,而变化之事出矣"。② 在严复看来,"物竞"与"天择"之间有一逻辑关系,即物先争"自存",而后由"天"来加以拣择,而"天"之拣择的目的与标准,则是以求"存其最宜者"。换言之,如果一物、一人乃至一民族,能自"物竞"中胜出,最终为"天"所择,那么这不仅是物自身出于生存的需要,更完全符合"天"要"存其最宜者"的世界法则。严复混融了达尔文主义的"物竞天择"说与斯宾塞的"进化"观所建构出来的"天演论",已不再是赫胥黎的复刻产物,而是具有个人鲜明印记和现实指向的一套思想观念。

　　由此可以理解,何以严复不满赫胥黎仅仅将"物竞天择"说限制于生物领域,又何以其试图借镜斯宾塞的社会进化论观点来拓延赫氏之说,甚至他较之斯宾塞的社会达尔文主义更其激烈,认为:"小之极于跂行倒生,大之放乎日星天地;隐之则神思智识之所以圣狂,显之则政俗文章之所以沿革。言其要道,皆可一言蔽之,曰'天演'是已。"③在严复看来,达尔文的生物进化只是作为"天演"法则的生物界应用。他所注目的并非生物进化说,而是建基于上的,能够用以解决中国现实问题的新的世界观,"推之农商工兵语言文学之间,皆可以天演明其消息所以然之故"。④

　　因为中国不能自外于"物竞天择"的"天道",所谓"顺天者存,逆天者亡。天者

_____

① 关于严复对于赫胥黎《天演论》具体翻译处理,可参看赵稀方《〈天眼论〉与〈民约论〉》,《现代中文学刊》第20期,华东师范大学出版社2012年,第87—99页。
② 严复:《天演论·导言一·察变》,《严复集》第5册,第1324页。
③ 《严复集》,第1326页。
④ 严复:《天演论》,第8页。

何？自然之机，必至之势也。"①若是中国再不猛然自省，则将濒临瓜分鱼烂、国破家亡之境地。不过，在严复看来，"物竞天择"之"竞"表明了所谓的"优"与"劣"并非恒定不变，恰恰相反，这是一个时刻变更改易的过程。昨日之"优"未始不可落魄为今日之"劣"，而今日之"劣"也未始不可一振颓势，猝然升等为"优"。严复的初衷并不在宣告中国已然臻于灭顶，而是希望借"物竞天择"说，为老大中国下一剂猛药。因此，他既援用赫胥黎之主张，并延展至社会领域，又不完全认同斯宾塞"任天为治"的社会达尔文主义倾向，试图在确认生存欲求的正当性前提下，促迫人们有所作为，为此他资引中国传统的道德主义观念来破解完全"以力为本"的斯宾塞之说，使得中国仍有自救图存之可能。这一"尝试将西方文化的优点与中国固有的智慧结合在一起，以调适的方法，建立富强，自由与文明的新中国"②的理论思考，就其思想内涵来说，超越了清末以来传统的所谓"中体西用"中西文化关系论，具有不可轻忽的思想力量。

　　严复肯认了进化论所标举的历史价值观，即"世道必进，后胜于今"，虽然这一过程时刻"包含着进化与循环的双重特性，而且也始终存在着自然主义和道德主义的冲突"。③ 但他仍然指出中西事理之"最不同而断乎不可合者"，乃在于"中之人好古而忽今，西之人力今以胜古"，"中之人以一治一乱、一盛一衰为天行人事之自然，西之人以日进无疆，既盛不可复衰，既治不可复乱，为学术政化之极别"。④ 由此可见，严复显然明晰进化论背后之西方思想背景与中国传统观念的价值冲突。然而不论这种冲突多么激烈，严复仍旧执意舍中取西，因为"士生今日，不睹西洋富强之效者，无目者也。谓不讲富强，而中国自可以安；谓不用西洋之术，而富强自可致；谓用西洋之术，无俟于通达时务之真人才，皆非狂易失心之人不为此。"⑤

　　如果说严译《天演论》使得"物竞天择之理，厘然当于人心，中国民气为之一变"，⑥以致中国近代知识分子几乎少有不被影响的，但若就此认为进化论之大为盛衍即全赖严译，则亦未免轻忽了中国本土思想资源在这其中所起的作用。而在取资中国传统思想资源，以谋求在中国固有文化观念中提取烹炼进化之说的代表人物，当推康有为。

　　康氏光绪八年(1882)参加顺天乡试，未中，归粤途中购江南制造局及教会所译

①　严复：《〈原富〉按语》，见《严复集》第 4 册，第 896 页。
②　黄克武：《惟适之安：严复与近代中国的文化转型》，社会科学文献出版社 2012 年版，第 4 页。
③　汪晖：《宇宙秩序的重构与自然的公理》，《现代中国思想的兴起》下卷第一部，北京三联书店 2008 年版，第 922 页。
④　严复：《论世变之亟》，《严复集》第 1 册，第 1—2 页。
⑤　同上注。
⑥　严复：《述侯官严氏最近之政见》，《民报》第二号。

各类西方书籍。举凡声光化电、地质天文，数学生物，皆有涉猎，由此"知万国之故，地球之理"①。康氏自地质、天体并生物承传演化的过程中，憬悟到进化之伟力，复及于社会发展。待严译《天演论》出版，更是推崇备至，推举此乃"中国西学第一者也"。

而最能彰显其人进化论思想的观点当属"公羊三世说"。前述关于"公羊三世说"的历史演绎，显然都对康氏有所影响，不过他并未依附群言，反倒独任己见。自然科学的学习经验，已使其对进化论抱有好感，更认为人类社会之发展历程也须如生物进化般，循序渐进，并试图以"公羊三世说"为理论依据来表陈一己之进化史观。

康有为指出："三世"为孔子非常大义，托之《春秋》以明之。所传闻世为据乱，所闻世托升平，所见乖托太平。乱世者，文教未明也；升平者渐有文教，小康也；太平者，大同之世，远近大小如一，文教全备也。大义多属小康，微言多属太平。为孔子学，当分二类，乃可得之。此为《春秋》第一大义。"②他认为"三世"乃孔子寓托在《春秋》之中的"非常大义"，而与其说他为"三世说"张目，毋宁说是借此来寄托自己的"非常大义"。

他先据"三世"而创"据乱"、"升平"、"太平"三世，后又与《礼记·礼运》中的"大同"、"小康"观念相勾连，使得"春秋三世说"一改此前循环往复的模式，而带有明显的价值判断与立场倾向——即从"据乱世"到"升平世"最终升等为"太平世"——前后构成层级梯进的进化过程，并从中抽绎出人类社会历史发展的普遍性意义："孔子三世之变，大道之真在是矣，大同小康之道，发之明而别之精，古今进化之故，神圣悯世之深在是矣。相时而推施，并行而不悖，时圣之变通尽利在是矣。"③

这一旨在实现以"仁"为鹄的社会历史进化理论，不仅在时间上呈直线进程，在道德层面也呈逐级臻于完善的趋势，"小康"、"大同"都不再仅仅是对于社会发展程度的单纯标示，更是充满儒家道德理想主义色彩的价值评价。在这一直线进程中，任何历史阶段都须按部就班，不可能出现"大跃进"式的超越发展："凡世有进化，……未至其时，不可强为。……可行者，乃谓之道，故立此三世以待世之进化焉"，而"生当乱世，道难躐等，虽默想太平，世犹未升，乱犹未拨，不能不盈科乃进，循序而行"，不然"乱次以济，无翼以飞，其害更甚矣。"④

康有为高弟梁启超推奖其破除了数千年中国学术奉"保守主义"为圭臬的蔽

---

① 楼宇烈整理：《康南海自编年谱（外二种）》，中华书局 1992 年版，第 6 页。
② 康有为：《春秋董氏学》卷二，《康有为全集》第二集，第 671 页。
③ 康有为：《礼运注叙》，《康有为全集》第五集，中国人民大学出版社 2007 年版，第 553 页。
④ 同上注。

障，"独发明《春秋》三世之义，以为文明世界，在于他日，日进而日盛。盖中国自创意言进化学者，以此为嚆矢矣。"①而与严复相较，则两者之不同，恰如史华慈所言："康有为肯定接受了人类社会必然进步的观念，但却企图从儒家学说受压制的一派（今文经学派）中引申出这一观念。严复则认为没有必要为自己心目中的新观念找一件中国的外衣。"②有趣的是，恰恰是观念的制造者到底最终选用哪一件自己心仪的"外衣"，决定了他们选择怎样的形式来表现心目中的观念。在康有为的例子上，我们不仅看到进化论是如何依凭传统内部的思想与话语资源建构生成，也看到传统内部与外部不自觉地在合力为进化论开拓思想疆界，更看到传统的思想观念以自身的方式来消纳外来学说，而这种消纳无形中也为外来观念涂抹上一层中国特色。所以或许问题并非如史华慈所言只是"身体"与"外衣"的关系这么简单，事实上，观念的最终成型，是由这两者互相渗透，互相影响所决定的。

作为与康有为和严复皆有深交的梁启超，对进化论也颇为推崇。1897 年他在《知新报》上发表《说群·群理一》，其言："自地球初有生物以迄今日，物不一种，种不一变，苟究极其递嬗递代之理，必后出之群渐盛，则此前之群渐衰，泰西之言天学者名之曰：'物竞'。"③显然严复之"物竞"说，已为其融摄。戊戌政变后，梁氏流亡日本，1902 年发表《天演学初祖达尔文之学说及其传略》，认为："达尔文者，实举十九世纪以后之思想，彻底而一新之者也。是故凡人类智识所能见之现象，无一不可以进化之大理贯通之。……数千年之历史，进化之历史；数万里之世界，进化之世界也。……此义一明，于是人人不敢不自勉为强者、为优者，然后可以立于此物竞天择之界。"④

在对进化论不吝赞辞的同时，梁氏更将进化视为人类历史之"公理"。⑤ 他深信"公理"之所以具有普遍性价值，恰恰在于它与社会现实每能互相印证，"事事而求其公例，学学而探其原理，公例原理之既得，乃推而按之于群治种种之现象"。⑥梁启超将进化论视为一套"公理"，意欲获得的不仅是将前者抬举到笼罩宇内的价值高地，更试图将"人的社会和道德实践与'公理'问题在根本上结合起来"，由此凸显"进化论不是对于世界万物由来和演化的科学描述，而是对宇宙有目的的证明"，

---

① 梁启超：《南海康先生传》，《饮冰室合集》（文集之六），中华书局 1989 年版，第 72 页。
② （美）本杰明·史华慈：《寻求富强：严复与西方》，叶凤美译，江苏人民出版社 2005 年版，第 75 页。
③ 梁启超：《说群·群理一》，《梁启超哲学思想论文选》，葛懋春编，北京大学出版社 1984 年版，第 13 页。
④ 梁启超：《论学术之势力左右世界》，《梁启超选集》，上海人民出版社 1984 年版，第 273 页。
⑤ 关于"公理"概念在中国现代思想中的运用及其影响，可参看王中江《近代中国思维方式演变的趋势》第六章《"公理"普遍主义的诉求及其泛化效应》，四川人民出版社 2008 年版。
⑥ 梁启超：《新民议》，《梁启超选集》，第 354—355 页。

因而"物竞天择是具有内在的目标的"。① 较之严、康二位,梁启超为进化论提供了一套更其方便运用的阐释模型。在严、康那里,万物自低级到高级的进化规律更多地是作为客观规律而存在,在梁氏这里,进化论则是读解和论证社会现实的认知架构,中国社会数千年之历史置于此中,无不一一彰明。

他认为自然界系"以草木为据乱,则禽兽其升平,人类其太平也",而人类社会进程则系"打牲为据乱,则游牧其生平,种植其太平也;游牧为据乱,则种植其升平,工商其太平也。而打牲之前尚有不如打牲之世界,则打牲已为太平;工商以前更有进于工商之世界,则工商亦为据乱"②。同时,他又指出:"治天下者有三世:一曰多君为政之世,二曰一君为政之世,三曰民为政之世。多君世之别又有二:一曰酋长之世,二曰封建及世卿之世。一君世之别又有二:一曰君主之世,二曰君民共主之世。民政世之别亦有二:一曰有总统之世,二曰无总统之世。多君者据乱世之政也,一君者升平世之政也,民者太平世之政也。此三世六别者,与地球有人类以来之年限有关之理,未及其世,不能躐之,既及其世,不能阏之。"③

但梁氏并未满足于仅仅将进化论作为判定社会发展历程的理论工具,甚至他觉得整个历史书写的目的就在于叙述"人群进化之现象而求得其公理公例者也","吾中国所以数千年无良史者,以其于进化之现象见之未明也"。④ 进而援引进化论观念将中国学术思想变迁视为一胚胎、成长、兴盛并衰落的过程。政治哲学方面,进化论也成为其政治思想之底色。在他看来,人类历史是"群体"历史,"个人"并无地位。人之所以优于禽兽,即在人能"合群"。而不同种族之间,其"合群"能力亦有高下之分,遂造成国之强弱之别,此所谓"善群"。西方社会每能强大,即因其"善群",而中国人每如散沙,故日趋衰落。若要提高国人"善群"之能力,端在"竞争",即"竞争者,文明之母也。竞争一日停,则文明之进步立止",激发国人的"竞争"观念,本质上就是为了使国家在世界冲突内取得优势,"循物竞天择之公例,则人与人不能不冲突,国与国不能不冲突,国家之名,立之以应群者也"。⑤ 一部进化的历史,就是一部"合群"的历史,也即是一部"物竞天择"、"优胜劣汰"的历史。

梁启超不仅深化拓延了康、严二位的进化论言说,将其演绎为一套认知架构与阐释模型,更值得注意者,乃其对于进化的念兹在兹,视为一国兴衰之源动力,使其选择以"破坏"作为肯认进化的一种手段。换言之,他一如前辈高高抬举进化之地

① 汪晖:《公理世界观及其自我瓦解》,许纪霖等编《现代中国思想的核心观念》,第30页。
② 梁启超:《读〈春秋〉界说》,《梁启超哲学思想论文选》,第25—26页。
③ 梁启超:《论君政民权相嬗之理》,《饮冰室合集》第1册,中华书局1989年版,第7页。
④ 梁启超:《新史学》,《饮冰室合集》第1册,第9、21页。
⑤ 梁启超:《新民说》,《梁启超选集》,第219页。

位,但更明晰唯有将阻碍进化的力量涤荡扫除,才谈得上真正将进化落实在具体社会实践上,进而张扬进化之价值。

因此,他虽然与康有为一样肯认"变"之重要与必要,不过他的"变"不再是改良式的渐变,而是趋近革命式的"激变"。在集中阐明其激进思想的《释革》一文中,他首先对英语中的 reform 和 revolution 作了辨析,认为中国的"革"字涵盖了这两个词的意义。日人将前者译为"改革"、"革新",却将后者误译为"革命",他指出后者也应译为"变革",而"革也者,天演界中不可逃避之公例也"。①　此处,看似梁氏以中性的"变革"替代了更具极端主义色彩的"革命",其本义乃是使得具有激进性质的"革命"能取得更多的言说空间。

准此,我们可以看出梁启超的理论逻辑——国之盛衰在于"天演","天演"在于"变革","变革"则须"破坏"。换言之,破坏是进化阶段中的必然,而任何的进化都须清除阻碍力量,唯有不断破坏,才能持续进步——破坏成了推动进化的重要力量和手段。破坏不仅是必须的,更是崇高的,不仅符合现实的需要,更被赋予道德的意涵。破坏不再是建设的对立面,相反它是建设的必要环节甚至前提,"破坏之药,遂成为今日第一要件,遂成为今日第一美德"②。

我们暂且不必讨论"破坏主义"之于梁启超政治立场与实践的具体影响。但正是其将"进化"上升为"公理",并落实为一套认知与阐释架构,进而又以"破坏"作为实现"进化"的一大力量,这一系列对于进化论的理解、阐释及处理操作,不仅张扬了"进化"的价值,巩固了线性历史观的建构,更开启了后世激进主义者以"保守—进步"、"新—旧"、"传统—现代"之类二元冲突思维的话语模式,其影响实不可低估。

不过虽然彼时进化论风靡中国,但也并非人人皆对此膜拜不已。如章太炎即作《俱分进化论》痛加驳斥。章氏早年也是进化论的信奉者,1898 年他即与曾广铨合作译介斯宾塞《论进境之理》一文。1900 年著《訄书》"原变"一文,明确宣讲进化论。1902 年因翻译日本学者岸本能武太《社会学》一书而受启发,动念撰写《中国通志》,且认为:"所贵乎通史者,固有二方面:一方以发明社会政治进化衰微之原理为主,则于典志见之;一方以鼓舞民气、启导方来为主,则亦必于纪传见之。"③甚至他与梁启超一样,认为历史撰写的核心价值即在于以"进化"之理求索"社会政法盛衰蕃变之所原"。④

① 梁启超:《释革》,《梁启超选集》,第 368—369 页。
② 梁启超:《十种德性相反相成义》,《梁启超选集》,第 163 页。
③ 章太炎:《致梁启超书》,《章太炎政论选集》,汤志钧编,中华书局 1977 年版,第 11 页。
④ 章太炎:《中国通史略例》,《章太炎全集》三,上海人民出版社 1984 年版,第 328—329 页。

　　然而在不断深入阅读西方材料的同时,章太炎不时以本土思维与材料印证西说,加以对于中国现实的深切关注,他认为严复所引介之进化论,已将中国带入不可自拔之深渊。

　　章氏之卓异深刻处,乃在其洞见作为自然规则的进化与人道无关:"黠者之必能诈愚,勇者之必能陵弱,此自然规则也,循乎自然规则,则人道将穷。于是有人为规则以对治之,然后丞民有立。……今夫进化者,亦自然规则也。……以进化者,本俨饰地球之事,于人道初无与尔。"①章氏认为,人类进化可分三方面,知识之进化、道德之进化与生计之进化。知识或与历史同步而进,但就后二者而言,则是"善亦进化,恶亦进化","乐亦进化,苦亦进化","双方并进,如影之随形,如罔两之逐影,非有他也",故诘问之,"然则以求善、求乐为目的者,果以进化为最幸耶? 其抑以进化为最不幸耶?"由此观之,则"进化之实不可非,而进化之用无所取"。②

　　尤迥异众人处,系章氏以法相唯识宗的人性论为基础,来诠解善恶并进与苦乐并进。善恶之所以并进,在于"熏习性"与"我慢心"。人性中有善、恶、无记三种子,在进化过程中,此三种子互为杂糅,并无一种子单线进化之理,故"善"进化,"恶"亦进化,其所谓:"生物本性,无善无恶,而其作用,可以为善为恶。……自尔以来,由有覆故,种种善恶,渐现渐行,熏习本识,成为种子。……种子不能有善而无恶,故现行亦不能有善而无恶。"此外,人性有"好真"、"好善"、"好美"之外,复有一好胜心,而"此好胜者,由于我执而起,名我慢心,则纯是恶性矣"。就个人而言,或可德养日进而抑制恶之扩充,然"就一社会、一国家中多数人类言之,则必善恶兼进"。③因此,"恶"之随进化而益进,且往往排抵"善",洵为显见之理。然则章氏立说非仅欲证明进化乃善恶苦乐的相混相融,更从根本上认为"进"之一念诚属虚妄:"然则所谓进者,本由根识迷妄所成,非实有此进。就据常识为言,一切物质,本自不增不减,有进于此,亦必有退于彼,何进化之足言!"④而进化论赖以成立的历史目的论前提,章氏亦不加认可,认为:"人之在斯世也,若局形气以为言,清净染汙,从吾志耳。安用效忠孝于宇宙目的为? 若外形气以为言,宇宙尚无,何有目的?"⑤

　　根本上说,章太炎对于进化论虽言辞激烈,要之本义乃在对当时"主持进化者"的反对。"主持进化者"将他们的殖民统治视为"一种进化论下的'自然的必然性'",使得弱国不仅"败于武力之下,又要败于'公理'之下",章氏借批判进化论进

---

① 章太炎:《四惑论》,《章太炎全集》四,第 456 页。
② 章太炎:《俱分进化论》,《章太炎全集》四,第 386 页。
③ 章太炎:《俱分进化论》,《章太炎全集》四,第 389—393 页。
④ 章太炎:《四惑论》,《章太炎全集》四,第 449 页。
⑤ 章太炎:《五无论》,《章太炎全集》四,第 439—440 页。

而批判"强权国之倡进化是另一种形式的'以理杀人'"。① 而章氏本人的敏感深刻、虚无主义与偏见中的洞见,则从另一角度向我们暗示了盛行一时的进化论并非通休光明之物,在似乎为中国指出一条发展之路的同时,一并潜藏着不可轻忽的历史暗流。同时章氏个人的抵拒姿态,也透出本土观念虽然急切渴望现代性的输入,但亦葆有对于现代性本身的反抗。

在马克思主义传入中国之前,进化论因为植根于当时深厚的民族觉醒的历史进程之中,被成功建构为一种历史阐释的"图式"。中国的过去被置于"图式"之中以便"读入","读入"的过程又反之强化了"图式"本身的合法性,相反相成,相激相荡。知识分子认为自己找到了解读中国历史经验的方式,他们相信这种方式不仅能满足对于过往的思索,更有助于为中国觅获出路。

由此,他们逐渐将进化论应用于政治、学术、文化、社会等各个方面。孙中山用以完善一己之革命理念,其"三民主义"即是符合进化之公例,号召国人努力自强,生物进化之规律也是社会进化之规律,更是浩浩荡荡的世界大势,不容违逆。陈独秀更是一名进化论的狂热支持者,宣称"进化公例,适者生存。凡不能应四周情况之需求而自处于适宜之境者,当然不免于灭亡"。② 刘师培著《中国历史教科书》,劈头就说自己撰史是为使"庶人群进化之理可以稍明",并每自具体历史实际中设法抽绎出一根自低级到高级、自落后到先进的文明线索。柳诒徵著《中国文化史》亦深受进化论影响,强调"研究历史,尤当涤除旧念,着眼于人民之进化",③故尤重考掘具体历史现象进化之履迹。至此,进化论几乎完全跃出最初自然科学的理论藩篱,具备了思想观念与社会革新的双重价值,并且在西方意识形态的基础上夹杂了颇多的中国式价值判断,成为中国式的进化主义。

诚如杜亚泉所言:"生存竞争之学说,输入吾国以后,其流行速于置邮传命,十年来,社会事物之变迁,几无一不受此学说之影响。"④进化论迅速彻底地成为20世纪初中国人用以进行社会变革的合法性依据,而就学术思想领域来说,当时知识分子的思考与实践纷纷奉进化论为学术利器,几乎成了进化论的孝子贤孙。而作为人文社会科学重要之方面的文学研究,也不免加入到孝子贤孙之列。在进化论思想的影响下,中国文学,包括古代文论研究领域,因之亦发生了巨大的变化,新的价值标准与话语形态渐始形成。

① 王汎森:《章太炎的思想——兼论其对儒学传统的冲击》第五章《社会政治思想》,上海人民出版社 2012 年版,第 111 页。
② 陈独秀:《吾人最后之觉悟》,《独秀文存》,安徽人民出版社 1987 年版,第 40 页。
③ 柳诒徵:《中国文化史》,东方出版中心 1996 年版,第 16 页。
④ 杜亚泉:《静的文明与动的文明》,《东方杂志》第 13 卷第 10 号。

第三节　发明传统与再造历史

1934年胡适为郭绍虞《中国文学批评史》作序，揄扬此书有两大好处，一是"作者搜集材料最辛勤"，辑录千余年中古人关于文学批评的议论，颇"可省去后来治此学者无穷的精力"；二是赞扬郭君"确能抓住几个大潮流的意义，使人明了这一千多年的中国文学理论演变的痕迹"。①　就郭著而言，所谓确能抓住的几个"大潮流"，进化论即乃其中最要紧的潮流之一。而这或许也正是郭绍虞向胡适求序的一大原因，郭氏借镜进化论作为阐释演绎古来中国文学批评史的一大利器，而众所周知胡适正乃文学进化论之力倡者，虽然这篇序文却又终究未为郭氏采纳。

将进化论应用于中国文学研究，始于晚清，大盛于"五四"。1917年1月，胡适在《新青年》杂志第二卷第五号上发表撼摇后世的名文《文学改良刍议》，提出改革文学的八大纲领，即"八不主义"。这篇"五四"文学革命的开山宣言，包含着极为鲜明的进化论文学史观色彩。

胡适曾多次强调一己思想深受杜威和赫胥黎之影响。②　而其早在留美期间即认识到："今日吾国之急需，不在新奇之学说，高深之哲理，而在所以求学论事观物经国之术。以吾所见言之，有三术焉，皆起死之神丹也：一曰归纳的理论，二曰历史的眼光，三曰进化的观念。"③所谓"归纳的理论"指的是学术方法，"历史的眼光"指的是研究理路，但若无"进化的观念"倚为支柱，则"眼光"自必不佳，"归纳"亦不见用。著名的"八不主义"不妨说是胡适进化论文学史观的外显，正因存着进化的观念，这"八不"与其所反对的对象——言之无物、窃仿模拟、不讲文法、无病呻吟、滥调套语、典故堆垛、好用对仗、不用俗语俗字——才构成反拨与超越的关系。

《刍议》中文学进化论的理论逻辑是"文学者，随时代而变迁者也。一时代有一时代之文学。"即文学与时俱进，不同时代必有与此时代相契之文学，用胡适在《文学进化观念与戏剧改良》中的话来解释，"文学乃人类生活状态的一种记载。人类生活随时代变迁，故文学也随时代变迁；故一代有一代的文学。"④换言之，胡适眼里的文学其实是作为时代之赋形物而存在的。他且认为："居今日而言文学改良，当注重'历史的文学观念'。一言以蔽之，曰：一时代有一时代之文学。此时代与彼时代之间，虽皆有承前启后之关系，而决不容完全抄袭；其完全抄袭者，决不成为真

---

① 胡适：《郭绍虞〈中国文学批评史〉序》，《胡适文集》第5册，第220页。
② 胡适：《介绍我自己的思想》，《胡适文集》第2册，第163页。
③ 胡适：《胡适留学日记》卷三，安徽教育出版社1999年版，第138页。
④ 胡适：《文学进化观念与戏剧改良》，《胡适文集》第3册，第90—91页。

文学。愚惟深信此理,故以为古人已造古人之文学,今人当造今人之文学。"①所谓"抄袭",非仅言字规句拟步武古人,而是一时代之文学当见出一时代之精神。

这典型的"文以代变"的思想,将中国文学的历史图景引向断裂性叙述。此说本诸明焦竑"一代有一代之胜"说,意谓各时代皆有当令之文学表现,诸如唐诗宋词元曲,但焦说重在凸显时代差异,各时代自有最具代表性之文学表现,纵有不同,未可言优劣,非言文学随时代迁变即告消歇凋萎,是待受进化论观念的影响,才有胡适这般极端的革命性论述。②

1916 年 4 月 5 日日记,胡适写道:"文学革命,在吾国史上非创见也。即以韵文而论:《三百篇》变而为《骚》,一大革命也。又变为五言,七言,古诗,二大革命也。赋之变为无韵之骈文,三大革命也。古诗之变为律诗,四大革命也。诗之变为词,五大革命也。词之变为曲,为剧本,六大革命也。"而所谓"革命",实即"进化","革命潮流即天演进化之迹。自其异者言之,谓之'革命'。自其循序渐进之迹言之,即谓之'进化'可也。"③同时,他又明确自陈:"胡适对文学的态度,始终只是一个历史进化的态度。"④

胡适将不同文体纳入总体的历史叙述中,将文体的演变解释为文学进化的反映,使得本只有品类之分的各文体自此有了高下之别。虽然考诸历史,诗从来都是中国文学的主流,未尝因词之勃兴而屈尊让贤,至于曲、剧之流,不避俚俗,流利灏烂,在古人看来更属等而下之,所谓"词曰诗余,曲曰词余"⑤。但如今在胡适这里,这一文学史秩序显然全盘翻转,原本不入流之词曲剧本皆一一登第庙堂,以致日后学者在具体研究时亦多承袭此说。

胡适又强调:"吾辈以历史进化之眼光观之,决不可谓古人之文学皆胜于今人也。左氏、史公之文奇矣,然施耐庵之《水浒传》视《左传》、《史记》何多让焉?《三都》、《两京》之赋富矣,然以视唐诗宋词,则糟粕耳! 此可见文学因时进化,不能自止。"⑥抬举小说《水浒》用以抗礼《左传》、《史记》,虽然两者根本属于完全不同的门类,但胡适将稗官小说《水浒》拉升到与史书不相上下的地位,目的即是要强调文学随时代更迭而进化,意欲勾勒出一条直线的历史线索。

---

① 胡适:《历史的文学观念论》,《胡适文集》第 3 册,第 32 页。
② 龚鹏程在《试论文学史之研究——以刘大杰〈中国文学发展史〉为例》一文中指出,"诗体代兴"之说本出诸宋明以来"极狭隘的文体观念和崇古论",恰与文学进化论持论相悖,后世论者据此以为文学进化论张目,则系误读。刊于《古典文学》第 5 期,1983 年 12 月,第 357—386 页。而关于"诗体正变"的讨论,亦可参考陈伯海《文学史与文学史学》第六章《传统文学史观之演进》,北京大学出版社 2012 年版。
③ 胡适:《胡适留学日记》下册,第 284、287 页。
④ 胡适:《五十年来中国之文学》,《胡适文集》第 4 册,第 388—389 页。
⑤ 李佳:《左庵词话》卷下。
⑥ 胡适:《文学改良刍议》,《胡适文集》第 3 册,第 19 页。

　　胡适虽然承认进化论是晚近才自西方传入，但他并不想将中国文学进化的历史线索完全塑造为西方理论的中国剧情，深知如果不能在自身传统中觅取更广泛的合法性支持，无疑将使他的"历史的眼光"落空为"西方的眼光"。因此他明确宣称："中国文人也曾有很明白的主张文学随时代变迁的"，指出"最早倡此说的是明朝晚期公安袁氏三弟兄，……。清朝乾隆时代的诗人袁枚、赵翼也都有这种见解，大概都颇受了三袁的思想的影响。我当时不曾读袁中郎弟兄的集子；但很爱读《随园集》中讨论诗的变迁的文章。"①胡适此处并非意在彰表公安三袁和袁枚的新见锐识，而是为了证明进化论虽是西人之说，与中国文学传统却也暗合，由此可见中国文学传统中确有一股先进的力量，只是久为掩蔽不彰。

　　这股先进的力量又是什么？在胡适看来，乃是白话。他在《刍议》中明确指出："以今世历史进化的眼光观之，则白话文学之为中国文学之正宗，又为将来文学必用之利器，可断言也。"而何以这"正宗"从未为人发现？胡适认为这得怪我们自己找错了门路，"中国文学史上何尝没有代表时代的文学？但我们不该向那'古文传统史'里去寻，应该向那旁行斜出的'不肖'文学里去寻。"②换言之，问题不在于中国文学缺乏先进的力量，关键在于我们不曾以历史的眼光去发现中国文学传统中先进的力量。

　　胡适将中国文学传统区隔为"古文传统史"与"白话传统史"，真正目的在于建立一种二元对立的论述关系。对立的核心在于前者乃"模仿的文学史"，是"死文学的历史"，后者才是"创造的文学史"，是"活文学的历史"。前者是保守陈旧的正统文化的代表，后者则是充满生机的边缘文化的象征。而决定死活的判准，则在白话。胡适认为，所谓文学，视乎语言文字的运用，"达意达得妙，表情表得好，便是文学"。文言好用典故，不能明白说话，根本无法胜任今人表情达意之用，不可能创造出契合当下时代精神的文学，由此他宣称"死文言决不能产出活文学"，而中国文学史上"凡是有真正文学价值的，没有一种不带有白话的性质，没有一种不靠这个'白话性质'的帮助"。③

　　虽然胡适肯认白话是"活文学"，文言是"死文学"，但"活文学"在中国文学传统里并未为人所推尊。事实上，在他看来，白话经常遭到文言的冲击。以文学进化论的眼光来看，则文言显然是复古的逆流。

　　就朝代言之，他认为明代复古甚剧，以致本可冀望之"言文一致"的文学局面为"半死文学"所夺席："文学革命，至元代而登峰造极。其时，词也，曲也，剧本也，小

────────────

① 胡适：《中国新文学大系·建设理论集导言》，《胡适文集》第3册，第283页。
② 胡适：《白话文学史·引子》，《白话文学史》，上海古籍出版社1999年版，第3页。
③ 胡适：《建设的文学革命论》，《胡适文集》第3册，第62—63页。

说也,皆第一流之文学,而皆以俚语为之。其时吾国真可谓有一种'活文学'出世。倘此革命潮流不遭明代八股之劫,不遭明初七子诸文人复古之劫,则吾国之文学必已为俚语的文学;而吾国之语言早成为言文一致之语言,可无疑也。"①

就各文体而言:"诗到唐末,有李商隐一派的妖孽诗出现,北宋杨亿等接着,造为'西昆体'。北宋的大诗人极力倾向解放的方面,但终不能完全脱离这种恶影响。……直到南宋杨万里陆游范成大三家出来,白话诗方才又兴盛起来。……南宋晚年,诗有严羽的复古派,词有吴文英的古典派,都是背时的反动。……明朝的文学又是复古派战胜了:八股之外,诗词和散文都带着复古的色彩,戏剧也变成又长又酸的传奇了。"②

既然"活文学"在历史上时常为"死文学"所阻挠,那文学革命的开展势必刻不容缓。而之所以开展,亦是出于文学进化规律之必然。

因为历史进化有两种,一种是"完全自然的演化",一种是"顺着自然的趋势,加上人力的督促"。前者可叫做"演进",后者可叫做"革命":"演进是无意识的,很迟缓的,很不经济的,难保不退化的。有时候,自然的演进到了一个时期,有少数人出来,认清了这个自然的趋势,再加上一种有意的鼓吹,加上人工的促进,使这个自然进化的趋势赶快实现;时间可以缩短十年百年,成效可以增加十倍百倍。因为时间忽然缩短了,因为成效忽然增加了,故表面上看去很像一个革命。其实革命不过是人力在那自然演进的缓步徐行的历程上,有意的加上了一鞭。白话文学的历史也是如此。……这几年来的'文学革命',所以当得起'革命'二字,正因为这是一种有意的主张,是一种人力的促进。"③易言之,文学革命是在文学"自然进化的趋势"上"加上了一鞭",以求这自然的"演进"不致中道崩殂,文学的进化能实现得更顺当一些,快一些,相反凡是阻碍了这"演进"的物事,都不合于"自然的趋势",都归属革除之列。

综上所论,基本可以看出胡适的论述线索。即其首先奉进化论为整体文化发展的必然规律,由此建构出一条直线的、不可逆的历史进程,而直线所趋,不仅在时间意义上代表着未来,更在价值判断上象征着正确。进而以进化论之观念,复核中国文学传统,由此证明中国传统文学因着文言的种种弊端,以致百孔疮痍,停滞不前,故文学革命不仅合于情理,更属当务之急。

以这样的意识形态作为整个文学思考的理论背景,具体的论述策略也随之确定。就中最明确也最常为表述的,即是区隔出各种互为正反的二元关系——新与

---

① 胡适:胡适 1916 年 4 月 5 日日记,《胡适留学日记》,第 287 页。
② 胡适:《五十年来中国之文学》,《胡适文集》第 4 册,第 385—386 页。
③ 胡适:《白话文学史·引子》,第 4 页。

旧、进步与复古、革命与传统、死与活之类——并将整个历史的衰变颓败归诸于传统保守的一方。胡适并不满足于"打破枷锁，吐弃国渣"，而是亟亟建构出一个取而代之的新传统，值得注意的是，这一"新传统"不仅是"发明"出来的，更是"发现"出来的。所谓"发明"，指的是胡适试图以其重新建构的"白话"传统来打破"文言"垄断的格局，为此他极力扶持小说、戏曲等以白话语言形式为主的文学体裁，谋求重构中国文学的图景与源流。而为了提升"白话"夺席的合法性，又经由一系列的追索史源、排比史料、揄扬先进、黜落陈腐等工作，最终在中国文学史上"发现"出一条所谓本有却不彰的"白话"线索，以此证明文学革命并非西化的产物，相反是顺应传统内部的生长之力而自然生发的，以减少革命的阻力。而这一系列的揄扬黜落，其实一如古人的"托古改制"，撷取向为主流传统所轻忽的小说、戏曲、话本等边缘因子，肯认它们才是我们该效法张扬的真正的进步的传统，以此冲击固有传统。

　　这一番用心良苦的理论构建，最终的确使得"枷锁"打破，"国渣"见弃，其结果是"彻底破坏文言文学的所有功能"，"新传统与文学革命以前的传统再不是普通的承传关系，最多只能说有对应的关系而已"。① 整个过程一如霍布斯鲍姆所言"被发明的传统"，其"独特性在于它们与过去的这种连续性大多是人为（factitious）的。总之，它们采取参照旧形势的方式来回应新形势，或是通过近乎强制性的重复来建立它们自己的过去。"② 而这种"强制性"的最大表现，乃是胡适刻意通过对于中国文学进化线索的勾勒，使得潜藏在文学历史中的各种力量一一呈露，进而抬举"白话"贬低"文言"，使得白话文学史自边缘趋向中心，从"古文"手中争取到文化控制权，最终一方面完成了对于以古文为形态符码呈现的传统的话语方式、知识范型与权力结构的强力冲击，另一方面也形成了全新的文学史演进秩序，从而"打破了此前按朝代或文体讨论文学演进的惯例，找到了一根可以贯穿二千年中国文学发展的基本线索"③。值得注意的是，虽然胡适本人并不特以古代文论研究知名，但不论从哪个方面来说，其参与并主导的"文学革命"确乎"一鞭就把人们的眼珠子打出火来了"④，而其基于进化论所作出的关于中国文学整体演变历史的宏观把握，无疑深刻且深远地影响了古代文学与文论研究，造成了文学研究的典范转移。

　　如果说胡适是文学进化论这场风起云涌的"发明传统"的大潮的领军人物，那

---

① 　陈国球：《"革命"行动与"历史"书写——论胡适的文学史重构》，《文学史书写形态与文化政治》第三章，第98—100页。

② 　（英）霍布斯鲍姆：《传统的发明》，顾杭等译，译林出版社 2008 年版，第 1 页。

③ 　陈平原：《作为新范式的文学史研究》，《中国现代学术之建立——以章太炎、胡适为中心》，北京大学出版社 2005 年版，第 148 页。

④ 　胡适：《白话文学史》，第 4 页。关于"文学革命"对于中国现实社会产生影响，可参看罗志田：《文学革命的社会功能与社会反响》，《变动时代的文化履迹》，复旦大学出版社 2010 年版，第 75—88 页。

么请他作序的郭绍虞则无疑是这场大潮中自觉的预流者。

扬聆骞举之年,郭氏即加入北大青年学子发起的宣传新文化的文学社团"新潮社",并在社团刊物《新潮》第二卷第四号上发表了《从艺术发展上企图社会的改造》一文,认为真正的艺术家总会受到现实社会的限制,每不能畅其志,遂生发"社会改造的倾向"。1921 年郭绍虞与沈雁冰等人一起发起旨在"为人生而艺术"的"文学研究会",显见其谋求以文艺改造社会与人生的意图。

1925 年郭氏发表了《中国文学演化概述》,1927 年又发表了《中国文学演进的趋势》。两文内容大致相同,立说则本于美国莫尔顿的"文学的近代研究表"。此前陈中凡即据莫氏之论而作《中国文学演进之趋势》一文,可算是开启以进化史观研究中国古代文论之先河。郭绍虞此时亦明显受到莫尔顿的启发,在这两篇文章中,他认为中国文学源起于早期歌谣,歌谣又可分为叙事诗、抒情诗和剧诗。叙事诗则分为历史、序跋、传记、小说;抒情诗分为诗和赋,赋演进为骚赋、辞赋、骈赋、律赋、文赋,诗则分化为乐府和古诗,古诗演进为近体和词曲;剧诗,由乐语大曲的没落到民间诸宫调的兴起,复至元人杂剧、明人传奇。由此,郭氏认为中国文学的演进趋势是自由化、散文化、语体化。[1] 可见其已自觉运用进化史观来为中国文学的发展脉络作出归纳,并渗透到日后关于中国古代文论的系统研究中。

1934 年郭著《中国文学批评史》完成,专设《中国文学批评演变概述》一章来梳理历时千余年内容芜杂不一的中国文学批评演变进程。郭氏认为中国文学批评可分三大时期:文学观念演进期,此自周、秦以迄南北朝;文学观念复古期,自隋、唐以迄北宋;最末乃文学批评完成期,自南宋、金、元以后直至现代。郭氏明确以"演进"与"复古"这一对核心观念作为其对于中国文学批评史的整体把握的切入口。

已有论者指出,郭绍虞对于中国文学批评演变分期的把握,本质是"以纯文学观作为中国文学批评演化的内在尺度,以进化观作为中国文学批评演变的历史线索"。[2] 而郭氏开手厘析中国文学批评演化之前,首要工作即是就"文学"概念本身的演变作了一番义界的厘定和追寻,此即如其所言:"对于文学观念的认识既得逐渐正确而清楚,也即是文学批评本身的演进,因为这本是文学批评中一个重要的中心问题。所以文学文学观念逐渐演进,逐渐正确,则文学批评的发展,也随之而逐渐进行。"[3]

换言之,"文学观念"的变迁取决于对"文学"这一概念在历史过程中的把握。

---

[1]　郭绍虞:《中国文学演化概述》,《文艺》1925 年第 1 卷第 2 期;《中国文学演进之趋势》,《中国文学研究》上卷(《小说月报》1927 年第 17 卷号外),商务印书馆。

[2]　闫月珍:《郭绍虞与西方文学思潮——〈中国文学批评史〉研究范例论析》,《文学评论》2010 年第 1 期,第 100—105 页。

[3]　郭绍虞:《中国文学批评史》,第 11 页。

不同历史阶段中对于"文学"概念的不同认知,及由此导致的文学观念及文学创作的各种嬗变,在郭氏看来,即是整个中国文学批评史所要处理的核心问题,而这也构成了郭著的核心线索。而"文学"概念本身的判准,则是郭氏受到现代西方文学思潮影响所认定的"纯文学"概念。因此,郭氏关于中国文学批评演变的时间分期,并非单纯依傍客观历史进程所作的划分,而是基于纯文学观作出的带有鲜明价值判断的历史分期。由此我们可以理解,郭氏为何将文学观念演进期收束在魏晋南北朝,盖此阶段乃"儒家学术思想最为消沉的时期","文学方面亦尽可不为传统的卫道观念所支配,而纯文学的进行遂得以绝无阻碍,文学观念亦得离开传统思想而趋于正确"①,简单点说,此时期恰是郭氏所谓"纯文学"发展的最高峰。而后隋唐欲一洗六朝文学淫靡浮烂的颓波,要之即因"不甚了解文学之本质,转以形成复古的倾向"。从中愈加见出,郭氏认为文学批评史的演进须与"纯文学"的演进相合。只有在明确何为"纯文学"的基础上,才能进而确认文学演进的趋势与方向,而这一进程亦如胡适的进化论一样,是不可逆的,因此凡与此趋势相悖的,即为复古。

不过,郭绍虞的进化论视域尚非这般简单。虽然在总体立场上,郭氏亦信奉进化论,坚信"历史上的事总是进化的",承认复古是历史的逆流,但"此逆流的进行,也未尝不是进化历程中应有的步骤"②,显然更其带有辩证色彩。我们不妨说,郭氏眼中的"进化"与"复古"未必是锱铢必较的相怨相仇,而是作为历史演进过程中势必面临的不同历史阶段,有各自不可磨灭的价值。

而造成郭氏辩证认识两者的深在原因,则是在其看来,文学观念与文学创作的轨辙演变并非同时同步。就文学观念演进期而言,此时文学创作日益丰富,文学观念滋萌苗育,表现出的是齐头并进的发展状况,这段发展历程直到魏晋南北朝遂告终结。及至隋唐,原先齐头并进的局面遂告打破,继之而起的是文学创作确也日新又新,但文学观念并未随之折进,反趋"复古"。换言之,文学上的进化,批评上的复古,这种相反矛盾的现象,该如何解决处理?

首先,郭绍虞将这种矛盾归结为两个时期文学批评的偏重不同,"前一时期的批评风气偏于文,而后一时期则偏于质。前一时期重在形式,而后一时期则重在内容",故形成了"文学批评之分途发展期"。③ 由此指出,所谓"复古"是因"这一期重在内质方面,于是觉得漫无标准,遂不得不以古昔圣贤之著作与思想为标准了。"④即郭氏认为复古的深因,并不在对文学演进的逆反,从其措辞来看,他认为隋唐人

① 郭绍虞:《中国文学批评史》,第 9 页。
② 郭绍虞:《中国文学批评史》,第 11 页。
③ 郭绍虞:《中国文学批评史》,第 3 页。
④ 郭绍虞:《中国文学批评史》,第 11 页。

之于文学亦求取进境,只是出于不满六朝浮泛华靡的文风,矫枉过正,以致试图通过归返古道来一挽颓风。这种经由复古而开新的方式,即如本章前述,实际也是知识分子通常使用的方法。

在郭著第五篇第二章《复古运动的高潮时期》中《白居易与元稹》一篇中,郭氏则就文学创作的进化与文学批评的复古这一矛盾现象作了颇为周至的阐述:

陈、李复古不过复到汉、魏的风骨;元、白复古才要复到三百篇之六义。愈转而愈上,除了后世道学家外,真可谓是诗国极端的复古论了。然而李白主张复古而作风实是清新俊逸,白居易主张复古而作风更为平易近俗;由文学言则为进化,由批评言则为复古,这种相反的现象,或者以当时复古的思潮正浓,所以文人主张文以贯道,而诗人也要主张诗以述义了。

读者于此,或将不免怀疑,以为文学与批评颇有关系,何以就文学言则是进化,是革新;由批评言则成退化成复古呢?此二者之交互的影响极为密切,何以会有这种矛盾的现象呢?实则不必疑也。社会上一切文物的进化,大都是循环式的进化,波浪式的进化。作家之受批评界之影响,固也;但是批评界的复古说尽管高唱入云,而历史上的事实,终究是进化的。所以作家虽受复古说的影响,而无论如何终不会恢复古来的面目,维持古来的作风。非惟如此,作家因受这种影响,反足以变更当时的作风,反因复古而进化。这是所谓循环式的进化。但是他不是如循环然的周而复始的,后人的复古决不仍是以前的古而是后人的古,所谓后波逐前波,后波的起伏同于前波的起伏,而后波决不便是前波,这是所谓波浪式的进化。由于这样则何疑于他们文学与批评之矛盾呢?所以可以说他们下了决心要创造一种新文学。也可以说他们下了决心要完成复古的文学主张。①

按其所论,可见出首先在根本上郭氏并不认为复古会完全使实际文学创作衰败倒退,故此所谓复古实际是一种文学批评的"分途的发展";而这种"分途",郭氏将其处理为对于文学认识的侧重不同,一偏于外形,一偏于内质。如果我们认同这样的叙述逻辑,则自然亦会肯认此处对于进化与复古之间关系的描述,即复古很可能是另一种形式的进化,或许还是文学创作进入到一定时期所不得不凭借的进化的手段。为证明复古不影响进化,郭氏慨然宣称"社会上一切文物的进化,大都是循环式的进化,波浪式的进化",亦即进化的总体趋势是直线行进的,且并非"如循环然的周而复始",但落实到具体历史阶段及演进方式,则每多"循环式"、"波浪式",故隋唐人文学观念的复古并不定然会使实际创作每下愈况,甚且这种文学主张的最终目的是"决心要创造一种新文学"。

---

① 　郭绍虞:《中国文学批评史》,第137页。

要之,不论是所谓"正—反—合"的叙述逻辑,还是"循环式"的、"波浪式"的进化形式,皆可见出郭氏本人一方面对于进化论本身的肯认,奉其为一己历史观,成为整个批评史写作的理论前提。但另一方面,他并不能同意简单套用这一阐释模式可以完满解决中国文学批评史的实际问题,故其竭力欲在这种理论模型与历史现实的矛盾中求得一可能的融通。因此其《中国文学批评史》尝予人多线并行、头绪纷杂的印象,而考究其中原委,则系具体历史现实与历史阐释话语或不能惬,作者须时时加以调整。而再作深究,则纷乱的背后,却有一凝定的核心因素存在,此即郭氏本人及当时绝大多数文学研究者所信奉的纯文学观点与文学进化史观的文学立场,决定了所有的历史阐释都须以此为判准,而整体历史进程必须符合文学义界及创作由杂趋纯的所谓进化的历史走向。郭氏不仅以此裁断历史分期,剖判诸家文学论说之高下,反过来其对于文学批评史的历史展开又巩固了其言说的前提立场,试图建构一个逻辑自洽的阐释模式。

郭绍虞对于"复古"与"进化"的辩证思考,虽然实际应用或有牵强,但其谋求为中国文学批评史发展规律作出科学论证的心意可感。且更深在的问题,尚非郭氏本人之于进化论的运用是否自如得法,而是其在"复古"与"进化"之间的辩证思考,使得古代文论研究之于西方进化论的接受有了多一重思考向度。

第四节　传统的"合法化"与文学典范的转移

按照雷蒙德·威廉斯的研究,英语中的"传统"(tradition)一词通常被用来描述"传承的一般过程","一个意指代代相传的事物的词汇",在某一种思想脉络里,"被用来专指必要的'敬意'与'责任'",换言之,"传统"之所以具有富含价值判断的意涵,根本原因即在于传统中包含着"敬意"与"责任"。①

如果我们将雷蒙德关于传统的词源学解释引申到二十世纪初叶的中国的政治文化语境中来,那么我们就可以理解何以进化论竟能如此风靡一时,"成为这个民族近代以来种种历史行动的理由和依据,也构成了他们对于自己历史发展目标的坚定信念"②。换言之,正是当近代知识分子开始接受并试图运用进化论及其所包孕的线性历史观来重估中国的传统时,他们发现中国固有的文化思想并不足以使他们继续对其抱持"敬意"与"责任"。于是他们一方面对中国文化传统展开激烈批判,意欲扫除导致中国积弱积贫的各种旧弊,另一方面则在批判的同时,努力从新"发明传统",试图通过对于传统内部价值的重估与资源考掘,再造历史,最终建构

---

① (英)雷蒙德·威廉斯:《关键词》,第492页。
② 张汝伦:《现代中国思想研究》,上海人民出版社2014年版,第47页。

出符合现代性要求的中国传统。

同时,一如格里高利·尤思达尼斯在《迟到的现代性与审美文化》一书中对于现代希腊的民族文化兴起所进行的考察,希腊的知识精英希望看到希腊被纳入到更为发达现代的欧洲民族国家体系中去,由此完成希腊的现代化转型。因为,对这些知识精英而言,"现代性与西方是同义词。当他们按照欧洲的范式,希望获致经济、社会、政治的联合时,他们也从欧洲的种种情境里,将若干结论普遍化了。希腊的情形表明,潜在于第三世界现代化总体论述中的二分思路,从一开始就公然在场。与现代性最初的遭遇,使希腊社会被投放到意识形态对抗(东—西方,传统—现代,纯粹的希腊语—现代希腊语,古典—当代,族群—国家)的急流当中,而这些对抗导致了社会的动荡,有时竟促成了暴力。为舒缓张力,即便仅仅是以想像的方式,另一种现代的建构也被输入进来,这便是自主的审美活动。"①

同病相怜。近代中国与十八、十九世纪的希腊一样,是一个"迟到的"民族,为现代民族国家的建立而深感焦虑。中国的知识分子群体同样希望能将西方国家的现代化"范式"普遍化到自我的现代化进程中去,同样无法逃避充溢着诸般二元化话语模式的"意识形态对抗",同样希冀能以"自主的审美活动"来舒缓现代性建构的"暴力"。而此时,正如刘禾正确指出的那样,"迫切需要减轻古代传统的重负"就成为"迟到的"民族用以追赶西方现代国家的必要之举,而作为"想象"的一种重要方式,文学与文学批评就成为"新国家的合法性的源泉",形成一种"奇特建制",通过对于古典与现代的文学文本的诠释与再解读,最终完成国族建构与文化建构。②

如果我们认同尤思达尼斯与刘禾的观点,那就不能仅仅将进化论在文学研究中的运用简单视为西方思潮在中国的"侵入",而是演变为"迟到的"民族在现代性建构中所采纳的价值标准——它不仅指出了未来的方向,为新国家提供了合法性,也成为传统的删汰揄扬、解构重构的合法性依据。

不过,这一传统的合法化过程并非如我们所想的那般直接简单,事实上,它是各种文化力量经由一系列角力之后所造成的均势结果。这其中特别需要注意的是在反传统的过程中,传统仍旧扮演了极其重要的角色,它并不总是"被侮辱与被损害的"对象,虽然表面上看来确实如此。

诚如前文所言,近代中国之于西方文化学说的接受消纳,是基于国事蜩螗、自强求变的大历史背景之下展开的。这也就决定了近代知识分子对于传统与西学的矛盾态度,即一方面修正传统以因应时势,另一方面则吸纳西学抑或抬举传统中此

---

① 转引自刘禾:《作为合法性话语的文学批评》,《跨语际实践——文学,民族文化与被译介的现代性》,北京三联书店 2008 年版,第 255 页。

② 刘禾:《跨语际实践》,第 256—257 页。

前被轻忽之边缘部分来批判传统。而生发于此的近代思想与学说,也每每在这样的思想格局中徘徊摆荡。这种徘徊与摆荡,就其初衷而言,自是热望中国一洗旧弊,焕发新颜,但此间传统与新变、进化与复古之关系并非截然相分、划然为二。以修正传统而谋求因应之道者自不必论,即便如胡适辈激烈批判传统者,其实也无形中更新扩大了传统,如胡适推举宋诗、元曲、白话小说、戏文剧本等此前向为主流传统所轻忽之边缘传统,其本意是要反抗冲击占据路要津的主流正统,但在打破这些主流传统垄断局面的同时,其所标举之边缘传统迅速夺席登第,其间不仅是传统内部的改朝换代,就传统整体而言,也未尝不可说是一次活力的激发。

再就具体策略来说,虽然处于现代性焦虑中的中国知识分子出于对传统的失望,转而有着强烈的反传统倾向,认为"只有在传统文化的灰烬上,才能重建中国文化"①。但诚如余英时所言,打着反传统旗号的新文化悍将,其实也不能自外于传统,最多是"回到传统中废正统的源头上去寻找根据",换言之,再造历史也好,重构传统也罢,都照样与传统"有千丝万缕的牵连",②批判者用以批判传统的话语资源,恰恰来自传统本身。胡适确以进化论为整个理论阐释前提,但前文已述及,其用以支撑文学革命的合法性却并非单纯依凭进化论本身,而是去所谓"不肖子孙"的传统中觅获种种边缘因素,他深知这才是文学革命得以展开乃至扩大、深化的合法性依据。由此可见,复古不仅是郭绍虞所谓进化的一种形式,也不仅是用以批判传统的一种手段,事实上它更是使传统本身得以汲取活力以及被重新理解的一种诠释方式。因此,近代思想论说中的进化与复古之争不完全是一文化立场的互争互斗,要之,其所以能成为近代思想展开的一大困局,或许更深在的原因即是,给"复古"与"进化"作一名词的分界辨析,易,而将两者置入传统变革的历史情境中来加以把握,则甚难——复古或许会生出对于传统的激烈反叛,而反传统的背后也未尝没有传统的底色。③

胡适在《尝试集·序》中曾强调:"我主张的文学革命,只是就中国今日文学的现状而论,和欧美的文学新潮流并没有关系。"④不论是出于现实的话语策略,还是出于对传统的肯认,胡适本义乃是将整个对于传统的批判限制在传统内部与中国

---

① 张灏:《思想与时代》,许纪霖编,上海文艺出版社 2002 年版,第 335 页。关于"反传统"思想在近代中国知识分子思想中所占的地位,以及传统与反传统之间的复杂互动,可参考氏著:《传统与近代中国知识分子》,收入《幽暗意识与民主传统》,新星出版社 2006 年版。

② 余英时:《五四运动与传统》,《现代危机与思想人物》,北京三联书店 2005 年版。

③ 关于传统与现代的复杂辩证关系,可参考王汎森:《从传统到反传统——两个思想脉络的分析》、《中国近代思想中的传统因素——兼论思想的本质与思想的功能》、《反西化的西方主义与反传统的传统主义——刘师培与"社会主义讲习会"》,收入氏著《中国近代思想与学术的系谱》,吉林出版集团有限责任公司 2011 年版。

④ 胡适:《尝试集》自序,《胡适文集》第 3 册,第 122 页。

内部。换言之，托古改制抑或另立传统，要之都在中国文化内部展开讨论。但不论是无意的轻忽还是有意的误读，此后论家皆向着欧美的种种新潮流径直而去。二元冲突话语模式的张大，现实国情的刺激，传统日益成为一个亟待被打倒、被更新的陈旧价值体系。至于被推重的边缘传统，其价值并非作为传统的新生力量，而是应和西方现代学说价值标准的中国产物——其所以被标举，不在其中国性，而在其可能蕴含的现代性。

而因为倡导进化论所造成的线性历史观，则在使中国摆脱复古论、循环论的同时，也使古今判然。韦勒克曾指出："演变被理解为（正如在亚里士多德全部著作中看到的一样）一种'趋近一个唯一的预先完全确定好的的目标，并存在于时间中的合乎目的论的过程'。"①如果韦氏所言正确，则近代中国的处境不仅是接受进化论中本身暗含的"目的性"，更出于现实政治的需要，更其强化了进化论的"现实性"，由此使得历史断裂性日益增强。传统，不再能给国人提供思想资源用以解决现实问题，其所有的价值，仅仅是资料的价值、考古的价值，此即所谓"国故"。已然被普遍视为故去之物的传统，怎么可能再产生激动人心的思想力量呢？何况现实政治的不堪，也日益迫促知识分子弃绝传统，转进西学，一如鲁迅所言："旧文学衰颓时，因为摄取民间文学或外国文学而起一个新的转变，这例子是常见于文学史上的。"②鲁迅亦持此论，况复他人哉？

由此，也就不难理解进化论作为一种重要的西方思想资源传入我国，最终在各个方面产生如此巨大的影响，势力所及，于今犹在。而落实到文学与文学批评，其所造成的文学典范的价值转移也自是题中之义。

按照库恩在《科学革命的结构》中发人深省的论述，所谓"典范"，就其广义而言，指的是一门学科研究中的全套价值、信仰和技术，是为"学科的范型"（disciplinary matrix）；就狭义来说，则指称一门科学在通常情况下所共同遵奉的楷模（examplars or shared examples），是为"学科的形态"中最核心的组成部分。因此，典范之所以重要，不仅因其提供了科学研究的具体方式，更培养了一套特定的思考方法和观念系统，奠定了某一学科研究的共同价值与研究概念，倘若对此典范生疏不察，就不足语科学研究。换言之，典范是某一学科共同体内部的基本价值与话语资源，是该共同体成员共同认定和分享的认知传统，只有基于对于这一典范的共同遵奉，才有可能展开学术研究和学术对话。③

如果将库恩的"典范"理论移用到人文学科研究，那么我们不妨将进化论之于

① （美）韦勒克：《批评的概念》，张今言译，中国美术学院出版社1999年版，第35页。
② 鲁迅：《且介亭杂文·门外文坛》，《鲁迅全集》第6卷，第97页。
③ （美）托马斯·库恩：《科学革命的结构》，金吾伦译，北京大学出版社2012年版。

文学研究视为一种科学革命。

某种程度上,进化论正是提供给了国人一套全新的典范标准。基于此,知识分子认为传统的中国文学的思考方式、观念系统以及术语概念都只是一套亟待摒弃的旧典范,无法为中国文学的现代转型提供助力,相反还成为可能的蔽障,如朱希祖所谓:"真正的文学家,必明文学进化的理,严格讲起来,文学并无中外的国界,只有新旧的时代。……所以做了文学家,必定要把过去时代的文学怎样进化,研究清楚,然后可以谋现在及将来的进化。"①1927 年郑振铎发表《研究中国文学的新途径》一文,指出中国文学研究若要走上正确的道路,则研究的观念当建筑在"近代的文学研究的精神"上。而这"近代的文学研究的精神"中最亟待发扬的,即是进化史观的运用,"文学史上的许多错误,自把进化的观念引到文学的研究上以后,不知更正了多少。达尔文的进化论,竟不意的会在基本上改革了人类的种种谬误的思想。"②可见,时人完全认为唯有进化论才能将中国文学研究引上正确的道路。

而进化论对于中国文学研究,尤其是古代文论研究所造成的典范转移加以具体分析,则有如下几点需要特为指出:

首先是文学史观和文学秩序的新变。大体来说,中国传统文学史观仍以复古论与正变说为主,虽然二者都未完全回避文学发展中的变易部分,但并不以变为文学史的正面发展方向,"变"的最大作用是为"正"提供新力量,为传统供给新元素,最终的诠释路向仍是正变相续的循环论形态。直到进化论的传入,才打破了传统文学史观的藩篱,建构出观察中国文学演变的全新价值系统。学者普遍认为文学是一种客观的历史现象,文学演变呈现出不可逆转的历史趋势,而文学的兴衰包蕴于社会历史发展之中,文学演进的动因在于人类生活的发展,基于直线式前进的文学史进化过程,决定了后起的文学必然全面否定、超越原先的文学。③ 循此,如胡适、郭绍虞、刘大杰等研究者纷纷以进化的眼光来审视中国文学传统的衍变,致力于开显和调整出符合进化论的文学秩序。

其次是从以文字为中心转向为以语言为中心。至少从晚清开始,旨在启迪民智的白话文运动日益勃兴,知识分子希望通过语言文字的合一来推动知识传播与政治变革。进化论的流衍,又使得知识分子试图更彻底地破坏文言文学的所有功能,以此造成以古文为符码的正统政治文化的权力结构轰然崩塌。尤其是对于语言的高度关注,导致之前由文字—文学—文化琯接而成的文化系统受到全面质疑

---

① 朱希祖:《非"折中派的文学"》,《朱希祖文存》,第 79—80 页。
② 郑振铎:《研究中国文学的新途径》,《中国文学研究》上卷(《小说月报》1927 年第 17 卷号外),商务印书馆。
③ 任天石主编:《中国文学史学发展史》,江苏文艺出版社 2002 年版,第 15 页。

与冲击,文的地位日益低下——即是政治意义上的,也是美学意义上的——这无疑是对中国文化的一次强力解构。

随着文的系统受到强烈批判,语的传统被抬举彰表。因此就古代文论而言,对于以口语为主要表达方式的民间文学传统的肯定也实属自然。骈文、律诗风光不再,小说、戏曲登堂入室,中国文学内部的边缘因素得以全面扩大,相关研究亦随之蔚然兴起。一方面造成了俗文学的研究价值得以重视,更重要是借此使得传统内部的等级秩序进行了一次价值重估与重组。而经由这次整体的文学典范的转移,从根本上撼摇了古代文学与文论研究的价值信仰与话语形态,破旧立新,最终趋向新传统的创建。

正如有的论者所指出的:"任何政治革命和改革必然带来拒绝或摧毁文化秩序。同样,从意识形态上高度强调支持社会的政治现状,只允许少数中心生成新的象征,使相对独立于先前秩序的新的社会制度合法化。"[①]作为影响二十世纪中国的最为重要的思潮之一的进化论,确实在为中国的政治革命和改革起到助力的同时,"拒绝或摧毁"了旧有的文化秩序,并形成"新的象征",最终"使相对独立于先前秩序的新的社会制度合法化"。而对进化论思潮之于中国政治文化所产生的影响以及落实到古代文论研究所造成的后果加以思考,则将更为丰富我们对于变动时代中古代文论研究转型过程的认识。这其中,传统与变革的拉锯,守成与新变的对抗与互融,本土与异域的容受与互动,较之我们所想的要复杂得多,完全将近代思想的展开视为一个基于西学冲击下的被动接受的过程,或有未谛。因此,清明审慎的态度,也许是调整我们原有的观察角度,撇弃先验的思考立场,放弃僵硬而每相凿枘的进步与保守之类的成见,在更整全的视野中思考文化模式的迁变。

---

① (以色列)S.N.艾森斯坦特:《反思现代性》,旷新年、王爱松译,北京三联书店 2006 年版,第 281 页。

第三章
从"科学"到"学科"

——古代文论研究的科学化进路

就如美国学者格里德尔在论及严复及其《天演论》时所指出的那样,《天演论》及其所彰表的进化论观念如同"一枚银针,刺透儒家以道德编史的不安精神的实质"①。这种"不安"仿若一种"觉醒",刺激着中国的改革者们"将民族的失败史和进步的改革史压缩为简单的历史进步图式"②。而当这一系列历史进步图式被应用于社会人文思考时,也就构成了一套裁断古今牢笼中外的思维范式。

与进化论的张扬桴鼓相应的则是几乎同时展开的科学主义思潮。如果说进化史观给予时人重新诠释中国传统与回应现实的意识形态,并且造成了文学典范的价值转移,那么科学主义则从另一方面建构并完善了二十世纪初中国的意识形态,尤其是对学术研究的方法论转型产生了巨大影响。在时人看来,唯有以科学的眼光——审视固有文化的方方面面,古典文化才可能以符合现代精神的姿态面貌重新出现,用胡适的话来说,即是"用评判的态度,科学的精神,去做一番整理国故的工夫",由此"重新估定一切价值"③。本章即拟对科学主义④之于古代文论研究的科学化进路作一讨论。

---

① (美)格里德尔:《知识分子与现代中国》,单正平译,广西师范大学出版社 2010 年版,第 149 页。
② (澳)费约翰:《唤醒中国》,李恭忠等译,北京三联书店 2004 年版,第 72 页。
③ 胡适:《新思潮的意义》,《胡适文集》第 3 册,第 351 页。
④ "科学主义",英文作"Scientism",亦译为"唯科学主义"。严格来说,科学主义所指并非科学,而是人们对待科学的态度和立场。关于科学主义的界说,在不同时期以及不同的观念体系中不尽相同,但不论何种形式的科学主义,最终都主张将自然科学的方法和观点推展到非科学领域,成为理想的知识范型。正如研究者所指出的那样,科学主义是"科学的形上之维",是以科学为核心的科学方法的泛化延展,它坚信科学真理的绝对性、科学方法的普世性以及科学价值的扩张性,由此使得科学观念成为一种话语权威,施诸于不同知识领域。关于"科学主义"的义界演变以及"科学主义"在中国的形成与发展过程,可参考杨国荣《科学的形上之维——近代中国科学主义形成与衍化》,华东师大出版社 2009 年版;李自强《现代中国科学主义思潮》,郑州大学出版社 2001 年版;段治文《中国现代科学文化的兴起(1919—1936)》,上海人民出版社 2001 年版;李丽《科学主义在中国的历史与现实之省思》,复旦大学 2006 年博士论文;高瑞泉《中国现代精神传统》第六章,东方出版中心 1999 年版。

第一节 科学话语合法性的确立

孙中山在 1924 年所作的《三民主义》系列演讲中说道:"我们自被满清征服了以后,四万万人睡觉,不但是道德睡了觉,连知识也睡了觉。"一如本书导论中提及的法螺先生的故事,对晚近中国的知识分子来说,中国不但是一衰敝腐朽的老大中国,更始终处于昏睡不醒的梦寐状态。这让我们想起黑格尔在《历史哲学》中将"梦寐中的印度人"和"觉醒了欧洲自我"所作的对比:"在一场梦里,个人停止知道自己之为自己,以别于各种客观的事物。等到梦醒,我便是我自己,而其余的宇宙只是一个外界的、固定的客观。既然宇宙是外界的,宇宙家其余的存在便扩大自己为一个理性地相连接的全体;一个多种关系的系统,我个人的存在便是这系统中的一分子——个人的存在和那个总体相联合了。这便是'理智'的范围。相反地,在梦寐状态中这种分离是不存在的。"①

黑格尔以"觉醒"和"梦寐"来比附欧洲与印度的文明进程的差异,是线性历史观念下所谓的先进文明对于"迟到者"的一种宣示。但较之尚处于梦寐状态中的印度,在黑格尔看来,以皇帝为绝对权力中心的中国社会比之已然产生社会阶层区别的印度,或许更其沉酣不醒。因此,对于现代中国知识分子来说,如何唤醒中国、唤醒国民就成了他们毕生投注心力的志业与事业。

肩起"黑暗的闸门"的鲁迅早年在日本因为目击国人兴致勃勃围观同胞被日人砍头的幻灯片而深受震动,其决心弃医从文的故事也成了中国现代文学史的头牌公案。② 而有感于国人道德上的"睡觉"之外,鲁迅同样也深为国人知识上的"睡觉"而倍觉痛心。

1907 年鲁迅写作《人之历史》和《科学史教篇》,明确透露出试图以"科学"开启民智的意愿。鲁迅相信人类社会的一切进步,皆赖科学的发展,所谓"多缘科学之进步"。经由对丁达尔的考察,他看到了大革命的法国与科学之间的关系,强调:"止属目于外物,或但以政事之感,而误凡事之真者,每谓邦国安危,一系于政治之思想,顾至公之历史,则立证其不然。夫法之有今日也,宁有他因耶? 特以科学之长,胜他国耳。"③换言之,鲁迅注意到了"科学"与"国家"之间的互动关系,前者既

---

① (德)黑格尔:《历史哲学》,王造时译,上海书店出版社 1999 年版,第 145 页。
② 关于鲁迅"幻灯片"事件的相关研究,可参考李欧梵:《铁屋中的呐喊》第一部分《一位作家的产生》,人民文学出版社 2010 年版,第 15—17 页;罗岗:《幻灯片・翻译官・主体性》《预言与危机》,浙江大学出版社 2014 年版,第 38—62 页;王德威:《从"头"谈起》《想象中国的方法》,北京三联书店 1998 年版,第 135—146 页。
③ 《鲁迅全集》第 1 卷,第 25、24 页。

是社会进步的有效途径,也是国家形式确立的基本要素,亦即以客观之学著称的科学也未尝不可成为想象国家的一种方法。

按照雷蒙德·威廉斯的定义,"科学"(science)一词不仅"意味着它的研究方法与研究对象具有客观性",同时也因其与"社会"(society)一词的紧密关系,使我们意识到"'人与社会'的关系或'个人与社会'的关系之问题,有可能用新的方法来厘清、界定"。① 也就是说,"科学"不仅是一套研究物质客观之学的方法体系,同时也是一套用以厘清和界定个人与社会之关系的"新的方法"。

因此,我们或许有理由认为自晚清开始,中国知识分子类似鲁迅这般对于科学的极端重视,既包含着将科学视为引领中国臻于先进的物质之学的企图,更暗含着对于科学之于国家想象以及重新确立个人与国家关系的重要性的确认。如果说"德先生"更多指向现代中国个人与权力关系的再调整,以及权力有限释放后的政治资源的再分配,那么"赛先生"的登场则更多指向对于新的社会的认识方法的强调,以此重塑现代中国的知识生产与文化范式。两者同样成为现代中国国族建构与文化建构的重要构成要素,由此迫促国民从道德的以及知识的"梦寐"中幡然醒来。

但是,正如利奥塔在《后现代状况》中指出的那样,科学的合法性并非与生俱来,事实上,其合法性地位需要非科学知识的帮助抑或论证。也即是说,科学作为元话语的历史地位并不仅仅取决于其自身的话语特征,很大程度上也受到特定的历史形势的影响。② 就晚近中国的历史形势来说,科学之所以成为影响力巨大的时代思潮,获得不证自明的话语合法性,即因其与救亡语境下的中国现实息息相关。

梁启超将科学作为现代国家创设的必要条件,明确指出:"近世史与上世中世特异者不一端,而学术之革新,其最著也。有新学术,然后有新道德、新政治、新技术、新器物。有是数者,然后有新国、新世界。"③蔡元培将科学视为社会变革与改造人性的重要手段,指出科学有"锻炼精神,激发志气之助"。④ 胡适也视科学为改造中国的利器,号召国民:"我们当这个时候,正苦科学的提倡不够,正苦科学的教

---

① (英)雷蒙德·威廉斯:《关键词》,第 450—451 页。
② (法)让·弗朗索瓦·利奥塔:《科学知识的语用学》,《后现代状况》,车槿山译,南京大学出版社 2011 年版,第 87—100 页。
③ 梁启超:《近代文明初祖二大家之学说》,《梁启超哲学思想论文选》,北京大学出版社 1984 年版,第 84 页。
④ 蔡元培:《爱国学社章程》,中国蔡元培研究会编:《蔡元培全集》第一卷,浙江教育出版社 1998 年版,第 406 页。

育不发达,正苦科学的势力还不能扫除那弥漫全国的乌烟瘴气。"① 王本祥将中国社会实业不发达、不足与世界各国竞争的原因归结为科学不发达,"吾国理科教育素乏注意,而讲求者又寥寥无人,势力单弱,不足以唤醒社会也"。② 科学社社长任鸿隽则在 1920 年召开的该社第五次年会上特别强调:"现代科学的发达与应用,已经将人类的生活、思想、行为、愿望,开了一个新局面。一国之内,若无科学研究,可算是知识不完全;若无科学的组织,可算是社会组织不完全。有了这两种不完全的现象,那末,社会生活的情形就可想而知了。"③

由此可见,就晚近中国的知识界来说,随着经学时代的终结,传统的知识体系已无法应对中国社会的整体现代性危机。而以西方强盛发达的物质之学为象征的科学体系为现代中国开启了全新的宇宙观和世界图景,为现代中国的国家想象提供了合法性支撑。值得注意的是,本应局限于自然物质领域的科学话语,其在现代中国历史语境下的确立与衍化,几乎都着重强调科学的社会意义和政治价值。若参考利奥塔关于科学话语合法性的经典阐述,则可见出现代中国的现实语境既成为科学话语得以广泛认同的外部背景,也是其获致合法性的必要原因。同时,现代中国知识分子又将科学的发展模式同社会发展模式联系起来,认为前者为后者提供了可资参考的发展范式,而科学发展的程度高低则直接体现了国家文明的发展水准,由此更其强化了科学体制的合法性,以及将其推广应用于政治社会领域的可能性,奠定了科学范式作为现代社会发展模型和理想远景的地位。准此,知识分子试图经由科学真理的绝对推崇,科学方法的极端强调以及科学价值的无比确认,最终使科学为中国现代性发展提供观念支持。因此,在历史深因与现实语境的双重形塑下,在中西文化的冲撞交融下——虽然此时西方的科学主义已大致取得较为完备成熟的发展状态,超越了启蒙阶段,而现代中国的科学主义则偏于通过科学的实证方法与理性精神来开启现代性启蒙——西方欧洲 16 世纪之后诞生的现代科学渐始为中国知识分子接受,与"民主"一起被肯认为现代中国的核心价值。

随着科学在不同知识领域的日益滋蔓,其最特出的表现在于"把所有的实在都置于自然秩序之内,并相信仅有科学方法才能认识这种秩序的所有方面"。④ 科学逐渐成为知识的理想形态,以及判定知识合法性的重要依据,所谓"科学为正确知识之源"⑤。科学此时不仅是"救亡"与"革命"的时代背景下中国现代化的必由之

① 胡适:《〈科学与人生观〉序》,《胡适哲学思想资料选》(上),华东师大出版社 1981 年版,第 285 页。
② 王本祥:《汽机大发明家瓦特传》,《科学世界》第一编第五期,1903 年 6 月 1 日。
③ 任鸿隽:《中国科学社社史简述》,《文史资料选辑》第 15 辑,第 8 页。
④ (美)郭颖颐:《中国现代思想中的唯科学主义(1900—1950)》,雷颐译,江苏人民出版社 1989 年版,第 17 页。
⑤ 任鸿隽:《吾国学术思想之未来》,《科学》,第 2 卷,第 12 期,1916 年 12 月。

道,也被知识分子许为中国学术研究现代转型的关键所在。学者们试图以对科学精神的推举与科学方法的强调,促使人们重加审视固有文化,最终使得人文学科研究的学术言路与理论形态发生巨大变革。

第二节　整理国故:科学的方法与方法的科学

1919 年朱希祖在《北大日刊》上发表《整理中国最古书籍之方法论》一文。他指出:"我们中国古书中属于历史的、哲学的、文学的,以及各项政治、法律、礼教、风俗,与夫建筑、制造等事,皆当由今日以前的古书中抽寻出来,用科学的方法,立于客观地位整理整理,拿来与外国的学问比较比较,或供世人讲科学的材料。"强调倘不用"科学的方法","则心思漂泊无定,是非既无定见,前后必不一致"①。随后,梁启超在《清代学术概论》中也表示:"社会日复杂,应治之学日多。学者断不能如清儒之专研古典。而固有之遗产,又不可蔑弃,则将来必有一派学者焉,用最新的科学方法,将旧学分科整治,撷其粹,存其真,续清儒未竟之绪,而益加以精严,使后之学者既节省精力,而亦不坠其先业世界人之治中华国学者,亦得有藉焉。"②1929 年何炳松在《论所谓"国学"》一文中更直言:"我们当现在分工制度和分析方法都极发达的时代,……让我们大家分头都藏到'壁角'里去,老老实实做一点文学的、史学的、哲学的、科学的或者其他各种学术的小工作。"③1928 年胡朴安《整理中国学术之意见》亦认为,中国之旧学术"若不加以整理,仍旧为经、史、子、集的系统,不但世界学者不能了解中国的学术真象,就是中国的后起者,对于中国的学术,亦渐渐生鄙弃的心。"④诸家所论,皆意在批评中国传统学术分类不明笼统混沌之弊,认为其间固然有高明者博涉载籍,但流弊则每使各学科之间畛域不清,易生歧义与凿空之论,严重阻碍了精准之学术研究发展,颇为不合现代求真务实之科学精神。号召大家分头到"壁角"里去从事学术研究,本义即在谋求打破囫囵相混的学术体系,各学科做更精细明确的擘画,各人做更专精细致的研究,如此才谈得上是"彻底的"研究。

1923 年胡适发表《〈国学季刊〉发刊宣言》,文章指出:"中国这么大,历史这么长,材料这么多,除了分功[工]合作之外,更无他种方法可以达到这个大目的。……治国学的人应该各就'性之所近而力之所能勉者',用历史的方法与眼光担任

---

① 朱希祖:《整理中国最古书籍之方法论》,《朱希祖文存》,第 97 页。
② 梁启超:《清代学术概论》,第 107 页。
③ 何炳松:《论所谓"国学"》,《小说月报》第 20 卷第 1 号,1929 年。
④ 胡朴安:《胡朴安友朋手札:中国学会创立始末》,梁颖整理,《历史文献》第二辑,上海科学技术出版社 1999 年版,第 198—199 页。

一部分的研究。"有趣的是,作为破除旧礼教、打倒旧文化的先锋旗手,胡适对于旧文化的核心部分——国学——却抱有极为乐观的态度,"我们深信,国学的将来,定能远胜国学的过去;过去的成绩虽然未可厚非,但将来的成绩一定还要更好无数倍。"①而胡适之所以确信国学的将来能"更好无数倍"的原因,即其文中总结的三大条件:"历史的眼光"、"系统的整理"、"比较的研究"。只要学者们善于利用这三大方法,则国学的研治必能摆脱早先冥搜盲索的晦暗,渐臻科学的阶段,由此补救统绪匮乏、孤陋寡闻的弊端,开出国学的新路,林语堂揄扬此文"可以说是开新学界的一个新纪元的"②。

一方面,在进化史观的影响下,胡适等人坚信历史发展呈直线趋势;另一方面,当进化史观应用于人文学术研究,则撑柱其理论合法性的利器即为科学方法的运用,正因有此利器,故较之前代学者,研究必更正确精准自是毋庸置疑的了。加以科学在近代中国的出现并非冷冰冰的外在器物,而是挟硝烟炮火之烈震撼人心,是以甫一登场即被涂上一层先验正确的意识形态色彩,以致日后蔓延成非理性的科学崇拜。李大钊尝号召中国青年要"竭力铲除种族根性之偏执,启发科学的精神以索其真理"③,此处所谓以"科学精神"探索真理,要之即强调以科学方法来解决中国种种现实问题。而表现在学术研究上,则为研究方法科学化的极力主张,以此谋求学术研究的现代转型。

循此角度审视"整理国故"运动,则分明见出主事者的目标即是试图建立"科学的国学",要以科学的方法来部勒国学的范围,以科学的眼光来读解国学的材料,以科学的精神来替换他们眼里国学颓唐衰腐的内质。换言之,"整理国故"运动的核心不在国故,国故只是运动针对的对象,而在"整理"。用何等眼界、何等方法"整理"固有材料,则材料自有何等内容、何等深意,此亦梁启超所谓:"我国史界浩如烟海之史料,苟无法以整理之耶? 则诚如一堆瓦砾,只觉其可厌。苟有法以整理之耶? 则如在矿之金,采之不竭。"④换言之,在梁氏等人看来,中国传统学术之难以精进整严,不在材料本身之若散花飞絮,端在研究者自身视界与方法之科学现代与否。因此,"整理国故"唤起的与其说是国人对于传统文化的重视,毋宁说是借此呼吁学者亟须以现代科学之方法取代或重考据或偏义理的传统研究法。

"国故"一词,学界通常认为始于章太炎 1910 年在东京秀光舍出版的《国故论衡》一书。是书分三卷,上卷小学十篇,中卷文学七篇,下卷诸子学九篇,大抵涵盖

① 胡适:《〈国学季刊〉发刊宣言》,《胡适文集》第 3 册,第 364—379 页。
② 林语堂:《科学与经书》,《晨报五周年纪念增刊》,1923 年 12 月 1 日期,第 21 页。
③ 李大钊:《东西文明根本之异点》,《李大钊文集》上,人民出版社 1984 年版,第 564 页。
④ 梁启超:《中国历史研究法自序》,《中国现代学术经典·梁启超卷》,夏晓虹编,河北教育出版社 1996 年版,第 219 页。

了彼时国学研究的基本门类。较之章氏专精之著《訄书》与通俗讲演《国学概论》，此书既精且广，既可供专家学者精研涵泳，亦便初学入门登堂。有趣的是，章氏弟子黄侃称乃师"闵此国故，蔽于夐愚，讲诵多暇，微言间作"①，言辞间并不认为是书乃体大思精之作，可胡适却盛赞此书为中国这两千年里少有的"七八部精心结构，可以称作'著作'的书"，余者"只是结集，只是语录，只是稿本，但不是著作"②。换言之，《国故论衡》之所以当得起"著作"之名，就在于其有"结构"、有"条理"、有"系统"，而这些特质不就是胡适竭力倡导的"科学方法"的表征吗？因此，虽然章氏本人在此书中并未于"整理国故"作太多明确的表达，但胡适看重其条贯分明，遂用为自己提倡有系统之著作的例证，奉为整理国故的先声。

1919 年 11 月胡适撰写《新思潮的意义》，认为"整理国故"是对旧有的学术思想的一个"积极的主张"，旨在"从乱七八糟里面寻出一个条理脉络来；从无头无脑里面寻出一个前因后果来；从胡说谬解里面寻出一个真意义来；从武断迷信里面寻出一个真价值来"③，以此酿就时代的"新思潮"，最终目的即是"再造文明"。1921 年胡适在南京高等师范学校讲演《研究国故的方法》，将研究国故的四大方法归纳为"历史观念"、"疑古的态度"、"系统的研究"并"整理"，强调"国故的研究，于教育上实有很大的需要"，号召大家即便不能做"创造者"，也不妨当一个"运输人"。④ 1924 年 1 月，胡适在南京东南大学国学研究班再次作整理国故的演讲《再谈谈整理国故》，更其周至深入地列出了整理国故的四种方法，"读本式的整理"、"索引式的整理"、"结账式的整理"并"专史式的整理"，并重申整理国故的意义——"把难读难解的古书，一部一部的整理出来，使人人能读，虽属平庸，但实嘉惠后学不少了"！⑤ 由此可见，胡适本人在不同场合以不同形式为人申说整理国故之意义，并试图为此一运动提供可行的思考方法与着手途径。

在整理国故运动的早期论述中，有两点值得注意。其一，乃"国故"一词的运用。胡适激赏《国故论衡》一书之条理分明自成系统，亦尤为褒奖章氏以"国故"为书名，认为"国故"要"比国粹，国华，……等名词好得多，因为它没有含得有褒贬的意义"⑥。一言蔽之，"国故"乃一中立的名词。然则，不加褒贬实在不是胡适彰表推重的真正理由，中立的背后乃国粹与国渣并存。而正因此，国故才显得有大为特为"整理"之必要。"整理"之目的，即如胡适所谓在国故中求得"真价值"与"真意

---

① 黄侃：《国故论衡》赞，《国故论衡》，上海古籍出版社 2006 年版，第 1 页。
② 胡适：《五十年来中国之文学》，《胡适文集》第 4 册，第 360 页。
③ 胡适：《新思潮的意义》，《胡适文集》第 3 册，第 350—351 页。
④ 胡适：《研究国故的方法》，《胡适文集》第 3 册，第 356—359 页。
⑤ 胡适：《再谈谈整理国故》，《胡适文集》第 3 册，第 406—410 页。
⑥ 同上。

义",但即便是遭吐弃的国渣,也并非全无价值,一如钱玄同所谓"有条理有系统的叙述国故的新书一部一部地多起来,不但可以满足一般人需求国故底知识之希望,而且还可以渐渐地改正他们对于国故的谬误的传统思想"①。易言之,"谬误的国故"恰可教人认识到"国故的谬误",国粹与国渣都足具研究价值,"中华民族衰老之过程,由国故学可得其年轮;中华民族精神上之病态,由国故学可明其表里。故国故学非国糟,亦非国粹,一东亚病夫之诊断书,以备用药时之参证也"②。

国故本身有研究整理之价值,却不意味着所有关于国故的研究都是正确的。事实上,唯有以科学的方法整理国故,才是时人心许的对于国故的正确态度。顾颉刚就曾指出,"所谓科学,并不在它的本质,而在它的方法",所谓国学,"就是用了科学方法去研究中国历史的材料",如此才谈得上"国学是科学中的一部分"。因此,顾颉刚认为虽然自己和老学究一道"在故纸堆中讨生活",但彼此"截然异趣",此间差异"正如拜火的野蛮人与研究火的物理学家在方法上大有差别",老学究们"要把过去的文化作为现代人生活的规律,要把古圣贤遗言看做'国粹'而强迫青年们去服从,他们的眼光全注在应用上,他们原是梦想不到什么叫作研究的,当然说不到科学"。③ 换言之,正因研究方法的科学与否,成为老学究与新学人的重要判别标准。顾氏此言暗含一相反相成的论述逻辑,即国学作为科学之一种,必须以科学方法来加以研究,凡与此道悖逆者,皆为老学究;反之,亦因科学方法的使用,以致国学能为科学之一种,故凡不能以科学方法研究国学材料者,其所研究之国学,亦不足称国学,故其宣称"我们也当然不能把国学一名轻易送给他们"。

胡适、顾颉刚等人竭力提倡"科学方法"来整理国故,不惟是为呼吁研究方法的现代转型,也是希望借此获得合法性支持。"整理国故"的口号一经提出,因着国故与亟待破除的旧文化之间百般夹缠的关系,以致整个运动自始至终遭到质疑与嘲讽。④ 即如前此亦支持此一运动之陈独秀,1923年幡然易辙,讥刺胡适提倡整理国故是"要在粪秽里寻找香水"⑤。为此胡适辩解道,"我们说整理国故,并不存挤香水之念;挤香水即是保存国粹了。我们整理国故,只是要还他一个本来面目,只是直叙事实而已"。并且认为整理国故要用"补泻兼用"之法,"补者何?尽量输入科

① 钱玄同:《汉字革命与国故》,《晨报五周年纪念增刊》,1923年12月1日。
② 曹聚仁:《国故学之意义与价值》,许啸天辑《国故学讨论集》第1集,上海书店出版社1991年影印群学社1927年版,第82页。
③ 顾颉刚:《一九二六年始刊词》,《北京大学研究所国学门周刊》2卷13期。
④ 相关论争,可参考罗志田:《新文化运动时期关于整理国故的思想论争》,《国家与学术:清季民初关于"国学"的思想论争》,北京三联书店2003年版,第218—265页。
⑤ 陈独秀:《国学》,《陈独秀著作选编》第3卷,第101页。

学的知识、方法、思想。泻者何？整理国故，使人明了古文化不过如此。"①能在粪秽里照见国故的真面目，又不沾染臭气，而所谓"补泻兼用"二法，要之核心仍在"补"，在于"输入科学的知识、方法、思想"，唯"补"才能"泻"。换言之，以科学方法整理国故既是"整理国故"运动的具体操作手段，甚至也可说是此一运动在当时文化环境中得以持续开展的重要条件。

1926 年北京大学国学门召开恳亲会。会上，胡适有感于不少青年望风景从，一股脑钻入故纸堆，"国学变成了出风头的途径"。然则这许多人，"方法上没有训练，思想上没有充分的参考资料，头脑子没有弄清楚，就钻进故纸堆里去，实在走进了死路！"但胡适并未就此认定国学之路只有死期，毫无生还之可能，他强调"这条死路要从生路走起"。而所谓"生路"，"就是一切科学、尤其是科学的方法……从科学与科学方法下手才是一条生路"。② 细按胡适言下之意，与其说是要宣告国学一门为"死路"，毋宁说他批评未曾经受科学方法训练的人将国学的"生路"走成了一条茫茫不归路。

郑振铎亦认为，当时的"'国学'乃是中学校的'国文'一课的扩大，'国学家'乃是中学校的'国文教师'的抬高。他们是研究中国的事物名理的，然而却没有关于事物名理的一般的、正确的、基本的知识；他们是讨论一切关于中国的大小问题的，然而他们却没有对于这一切问题有过一番普遍的、精密的考察"。这些人的"唯一工具是中国文字，他们的唯一宝库是古旧的书本。他们的唯一能事是名物训诂、是章解句释、是寻章摘句、是阐发古圣贤之道"。除了识中国文字的程度超过部分西方"中国学者"外，这些人"在常识上也许还要远逊于"后者；有时"即在对于古书的理解力上也许还要让他们——西方的中国学者——高出一头地"。③ 由此可见，能训诂、懂摘句、会推阐古圣贤之道，这一套传统学者精擅之道在以科学为最高准绳的时代，不仅不见用于实际，亦沦为三家村陋儒的象征。而真正的国学研究者不仅该具备读解国学材料的能力，更关键的是这种能力本身也须符合现代学术方法的要求。

虽然众人都深知以科学研究国学之必要，林语堂即曾公开表示，"'科学的国学'是我们此去治学的目标，是我们此去努力的趋向"④，但究竟怎样的研究才称得上是科学的研究，怎样的方法才称得上是科学的方法，一如陈源的疑问，"他们大家

① 胡适致钱玄同信，1925 年 4 月 12 日，耿云志等编：《胡适书信集》（上），北京大学出版社 1995 年版，第 360—361 页。
② 胡适：《北京大学研究所国学门月刊》第 1 卷第 1 号，1926 年 10 月，第 143—147 页。
③ 郑振铎：《且慢谈所谓"国学"》，《小说月报》第 20 卷第 1 号，第 10—12 页。
④ 林语堂：《科学与经书》，《晨报五周年纪念增刊》，1923 年 12 月 1 日期，第 21 页。

打的旗帜是运用'科学方法',可是什么是科学方法？离开了科学本身,那所说的'科学方法'究竟是什么呢？"而广义的研究中国过往一切学问的国学之概念,在他看来并不符合科学的本义,故其主张应"让经济学者去治经济史,政治学者去治政治史,宗教学者去治宗教史"。① 在陈氏看来,笼统的国学义界并未臻及科学研究的真谛,无法作专门深入之研究。

郑振铎亦认为:"'国学'乃是包罗万有而其实一无所有的一种中国特有的'学问','国学家'乃是无所不知而其实一无所知——除了古书的训诂之外——的一种中国特有的专门学者。"②"包罗万有而其实一无所有"、"无所不知而其实一无所知",郑氏指摘的亦是所谓国学家的博识通达,其实每每徒落空疏,而其特别强调"国学"与"国学家"为中国之特有,则显然内心以西方现代学科分类体系为悬格。许啸天持论更其激烈,他认为"国故学"三字是"一个极不彻底极无界限极浪漫极浑乱的假定名词;中国的有国故学,便足以证明中国人绝无学问,又足以证明中国人虽有学问而不能用","中国莫说没有一种有统系的学问,可怜,连那学问的名词也还不能成立！如今外面闹的什么国故学、国学、国粹学,这种不合逻辑的名词,还是等于没有名词。"③即连被后世尊为国学大师的柳诒徵,亦认为国学非学术之名,国学之各门类:"凡考究文字声韵之类,皆属于文字学;凡考究典章制度,以及古书之真伪、史书之体例者,皆属于历史学。故汉学者非他,文字学耳、历史学耳","所谓宋学,可以分为伦理学、心理学。"④

上述所论,颇可见出彼时学人欲为国学正名之努力。而在正名的背后,乃是以西方现代学科分类体系来部勒国学的方方面面。亦即在他们看来,国学苟足以为科学之一种,则其隶属门类亦须与西方现代学科体系相合,如此方可称科学的国学。由此折进,则国学各门类皆应有独立专精的研究,一改前此与笼统之名相应的空疏研究方式,一门有一门的专家,一门有一门的判准。如果说前此胡适给予国故以一宽泛的界范是未遑深究也好,抑或求取中立之名以便强调"科学整理"之必要也罢,那么整理国故的实际开启则由胡适的大视野缩窄为小操作,改为专精之学与学科分类的提倡。

分科之学的目的是为研究的日趋系统严密,用沈兼士的话来说即是"大凡一种

---

① 陈源:《西滢跋语》,《胡适文存三集》卷二,亚东图书馆1930年,第217—218页。
② 郑振铎:《且慢谈所谓"国学"》,《小说月报》第20卷第1号,第10页。
③ 许啸天:《国故学讨论集·新序》第1集,第4—6页。
④ 柳诒徵:《汉学与宋学》,东南大学、南京高师国学研究会编《国学研究会讲演录》第1集,上海商务印书馆1924年,第84—90页。

学问欲得美满的效果,必基于系统的充分研究"①,章太炎亦认为学者"论史须明大体,不应琐屑以求"②,"不知大体,虽学也等于不学"③。由此"系统"逐渐取代中国传统学术的"博雅"而成为学术研究科学与否、进步与否的新判准,"凡学问之事其可称科学以上者,必不可无系统"④。

　　所谓"有系统",表现在具体研究中,即为条贯分明,源流备见。顾颉刚尝向胡适指出章学诚那部当得起"著作"之称的《文史通义》,却"无声无息了近一百年",要之即因清代学者皆"为琐碎的考证束缚住了",直到欧化近来,"大家受了些科学的影响,又是对于外国学术条理明晰,自看有愧",始懂得章著的价值。⑤ 胡朴安亦在《古书校读法》一书中指出:"所谓系统者,谓能搜辑多种之书,以为一种学术之汇归,使人阅之,不必他求,而能明其原委也。……使深沉之学术皆有条理之可循,使散漫之书籍皆有伦类之可指。"⑥黄侃虽耽溺旧学,亦认为:"夫所谓学者,有系统条理,而可以因简驭繁之法也。明其理而得其法,虽字不能遍识,义不能遍晓,亦得谓之学。不得其理与法,虽字书罗胸,亦不得名学。"⑦

　　如果就单本著作而言,有系统指的是宅章安篇条理明晰,论学述理次第分明,那之于整个学术体系而言,有系统则指称的是学术建构须各有专精,分工明确,在此基础上重构一整严完全的大系统,即梁启超所谓:"历史上各部分之真相未明,则全部分之真相亦终不得见。而欲明各部分之真相,非用分工的方法深入其中不可。……专门史多数成立,则普遍史较易致力,斯固然矣。"⑧

　　这一"大系统"的构建,胡适亦率先擘画。在《〈国学季刊〉发刊宣言》中,他即拟订了"理想中的国学研究"中的中国文化史该有的十种专史,分别为:(一)民族史、(二)语言文字史、(三)经济史、(四)政治史、(五)国际交通史、(六)思想学术史、(七)宗教史、(八)文艺史、(九)风俗史、(十)制度史。他且相当肯定地宣称,"国学的系统的研究,要以此为归宿"。⑨ 1928 年白寿彝撰写了《整理国故介绍欧化的必要和应取的方向》一文,指出:"整理国故的学者应当作一种有系统的工作,把过去文化之起源,蜕变的事实、及所以成现在情状的原因,组成各种文化专史——如政

①　沈兼士:《筹划北京大学研究所国学门经费建议书》,葛信益、启功编:《沈兼士学术论文集》,中华书局1986 年版,第 362 页。
②　章太炎:《论经史实录不应无故怀疑》,马勇编:《章太炎讲演集》,河北人民出版社 2004 年版,第 229 页。
③　章太炎:《研究中国文学的途径》,《章太炎讲演集》,第 75 页。
④　王国维:《欧罗巴通史序》,《静庵文集》,辽宁教育出版社 1997 年版,第 202 页。
⑤　顾颉刚:杜春和编《胡适论学往来书信选》,河北人民出版社 1998 年版,第 1002 页。
⑥　胡朴安:《胡朴安学术论著》,浙江人民出版社 1998 年版,第 276 页。
⑦　黄侃:《文字声韵训诂笔记》,上海古籍出版社 1983 年版,第 2 页。
⑧　梁启超:《中国历史研究法》,第 258—259 页。
⑨　胡适:《〈国学季刊〉发刊宣言》,《胡适文集》第 3 册,第 364—379 页。

治史、经济史、风俗史、哲学史、文学史、教育史……之类，——以及中国文化通史。"①林语堂甚且认为，各专门史既已纷纷出版，何不妨写一些关于专门史的专门研究法，诸如中国社会史研究法、民族史研究法、政治史研究法、文学史研究法等等，目的在于"指明如何可以用西洋学术的眼光、见识、方法、手段及应凭的西洋书籍来重新整理我们的国学材料"，如此可"借着科学的精神与科学的手术换新了他的面目增加了他的生趣"。②

有感于传统学术的散漫不可归类，胡适等人意欲以"系统"救散漫之弊。这种"系统"化的渴求，容或诸家于具体操作各有轨辙，但学术发展应趋向缜密系统已成为当时学界奉为圭臬的共识。时贤不仅期冀于在具体著作中有所表现，更试图经由个人学术研究的实践，最终汇众沤为一海，将整个中国学术体系来一次彻底的系统化清理，务求各学科畛域严明，各知识皆有统绪，各门类皆有专家，由此才谈得上中国学术之复兴。

然则学术研究系统化只是科学研究的起始，学术体系趋于系统，不仅意味着研究者要将各材料归属安妥，更要求研究者去伪存真、知所去取，即胡适所谓还国故"一个本来的面目"。这一看似颇为中性客观的表述，其实是带着极其强烈的批判意识的"反拨"，目的在于将学术话语权与学术资源做一番彻底的重新分配。

而"各还他一个本来面目"的前提则是"扩充国学的领域"，即胡适所谓"拿历史的眼光来整统一切"，由此"可以把一切狭陋的门户之见都扫空了"。这种"狭陋"，具体来说是研究范围的狭窄，胡适批评道："学者的聪明才力被几部经书笼罩了三百年"，"脱不了'儒书一尊'的成见，故用全力治经学，而只用余力去治他书"，况且此中还有汉宋之分、今古之别；又"缺乏参考比较的材料"，"只向那几部儒书里兜圈子；兜来兜去，始终脱不了一个'陋'字。"③胡适拈出"历史的眼光"以为科学研究之一法，要之即在强调扩充研究领域和材料的范围，不要为经学话语所笼罩。

因此，还一个真面目的根本即先要破除经书独尊，各学科皆须从经学之附庸中独立出来。钱玄同指出："'经'是什么？它是古代史料的一部分，有的是思想史料，有的是文学史料，有的是政治史料，有的是其他国故的史料。"④可见钱氏已开始消解经学的学术霸权，将其视为古代史料之一部分，既为史料，则当可悉数归类，不存在一居于无上地位之经学。顾颉刚亦曾言："窃意董仲舒时代之治经，为开创经学，

① 白寿彝:《整理国故介绍欧化的必要和应取的方向》,《白寿彝史学论集》上册,北京师范大学出版社1994年版,第433—434页。
② 林语堂:《科学与经书》,《晨报五周年纪念增刊》,1923年12月1日,第21页。
③ 胡适:《〈国学季刊〉发刊宣言》,《胡适文集》第3册,第366—371页。
④ 钱玄同:《重论经今古文学问题》(1931年11月16日),顾颉刚编《古史辨》第5册,上海古籍出版社1982年影印版,第27页。

我辈生于今日,其任务则为结束经学。故至我辈之后,经学自变而为史学。……清之经学渐走向科学化的途径,脱离家派之纠缠,则经学遂成古史学,而经学之结束期至矣。特彼辈之转经学为史学是下意识的,我辈则以意识之力为之,更明朗化耳。"①相较钱氏的"消解",顾氏是有意识地要去"结束经学"。胡适自己则在《先秦名学史》一书中明确指出:"中国哲学的未来,似乎大有赖于那些伟大的哲学学派的恢复,……因为在这些学派中可望找到移植西方哲学和科学最佳成果的合适土壤。"②则不惟不承认儒书一家独大的地位,甚至认为唯有在这些被历史掩蔽的学派和学说中,才可能觅获现代学术的接榫点。朱希祖亦明言"经学之名,亦须捐除",盖"经之本义,是为丝编,本无出奇的意义。但后人称经,是有天经地义,不可移易的意义,是不许人违背的一种名词……我们读古书,却不当作教主的经典看待"③,言下亦是要把经学从神坛的供位上拉下来。吕思勉亦同意朱说:"窃谓以经学为一种学问,自此以后,必当就衰……夫以经学为一种学科而治之,在今日诚为无谓,若如朱君之说,捐除经学之名,就各项学术分治,则此中正饶有开拓之地也。"④傅斯年1928年作《诗经讲义稿》,即宣称:"一切以本书为断,只拿他当做古代遗留的文词,既不涉伦理,也不谈政治,这样似乎才可以济事。"⑤

不过,破除儒书独尊、经学独大的旧弊,仍旧不能说是整理国故运动的终极目标。所谓还国故一个"真面目",只是为了"评判各代各家各人的义理的是非",这至多只能做到不诬古人。而胡适强调的不误今人,则显然更进一层,是要开显国故的"真价值"。

然则"真价值"又在哪里?既然中国三四千年的国学大抵皆为几本经书所笼罩,几百年第一流的学者毕其一生精力之研究,也未尝对社会的生活思想产生什么实质的影响,可见这份"真价值"是断然不能在此前奉为楷式的经书里头去寻的了。胡适等人看似主张一切材料生而平等,"过去种种,上自思想学术之大,下至一个字、一支山歌之细,都是历史,都属于国学研究的范围"⑥,毋宁说他们是将此前不入流的稗官小说、歌谣唱曲升等至与高文典册平起平坐的地位。顾颉刚在《国学门周刊一九二六年始刊词》中宣称:"凡是真实的学问,都是不受制于时代的古今,阶级的尊卑,价格的贵贱,应用的好坏的。……所以我们对于考古方面、史料方面、风

---

① 顾颉刚:《致王伯祥》(1951年9月5日),顾洪编:《顾颉刚学术文化随笔》,中国青年出版社1998年版,第295—296页。
② 胡适:《先秦名学史》,安徽教育出版社1999年版,第13页。
③ 朱希祖:《整理中国最古书籍之方法论》,《朱希祖文存》,第95页。
④ 吕思勉:《答程鹭于书》,《吕思勉遗文集》上册,华东师范大学出版社1995年版,第243页。
⑤ 傅斯年:《诗经讲义稿》,中国人民大学出版社2004年版,第12页。
⑥ 胡适:《〈国学季刊〉发刊宣言》,《胡适文集》第3册,第372页。

俗歌谣方面,我们的眼光是一律平等的。我们决不因为古物是值钱的骨董而特别宝贵它,也决不因为史料是帝王家的遗物而特别尊敬它,也决不因为风俗物品和歌谣是小玩意儿而轻蔑它。"①

事实上,材料的"一律平等"表现在具体研究中,则此前视为"帝王之物"的高文典册渐趋冷落,"小玩意"的身价却日新日重。举凡野史、方志、谱牒、金石、刻文、考古挖掘、方言调查、民俗风土皆阑入研究视野。单就文学而论,词曲小说由叨陪末座一下子登堂入室。1918 年北大国文门研究所设"小说"课目,由周作人、胡适、刘复三位共同负责,1920 年则由系主任马裕藻敦请鲁迅到北大讲授"中国小说史",催生出《中国小说史略》这一名作,随之也奠定了小说在中国文学研究中的地位。此外,《水浒传》《儒林外史》《红楼梦》《儿女英雄传》《老残游记》《镜花缘》等小说随着整理国故运动的日趋深入,陈独秀、胡适、钱玄同等学者纷纷为这些著作或作序、或考证、或标点,日为人所重,逐渐被纳入文学正典。

1927 年顾颉刚赴广州中山大学语言历史研究所任教,发起成立民俗学会,积极刊行民俗学会丛书,编辑《民俗》周刊。他曾致信叶圣陶:"我近来颇有传道的冲动,我的道是'打倒圣贤文化,表章民众文化',故无论作文或演说,总要说到这上去。"②这些为文人学士所不屑的"俗文化",而今堂堂正正地跻身于学术殿堂,顾氏认为这"不但把古今优劣的障壁打通,而且连那雅俗的鸿沟也填平了。……弓鞋发辫与衮冕舆服等视,俚歌俗语与高文典册齐量,民间的传说与书本的典故同列"③。可见,"一律平等"的最终目的,仍是要抬举庶民文化,打击贵族文化。

1932 年 5 月 10 日,胡适因姚际恒著作的发现而致信钱玄同:"近年中国学术界的一个明显的倾向,这倾向是'正统'的崩坏,'异军'的复活。"④整理国故,看似是一承传传统学术,整理固有文化的学术实践,其实从根本上说,这一运动仍旧意在复活"异军",崩坏"正统"。胡适急切地想要找出的国故里的"真面目"、"真意义"乃至"真价值",其实即是"正统"崩坏之后的"新面目"、"新意义"与"新价值"。因此,顾颉刚认为整理国故乃新文化运动中"应有的事",盖"新文学与国故并不是冤仇对垒的两处军队,乃是一种学问上的两个阶段。生在现在的人,要说现在的话,所以要有新文学运动,生在过去的人,要知道过去的生活状况,与现在各种境界的由来,所以要有整理国故的要求。"⑤换言之,整理国故不惟不是新文化运动的倒退,甚且还是新文化运动的深入与展开,其真正目的在于要以现代的科学的方法,来为本国

① 顾颉刚:《国学门周刊一九二六年始刊词》,北京大学研究所国学门周刊,1926 年第 2 卷,第 13 页。
② 顾潮:《历劫终教志不灰·我的父亲顾颉刚》,华东师范大学出版社 1997 年版,第 122 页。
③ 王伯祥:《读〈经今古文学〉和〈古史辨〉》,《古史辨》第 2 册,第 362 页。
④ 胡适:《致钱玄同信》(1932 年 5 月 10 日),《胡适书信集》上册,北京大学出版社 1966 年版,第 570 页。
⑤ 顾颉刚:《我们对于国故应取的态度》,《小说月报》1923 年,第 14 号,第 1 页。

的文化遗产做一次彻底的重新估价。

　　而尤为值得注意的是,在这重估价值的一系列具体学术实践中,不论是"正统"的崩坏,还是"异军"的复活,要之皆以"科学"为自身正名之手段。老学究之所以应被淘汰,在于其研究方法的不科学;正统之所以应打破崩坏,在于其内容不科学,不适应现时代的需求;异军之所以应复活,亦在其经由科学的检验,足具国故的真价值。科学,不仅乃整理国故的具体手段,亦为裁断合法性的判准。诚如曾长期担任北大国学门主任的沈兼士的总结:"溯民国二十余年间,北京大学之于研究国学,风气凡三变:其始承清季余习,崇尚古文辞;三四年之后,则倡朴学;十年之际,渐渍于科学,骎骎乎进而用实证方法矣。"①

　　而当"异军"复活的谱系日益增大时,则整个历史阐释的空间格局都将一改颜目。在"正统"与"异军"的抬升罢黜中,连带被消解的不惟是"正统"的地位与地位背后的合法性,更是"异军"突起所导致的历史谱系与整个文化建构的剧烈转变。这种转变,不仅在国故整理运动中的核心领域史学在在可见,之于古代文论领域,亦形迹彰明、影响甚剧。

第三节　郑振铎:旧材料与新方法

　　相较朱自清、郭绍虞、朱东润等人而言,郑振铎并未有专门的古代文论研究著作,相关研究亦散见于《文学大纲》、《插图本中国文学史》及《郑振铎古典文学论集》等著中。然综观其研究成果,虽未以古代文论研究名世,但其对中国文学批评史的总体把握、新材料的有意开掘以及新方法的自觉借鉴,则亦为古代文论研究转型作出了独到的贡献。有研究者将郑氏中国文学批评史研究概括为三大方面的创获,分别是"中国文学批评史研究新资料的提供"、"中国文学批评史研究新领域的开拓"并"中西比较新方法论的提倡",②某种意义上说,上述三点之核心乃在材料与方法二者的融汇妙用,易言之,郑氏治学之最大特色即以新方法考究旧材料,旧材料中发现新意绪。而若将其置于科学主义思潮的时代话语中,可见出其之于旧材料的新思考正与整个时代对于"科学"与"方法"的无比企望符节相应。

　　作为文学研究会的发起人,较之文学创作,郑振铎始终将目光聚焦于文学研究,诚如1920年12月13日《晨报》第五版刊出的《文学研究会宣言》及《文学研究会简章》所述:"整理旧文学的人也须应用新的方法,研究新文学更是专靠外国的资料;但是一个人的见闻及经济力总是有限,而且此刻在中国要搜集外国的书籍,更

---

① 沈兼士:《方编清内阁库贮旧档辑刊序》,《沈兼士学术论文集》,第343页。
② 佘小云:《郑振铎对中国文学批评史研究的独特贡献》,《贵州师范大学学报》,2006年第1期。

不是容易的事。所以我们发起本会,希望渐渐造成一个公共图书馆研究室及出版部,助成国人及国民文学的进步。"可见文学研究会的初衷,即在谋求同仁的通力协作,进而有助于中国文学研究的开展与发达,值得注意的是,这种研究初始即强调要自觉建基于"应用新的方法",换言之,文学研究会主张的是一种具备现代学术研究方法的文学研究。

不过,绍介外国文学和整理中国旧文学这两条连类并举的主张,在时人看来却自有悬隔。前者自是为效法西方先进,后者虽然在理论上亟待展开,事实上则往往难有寸进,文学研究会阵地《小说月报》主编茅盾即表示:"文学研究会章程上之'整理中国固有文学',自然是同志日夜在念的;一年来尚无意见发表的缘故,别人我不知道,就我自己说,确是未曾下过怎样的研究工夫,不敢乱说,免得把非'粹'的反认为'粹'。"①显然,主编茅盾并非不认同整理旧文学,而是生怕一着不慎,予人表彰国粹的话柄。

相较茅盾,郑振铎对于整理中国固有文学的意愿更其强烈而持久。而造成两人不同态度之原因,乃在于彼此着眼点不尽相同。茅盾更多着眼于旧文学的弊端,宣称:"我爱听现代人的呼痛声、诉冤声,不大爱听古代人的假笑佯啼、无病呻吟、烟视媚行的不自然动作。不幸中国旧文学里充满了这些声音。"②郑氏则认为旧文学虽每多混乱,但"中国旧有文学不仅在过去时代有相当之地位,即对于将来亦有几分之贡献",且强调达成贡献的条件即在于"非以现代的文学的原理,来下一番整理的功夫不可"③,换言之,郑氏眼中的旧文学倘若有整理之必要,亦因其"对于将来亦有几分之贡献",采取的显然是"以旧补新"之策略。

1923年1月郑振铎接替茅盾主编《小说月报》。甫一接编,即组织了一场名为"整理国故与新文学运动"的大讨论。发表了:郑振铎《新文学之建设与国故之新研究》、顾颉刚《我们对于国故应取的态度》、王伯祥《国故的地位》、余祥森《整理国故与新文学运动》、严既澄《韵文及诗歌之整理》等六篇文章。诸家分别从立场、观念、方法等各个角度对国故与新文学创作的关系进行了探讨,总体意见则可以郑氏之按语来表达,即"此地所发表的大概都是偏于主张国故的整理对于新文学运动很有利益一方面的论调"④。

讨论中,王伯祥措意于"整理国故"和"新文学运动"之间的紧密关系,认为两者"在学术研究上的地位,实在同样的重要",前者系"历史的观念",后者为"现代的精

---

① 沈雁冰复万来潘信,《小说月报》13卷7号,1922年7月。
② 沈雁冰复陈德徽信,《小说月报》13卷6号,1922年6月。
③ 郑振铎:《文艺谈丛》,《小说月报》第12卷第1号,1921年1月。
④ 《小说月报》第14卷第1号,1923年1月。

神"，而"历史观念非但不会损害现代精神，而且可以明了现代精神所由来，确定他在今日的价值"，颇为反感新文学家们对于中国固有文学精神的全盘否定①；余祥森则认为旧文学与新文学，究其实质"实际是一样的"，其间区别只在于"范围广狭不同罢了"，指出"旧文学中思想有不适用于现时代，这并非旧文学自身错误，实因为范围太少的缘故"，而新文学的基础，"须当建在外国旧文学和国故的混合物上面"如此"才算是真正的新文学"②；严既澄则未如王、余二位这般强调旧文学之价值，而是在"整理"一词上作文章，认为"所谓整理，就是从浩如烟海、漫无端绪的载籍中，理出一条道路来，使诵习的和学作的得一条便利的可以遵循的正路"③，亦即认为只有加以正确的整理，中国固有文化才有可能使后来者获益；顾颉刚则秉承胡适主张的材料"一律平等"的观念，认为自己是"立在家派之外，用平等的眼光去整理各家派或向来不入家派的思想学术"，不认同通常的"择善从之"的整理态度，强调"所以整理国故之故，完全是为了要满足历史上的兴趣，或是研究学问的人要把它当作一种职业"④；相较顾氏的"去功利化"主张，郑振铎则直接将国故研究与新文学建设联系起来："我主张在新文学运动的热潮里，应有整理国故的一种举动……这种运动的真意义，一方面在建设我们的新文学观，创作新的作品；一方面却要重新估定或发现中国文学的价值，把金石从瓦砾堆中搜找出来，把传统的灰尘，从光润的镜子上拂拭下去"，并强调"我们须有切实的研究，无谓的空疏的言论，可以不说。"⑤

　　上述论说，隐然可见一条逻辑线索。首要确立或强调中国固有文学的价值和意义不容完全否定，同时也承认旧文学确有诸多地方亟待改善，如此为后续论说奠定基础。进而将旧文学和新文学之关系加以重审，认为任何一方面的太过抬举都不合乎长远发展的要求，必须两者互为融摄，才能真正构建出新文学的前景，此处之新实乃一新旧中外的混合体。而若要实现上述目标，则第一要务即在于旧文学的重加整理，尤其是符合现代精神的科学整理，如此完密整个论说的构建。

　　但看似中立的、去功利化的"整理"，本质上仍是意识形态鲜明的一种主动性行为，"整理"的前提端在价值的"重估"。换言之，这是一种以"整理"来完成"重估"的文学实践，也是一种以"重估"为鹄的的配套"整理"的价值裁断，亦即胡适所谓找出国故的"真价值"与"真意义"，显然郑振铎是将胡适之于国故的整体思考更为具体

---

① 干伯祥：《国故的地位》，《小说月报》第 14 卷第 1 号，第 5—6 页。
② 余祥森：《整理国故与新文学运动》，《小说月报》第 14 卷第 1 号，第 7—9 页。
③ 严既澄：《韵文及诗歌之整理》，《小说月报》第 14 卷第 1 号，第 9—12 页。
④ 顾颉刚：《我们对于国故应取的态度》，《小说月报》第 14 卷第 1 号，第 3—4 页。
⑤ 郑振铎：《新文学之建设与国故之新研究》，《小说月报》第 14 卷第 1 号，第 1—3 页。

的落实在文学领域中。①

1922 年 10 月郑氏发表《整理中国文学的提议》,初步展示了个人关于中国文学研究方法论的自觉思考。他认为文学的研究应建筑在"近代的文学研究的精神"上面,亦即莫尔顿《文学的近代研究》所述三点,"文学统一的观察"、"归纳的研究"并"文学进化的观念"。就第一点而言,郑氏认为"我们中国的文学研究者,则不惟没有世界的观念,便连一国或一时代的统一研究,也还不曾用意",他主张研究者不能仅照见一隅,更该总览全体,在历史的长程视域中求取文学现象合理完满的理解。同时,其鉴于中国文学的研究刚刚起步,故提议研究者应由局部研究,诸如一部作品、一个作家、一个时代、一个派别抑或一种体裁,渐臻及整体研究。而"归纳的研究"一条,郑氏认为此法乃"一切学问的初步"。"文学进化的观念"则给予其裁断古今的判准,借此破除复古论倡导的今不如古之说带给中国文学的拘囿。而所列三条之最终目的仍是要努力破旧立新,即"打破一切传袭的文学观念的勇气",宣称"就是有许多很好的议论,我们对他极表同情的,也是要费一番洗刷的功夫,把它从沙石堆中取出,而加之以新的证明、新的基础"。② 可见,郑氏仍认为"整理"的目的本质上仍是一种"洗刷"——清除沙石,而令金玉呈露其外。

1922 年底《小说月报》读者润生来信,认为"整理我国文学尤为今日切要急需之图",中国固有学说"自有精华,未能一笔抹杀;惜乎沙金混淆,且遭前儒迂谬的注解,使真相湮没",而挽救这种流弊的方法,乃在"用科学的方法、实验的态度、现在的思想、平等的眼光,整理研究一番,各给他个真价值"。③ 此信后得郑振铎"极赞佩"的答复。考其所以极表赞成,即因润生信中所列整理四要点,正与其所论暗合,而将科学研究视为披沙拣金之过程,则更其相契了。

1927 年郑氏组织《中国文学研究专号》,并在此号中发表《研究中国文学的新途径》一文,所论较之前更趋周匝明晰。他指出研究的新途径不外乎"归纳的考察"和"进化的观念",相较《提议》所认为的"学问的初步",此番则抬举为研究的"必由之路",认为:"有了这样的研究方法与观念,便再不能称臆的漫谈,不能使性的评论了,凡要下一个定论,凡要研究到一个结果,在其前,必先要在心中千回百转的自喊道:'拿证据来!'"且以胡适为例,认为"近几年胡适对于《红楼梦》《水浒传》的考证却完全是走的一条新路,一条正路",所谓"新路"和"正路",即因胡适的古典说部考证正乃郑氏标举的"归纳的考察"和"进化的观念"的实践佳范。而一切以材料为准

---

① 关于郑振铎在"整理国故"方面受到胡适影响的情况,相关研究可参考徐雁平:《胡适与整理国故考论——以中国文学史研究为中心》第四章第三节部分,安徽教育出版社 2003 年版,第 198—215 页。
② 本段所引,见郑振铎:《整理中国文学的提议》,《文学旬刊》第 51 期,1922 年 10 月,第 1—2 页。
③ 润生来信,《小说月报》第 14 卷第 2 号,1923 年 2 月。

的无征不信式的研究方法,亦即科学研究的具体表现,"他们不轻信,他们信的便是真实的证据;他们不轻下定论,他们下的定论便是集合了许多证据的归纳的成果",换言之,唯有经得起材料检核的研究才是科学的研究,而唯有科学的研究才是正确的、现代的研究。①

不过以归纳的考察和进化的观念对中国传统文学加以再研究,至多只能做到胡适所谓"正统的崩坏",至于"异军的复活"则须依赖研究新对象的输入了。

在《整理中国文学的提议》一文中,郑振铎已对中国文学进行了初步分类。而在《研究中国文学的新途径》中,他又将中国古典文学分为九大类,即"总集及选集"、"诗歌"、"戏曲"、"小说"、"佛曲弹词及鼓词"、"散文集"、"批评文学"、"个人文学"、"杂著",又在这九大类下细分出 40 小类,如"短篇小说"、"长篇小说"、"童话及民间故事集"等。这一分类,不仅扩大了中国古典文学的固有范围,更意在改易传统的文学研究视野。这种改易,不惟是淘汰了旧典籍,增添了新材料,郑氏更企望的是经由新对象的输入,进而复活异军,让人知道何者才是中国文学里的金玉。所谓三条研究中国文学的"新途径":"文学的外化"、"巨著的发现"并"中国文学的整理",用胡适的话来说,意义不惟在其"新",而在于此乃研究文学的"正路"。

因此,研究戏曲、小说、弹词、鼓词,不仅是因这些材料向来不为学者们所重视,更重要的是我们可从中发现中国文学受到外来文化影响的履迹;而各地的小唱本、小剧本乃至吴歌粤讴之类,实都不乏宝贵的价值,甚或有些还是未曾发现的巨著,任取一种研究,都可以开辟出一个新天地;对固有文学加以科学严谨的分类,更可使此前分类不清的状况得以改善,因为倘不如此,混杂的分类与盲目的研究颇足以迷乱后之学者的心目。如上三种研究新途径的开辟,目的就是要"把向来最未为人所注意,蔓草最多的地方先开辟起来",由此"一面自然格外有清新的趣味","一面却也足以帮助作品作家及文学史之研究的迷难的解决"。② 而就专号来说,郑氏一人撰写的《武松与其妻贾氏》、《中山狼故事之变易》、《鲁智深的家庭》、《宋人词话》、《明代之短篇平话小说》、《中国戏曲的选本》、《佛曲叙录》、《西谛所藏弹词目录》、《中国文学年表》等多篇论文,并所录朱湘《李笠翁十种曲》、《古代的民歌》,褚东郊《中国儿歌的研究》,欧阳予倩《谈二黄戏》,钟敬文《中国疍民文学一脔》,徐傅霖《中国民众文艺一斑——滩簧》等文,显然皆意在让读者了解中国文学向为人所轻忽的领域,感受一点"清新的趣味"。

在郑氏看来,中国文学"真是一片绝大的荒原,绝大的膏沃之地",然而中国文

①　本段所引,见郑振铎:《研究中国文学的新途径》,《小说月报》第 17 卷号外《中国文学研究》专号,第 6—11 页。

②　郑振铎:同上书,第 2—19 页。

学研究却绝不发达,原因即在古来的学者们只知"赏鉴",而不懂"研究"。因为前者只是"随意的评论与谈话",譬如游客赏景,求的是一己之愉悦,后者才是"仔仔细细的考察与观照",不随便说话,唯有参考过大量的前人研究后才下一个自己的定论。由此他认为科学的文学研究不能仅止步于游赏般的赏鉴,还应该有更为深入展开的部分:关于作品、作家、一个时代、每一部文体、综叙中国文学之发展的文学史、辞书、类书、百科全书、参考书目等研究——而"这一切应该有的东西,我们都没有"。①

倘若我们对郑振铎个人关于中国文学批评史的认知再加以考察,会发现在其眼中,中国的文学批评先天资质差,后天发育又不良。1931 年发表的《中国文艺批评的发端》一文指出:"文艺批评在希腊很早便已有了,……在印度也很早便已有了,……但在中国,则文艺批评的自觉,似乎发生得最晚。孔丘以前,绝无可征的文学论。"开端迟缓已是一弊,可惜的是中国的文艺批评又每与文学无关,"孔丘以后,直至建安以前,虽间有片段的对于文艺的评论,却都是被压抑于实用主义的重担之下的"。因此,"就文论文,不混入应用主义,纯以文艺批评家的的立点来批评文学作品,评骘当世名家者,当始于建安时代的曹氏。"②

郑氏认为真正的中国文学批评的开端期应确立于魏晋南北朝。他对这一时期的作者,诸如曹丕、曹植、挚虞、沈约、范晔、钟嵘、刘勰、萧统等皆有所论及,认为曹丕首揭文学批评之风气,乃"最重要的批评者",彰表其最早"感得'文章'具有独立生命与不朽",认为曹丕"把'文'分为奏议、书论、名诔、诗赋四类,大约是最早的一种文体论的尝试了"③;而萧统、徐陵、萧绎等则合力确立了"纯文学"的观念,使得文学从早先经书史籍的附庸挣脱出来成一独立的门类;魏晋之际大量文学批评著作的诞生,则使得中国文学批评日渐成长成熟。但对于中国文学创作高峰的唐代,郑氏却认为:"六朝以后,批评的精神便堕落了。……唐人批评的精神很差;尤其少有专门的批评著作。他们对于古籍的评释,其态度往往同于汉儒;只有做着章解句释的工夫,并不曾更进一步而求阐其义理。"④此处透露出郑氏个人之于文学批评的认知,即唯有能带批评眼光并阐发作品义理的批评才是真正的文学批评。

由此,他格外揄扬宋人的文学批评:"宋人更不同了。很早的时候,他们便已有勇气来推翻旧说,用直觉来评释古书。他们知道求真理,知道不盲从古人,知道从书本里求得真义与本相。于是汉、唐以来许多腐儒的种种附会的像痴人说梦似的

---

① 同上注。
② 本段所引,见郑振铎:《中国文艺批评的发端》,《郑振铎古典文学论文集》,上海古籍出版社 2009 年版,第 67、71 页。
③ 郑振铎:《插图本中国文学史》,上海人民出版社 2005 年版,第 236 页。
④ 同上书,第 642 页。

解释，便受到了最严正的纠正。"①其间秀出者，允推朱熹与严羽，认为此二者乃"宋代文学批评家里两大柱石"。前者破除了汉儒的美刺之说，而"把《诗经》和《楚辞》两部伟大的古代名著，从汉唐诸儒的谬解中解放出来，恢复其本来面目，承认其为伟大的文学作品"，赞誉其"不仅发见古代几十篇的美隽的情歌而已，他直是发见了文学的最正确的真价"。②后者"则更进一步，建设了他自己的文学论"，尤为推重严羽能不畏主导宋代诗坛的江西诗派，"当江西诗派、永嘉四灵蟠踞着文坛上的时代，竟有这样的狮子吼似的呼声，诚是大胆的挑战"，标举严氏不惧流俗自出手眼，"大批评家自非有这种精神不可"。③

对于朱、严二位的推举，亦透露出郑氏之于文学批评的观点。文学批评必须具有批判性，能恢复文学作品真面目，并时刻以文学审美为旨归，不使对作品的析解受到政治功利实用主义的压迫。同时，文学批评亦须条理明晰自具系统，故其颇为不满传统意义上作为宋人文学批评代表的诗话词话之类作品，批评这类书"大抵都只是记载些随笔的感想，即兴的评判，以及琐碎的故事，友朋的际遇等等，绝鲜有组织严密，修理整饬的著作"④。相较宋人的随兴而谈，郑氏却对元代科场士子所用的文法书颇有好感，认为此类书"虽不是什么了不得的著作"，也"不曾有什么创见的批评的主张"，但"究竟是有组织的著作"。⑤逮及明清，郑氏则更多注目于戏曲、小说等俗文学的批评，余象乌、李卓吾、金圣叹、毛宗岗、钟戴苍、蒋大器、于华玉、蔡元放、以沈璟为代表的吴江派、以汤显祖为代表的临川派等人的小说、戏曲理论皆有论及，而于传统诗文批评的研析则相对颇少。

上述所论，可大抵见出郑振铎对于中国文学批评历史状况的意见。从根本上说，郑氏承袭近代以来论文学以美为旨归、以情为旨趣的现代文学观念，极力批驳中国文学批评史上重功用重实际的功利主义倾向。进而主张文学批评须有强烈的批判精神，不拘于政教束缚，而能开显出作品的真价值。具体落实到文学批评的写作，则其颇为鄙夷传统的摘句赏鉴式批评，以为其只可算是赏鉴，不足以称研究，推崇体大思精自成系统的著作。对于固有文学的门类，则其不满此前互相混淆的杂乱，极为强调科学的整理与明晰的分类，由此为日后专精的研究奠定基础。之于俗文学的多有阑入，则更是郑氏治学之当行本色。

从将胡适"整理国故"的思路具体落实到文学研究的领域，从对于固有文学研

---

① 同上注。
② 郑振铎：《插图本中国文学史》，第 643 页。
③ 同上书，第 646 页。
④ 同上书，第 642 页。
⑤ 同上书，第 917 页。

究的不满转进至以科学现代的方法重新整理中国文学,从对传统诗文的批评到民间俗文学的张扬,这一系列文学实践,诚如有的论者所指出的,郑氏及其主政下的《小说月报》视野中的中国文学"不再是狭义上的'古典文学',而是在'五四'时期'眼光向下的革命'中,也以一种'平等的眼光'去'发现民间',将民间文学置于与古典文学同样地位加以研究"①。事实上,这种所谓"平等的研究"所追求的与其说是"平等",毋宁说是一种"完备"与"激活"。恰如郑氏自述所以撰中国文学史之原因,即"如今还不曾有过一部比较完备的中国文学史,足以指示读者们以中国文学的整个发展的过程和整个的真实的面目的呢"②。换言之,当被"发现"的民间纳入到原有的文学研究序列中去时,不仅抬高了民间俗文学的地位,更使得整个中国文学的面貌得以补充完整。而这种"完备",同时更是一种"激活"——"有一个重要的原动力,催促我们的文学向前发展不止的,那便是民间文学的发展"③。

让我们回到郑振铎的"荒原"譬喻,当其以"荒原"形容中国固有文学研究的领域,一是用以形容可研究的范围之广大,随地皆是宝物,更关键则是指称相关研究几乎一片空白全未开展。被宣告是"活的"的民间,虽然它们大多仍是一片荒莽之地,但较之被高文典册所堆垛的拥挤的庙堂,这片荒地却是"肥沃的",具有无限可能性的所在。但郑氏所强调的是,使这种丰饶得以被呈露的最终方法和途径,仍旧来自现代的、科学的文学研究方法与对于材料择取的平等的思想。游赏般的赏鉴只能让我们领略到荒原的一枝一叶,唯有真正科学缜密的整理,才可能开掘出蕴藏其下的瑰宝。一如他为传统文学赏鉴者勾画出的颇有点讽刺之感的漫画像,我们依稀可以感觉到他对于赏鉴者与研究者的描摹与区分——前者不过是躲在自家院里安适闲逸的传统文人,后者才称得上是于榛莽荆棘间开荒拓宇的现代学者。

第四节　朱自清:横向观照与中西相融

如果说郑振铎的古代文论研究更多表现在对于无征不信的科学研究态度的强调,并及俗文学材料的大量引入,那么朱自清则更多偏于对古代文论众多重要术语的爬梳辨析,由此寻流溯源提领全局,使得古代文论研究既有宏观考察,复有微观烛照,朱氏代表作《诗言志辨》中即为这一研究特色的集中体现。

诚如研究者所指出的,《诗言志辨》一书的撰写和出版是朱自清"以实际行动自

---

① 丁文:《〈小说月报〉的"国故"研究与新文学刊物的重心转移》,《学术探索》2006年第4期。
② 郑振铎:《插图本中国文学史》,第1页。
③ 同上书,第9页。

觉响应胡适先生'整理国故'号召的成果"①,因此朱著的撰写很大程度上也与"整理国故"的旨趣相符,亦即对于科学研究方法的推崇,用他的话来说:"诗文评里有一部分与文学批评无干,得清算出去;这是将文学批评还给文学批评,是第一步。还得将中国还给中国,一时代还给一时代。按这方向走,才能将我们的材料跟那外来意念打成一片,才能处处抓住要领;抓住要领以后,才值得详细探索起去。"②

细味此言,实有三义。一是在朱氏看来,传统诗文评并不完全与外国文学观念里的文学批评相合,甚且还须以后者来照见前者的面目,故此科学研究的第一步即是要将与文学批评无干的部分清除出去;清除既毕,则其二是各安其位,使不同时代、国家的不同的文学批评观念皆条秩分明位置妥恰;在这基础上,才谈得上能"抓住要领",并使中国的材料与西方的观念相契合。由此可见朱氏的文学批评观念其实是两套独立系统,一为中国诗文评的传统,一为西方现代文学观念。朱氏一方面固然心许后者的准确、科学,另一方面却也未尝削足适履,完全弃绝诗文评传统,他希望的是能以现代西方文学观念来读解漫无端绪的诗文评材料,进而为古代文论开出一条新路。

然则所谓"抓住要领"的"要领"又是什么?在郭绍虞这里,要领是中国文学观念的历史变迁;在朱东润这里,要领是历代文学批评家及其主张;在郑振铎这里,要领则是广大未被开掘的民间材料;而在朱自清这里,要领即是中国文学批评中的重要术语及观念。

之于抓住要领的方法,朱氏亦自不同。陈中凡、郭绍虞、罗根泽、朱东润等皆尝试撰写宏观通史著作,期冀以通史体的撰写来对中国文学批评历史衍变做一通盘解说。朱自清虽也颇为坚定的要重估一个时代的价值,但他更多着眼于"批评的意念",亦即文学批评史上重要的观念、概念、术语、范畴。在他看来,诸如"诗言志"、"思无邪"、"辞,达而已矣"、"修辞立其诚"诸说,以及《庄子》中的"神"、《孟子》中的"气"等等,"这些才是我们的诗文评的源头,从此江、淮、河、汉流贯我们整个文学批评史"③,换言之,一部中国文学批评史未尝不可理解为文学批评"意念"的衍变史。但这些术语使用既久,每多漫漶,故"若有人能用考据方法将历来文评所用的性状形容词爬罗剔抉一番,分别决定它们的义界,我们也许可以把旧日文学的面目看得清楚些"④。因此,相较郭绍虞等人"纵剖的叙述",朱氏别出手眼,意图"横剖的看",经由比较辨析各个文学术语,进而"将中国还给中国,一时代还给一时代"。

---

① 胡莲玉:《〈诗言志辨〉的成书与学术价值析论》,《学海》2011 年第 6 期。
② 朱自清:《诗文评的发展》,《朱自清古典文学论文集》(下),第 545 页。
③ 朱自清:《诗言志辨·序》,《朱自清古典文学论文集》(上),第 189 页。
④ 朱自清:《中国文评流别述略》,《朱自清古典文学论文集》(上),第 22 页。

　　《诗言志辨》一书由《诗言志》、《比兴》、《诗教》、《正变》等四篇论文和一篇自序构成,1947 年 8 月作为"开明文史丛刊"之一种,由开明书店出版。

　　开篇《诗言志》乃全书之核心,由"献诗陈志"、"赋诗言志"、"教诗明志"、"作诗言志"四节构成。"献诗"、"赋诗"二节主要考察以诗乐合一的先秦时代诗歌,"教诗"、"作诗"则更为关注诗乐渐分之时期,尤其是汉代以后的诗歌。朱氏稽考群籍,引证杨树达、闻一多等诸家论说,指出"言志"的本义乃讽诵政教,献诗陈志实即为"歌谏"。所谓"赋诗言志",朱氏从士大夫赋诗的角度加以考察,认为士大夫们或"言一国之志",或"流露赋诗人之志",最终都是为了"表德",而非抒情。复从居上位者将诗歌施加于下位者角度考察"教诗明志",朱氏认为"教诗明志"是指统治者凭借诗歌自上而下对人民实施教化,以变风俗,即《国语·楚语上》所言"教之诗而为之导广显德,以耀明其志"。而"作诗言志"则迥异前此三者,朱氏指出中国诗歌史上"真正开始歌咏自己的"是以屈原为首的辞赋作者,此后日渐繁多。不过诗人们的所谓"歌咏自己",其实仍然没有摆脱政教束缚,多喜道个人穷通出处,虽然抒情性部分较之前增多,核心仍在"言志"。合而观之,朱自清指出"诗言志"之本义为讽颂政教,主政者利用诗歌以宣王教,诗人个人之哀感抒发最终仍与政教相关,"诗言志"与"诗缘情"之根本区别在于是否以政教为核心。

　　《比兴》篇虽综论赋比兴,重点则在"兴"。朱自清通过比较《毛诗》和《左传》,提出《毛诗》"比兴"说诗的方法乃受《左传》赋诗引诗、断章取义做法的影响,与春秋时代赋诗引诗之风气有关,为"比兴"说之缘起提供了多一重观察角度。所谓"兴",朱氏认为须有两义,一是发端,一是譬喻,两义合一方可称"兴"。若纯为譬喻,并非处于诗歌发端之处,则只是"比"。"比"、"兴"之分向来夹缠,朱氏以"譬喻"释"兴",又以此类诗句是否处于诗歌发端之处作为与"比"相区别的判准,言简意赅,识见精准。同时,其亦指出"比兴"作为一种譬喻,"不止于是修辞,而且是'谲谏'"。换言之,"比兴"是合诗歌之表现手法与政教观念为一体,由此上升为一种特殊的文学批评意念,故古人"论诗尊'比兴',所尊的并不全在'比''兴'本身的价值,而是在诗以言志、诗以明道的作用上了"①。

　　《诗教》篇由《六艺之教》、《著述引诗》并《温柔敦厚》三节构成。朱氏认为《诗》教本为"六艺政教"中一份子,起先并未特受尊崇,后因"诗语简约,可以触类引伸,断章取义,便于引证"②,故特便流传,影响日大。并以诗教在汉代的影响为例,说明诗教之要旨仍为"德教、政治、学养",而"温柔敦厚"即为诗教之精粹。复自诗乐合一转为诗乐分途考察《诗经》从"以声为用"转至"以义为用"的变化,指出"温柔敦

---

① 朱自清:《诗言志辨·比兴》,《朱自清古典文学论文集》(上),第 283 页。
② 朱自清:《诗言志辨·诗教》,《朱自清古典文学论文集》(上),第 291 页。

厚"是一个多义语:"一面指'《诗》辞美刺讽谕'的作用,一面还映带着那'《诗》乐是一'的背景"①,"和、亲、节、敬、适、中"乃"温柔敦厚"说的内在精神。

《正变》为四篇论文中的最末一篇。考辨"变风变雅"和"新变"二概念,指出前者之"变"乃"政教衰"、"纪纲绝",更多关注"时世由盛变衰",后者之"变"指称诗歌体裁与风格的改变,与《易经》尚变思想颇有关涉,但主要偏于文学观念的衍变。

朱氏认为此四则批评意念皆为中国文学批评史上具有奠基性的理论,后世论诗者,多奉此为金科玉律。而意念之间又有连属,"诗言志"和"诗教"是纲领,意在教人如何理解诗,"比兴"和"正变"为细目,偏重于诗歌析解的"方法论"。《诗言志辨》从篇幅上来说不过是一戋戋小书,但一经问世,因着此书在彼时颇具特色的研究方法,历来论者皆不胜赞叹,王瑶即指出:"每一个历史的意念和用词,都加以详细的分析,研究它的演变和确切的含义。《诗言志辨》一书只是写成的关于这些材料的极小的部分,但已经廓清了多少错误的观念。"②

如果说此前学者倡导的对于学术研究科学化、系统化的追求,更多表现在部秩的增多,历史叙事的明晰等方面,那么朱自清则更倾向于从中国文学批评重要术语和范畴这些小处入手进行周至严密的历史考辨,力求通过爬梳这些术语和范畴在不同历史语境中发生的内涵变化,以及内部之间的意义层级,进而建构起历史的脉络与系统。

在具体处理方式上,朱氏并未尝试对各个时期重要的文学思想抑或批评家的具体主张做完全理论化的阐述,而是"小处下手",对文学批评意念作极为细致的考辨分析,"一个字不放松,像汉学家考辨经史于书",借此"阐明批评的价值,化除一般人的成见,并坚强它那新获得的地位"。③ 就此书而言,朱氏对于四则文学批评意念的推阐,皆先将其置于具体历史语境中进行考辨还原。在他看来,考据乃批评的基础,而历史变化的履迹正足以见出历史的真相,经由履迹的条分缕析,方可洞晓整体文化观念的衍变,故此严谨确凿的考据正乃精到准确的文学批评的基础与前提。

而这种考据,最为朱氏所重视的则是偏于语义学的考辨析解。前人认为诗多不可解,朱自清则认为"单说一首诗'好'是不够的,人家要问怎么个好法,便非先做分析的工夫不成",且正因诗多义,故反倒要多加搜觅,然则"我们广求多义,却全以'切合'为准;必须亲切,必须贯通上下文或全篇的才算数"。④ 由此可见,朱氏眼里

---

① 同上书,第 306 页。
② 转引自时萌:《闻一多朱自清论》,上海文艺出版社 1982 年版,第 124 页。
③ 朱自清:《诗言志辨·序》,《朱自清古典文学论文集》(上),第 189 页。
④ 朱自清:《诗多义举例》,《朱自清古典文学论文集》(上),第 59、61 页。

的"解诗"不仅是弄清具体字词之义，更主张以全文自身的含义来辨识裁断，如此才真可说是"了解"，而"文艺的欣赏和了解是分不开的，了解几分，也就欣赏几分，或不欣赏几分；而了解得从分析意义下手"，至于分析的方法则是"一层层隘着剥起去"。①

朱自清亦是以"一层层隘着剥起去"之法进行古文论研究，因为"分析词语的意义，在研究文学批评是极重要的"，何况"文学批评里的许多术语沿用日久，像滚雪球似的，意义越来越多。沿用的人有时取这个意义，有时取那个意义，或依照一般习惯，或依照行文方面，极其错综复杂。"②以《诗言志辨》来说，其将"诗言志"、"比兴"、"诗教"并"正变"四则文学批评意念皆作了从字义、词义连及文义的周详精确的考辨，但其非如传统儒生注经般但知训诂文字与典章制度的厘析，而是重点"探索词语的应用史和语义的变迁史，以揭示文学和文学批评的发展规律"③。换言之，朱氏以文学批评意念的历史衍变与原初意涵为抓手，究问词语的本义与延伸义，在不同语境下发生的歧变以及实际使用时的指称，复从整个文化史的变迁和具体政治文化制度对这些意念加以归纳、综合与比较，最终裸裎出一条历史主线，将纯客观的考据与纯主观的思辨相结合。同时，这一紧紧抓住中国文学批评重要术语和范畴的研究方式，也为后世的古文论范畴研究提供了可资借鉴的研究途径，使得古文论范畴与所在时代之间的意识形态关系进一步得到开显。

然则，朱自清自觉以文学批评意念作为研究对象，除了这些范畴和术语本身即能很好地体现中国历代文人对于文学的理念构建与认知模式，另一方面也因其试图将西方文学批评观念与中国诗文评传统作一调和折中，亦即横向观照之外别有中西相融的尝试。

事实上，朱自清颇为清楚作为外来意念的"文学批评"应用于中国的诗文评传统，并不完全相融。相较彼时学者热衷于以西方学术观念来解说中国学术思想，他却一直对此抱持审慎态度，认为"中西文化如何结合仍然是一个没有解决的大问题"④。反映在古代文论研究上，则其一方面固然肯认西方文学批评观念的现代与科学，并且尝试以此来重审中国固有的诗文评传统，正如其为郭绍虞《中国文学批评史》撰评时所言，"现在学术界的趋势，往往以西方观念（如'文学批评'）为范围去选择中国的问题；姑无论是好是坏，这已经是不可避免的事实"；但另一方面，此言至少透露出朱氏个人并未对这一趋势全然乐观，即如其对郭著中完全以西方文学

---

① 朱自清：《新诗杂话·序》，岳麓书社 2011 年版，第 2 页。
② 朱自清：《诗文评的发展》，《朱自清古典文学论文集》（上），第 189 页。
③ 李少雍：《朱自清古典文学研究述略》，王瑶主编《中国文学研究现代化进程》，北京大学出版社 2005 年版，第 349 页。
④ 朱自清 1934 年 10 月 9 日日记，《朱自清全集》第九卷，江苏教育出版社 1997 年版，第 323 页。

观念中的"纯文学"、"杂文学"来对中国文学加以分类即持保留态度,认为这种分法"未必切合实际",建议郭"最好各还其本来面目,才能得着亲切的了解;以纯文学、杂文学的观念介乎其间,反多一番纠葛"。① 由此可见,朱氏认为对于西方文学批评观念的肯认,并不代表他愿意将其通盘照搬到中国古代文论研究。

之于对中国文学批评传统的"中国性"把握,也不仅表现在名称的袭取和方法义界的确立等方面,更深的层面则是经由对于中国固有文学批评观念的精准把握,进而对因为盲目接受西方现代思潮以致误读中国文化传统的论说加以回应。

朱自清在《诗言志辨》序中说道:"现代有人用'言志'和'载道'标明中国文学的主流,说这两个主流的起伏造成了中国文学史。'言志'的本义原跟'载道'差不多,两者并不冲突;现在却变得和'载道'对立起来。"②《诗文评的发展》一文亦云:"我们对现代中国文学所用的评价标准起初虽然是普遍的——其实是借用西方的——后来就渐渐参用本国的传统的,如所谓'言志派'和'载道派'——其实不如说是'载道派'和'缘情派'。"③

上述说法针对的正是周作人的观点。1932 年 3 至 4 月,周氏应辅仁大学之邀,以"中国的新文学运动"为题作系列讲演。同年 9 月,讲演以《中国新文学的源流》为名正式出版。周作人认为中国文学传统上历来存在两种思潮,一为"言志派",一为"载道派",一部文学史就是这两派势力起伏消长的历史。所谓"言志"的文学是"即兴的文学",它是"先有意思,想到就写下来","载道"的文学则是"赋得的文学",它是"先有题目然后再按题作文",可算是"遵命文学"。"五四"新文学即是"言志"文学的再现和延续,但仍未摆脱历史循环,转入"载道"之路,只是所载之"道"不同过往,转为提倡"于人生和社会有好处",不过这依然是"载道"的文学,不符合文学无目的的主张。④

周氏此说影响极大,某种程度上也成为朱自清撰写《诗言志辨》一书的一大原因。朱氏并不认同周氏之说,通过大量细致全面的历史考辨与用例分析,从而论证出"言志"与"载道"其实为一,以二者对立来描述中国文学大势不符历史实际。然则更重要的并非是对周氏之说作出正面回应,而是经由此书最终厘清了中国的政教思想对于中国文学传统产生的深远影响。而这与"五四"以后勃兴而起的受到西方文学观念影响的,以表情为主的文学观念并不相合。盲目接受西学影响,将古代的"诗言志"理论完全诠释为抒发个人感情的文学观念,显然不确。由此,朱自清的

① 　朱自清:《评郭绍虞〈中国文学批评史〉上卷》,《朱自清古典文学论文集》(下),第 541 页。
② 　朱自清:《诗言志辨·序》,《朱自清古典文学论文集》(上),第 190 页
③ 　朱自清:《诗文评的发展》,《朱自清古典文学论文集》(下),第 544 页。
④ 　周作人:《中国新文学的源流》,止庵编:《周作人自编集》,北京十月文艺出版社 2011 年版。

回应或不可仅仅视为一次古代文论研究者对于现代文学研究者的简单回应,而是"对文论研究怎样对古人进行现代阐释这一重大问题具有方法论上的启示"①。

诚如朱光潜所指出的:"每个民族都有几个中心观念——或者说基本问题——在历史过程中生展演变,这就成为所谓'传统'——或者说文艺批评者的传家衣钵。……懂得了这此中心观念的来踪去向,其他的一切相关问题自然迎刃而解。佩弦先生看清了这个道理,在中国诗论里抓住了四大中心观念来纵横解剖,理清脉络。……在表而上他虽似只弄清了这四大问题,在实际上他以大处落墨的办法画出全部中国文学批评史的轮廓。"②

在科学主义的时代思潮中,朱自清以其对于中国文学批评史"中心观念"的精到把握,廓清谬说,勾勒出中国文学批评史的轮廓,使得科学研究不再只是对于材料的文献意义的重视,转进为开掘固有材料的内在文本意义与背后的文化思想意涵。更重要的是,他对于古代文论研究有着极为出色的方法论的自觉,"于纵向的批评史研究之外,开辟了横向的系统研究,建构了中国诗学理论的基本框架",同时"没有套用西方的理论框架",而是试图"建立中国文学理论体系的新路",③由此为古代文论研究带来了更科学的研究范式,改变了一味套用西方文学理论架构阐释中国文学批评观念的学术趋向,提供了依凭范畴研究重新建构起中国古代文论体系的宝贵尝试。

第五节　罗根泽:搜览与独创

周勋初曾如是评价罗根泽的中国文学批评史研究:"总的看来,罗先生在诸子学的考辨工作中取得了不少成绩,有力地推动了这一学科的发展;他为中国文学批评史的建设作出了不少贡献,特别是在材料的发掘与格局的定型上。"④周先生此言,尤为精审地道出了罗根泽古代文论研究的鲜明特色。

相较郭绍虞、朱东润等人的才情烂漫、持论惊警,罗根泽所予人的印象却温蔼中道得多。罗氏自己亦非常清楚一己才性适合从事怎样的学术研究:"自己没有己

---

① 蒋述卓:《二十世纪中国古代文论研究学术史》,第83页。关于朱自清《诗言志辨》一书撰写的写作背景,可参考刘绍瑾《朱自清〈诗言志辨〉的写作背景及其学术意义》,徐中玉、郭豫适主编《古代文学理论研究》第22辑,华东师范大学出版社2004年。

② 朱光潜:《朱佩弦先生的〈诗言志辨〉》,《朱光潜全集》第九卷,安徽教育出版社1996年版,第494—495页。

③ 张健:《借镜西方与本来面目——朱自清中国文学批评研究》,《北京大学学报》第48卷第1期,2011年1月。

④ 周勋初:《罗根泽在三大领域中的开拓》,《当代学术研究思辨》,北京大学出版社2013年版。

见,因之缺乏创造力,不能创造哲学,亦不能创造文学。但亦惟其没有己见,因亦没有偏见,最适合于做忠实的,客观的整理的工作。利用自己因爱好哲学而得到的组织力与分析力,因爱好文学而得到的文学技术与欣赏能力,因爱好考据而得到的多方求证与小心立说的习惯,来做整理中国文学和哲学的事业。"①由此,我们在罗著《中国文学批评史》中特别能见到"客观的整理"与"小心的立说"所造成的优长,而这毋宁也是将科学主义思潮所提倡的科学研究观念贯彻得更其深透的表现。

罗著之所以为朱自清揄扬"将中国还给中国,一时代还给一时代",首先即缘于其对文论材料的搜览颇富。而这也与罗氏本人的学术志向有关,其在《乐府文学史·自序》中说道:"生平有一种怪脾气,不好吃不劳而获的'现成饭',很迷信古文大家曾国藩的话:'凡菜蔬手植而手撷者,其味弥甘也。'《中国文学史》虽然已经有了许多的本子,但被逼于不吃'现成饭'的我,却不能不来尝尝'手植手撷''其味弥甘'的滋味。"②换言之,罗著之搜览显然蕴蓄着鲜明的个人旨趣,非仅贪多务博摭拾饾饤。故此郭绍虞称许道:"他不是先有了公式然后去搜集材料的,他更不是摭拾一些人人习知的材料,稍加组织就算成书的。他必须先掌握了全部材料,然后加以整理分析,所以他的结论也是持之有故,而言之成理的。"③可见,罗著对于材料的搜览,含有一番科学研究的眼光,并试图经由材料本身呈现出重要的历史事实与文学理则。

由此,在其书中既不乏诗词文集的只言片语,笔记野史的零章碎札,甚至佛道二氏之书,唐人诗格诗句之图,亦一并载录。传统的诗文评、文苑传与各家诗文集自为其牢笼,复出经入史、兼及诸子,凡与文论相关者,无不广搜博讨,披沙拣金。而这种搜览材料的方式,一方面固然与罗氏本人之学术训练、个人性情有关,另一方面实则亦与其文学批评观念相应。

首先,在其看来,文学批评史乃历史著述之一种,故须"搜览务全,诠叙务公,祛阴阳偏私之见,存历史事实之真,庶不致厚蔑古人,贻误来者"④。既为史家,则首要责任即在"求真",进而才谈得上有望"求好"。《史家的责任》一节指出历史有两种意义,一为"事实的历史",一为"编著的历史"。对于前者的认知,往往依赖对于后者的实践。而所谓责任,一为纯粹的记录,一者则不仅载录过往,还要以古为鉴,启迪将来。偏重前者,则偏于"求真";偏重后者,则偏于"求好"。但"好"之前提恰为"真",故不论单纯记述过往还是旨在启迪将来,"求真"都是必不可少的工作和不

①　罗根泽:《〈古史辨〉第四册〈诸子丛考〉自序》,《罗根泽说诸子》,上海古籍出版社2001年版,第2页。
②　罗根泽:《乐府文学史·自序》,《乐府文学史》,东方出版社1996年版,第1页。
③　郭绍虞:《中国文学批评史·序》,见罗根泽著《中国文学批评史》三,上海古籍出版社1984年版。
④　罗根泽:《中国文学批评史·自序》,上海书店出版社2003年版,第1—2页。

言而喻的前提。

"求真"之外,罗氏亦标举"折中义"的文学批评观。他认为,文学向有广义、狭义与折中义三种。广义的文学,乃涵容一切以文字写就的作品;狭义者,为诗、小说、戏剧并美文;折中义者,则涵括小说、诗、戏剧并传记、札记、游记、史论等散文。三者之中,罗氏标举折中义的文学:"第一,中国文学史上,十之八九的时期是采取折中义的,我们如采取广义,便不免把不相干的东西,装入文学的口袋;如采取狭义,则历史上所谓文学及文学批评,要去掉好多,便不是真的'中国文学'、'真的中国文学批评'了。第二,就文学批评而言,最有名的《文心雕龙》,就是折中义的文学批评书,无论如何,似乎不能捐弃。所以事实上不能采取狭义,必须采取折中义。第三,有许多的文学批评论文是在分析诗与文的体用与关联,如采取狭义,则录之不合,去之亦不合,进退失据,无所适从。"①换言之,罗氏并未单纯依凭外来文学观念来套用中国文学,而是自本国文学史衍变的实情加以探勘总结。

由此我们更为理解何以罗氏对材料的搜觅如此费心,盖折中义的文学观使其对于材料的拣择不完全以狭义的文学为限,故竭力扩大材料的范围。同时,以史家而非以批评家自居,主张求真胜于求好,则真之显现亦须大量历史材料的开掘,故此史料的搜讨有利于"编著的历史"的完备,循此更能彰明"事实的历史"。

"客观的整理"确已使罗著《中国文学批评史》呈露出极为鲜明的优长,但考究此书之特色则显然不止于此,乃在叙述体例之独创。

罗根泽在《绪言》中表明,他将汲取我国史书编写中的三种方法之长,创立一种"综合体":"先依编年体的方法,分全部中国文学批评史为若干时期……再依纪事本末体的方法,就各期中之文学批评,照事实的随文体而异及随文学上的各种问题而异,分为若干章。……然后再依纪传体的方法,将各期中之随人而异的伟大批评家的批评,各设专章叙述。"②具体来说,全书先以编年体方式将中国文学批评史划分为周秦、两汉、魏晋南北朝、隋唐、晚唐五代、两宋等若干时期;复依纪事本末体再就各时期之文学批评辟设专章,如论晚唐五代文学批评史,先列"文学论",一一考究李商隐的"反道缘情说"、杜牧"事功文学说"、皮日休陆龟蒙"隐逸文学说"、罗隐"文章沦亡说"等等,再集中篇幅讨论"诗格"、"诗句图"、"本事诗"等文学问题;最末则以纪传体方法统摄历代批评家,如专章论述王充、钟嵘、元稹、白居易等。

罗根泽在体例上的创获,亦是其为历史"求真"的一种手段。他有感于此前的批评史表述方式都未能开显古人文心,故此他这一综合体的表述方式,试图在维持历史纵向叙述的主轴上,又有所旁逸斜出,就具体古代文论的经典问题与经典表

① 罗根泽:同上书,第4页。
② 罗根泽:同上书,第31—32页。

述,作更其周至准确的述评。所谓综合体,其实正是将古代文论研究从此前单一的或偏于批评家个人的文苑传、或偏于具体言说记录的诗话词话的话语模式中脱离出来,进而成为一融合历史分析、个人观照并价值述评的现代学术话语。当材料的界范被延展得更宽,表述的方式被垦拓得更多样,势必导致文学批评史观照的眼界趋向广远。相较郭绍虞较多地经由西方现代文学观念的视域来厘析中国文学观念及其演变的历史过程,罗根泽则更致力于开掘中国文学批评自身的特质。换言之,当更多的"事实的历史"得以被发现,随之而来的即是对于这些历史事实的全新诠解。

于是,我们看到罗著未曾太多纠结于中西同异的比较,而是聚焦于不同时期最可称主流的文学批评观念。周秦时期关注"文"与"文学"之概念源起;两汉时期专论王充的文学批评及其对于后世之影响;魏晋六朝时期则重点厘析"文笔之辨"、文体论、音律说并佛经翻译论;隋唐时期,"诗的对偶及作法"、史传家的文论及史传文的批评并各家之古文主张成为此时期之重点;晚唐五代,诗格与诗句图被作为重要问题加以详细探讨。

上述问题,不仅是中国文学批评史上的大关节,有些且还是彼时学术研究中的盲区。罗著以大量颇具价值的原始史料为基础,勾勒大体,发明大端,使得不同时代的彼此区隔更为鲜明,文学形式规律的转变更为明晰,不惟是为历史求真,更关键处则在于如朱自清所言,补上了中国文学批评史上一个个"失掉的一环"。而众多的历史之环,连缀合观,则历史的本真面目亦由此完备显陈。尤为可贵的是,罗氏并不止于发现细小的失落环节,而是深入到政治文化层面去勘探中国文学批评史的演变规律与深层原因,从而将研究导向至纷繁多变的历史文化语境中去,复又从中重新审视具体的文学批评问题。譬如其开创性地从地域文化的角度去厘析中西文学文化观念的差异,从社会风尚的角度探讨北朝文学与南朝文学的不同之处,牵连唐代的政治社会变动作为探讨元白事功文学说的具体背景,由此更为清晰地揭示出中国文学观念演变的内在原因,也为日后借鉴唯物史观方法分析文学现象提供了范本。

如果说朱自清致力于将外来的文学意念与中国诗文评的传统打通,并试图以中国古代文论特殊的话语范畴与术语概念作为展开整个学术研究的抓手,那么罗根泽则致力于开显不同时代下的文学主流以及前此被遮蔽的文学意念,进而裸裎出中国文学传统,而这恰恰避免了裁云为裳式的古代文论研究误区,更其凸显出古代文论的中国性。

第六节 从"科学"到"学科"

昔年曾主张"全盘西化"的陈序经在 1928 年的《再开张的孔家店》一文中如是说道:"我们若只喜欢住洋楼而不求造作洋楼的材料与方法,只喜欢坐汽车而不求造作汽车的材料与方法,结果只有消耗而没有入息,这样作去,则帝国主义者虽不侵略我们,我们的生计必日趋日蹙而终至于自杀的地位。"①换言之,在西化渐盛的时代背景下,现代中国知识分子已经不满也不安于仅止于对西方发达的物质之学的引进,转而急切地想要透过科学方法的学习与输入,最终造成中国自己的"洋楼"与"汽车"。

尤其当处于现代性危机中的中国社会,科学主义思潮在现实压力下逐渐演变为一种思想信仰,被建构为一套完整的知识分类谱系,从而将自然领域、科学领域乃至人文社会领域的一切问题都纳入其中加以解释。特别值得注意的是,在这一知识谱系中发展出了一套解构与重构传统知识的现代语言。在彼时的知识分子看来,科学的核心不在其研究对象,而在其特殊的方法。这种元方法论使得一切对象都可被纳入其中展开具体研究,亦即科学方法是放之四海而皆准的普遍有效的方法,诸如文学、历史、社会学等人文社科知识也同样可依据此法进行学术研究。事实上,元方法论的普遍使用,既强调了其作为方法的普遍性,同时又凭借这种普遍性而获得了意识形态上的合法性,成为现代中国社会的政治、文化、思想等一系列互为因果的巨大变革的思想依据与意识形态基础。在这一意识形态中,科学不仅成为知识分子重新理解世界的重要途径,同时也为新的历史图景提供了实现形式。

作为科学观念广泛运用的一大重要过程,学科分化与知识谱系的重构显然值得特别加以关注。虽然晚近中国的科学主义思潮已然成为中国现代性建构过程中极其核心的意识形态,但这一时代思潮的勃兴滋蔓相当程度上与新的教育体制和知识生产方式的变革息息相关。

作为现代民族国家建立的一大组成部分,现代中国的教育体制需要从原先封建王朝的政治体制中摆脱出来,既适应民族国家的建立,同时又须与全球教育体制保持互动,最终为现代中国提供符合现实需求的知识生产体系。在这一过程中,学科分化既是迫在眉睫,又属题中之义。正如华勒斯坦等人所言,"十九世纪思想史的首要标志就在于知识的学科化和专业化,即创立了以生产新知识、培养知识创造者为宗旨的永久性制度结构。"②而这一学科制度化进程的重要一点即是"在知识

---

① 陈序经:《再开张的孔家店》,岭南大学学生会编:《南大思潮》第 1 卷第 3 期,1928 年 12 月 26 日。
② 华勒斯坦等:《开放社会科学》,北京三联书店 1997 年版,第 8—9 页。

权威的保障下重新审定'常识',剔除不合规范的知识,决定知识的分类标准。"①就此而言,传统知识谱系及其生产方式已然不足以成为符合现代性要求的"知识权威",只能转化为新的知识谱系中的一部分。

而在重新"审定"和"剔除"知识资源的过程中,科学及其话语霸权的形成就成为这一系列知识生产的重要标准之一。换言之,能否经由所谓科学方法的检验而获得知识合法性,就成为是否允许被纳入新的知识体系中去的重要标准和必要过程。同时,这一过程中不可避免地对于传统知识资源与价值观念的分析与重构,也成为现代中国进行传统再造的过程。正如胡适念兹在兹的要以科学方法来重估传统,事实上,作为科学话语的延展,反传统思想恰恰通过隐藏在看似客观中立的科学方法的面目下得以暗度陈仓。而通过对传统知识进行拆分、析解、重构与再阐释,由此将历史建构为对象,最终形成新的历史传统脉络。因此,正是通过分科的知识谱系及其制度化实践,最终将作为普遍话语的的科学主义落实为更其具体明晰的知识领域,旧有的知识资源与情感范畴作为被科学审核过的知识领域重新调整至新的知识谱系和生产体系之中,由此使得科学主义得以继续扩张。

就古代文论研究来说,科学主义思潮使得古代文论研究完成了方法论更新,促进了古代文论知识生产方式的系统化与序列化进程。如果说现代文学及现代文学批评义界的确立,导致古代文学与文论研究有了明确的研究对象,初步奠定了古代文论的学科基础;进化史观在文论研究中的运用,则导致价值典范的转移,重新勾勒了文论研究的历史脉络;那么科学主义思潮则具体而微地通过科学研究方法的倡导与强调,彻底转换了古代文论研究的既有格局。换言之,经由科学话语合法性的确立与衍化,对既有学术研究范式的质疑与反省,以及系统化、体系化的研究方法的尝试运用,客观化、科学化、系统化的研究方法取代了原先主要以感悟、赏鉴为主的经验式研究,而对于文学审美性和自律性的强调,则导致政治功利主义的知识话语日渐式微,实现了经学话语向审美话语的转变。这一系列知识取向的转型,正是学术研究价值类型转变的鲜明反映。

而实现这一转变的具体方式,则是科学整理与现代阐释。前者凭借对于科学观念的极力阐扬,以及西方现代学术方法的输入,去除附着在古代文论上的政教观念,化约为符合现代学术公义的知识,落实为有待研究的学术资源;后者则依照现代文学观念加以阐释,以深透了解古人言说的具体历史文化语境,寻绎中国文学批评的演进规律,以理性思辨与抽象概括开显文心。正是在资料与阐释的互动循环中,古代文论研究学科愈加发展与成熟。

---

① 汪晖:《公理世界观及其自我瓦解》,《战略与管理》,1999 年第 3 期。

诚如朱自清在《古诗十九首释·序》中所言："只有分析,才可以得到透彻的了解;散文如此,诗也如此。有时分析起来还是不懂,那是分析得还不够细密,或者是知识不够,材料不足;并不是分析这个方法不成。"①细味此言,朱氏标举的正是现代的科学的研究方法在中国古典文学领域中不可或缺的作用。所谓分析,就其本质而言,即是试图摆脱传统诗文只可情感不可理究的赏鉴式态度,试图将文学作品的美感拆解为一字一词一句的疏通释解,使得作品价值得到有效疏解与推阐,由此令读者更为深透全面地把握作品乃至整个文学传统的流变,此即胡适等人倡导的对于国故的科学整理所欲达到的效果。

就本书所述三例而言,郑振铎主要致力于民间文学的抉发与研究,以此谋求古代文论研究视野的转换,拓展古代文论的研究尺幅。朱自清以范畴研究为抓手,廓清谬说,见微知著,从具体概念术语的衍变勾勒出中国文学批评史的整体发展历程,由此转进为对于固有材料的内在文本意义与整个文明史的文化思想意涵的发覆考察。罗根泽则秉持中国文学的大文学观,网罗材料,综核群说,以历史求真为旨归,尽力还原历史文化语境中的古代文论之真貌与全相。值得注意的是,不管三家的研究重心与旨趣或有几多不同,其共同处则皆是欲通过科学研究的方法,致力于古代文论研究的系统化与条理化,摆脱散漫散碎的话语形态。

此外,另一个摆在研究者面前的问题则是中西文学观念与方法的相融。上述三位研究者无疑都极好地领受了西方现代文学观念与方法的影响,且皆中学根底深厚,故此一方面他们在时代思潮影响下自觉借鉴西方文学理论架构展开研究,另一方面又本能地认为一味套用西方研究模式亦是过犹不及,并不足以阐扬中国人的文心。因此他们在各自的研究中,努力融汇中西,以西方之术析解中国之道,并不全盘否定中国文学批评固有的观念与价值,从而为我们提供了重构中国古代文论体系的研究范例。

而对于研究方法的科学化强调,自然也使得科学主义的意识形态流播更广。如果说方法上的科学化还是只是停留在具体操作层面的科学化,那么科学精神的大力强调则是意识形态层面的科学化。科学,不仅成为学术研究走向现代的不二法门,事实上也是时人认为的整个国家和民族走向现代的可行之道,陈独秀即认定"德"、"赛"二先生"可以救治中国政治上、道德上、学术上、思想上一切的黑暗"②。由此也就不难理解,为何对科学主义的强调日后某种程度上成为马克思主义引入的先声。换言之,从进化论、科学主义进而到马克思历史唯物主义,这三者之间其实构成一种承传有序的接受线索,而这也将进一步影响古代文论研究。

---

① 朱自清:《古诗十九首·序》,《古诗歌笺释三种》,上海古籍出版社1981年版,第217页。
② 陈独秀:《〈新青年〉罪案之答辩书》,《陈独秀著作选编》第二册,第10页。

第四章
从求是趋向致用

——马克思主义文学批评的中国形态

　　德国著名哲学家恩斯特·卡西尔曾指出："历史知识是对确定的问题的回答，这个回答必须是由过去给予的；但是这些问题本身则是由现在——由我们现在的理智兴趣和现在的道德和社会需要——所提供和支配的"。① 换言之，历史知识或许有较为确定的、客观的特质，然而它们所指向的问题却具有极强的当下性和现实感，受到人们"现在的理智兴趣和现在的道德和社会需要"的强烈影响乃至支配。倘若借镜卡西尔之言来观察现代中国的政治、文化及思想状况，则不妨说彼时对于马克思主义思想的引入及其后的肯认，正是基于人们对于现代中国的现实国情的认知和解读，易言之，亦即建基于当时的"社会需要"来理解和运用马克思主义。

　　在之前章节中，我们曾讨论过现代中国知识分子对于进化论的极端认同，并且试图将这一观念套用于对中国历史与现实情境的分析，使得这一本适用于自然界的理论推展至于人类社会各方面，进步主义历史观逐渐取代了中国固有的循环论历史观，深刻地改变了中国知识分子认识世界的方式。同时，作为一种意识形态的科学主义日渐张扬，国人从将科学贬抑为"奇技淫巧"一转为对于科学近乎迷信的崇拜，"自从中国讲变法维新以来，没有一个自命为新人物的人敢公然诽谤'科学'的"②，由此科学主义与进化论相融摄，成为指导中国社会进行社会变革的理论利器。

　　不过诚如马克思所说："理论在一个国家的实现程度，决定于理论满足这个国家的需要的程度。"③进化论与科学主义在二十世纪初叶的中国确乎引领一时风潮，并且满足了中国当时社会的部分"需要"，但就根本而言，仍未可说对于中国历史进行了完全充分、合理地阐扬，也未能针对中国现实的复杂情状设计出一套可用

① （德）恩斯特·卡西尔：《人论》，甘阳译，上海译文出版社1985年版，第226页。
② 胡适：《科学与人生观》序，《胡适文存》第二集卷二，上海亚东图书馆1924年版，第2—3页。
③ （德）马克思：《〈黑格尔法哲学批判〉导言》，《马克思恩格斯全集》第一卷，第462页。

为参照的社会政治文化方案,因此其最终皆为马克思主义所取代。不过需要特别指出的是,就实际而言,进化论和科学主义虽然至此退场,但它们理论中的重要观念和核心部分,恰好为马克思主义的流衍与盛行奠定了基础,成为国人接受后者的一大梯筏。因此我们不妨说马克思主义对于二者的取代,实质上是一种基于满足"现在的理智兴趣和现在的道德和社会需要"的理论提升和策略更新。

第一节　马克思主义文艺理论中国化建构的历史起点

马克思及马克思主义学说,在"五四"运动之前,即在中国有零散的绍介,处于"前马克思主义阶段"。① 但作为一种思想体系和学说,真正有系统地、完整地被引入中国,则在俄国十月革命之后。尤其是 1919 年的"五四"运动更使得马克思主义愈加深入人心,成为中国知识分子为时代、为民族找寻出路的新方法,"今日中国不发生社会主义则已,苟能发生,则只有俄国式的社会主义"②。

这其中又尤以"中国第一个马克思主义者"③李大钊堪为代表。早在 1915 年 5 月,他即为《新青年》主编"马克思主义研究"专号,在《晨报》副刊创设"马克思研究"专栏,并在北京大学组织成立"马克思学说研究会",此后在北大历史系、经济系授课唯物史观、现代政治讲座、社会主义和社会运动等课程。事功卓著的同时,亦就马克思主义多有撰文。1918 年他发表了《法俄革命之比较观》一文,认为 1917 年俄国十月革命与 1789 年法国资产阶级革命同为影响人类文明的"绝大变动",指出"法兰西革命是十八世纪末期之革命,是立于国家主义上之革命",而"俄罗斯之革命是二十世纪初期之革命,是立于社会主义上之革命",如果说法国大革命预示着世界进入资产阶级革命的时代,那么俄国十月革命则预示着社会主义革命时代的到来,是"世界的新文明之曙光"。④ 同年他又写了《庶民的胜利》和《Bolshevism 的胜利》两篇文章,满怀热情地赞扬十月革命,认为无产阶级的社会主义革命将是世界历史的潮流,皇帝、贵族、军阀、官僚、军国主义、资本主义,"遇见这种不可当的潮流,都像枯黄的树叶遇见凛冽的秋风一般,一个一个的飞落在地",乐观地预言:"将

① 关于马克思主义在中国的早期传播情况,更详细的论说可参考林代昭等编:《马克思主义在中国——从影响的传入到传播》,清华大学出版社 1983 年版;唐宝林编:《马克思主义在中国 100 年》,安徽人民出版社 1997 年版;杨河等编:《马克思主义哲学的传入与研究》,福建人民出版社 2006 年版;(美)伯纳尔著,丘权政等译,《1907 以前中国的社会主义思潮》,福建人民出版社 1985 年版。
② 陈启修:《社会主义底发生的考察和实行条件底讨论与他在现代中国的感应性及可能性》,载《评论之评论》,1921 年第 1 卷,第 4 期。
③ (美)迈斯纳·莫里斯著,中共北京市委党史研究室编译组译:《李大钊与中国马克思主义的起源》,中共党史资料出版社 1989 年版,第 3 页。
④ 李大钊:《法俄革命之比较观》,《李大钊全集》(第二卷),人民出版社 2006 年版,第 225—228 页。

来的环球,必是赤旗的世界!"①

　　1919年5月李大钊发表《我的马克思主义观》,明确提出马克思的唯物史观也称"历史的唯物主义"或"历史的唯物论"。李大钊认为历史唯物主义有两大要点:其一,"人类社会生产关系的总和,构成社会经济的构造。这是社会的基础构造。一切社会上政治的、法制的、伦理的、哲学的,简单说,凡是精神上的构造,都是随着经济的构造变化而变化";其二,"生产力与社会组织有密切的关系。生产力一有变动,社会组织必须随着他变动。"②李大钊的这一归纳,实即马克思《〈政治经济学批判〉序言》中所谓经济基础决定上层建筑,而上层建筑亦随经济基础之变动而变动的论述。翌年,其又发表了《唯物史观在现代史学上的价值》,历数亚里士多德、莱辛、赫尔德、黑格尔等人关于历史解释的种种论述,认为上述诸人对于历史的解释概属失败的"唯心的解释",而凡持此论的史书,不啻是"权势阶级愚民的器具"。而以唯物史观来考究历史之变动履迹,首"以经济现象为最重要",依诸此历史解释方法,既能"于人类本身的性质内求达到较善的社会情状的推动力与指导力",复"给人以奋发有为的人生观",且号召大家赶快联合起来,共同"创造一种世界的平民的新历史"。③

　　李大钊试图以唯物史观作为解释历史与描绘现实的思想,试图从根本上改变看待历史事实和世界格局的观念和方式。值得注意的是,李大钊不仅在立场上肯认马克思主义唯物史观,用之于理论敷演及现实实践,亦持此说。如其1920年1月发表的《由经济上解释中国近代思想变动的原因》一文,即应用唯物史观来分析中国近代思想的变动及其后五四运动发生的原因。该文指出"中国的大家族制度,就是中国的农业经济组织,就是中国二千年来社会的基础结构",而"政治、法度、伦理、道德、学术、思想、风俗、习惯"皆建筑其上,为一"表层构造",由此申论孔子的学说之所以能长期支配中国思想界,根底不在其属于"绝对权威和永恒不变的真理",而正乃其为"中国两千余年来未曾变动的农业经济组织反映出来的产物"。因此,当"西洋动的文明打进来了",孔门伦理的经济基础即受到撼摇,新思想、新观念亦随之发生发展,"因为新思想是应新经济的新状态、社会的要求发生的,不是几个青年凭空造出来的"。④ 以经济作为意识形态赖以立足的基础,并将经济基础的变动与意识形态的嬗变勾连论说,由此排比史料,观照现实,可说是中国早期从观念与方法两方面对于唯物史观的一次理论尝试。正赖其对于马克思唯物史观的介绍与

---

①　李大钊:《Bolshevist的胜利》,《李大钊选集》,人民出版社1959年版,第117页。
②　李大钊:《我的马克思主义观》,《李大钊文集》第3卷,第27—28页。
③　李大钊:《唯物史观在现代史学上的价值》,《李大钊文集》第3卷,第321—323页。
④　李大钊:《由经济上解释中国近代思想变动的原因》,《李大钊文集》第3卷,第140—142页。

发扬,中国的知识分子,尤其是年轻一代,开始第一次接触到马克思主义,"从他的文章里有生以来第一次明白了精神与物质的关系,初步地离开了唯心论的迷魂阵"①,开始接受并且尝试以唯物主义观念来理解历史,分析现实。

如果说上述文章是李大钊个人对于唯物史观的接受和试图以此来理解中国历史和现实的表现,那么他在 1919 年 12 月 8 日发表的《什么是新文学》一文,则不妨视作其将马克思主义用之于文学研究的一次初步思考与实践。

李大钊认为:"刚是用白话做的文章,算不得新文学;刚是介绍点新学说、新事实,叙述点心人物,罗列点新名辞,也算不得新文学。我们所要求的新文学,是为社会写实的文学,不是为个人造名的文学;是以博爱心为基础的文学,不是为好名心为基础的文学;是为文学而创作的文学,不是为文学本身以外的什么东西而创作的文学。"②他肯认的新文学须具备三大条件,即"为社会写实"、"以博爱心为基础"并"为文学而创作",强调创作者不应以文学为个人牟利弋名的工具,而是在创作中浸润以广博的爱与对社会普通民众的同情,如此为一时代之生活存真,为一时代之人民的悲欢苦乐留影。而此三条新文学的必要条件,却亦非凭空可得。李大钊接着说道:"我们若愿园中花木长得美茂,必须有深厚的土壤培植他们。宏深的思想、学理、坚信的主义、优美的文艺、博爱的精神,就是新文学新运动的土壤根基。"③此处"宏深的思想、学理、坚信的主义"实即马克思主义。换言之,新文学运动的土壤根基亦即马克思主义,唯此才有文艺之花的苗壮开放。而秉诸马克思主义唯物史观,则文学亦须置于整个社会制度与意识形态中来加以把握。就其主张来说,则他的新文学观念包含着"推动社会进步发展的文学的意识形态功能,吸纳启蒙现代性、具有社会主义思想的人道主义精神,以及文学的审美特性的本位立场"④,可说是马克思主义文艺理论中国化建构过程中的历史起点。

与李大钊一样,陈独秀有感于辛亥革命的失败,国家沦于军阀之手,加以列强日迫一日的侵蚀,其原先充满期待的民主与科学之路,至此也宣告破灭。俄国革命的成功显然也引起了陈独秀极大的兴趣,但他并未如李大钊一样迅速加入马克思主义者的阵营,直到 1919 年 4 月蔡元培迫于舆论重压,免去其北京大学文科学长职务,陈独秀与其主编之《新青年》南迁,他个人的马克思主义立场才渐趋明朗,尤其是当时参与工人运动的经历对其亦产生了重要影响。

---

① 曹靖华:《回忆青年学会》,转引自林代昭等编:《马克思主义在中国》,清华大学出版社 1983 年版,第 88—89 页。
② 李大钊:《什么是新文学》,《李大钊选集》,第 276 页。
③ 李大钊:同上书,第 277 页。
④ 冯宪光:《李大钊"五四"时期的新文学观——中国化马克思主义文艺理论建构的历史起点》,《绵阳师范学院学报》,第 26 卷第 12 期。

　　1920年9月所写的《谈政治》一文,可视作陈独秀思想转变的重要标志。文章援引《共产党宣言》中关于阶级斗争的观点,明确指出:"我承认用革命的手段建设劳动阶级(即生产阶级)的国家,创造那禁止对内外一切掠夺的政治法律,为现代社会第一需要。"①翌年初,他发表《社会主义批评》一文,分析了马克思主义的社会主义与以往各类社会主义的根本区别,认识到资本私有与生产过剩乃是资本主义两大痼疾,而德国的社会主义"明明反对马克思,表面上却挂着马克思派的招牌",唯有俄国的社会主义才是名副其实的马克思主义的社会主义,中国需要借鉴的即是后者。② 此后在《马克思的两大精神》(1922年5月)、《马克思学说》(1922年7月)等文章中,立场已然完全转变的陈独秀开始更为系统地介绍马克思主义的剩余价值理论、唯物史观、阶级斗争学说、劳工专政等基本思想,更其坚定地成为了一名马克思主义者。

　　就文学理论方面来说,李大钊所标举的对于现实社会的关切,陈独秀亦同持此论。在1915年10月发表的《今日之教育方针》一文中,即将"现实主义"列为其所倡导之教育方针的首项,后又强调各种学说的引入须与中国社会的现实需要紧密关联,而非一味鹜新趋时:"输入学说如不以需要为标准,以旧为标准的,是把学说弄成了废物;以新为标准的,是把学说弄成了装饰品。譬如我们不懂适者生存的道理,社会向着退化的路上走,所以有输入达尔文进化论的需要;我们的文学、美术,都偏于幻想而至于无想了,所以有输入写实主义的需要;我们的士大夫阶级断然是没有革命的希望的,生产劳动者又受了世界上无比的压迫,所以有输入马克思社会主义的需要:这些学说的输入都是根据需要来的,不是跟这时新来的。"③换言之,西方思潮学说的引入其实皆渊源有自,为的是对于中国现实之疲病——对症下药,具有极强的合理性和现实性。就中对于写实主义的介绍,目的即在解决中国文学的虚妄玄想之弊,以此为文学革命的发生推波助澜,而文学革命的最终目的终究是鼓动发起社会革命,呈现出层层递进的逻辑关系。

　　1917年,先是胡适发表了《文学改良刍议》,紧接着陈独秀发表了《文学革命论》。其革命主张乃所谓"三大主义":"推倒雕琢的阿谀的贵族文学,建设平易的抒情的国民文学;推倒陈腐的铺张的古典文学,建设新鲜的立诚的写实文学;推倒迂晦的艰涩的山林文学,建设明了的通俗的社会文学。"④所论虽针对中国文学之弊端而发,然真正之旨趣仍在借推倒"贵族文学"、"古典文学"并"山林文学"来实现社

---

① 陈独秀:《谈政治》,《陈独秀著作选编》第二卷,第257页。
② 陈独秀:《社会主义批评》,《陈独秀著作选编》第二卷,第338—350页。
③ 陈独秀:《学说与装饰品》,《陈独秀著作选编》第二卷,第274页。
④ 陈独秀:《文学革命论》,《陈独秀著作选编》第一卷,第289页。

会革命的目的。此三者之所以在破除排斥之列,盖"所谓宇宙,所谓人生,所谓社会,举非其构思所及,此三种文学公同之缺点也。此种文学,盖与吾阿谀夸张虚伪迂阔之国民性,互为因果。今欲革新政治,势不得不革新盘踞于运用此政治者精神界之文学。"①由此足见陈独秀文学革命主张的核心旨趣不在文学,而在推倒旧的、扶植新的文学观念的同时,以删汰罢黜的手段将盘踞在固有文学观念中的国民劣根性一并清除,以此创造出一种新的国民形象。而在实现这一目标的过程中,马克思主义对于阶级斗争的强调以及内含的现实主义精神,某种程度上成为其建构自身理论的重要的思想资源。虽然文学革命论的"三大主义"并不能说是马克思主义文艺理论中国化的直接体现,但其主张确也明显受到了马克思主义学说的影响。

值得一提的是,在阔通的整体理论的阐扬之外,陈独秀也尝试以唯物史观来研究中国古代文学。具体而言,陈独秀试图从"社会心理"的角度来探勘古代文学,他认为"社会现象变迁之动因及大多数个人对此变迁之态度",而社会心理的形成和造就,"推求其最初原因都是物质的"②,亦即社会现象的变动与物质基础密切相关。已然成为一名马克思主义者的陈独秀认识到,经济基础决定了社会心理,而后者恰乃一时代之社会现状的反映,故可从此入手来研究文学,进而窥知社会现象之整体变迁。基于此,他激赏历来不上大雅之堂的古代戏曲与小说:"国人恶习鄙夷戏曲小说为不足齿数,是以贤者不为。其道日卑,此种风气倘不转移,文学界决无进步之可言。章太炎先生亦薄视小说者也,然亦称《红楼梦》善写人情。夫善写人情岂非文字之大本领乎? 庄周、司马迁之书,以文评之,当无加于善写人情也。八家七子以来为文者皆尚主观的无病而呻,能知客观地刻画人情者盖少,况夫善写者乎。"③所谓"善写人情",非仅言状写人情世故,实际指的是经由日常生活的琐细情节,而为一时代风土、人情、经济、政治之具体反映,至于那些"尚主观的无病而呻",因其不能叙述人情,实即无法洞彻时代,反映生活。由此更可理解何以陈独秀要人读《红楼梦》,该更花心思在曹雪芹的"善写人情"上,"今后我们应当觉悟,我们领略《红楼梦》应该领略他的善写人情,不应该领略他的善述故事",并且提醒写小说的人,"只应该做善写人情的小说,不应该做善述故事的小说"。④ 于今视之,陈独秀的这一小说论未免失之偏激,但恰自此偏激之处,可见出其借镜马克思主义唯物史观来重新抉发中国古代文学之价值的尝试。既为尝试,自不免不够成熟,但就其之于马克思主义文艺理论的中国化的初步尝试实亦具有重要意义与独特价值。

① 陈独秀:《文学革命论》,《陈独秀著作选编》第一卷,第291页。
② 陈独秀:《答张君劢及梁任公》,《陈独秀著作选编》第三卷,第280页。
③ 陈独秀:《答钱玄同》,《陈独秀著作选编》第一卷,第304页。
④ 陈独秀:《〈红楼梦〉(我以为用〈石头记〉好些)新叙》,《陈独秀著作选编》第二卷,第374页。

正如美国著名历史学者史华慈所言:"回顾陈独秀、李大钊的思想发展,我们看到他们从自觉的反传统倾向出发,都向西方寻找真理。尽管他们的思想倾向不同,他们都倾向于那种提供包罗万象的万能的解决方法的世界观。"①我们在上述两位的言说中可以发现,首先中国知识分子对于马克思主义唯物史观的接受,是伴随着对于中国现实的极度失望,而此前绍介引入中国的各种西方思潮,不论是李石曾自法国引入的克鲁泡特金的无政府主义,胡适从美国搬来的杜威实验主义学说,还是张君劢的玄学人生观,陈独秀念兹在兹的"德先生与赛先生",最终都无法救中国国民于水火,在此情况下,有俄国革命的成功用为有力佐证的马克思主义,自然在短时间内引起了中国知识分子的强烈兴趣,最终一骑跃出,独领风骚。

其次,除了能因应中国的现实问题之外,马克思主义唯物史观对于历史的解释也给予中国知识分子别一种认知历史的维度与方式,换言之,马克思主义不仅教会他们在今日中国"怎么办",进而也指导他们对于历史中国"怎么看",在历史与现实之间,马克思主义在中国构筑起了一个较为完满的认识逻辑。

其三,迥异于其他西方学说在中国只落地不扎根,马克思主义在中国的引入配合以共产国际的现实援助,一变为有组织、有纲领、有手段的架构,使得对于马克思主义的吸收不再只是建筑于纯理论的学术层面,而是和当下的革命现实密切联系,随时根据现实需要来调整对于马克思主义的接受状况,导致马克思主义在中国具有极其强大的政治正确性与现实能量。陈独秀所谓:"我们相信只要客观的物质原因可以变动社会,可以解释历史,可以支配人生观,这便是唯物的历史感。"②就中所谓"变动社会"、"解释历史"、"支配人生观",恰可见出相较其余西方思潮,时人无疑认为马克思主义最具行动力,最可用为社会革命的理论利器。

因此,当马克思主义唯物史观被用之于文艺理论,也就格外受人关注。事实上,李大钊、陈独秀对于马克思主义的初步引入及阐释,也可说是马克思主义文艺理论的早期建构,此后流衍渐开,议论丛生。值得注意的是,相较陈、李二人马克思主义之于文艺创作的发言,仍多表现在所谓对于时代生活的反映,在1923年到1926年期间,早期共产党人瞿秋白、邓中夏、恽代英、萧楚女、沈泽民、蒋光慈等人对于文学理论的思考,则显然更其关注文学的革命功用。

邓中夏1923年发表《贡献于新诗人之前》一文,明确主张要将文学作为"警醒人们使他们有革命的自觉,和鼓吹人们使他们有革命的勇气"的"最有效用的工具",并且对"新诗人"提出三点要求,即"第一,须多做能表现民族伟大精神的作品

---

① (美):本杰明·I·史华慈:《中国的共产主义与毛泽东的崛起》,陈玮译,中国人民大学出版社2006年版,第21页。
② 陈独秀:《〈科学与人生观〉序》,《陈独秀著作选编》第三卷,第146页。

……第二，须多做描写社会实际生活的作品……第三，新诗人须从事革命的实际活动。"①恽代英1924年发表《文学与革命》一文，将革命立场的地位置于文学创作之上，"我相信最要紧是先要一般青年能够做脚踏实地的革命家"，"倘若你希望做一个革命文学家，你第一件事是要投身于革命事业，培养你的革命情感"。② 而沈雁冰的胞弟沈泽民发表于1924年的《我们需要怎样的文艺？》、《文学与革命的文学》二文，则明显可见其正受到马克思主义唯物史观的影响，他大声疾呼"革命文学"的到来，认为文学要"可以发挥我们民众几十年所蕴蓄的反抗的意识"、"可以表现出今日方在一代民众心理中膨胀着的汹涌的潜流"、"喊出全中国四百兆人人人心中的痛苦和希望"，而唯有"革命的文学"方足以承担此任，因此革命与否，不再单纯是一个文学题材和创作立意的问题，"在文艺中是一个作者底气慨的问题和作者底立脚点的问题"。③ 环视身在的时代，沈泽民认为时代巨变已然出现，"世界的无产者正从沉睡中醒来，应着时代的号声的宣召，奔赴历史所赋予他们的使命"，当此重要关头，文学即要为时代存真留影，若果能如此，则"终能胜过一切过去时代的文学"，并且这种文学"也正是现在我们所需要的文学"。文学与革命既然如此交合紧密，则文学者势必不能流于一般的创作者，"革命的文学家若不曾亲自参加工人的罢工，若不曾亲自尝过牢狱的滋味，亲自受过官厅的驱逐，不曾和满身污泥的工人或农人同睡过一间小屋子，同做过吃力的工作，同受过雇主和工头的鞭打詈骂，他决不能了解无产阶级的每一种潜在的情绪，决不配创造革命的文学。"④与恽代英的观点相同，沈泽民也认为革命的文学家不该止步于对一时代生活做切实的反映，更该参与到革命的进程中去，但他的主张更其激进，即革命文学家不单是革命的一份子，甚且还须做"民众生活情绪的组织者"。

而作为文学研究会的主要发起人，同时也早在1921年即加入了中国共产党的茅盾，其日后的文学创作与理论发明在在显示出其作为立场坚定的共产党员和理论家的政治文化身份。1925年他接连发表了四篇重头文章，分别是《论无产阶级艺术》、《告有志研究文学者》、《文学者的新使命》及《现成的革命》。长期以来，茅盾始终秉持文艺要对现实负责的观念，尤为反感所谓的个人主义者将文学调弄成孤芳自赏、无病呻吟的面貌，"文学是有激励人心的积极性的。尤其在我们这个时代，

① 邓中夏：《贡献于新诗人之前》，《中国现代文学史参考资料·文学运动史料选》第一册，上海教育出版社1979年版，第394—397页。
② 恽代英：《文学与革命》，《中国现代文学史参考资料·文学运动史料选》第一册，上海教育出版社1979年版，第398—399页。
③ 沈泽民：《我们需要怎样的文艺？》，《沈泽民文集》，浙江文艺出版社1997年版，第52—53页。
④ 沈泽民：《文学与革命的文学》，《中国现代文学史参考资料·文学运动史料选》第一册，上海教育出版社1979年版，第405页。

我们希望文学能够担当唤醒民众而给他们力量的重大责任。"①在文学的任务和使命上,茅盾认为文学不仅应揭露黑暗腐败的现实以及旧势力的压迫,更该敢于描写"被压迫的民族和被压迫的阶级陷于悲惨的境地"和"被压迫的民族和被压迫阶级的解放",进而指出文学者目前的使命就是"要抓住被压迫民族与阶级的革命运动的精神,用深刻的伟大文学表现出来,使这种精神普遍到民间,深印入被压迫者的脑筋,因以保持他们的自求解放运动的高潮,并且感召起更伟大更热烈的革命运动来!"②茅盾直接要求文学者所致力的对象,已经从单纯的泛化的"大众"概念渡越至更为具体的"被压迫的民族和被压迫的阶级"。在对象明确化的同时,茅盾对于何为无产阶级的文艺也具备一般论者不及的清醒和深刻。《论无产阶级艺术》一文指出,无产阶级艺术"非即描写无产阶级生活的艺术之谓",而是"应以无产阶级精神为中心";"非即所谓革命的艺术",但目的不仅仅在破坏;以及"又非旧有的社会主义文学",必须超越资产阶级的个人主义,上升到无产阶级的集体主义,才称得上无产阶级艺术,故此他强调无产阶级艺术的三大条件,"没有农民所有的家族主义与宗教思想"、"没有兵士们所有的憎恨资产阶级个人的心理"以及"没有知识阶级所有的个人自由主义"。③ 显然与前此论者相较,茅盾具备更杰出的理论水准与思辨能力,而其之于文学的论述与思考,充满着意识形态的理论预设,在在见出其作为一个共产主义者的姿态。他不仅完备了前此"写实主义"乃生活的客观反映的理论表述,更因明确了所刻画反映的对象乃无产阶级,使得写实主义带上了一层明确的政治色彩。换言之,这位享有"中国的左拉"之雅号的作家和理论家,不认为自然主义式的、对社会做全景观反映的左拉是写实主义的极致和目标,他毋宁更倾向于做一个对社会抱持批判与同情的托尔斯泰——左拉对时代情境的科学式检视正与马克思主义唯物史观若合符节,而托尔斯泰对于历史的低徊省思与对未来的热切注视,则与共产党员茅盾潜藏于心的革命情怀呼应唱和。

我们无法在此就马克思主义文艺理论在中国的早期建构做面面俱到的论述叙说。但就上述几位的理论表述而言,我们仍能从中窥见这一建构过程中绳绳相续的历史逻辑。

首先,马克思主义文艺理论中国化的早期发生与整个中国的现实政治与文化状态同体相随。这就注定了这一理论的建构过程,不可能自外于整个时代寻求富强、破除专制的核心议题。因此,这一时期的文学思考与创作,具有前所未有的革

---

① 茅盾:《"大转变时期"何时来呢?》,《茅盾杂文集》,北京三联书店1996年版,第890页。
② 茅盾:《文学者的新使命》,《文学周报》,1925年9月13日。
③ 茅盾:《论无产阶级艺术》,《中国现代文学史参考资料·文学运动史料选》第一册,上海教育出版社1979年版,第419—423页。

命性——此不仅是就其所讨论和所改变的文学景观的广度与程度而言——以封建文学的推翻、现代文学的建立为旨归,最终目的是经由文学的内爆而创造出一个更趋平等自由的社会。就其具体部分来说,传统的古文被贬斥,好用典故的旧诗被白话诗替代,向来为人轻忽的词、曲、戏剧、稗官小说却大受抬举。旧文学过去受人称道的特质,诸如温柔敦厚、出入经史、词采烂漫等如今都被一概斥为"雕琢的、阿谀的、陈腐的、铺张的"。文学的目的"不再是对现实的沉思默想,享受对现实的观照和品位,而变成了去熟悉现实、理解现实,从而认识它的规律"①,换言之,此时愈演愈烈的新兴无产阶级文学实践以及与此紧密勾连的整体社会变革的时代进程,促使人们将对文学的审美性关注转变为对时代生活的反映性的投望。

其次,马克思主义文艺理论中国化的初期建构与日益迫切的现实政治斗争、文艺斗争的需要密切相关。作为马克思主义者初步中国化的表现,左翼理论家纷纷开始自觉运用马克思主义文艺理论来因应一系列的中国现实问题,并企图与深广的中国革命实践相与呼应,最终造成马克思主义从理论到实践的多方面推进。在这一理论阐释与革命实践的过程中,文学创作与文学研究的政治性被不断强调与强化,文学政治化的趋势渐自张大。通过强调严峻的现实政治斗争环境,文学与政治的关系也随之日益紧密;文学的革命性质与功用被不断强化,文学工具论的观点蔚成声口;着眼于创作者与研究者个人的革命意识的培养,以此形成遵循马克思主义的文学创作与研究;发展相应的创作与研究方法,将马克思主义文艺理论更其具体地落实到相关文学实践中,进一步增强和固化文学的政治化趋势。

第三,辩证唯物史观的引入可说是中国知识分子对于过往历史诠释方法的一次革命。作为一个具有深厚历史传统与历史意识的国家,中国人偏好从传统的寻溯中来丰富自身对现实的理解和辨析。晚清开始的三千年未有之大变局,其剧变之烈、搅动人心之巨,非仅因外在的政治经济的压迫与侵略,很大程度上在于原本自足的历史系统无法对现实剧变继续给予具有说服力的阐释。而马克思主义的引入,使得知识分子开始学习从更为宏观的历史维度重新理解历史,对经济制度、社会环境、政治沿革等一系列历史语境中的因素的关注,给予文学创作者和研究者以全新的视角和方法,相较其他途径,这一历史唯物主义的思维观念也使得文学者更为积极主动地介入现实社会,是一种积极的生命实践,而这亦与整个马克思主义文艺理论对于深入民众生活的倡导相契合。

经此略微的察考,我们大抵可以见出马克思主义文艺理论中国化的早期历史建构过程及其所注目的理论焦点与核心观念。而经由这一理论在中国的接受与发

---

① (捷克)亚罗斯拉夫·普实克:《〈中国文学研究〉导言》,《抒情与史诗:现代中国文学论集》,李欧梵编,郭建玲译,上海三联书店 2010 年版,第 40 页。

扬,亦可见出一时代的政治、文化、思想的具体演变,及身处其中的中国知识分子们的惶惑、焦虑与挣扎。

第二节 马克思主义文艺理论与文道合一传统的耦合

通过之前的论述,我们大抵可以知道马克思主义之所以能超越侪辈,最终在现代中国成为中国知识分子用为理解历史检验现实的理论工具,主要是基于当时整个民族危在旦夕求变自强的现实语境,这成为人们吸收和判断外来学说是否适合中国的最重要标准。同时知识分子们深信是马克思第一次指出了历史变化的社会根基,并以此成功地解释了所有已经发生、正在发生或即将发生的社会生活现象,而这一连串对于人类社会发展过程的描述与阐释,最终抵达的是对于全体人类解放的承诺。

但问题是,如果我们仅仅将马克思主义学说在现代中国的传入,视为完全基于外部环境所形成的结果,或许难免以偏概全,有失周至。换句话说,马克思主义传入中国,使得中国社会发生方方面面的变革,其原因除了上述提及的所谓"外发型"的部分,中国思想文化传统的内在又是否具有与马克思主义相契合的部分,亦即我们需要从自身的文化传统中抉发出"内发型"原因,即使得马克思主义文艺理论能在中国扎根开花的文化土壤究竟为何。

在第一章中,我们曾论及"文"在中国思想文化传统中的意涵发生及其演变。大体来说,中国文化传统中的"文"诞育于古人对四时天地与动物草木的观察,进而抽绎为抽象的理论认知,用指涵括文字、礼乐、典制等一整套富含人文意义的社会建构。其过程从最初自然鸟兽的外在纹饰表现,延及天地山川之"文",最终引申至人文社会领域,落实到了个人、家国乃至时代整体的人文表现。

因此,生发其中的"文学"观念势必濡染上极为强烈的功利色彩,强调的是对个人人格的完善与社会风气的提振,迥异于西方文学传统中偏于个人情性的文学表达。就细部而言,一方面虽然中国文学也注重辞章言语之美,但关注更多的是基于其所承载和传递的思想意涵,亦即言语之美可动人视听,如此更有利于思想意涵的互动传达,而若作者耽溺雕章琢句,不注重在思想观念上的抉发开显,那么这种精妙的语言文字能力本身并不值得称道,此即如扬雄所言,雕虫小技,壮夫不为。另一方面,偏于功利色彩的文学观念,也使得中国传统文学观呈现出综合性的,杂糅多方的表现形态,而其中最本质的原因,乃是从一开始,整个中国文学所注重和强调的核心观念,即是文道合一。

诚如前述,从自然鸟兽之文,到天地日月之文,进而延展到社会人事之文,三者虽各有位属,但皆包举在六合之内,共同建构起一个文化秩序,而按照儒家的观点,"为了求得世界的和谐和人民的幸福,每个人都必须使其身其行与宇宙和谐一致"①。因此,天道、地道与人道存在着某种神秘的对应关系,《易传》所谓"立天之道曰阴与阳,立地之道曰柔与刚,立人之道曰仁与义"。

本乎此,古人认为天道具有绝对的道德先验,不可置疑。而人乃自然之产物,更该遵循天道的指引,从而检点行止,安分知命。进而人还该依据天道的冥冥示范,观象法天,从中抽绎出一套可为天下法的社会运行规程。需要说明的是,此抽绎之事,也非人人皆可为之。唯有圣人方可"近取诸身,远取诸物,于是始作八卦,以通神明之德,以类万物之情",换言之,圣人之圣,即在其能如绝地通天的巫师一般,观自然之象,继之以通方知类,终会通发明,以发明立人之道。而当人开始以自然为法式,观察其运行,察考其动静,实际上即是开始谋求"通天尽人"。如此观其所感,感而遂通,最终通天下之志,发展出一套能践履于日常人世的实践律则。整个过程从最初的"天道无亲"到个人试图观象法天,最终通天尽人而得天人合一,成就一天人交合的圆满过程。

当这种思想观念被移用于文学领域,其思考方式也一样概莫能外。

与西人对于获缪斯女神青睐的创作者的激赏不同,中国文化更推举的是那些能承传阐释圣人之道的"述者"。《礼记·乐记》所谓"作者之谓圣,述者之谓明",表达的正是对于"作者"与"述者"之间的不同态度——唯有圣者才有资格进行原创性的创作,而即便世间贤明,也只能竭一生之心力来从事对圣者之作的阐释与彰显。即以孔子来说,他也自我定义为一位圣人经典奥义的阐释者,亦即"述而不作,信而好古"。因圣人之法,覃奥难测,而凡俗民众却又不能径窥堂奥,故此需要一大批"述者"来传经授法,将圣人之道倡明发扬之。如此也就可以理解,孔子之于六经,也只是做些删修齐整的工作,因其本意即不在所谓的"创作"——如宇文所安所言,作之本意是"以权威的规范语言来表述什么是对的什么是错的"②——而是开显圣人经典的"传述"。

这种对于圣人之道的极度重视,以及对于文字书写者的身份认知,深刻而长远地影响了后世的文字书写传统。

在思想观念上,它使得所有书写者都时刻葆有一种相当强烈的"道德焦虑"。单纯以文为戏,至多只是一时兴起的游戏之举,文字书写的最终目的,乃在为整个社会的人文建构贡献绵力。所以对于圣人之道的肯认,也就自然转进为对于承载

---

① (英)莱芒·道逊:《儒家和中国古代的世界观》,《中华帝国的文明》第四章,金星男译,上海古籍出版社1994年版,第89页。

② 宇文所安:《中国文论:英译与评论》,王柏华等译,上海社会科学院出版社2003年版,第81页。

这份道的经书的推崇，认为所有的文字书写皆须时时于此汲挹沉潜，方是正途。日后即便那些稗官小说，也要在开篇引述圣人之言，以为撰作之合法性。

再就写作之法而言，"重道尊经"的观念亦未尝或缺。《文心雕龙》开篇就明确提出"原道"、"宗经"之说。在《原道》篇中，刘勰明确指出人文之源起，与天文、地文同为一体，世间万物，莫不成"文"。而"文"之形成与显露，均成于道，故"道沿圣以垂文，圣因文而明道"，文字书写与圣人之道互相融摄，明六经即所以明道，而"辞之所以能鼓天下者，乃道之文也"。① 据此，刘勰认为作文必须根系于道，道是文章赖以成立的根本和准极。

道，既如此尊崇，则载道之经亦可说是文学之源。循此，《宗经》篇指出所有文体之源头亦是经，"论说辞序，则《易》统其首；诏策章奏，则《书》发其源；赋颂歌赞，则《诗》立其本；铭诔箴祝，则《礼》总其端；纪传铭檄，则《春秋》为根"，而"百家腾跃，终入环内"。② 换言之，诸子百家，看似立言论议琳琅富博，其实仍不出经之牢笼范围也，即所谓"还宗经诰"。而文字书写者若能"禀经以制式，酌雅以富言"，则此间富藏，真如"仰山而铸铜，煮海而为盐也"。具体到宗经之后的文学表现，则刘勰以"六义"概括之："一则情深而不诡，二则风清而不杂，三则事信而不诞，四则义直而不回，五则体约而不芜，六则文丽而不淫。"③ 至此，宗经重道已经不仅是对于作品思想内容上的要求，同时也是文学写作上可供师法的对象。

不过，刘勰之说看似很好地解决了文学书写中的文道合一之问题，但考其之所以亟亟呼吁，不正是因为时人的文学创作已然出现了文道相分的现象吗？一如其在《序志》篇中的批评，"去圣久远，文体解散，辞人爱奇，言贵浮诡"，故其欲"本乎道、师乎圣，体乎经，酌乎纬"，以圣道与经典作为文章本源，来大拯颓风。

正因中国文化传统中的"文"是一内涵丰富的复义结构，既对应自然现象中的天文地文，又呼应着社会人事领域里一切的人文建构，典章制度、黻冕礼乐、人情事理，皆可称文。任何对于文章言辞的讨论都不可避免地要勾连社会文化的整体运作。在中国文化的原初时期，文即是道，道开显为文，文道之间呈现出自然的融摄状态，而这也就奠定了日后整个对于文道合一传统的祈向。

古人之于文道合一的祈向，自然有其发生发展的合理性和必要性。但就实际而言，文道合一观到宋代之后，渐次流为"文以载道"论，文几乎整体沦为道的附属品，削弱乃至否定了文学的独立性。而唯有那些能上敷德教下达情志，具有鲜明道德功利色彩与现实针对性的文字作品，才称得上是古人眼里的"经国之大业，不朽

---

① 刘勰：《文心雕龙·原道第一》。
② 刘勰：《文心雕龙·宗经第三》。
③ 刘勰：《文心雕龙·宗经第三》。

之盛事"。而以道德政治为第一标准创作作品,也会使作者具备极强的道德优越感,认为自己可以文学来干预社会,进而与历史主流和时代主流相一致。换言之,中国古代思想文化中一直存在着经世致用、文道合一的传统,而这恰恰也成为日后吸纳、涵容马克思主义文艺理论的文化土壤。

　　然而,有趣的是,中国现代文学发生的一大标志,即是对"文以载道"观的大力批驳,因为"文学革命的目的,是抛弃传统借以束缚文艺创作的一切陈规旧则"①。陈独秀《文学革命论》明确宣称"文学本非为载道而设","唐宋八家文之所谓'文以载道',直与八股家之所谓'代圣贤立言',同一鼻孔出气"。② 胡适《文学改良刍议》的头一条即是要求"言之有物",并特为说明此处"物""非古人所谓'文以载道'之说也",而指的是个人情感和思想。茅盾则认为文以载道首先混淆了文学与非文学的界限,"把真实的文学弃去,而把含有重义的非文学当作文学作品;因此以前的文人往往把经史子集,都看作文学,这真是把我们中国文学掩没得暗无天日了。……把文学的界说放大,将非文学的都当作文学,那么,非但把真正的文学埋没了,还使人不懂文学的真义,这才贻害不少哩。"③而文以载道也使得创作者亟亟于有为而作,"很难得几篇文学是不攻击稗官小说的,很难得几篇文字是不以'借物立言'为宗旨的。所以'登高而赋',也一定要有忠君爱国不忘天下的主意放在赋中;触景做诗,也一定要有规世惩俗不忘圣言的大道理放在诗中。做一部小说,也一定要加上劝善罚恶的头衔;便是著作者自己不说这话,看的人评的人也一定送他这个美号。……文章是为替古哲先贤宣传大道,文章是替圣君贤相歌功颂德,文章是替善男恶女认明果报不爽罢了。"④老舍在《文学概论讲义》中明确指出《文心雕龙》的影响是"害多利少",因为刘勰"把文与道捏合在一处",从而"塞住自由创造的大路",而韩愈"便直将文学与道德粘合在一处,成了不可分离的,无道便无文学"的地步,然而"道德是伦理的,文学是艺术的,道德是实际的,文学是要想象的。道德的目标在善,文艺的归宿是美;文学嫁给道德怎能生得出美丽的小孩呢?"⑤

　　由此可见,对于文以载道观的批判几乎成了中国现代文学创作者和评论者的一致主张。但事实上,虽然他们对文以载道说众口一词批驳挞伐,然而细观其论,会发现他们更多的只是指向此说的内容层面与工具层面,亦即有的学者所说的:"既要从内容上批判传统的'道'的内涵,又要从形式上进行白话文的革新,但仍然

①　(捷克)亚罗斯拉夫·普实克:《中国文学中的现实与艺术》,《抒情与史诗:现代中国文学论集》,第85页。
②　陈独秀《文学革命论》,《陈独秀著作选编》第一册,第290页。
③　沈雁冰《什么是文学》,《茅盾全集》第18卷,人民文学出版社1989年版,第383页。
④　沈雁冰《文学和人的关系及中国古来对于文学者身份的误认》,《茅盾全集》第18卷,第59页。
⑤　舒舍予《文学概论讲义》,北京出版社1984年版,第31—32页。

保留方法论上的'载'。"①他们所不满的是儒家借文章来传达承载儒家的伦理道德，以及将文学作为道之从属附庸。换言之，虽然文学革命论者确实成功地瓦解了传统的文以载道说，试图将文从道的掌控下解放出来，并树立以全新的、符合时代要求的文学观念。但从根本关系来说，实际并未撼动文以载道说的思想内核，他们只是将文学从一个道中解放出来，随后又拉进了另一个道的势力中。白话文确实打倒了桐城谬种、选学余孽，儒家伦理也随之一并倒坍，但文以载道的传统其实仍旧未被破除——新文学也要载道，只不过载的是新文学之道。

我们因此可以理解为何 1930 年郭沫若要为"文以载道"鸣不平，他认为虽然文学革命时曾尽力的对文以载道说加以抨击，但"其实这个公式倒是一点也不错的"，因为"道就是时代的社会意识"。不同时代自有不同时代之"道"："封建时代的社会意识是纲常伦教，所以那时的文所载的道便是忠孝节义的讴歌。近世资本制度时代的社会意识是尊重天赋人权，鼓励自由竞争，所以这个时候的文便不能不来载这个自由平等的新道。"②换言之，文以载道历代皆然，无非是不同时代有不同的社会意识，而文学的作用即在于去承载属于自己时代的社会意识，新文学也需要载道，但绝不能去载封建时代的忠孝节义之道。

朱自清也明确表示"新文学开始时反对文以载道，但反对的是载封建的道"，而新文学发展至今，"看看大部分作品其实还是在载道，只是载的是新的道罢了。三十年间虽有许多变迁，文学大部分时间是工具，努力达成它的使命和责任和社会的别的方面是联系着的。"③由此更为清楚地指出了文学革命论者对于文以载道说的批评，其实与传统仍旧"一脉相承"，"一方面攻击'文以载道'，一方面自己也在载另一种道，这正是相反相成，所谓矛盾的发展"④。

而若将马克思主义在中国的接受过程与此一传统对接来看，则更可理解何以马克思主义文艺理论能为广大的中国知识分子所接纳。

首先，中国思想文化传统始终具有强烈的功利实用倾向。长期以来，"文学的实用概念实际上一直是神圣不可侵犯的"，而凡是赞同此一理论者，即便彼此之间观点不同，也"只在于重点而已：有些人强调文学的政治功用，或从统治者的观点，认为文学有助于统治，或从臣民的观点，认为文学是批评和抗议的手段，另一些人则强调文学对个人道德的影响"。⑤ 在这种观念的影响下，文学创作被要求最多的

①　黄念然：《近现代之交古代文论研究的现实语境》，《中国古代文论研究的现代转型》第一章，中国社会科学出版社 2006 年版，第 79 页。
②　郭沫若：《文学革命之回顾》，《郭沫若全集·文学编》第 16 卷，人民文学出版社 1989 年版，第 86 页。
③　朱自清：《文学的严肃性》，《朱自清全集》第 4 卷，江苏教育出版社 1996 年版，第 480 页。
④　朱自清：《论严肃》，《朱自清全集》第 3 卷，第 146 页。
⑤　(美)刘若愚：《中国文学理论》，杜国清译，江苏教育出版社 2006 年版，第 168 页。

不是个人情志的率直表达,而是对于圣贤之道的传达阐扬。正如安敏成所说:"作为道的载体,文学不是要创造或发现新的事实,它只是传达'实'的一个通道,而所谓的'实'则意味着作为文明奠基的基本道德信条。"①因此,文学从来不具备独立自主的价值与地位,相反永远在政教系统面前谨守循规蹈矩的姿态。尤其在儒家思想成为主流价值观念之后,不仅从思想内容上要与圣贤之言保持一致,甚至在美学形式上也一样要奉儒家经典为圭臬,不敢越雷池半步。

其次,因始终以经世致用作为文学评价的准极,也就使得文学创作与批评需要不时考量现时与现实的需求。在晚清开始的数十年救亡图存的历史背景下,中国知识分子对于新文学的追求和思考,一方面试图打破旧传统,确立新范式,希冀将旧有的一切束缚文学自身独立与发展的种种不合理因素一概革除,使文学能因自身内在的美学特质而获得价值;另一方面,他们又希望文学的变革能有助于开启民智,砥砺民气,最终经由文学革命推动整个社会的变革。如果说前此为他们抨击的儒家的文学功利化思想是表现在借文学维系原有统治,那么文学革命论者的功利化思考则是借文学来解决更深刻广阔的社会文化危机,虽目的不同,其思维方式容或未必有显著的差异。换言之,现实政治与文化危机的压力使得越来越多的新文学创作者与批评者自觉将文学视为革命的工具,以实现他们各自对于社会变革的美好愿景。

其三,事实上,从十九世纪初期开始出现在中国知识分子阶层中"经世致用"的思潮,已然"注重与现实的联系,提倡作家关注现实问题,以能否解决现实问题的实践作为评判文学的价值标准"②,期待以此能遏止乾隆以来士大夫知识分子歌舞升平,忽视民瘼的颓靡之风。而这也无形中为日后的文学作为改变现实的工具埋下了伏笔。此后梁启超谋求以小说革新国民人格,改良群治;严复认为西人开化之际,乃多得小说之助;鲁迅有感于国人的麻木不仁,欲以文学疗治人心;延及前述茅盾、恽代英、沈泽民等更直接宣称新文学要为新思潮做宣传,甘为革命之马前卒与传声筒。这一系列对于文学功用的言说,究其本质,实则皆强调文学之于社会变革的推助功能。因此,当马克思主义文艺理论传入中国,配合着社会变革的现实环境,加以马克思主义文艺理论本身就强调作品对于社会现实的直接揭露与反映,主张创作主体对现实积极介入和干预,从而动摇和破坏旧秩序,建设新世界,这些因素统合在一起,恰好使得马克思主义文艺理论与中国固有思想文化传统中的功利

---

① （美）安敏成:《现实主义的限制:革命时代的中国小说》,姜涛译,江苏人民出版社2001年版,第23页。
② 袁进:《试论19世纪初经世致用文学思潮的崛起》,《社会科学》2009年第5期,第168页。

化倾向耦合起来,最终有助于马克思主义文艺理论的中国化进程。①

第三节　历史的革命性理解

正如特里·伊格尔顿正确指出的那样:"马克思主义批评的创造性不在于它对文学进行历史的探讨,而在于它对历史本身的革命的理解。"②正因为马克思主义之于中国知识分子全新的对于过往历史的革命性理解,使得他们对这一理论公式产生浓厚兴趣。相较之前的进化论、科学主义、自由与民主等西方学说,伊格尔顿指出的所谓"革命性理解"促使他们深入到历史发生与发展的进程中去,从社会政治、阶级构成、物质基础等多方面来重新把握历史,进而以对历史的革命性诠释来为现实政治文化危机提供同样革命性的因应之道。

即以作为科学方法之例证的"整理国故"而言,待历史唯物主义输入之后,学者即普遍认为国故的整理实质是为唯物主义研究提供材料。顾颉刚1933年表示:"等到我们把古书和古史的真伪弄清楚,这一层的根柢又打好了,将来从事唯物史观的人要搜取材料时就更方便了,不会得错用了。"③郭沫若在《中国古代社会研究》这一以历史唯物论来解析中国古代社会状况的著作中,明确强调他所进行的研究是"批判",而胡适等人的工作不过是"整理",两者迥异:"我们的'批判'有异于他们的'整理'。'整理'的究极目标是在'实事求是',我们的'批判'精神是要在'实事之中求其所以是'。'整理'的方法所能做到的是:'知其然',我们的'批判'精神是要'知其所以然'。'整理'自是'批判'过程所必经的一步,然而它不能成为我们所应该局限的一步。"④而古代文论研究学科的开创者陈中凡也曾特为强调"历史的批判"之重要性,认为传统的褒贬指正"特其余事耳",要紧的是"叙述作者之生平与其著述之关系,更推论作者之著作思想与其时代环境之关系;更旁征其所受于前人、时人之影响,及家族种族之熏陶,以资论断,谓之历史的批评。若仅综合其时人之意见,参以己意,则非精审之批评者所敢取也。"⑤所谓精审,恰源于对作者生平、家庭环境乃至所处之时代、所受之影响的整体性把握。而仲云在《唯物史观与文艺》一文中亦强调:"第一我们应当先明白中国的社会,其生产力是怎样,其经济的关系是怎样。次之,在其上所建立的政治道德、法律诸形态是怎样;其上所表现的

① 关于"文以载道"说与新文学运动之间的关系,可参考王本朝:《"文以载道"观的批判与新文学观念的确立》,载《文学评论》,2010年第1期。
② (英)特里·伊格尔顿:《马克思主义与文学批评》,文宝 译,人民文学出版社1980年版,第7页。
③ 顾颉刚:《古史辨》第4册序,上海古籍出版社1981年版,第22—23页。
④ 郭沫若:《中国古代社会》,《郭沫若全集·历史编》第1卷,人民出版社1982年版,第7—8页。
⑤ 陈中凡:《中国文学批评史》,第7页。

如哲学、思想、观念等各种意识形态又是怎样。倘若这些没有明白认识,那么所谓国故的整理、文艺的研究至多能做到分类排比次序的功夫。"①换言之,倘若缺乏历史唯物主义观念,那么人文学术研究并未摆脱清儒考证的传统形态,只是在做一些资料整理与史实排比的基础性工作。

　　基于这样的思想观念的推动,中国文学界首先通过译介作品来达成对于马克思主义文论的初步接受。1930 年左联专门设立了马克思主义文艺理论研究会,其中一项重要工作即是译介和推进外国马克思主义文艺理论的研究。1929 年,冯雪峰主编的"科学的艺术论丛书"相继出版,"左联"东京分社成员则集体编辑了"文艺理论丛书"。鲁迅翻译了普列汉诺夫的《论艺术》以及卢那察尔斯基的《艺术论》、《文艺与批评》和论文集《文艺政策》等四部著作;冯雪峰则译有卢那察尔斯基的《艺术之社会的基础》、普列汉诺夫的《艺术与社会生活》;李霁野、韦素园译有托洛茨基的《文学与革命》;柔石译有卢那察尔斯基的《浮士德与城》;戴望舒译有法国伊可维支的《唯物史观的文学论》、任国桢译有《苏俄的文艺论战》;段洛夫译有米尔斯基的《现实主义——苏联文艺百科全书》、戈宝权译有顾尔希坦的《文学的人民性》等。凡此诸多马克思主义文艺理论作品被译介进来,使得中国现代知识分子对于马克思主义文艺理论有了初步了解和大致认识,为日后运用和实践马克思主义文论奠定了一定基础。

　　随着学术界对于马克思主义唯物史观的学习运用的热情日益高涨,中国古代文学及文论的研究势必也要与时俱进,改弦更张。1933 年张希之在其编著的《文学概论》小引中明确指出:"在本书中,编者曾努力地把'唯物史观'应用于文学的领域,从经济的社会的诸条件中,解释一切问题,我们相信文学虽是理想的境界中的事物,但却建筑在现实的基础上,正好像一枝鲜艳的荷花,总不能不植根于泥土中一样。这种努力或许是'心劳力拙'。但编者深信'唯物史观'是唯一的科学的研究方法。"进而指出:"经济关系是社会的基础,而文学是社会的产物,当然也不会和经济关系没有关联;只是经济关系一变动,社会环境即随之变动;社会环境变动,一切精神状态即随之变动,因之反映在文学中的东西也起了变动。"②换言之,时人所努力追求的不妨说即是将中国文学研究从此前"理想的境界"还原到实在的"泥土"之中,从原先的偏于考据、辞章、义理之学转进为考察文学作品具体所在时代的政治经济背景与整体社会文化环境的演变,进而厘析出现实情境的改变之于文学所产生的影响。抱持唯物史观的张希之随即在 1935 年出版了《中国文学流变史论》。该书以马克思主义唯物史观为研究方法,试图从中国经济发展的不同阶段为取径

① 　仲云:《唯物史观与文艺》,《小说月报》第 21 卷第 4 号,1930 年 4 月 10 日,第 660 页。
② 　张希之:《文学概论》,北平文化学社 1933 年版,第 2、7、14 页。

角度来论述中国文学之流变。认为中国的封建社会萌芽于周代,从秦汉以迄晚清,皆处在封建社会的历史阶段。直到鸦片战争之后,中国才有了资本主义的萌芽,而"一战"爆发之后,随之民族资本的日益壮大,中国遂产生了普罗文学,而整个中国文学的源流变迁大致即与中国社会经济发展的不同阶段相符应。

与张希之同道者,如郑振铎亦尝试以马克思主义唯物史观来展开中国文学研究。在其论文《中国文学研究者向哪里去》中即强调文艺批评不仅要研究作品,更要研究作品所产生的时代背景、作家创作过程并作者之生活与思想等外部社会因素:"惟有一点必须注意,就是一个伟大的作品的产生,不单只该赞颂那产生这作品的作家的天才,还该注意到这作品的产生的时代与环境,换言之,必须更注意到其所以产生的社会的因素。"①故此,其在 1930 年代撰写了《论武侠小说》、《元明之际文坛概观》、《元代公安剧产生的原因及其特质》、《论元人所写商人、士子、妓女间的三角恋爱剧》等论文,皆分别从社会政治的沿革与文类的被接受、文学兴衰与民族矛盾、文学作品中所见的阶级对立情况及商业经济之因素等方面来重新思考文学创作与一时代之社会政治经济状况之关系,"采纳历史唯物主义学说研究中国文学,娴熟地运用经济视角分析文学发展与经济的关系,阐述了经济对文学题材、体裁形式以及文学消费等方面的影响"②,可说是当时以马克思主义唯物史观研究中国古代文学的典型之作。

类似郑振铎这般以唯物史观为古代文学研究的学术立场,具体运用社会历史的分析方法来切入文本与历史语境,渐次成为时人研究古代文学与文论的一股潮流。相较之前多偏于寻章摘句意境探讨之类的语言美学分析的研究方式,时人纷纷尝试从历史根源、阶级立场、一时代之社会构成等方面来把握具体作家作品,试图从时代社会与文学之间的互动关系来分析具体文学作品思想主旨、风格形成等问题背后深在的历史原因;又或是以具体文本作为特定时代之社会风貌、文化思想之反映,由此将文学作品置于一个更其宏大的历史背景中来加以探讨,进而在凸显一个作家创作的深阔的历史意涵的同时,也开显出不同时代的思想文化的嬗变与纹理。

如果说上述作品是以历史唯物主义对于具体时代或具体作家作品的论析的话,那么贺凯 1931 年所著《中国文学史纲要》与 1933 年谭丕谟所著《中国文学史纲》则可说是尝试以新兴社会科学的分析方法来对中国文学历史演变做出整体研

---

① 郑振铎:《中国文学研究者向哪里去》,《中国文学研究》上卷(《小说月报》1927 年第 17 卷号外),商务印书馆。
② 张胜利:《现代性追求与民族性建构——马克思主义视域下的中国古代文学研究》,复旦大学 2007 年博士论文,第 70 页。

判的作品。罗根泽当年评价说："'五四'以前泰半是用观念论的退化史观与载道的文学观从事著述,例如谢无量的《中国大文学史》和曾毅的《中国文学史》;'五四'以后则泰半是用观念论的进化史观与缘情的文学观来从事著述,例如陆侃如、冯沅君合编的《中国诗史》,郑振铎的《插图本中国文学史》,以及本书(按:即郑宾于的《中国文学流变史》)。最近大出风头的是辩证的唯物史观与普罗文学观,本此以写成的有贺凯的《中国文学史纲要》和谭洪的《中国文学史纲》。"①可见当时此二著的影响之大。

　　具体来说,贺著不满于此前中国文学史的研究方法,认为虽然多年来学者们对于中国文学材料的收集整理以及编著系统的中国文学史,数量"不下三四十种",但"都不过是叙述了各种时代的花样翻新的文学演变的遗迹,并没有找到文学变化的社会背景和产生的经济条件",而对于文学的解释,也"依然脱不了旧时代的传统思想"。甚且他批评胡适的《白话文学史》:"重在平民文学,注意到各时代的社会背景关系,如叙南北朝的文学,离不开五胡十六国的扰乱,叙李白诗,注意到唐代是一个自由解放的时代,为什么唐代会变成自由解放的呢? 这正是社会经济的转变,而适之却没有寻到这一点,所以他的《白话文学史》,虽然能打破传统的旧调,博得读者的欢迎,但始终和先看到文学的形式,和表面的变迁,并不是先决定了某时代的经济变化,而寻求它反映出来的意识形态。"②由此,他提出:"现在我们所要求的新时代底文学史,是从社会进化的阶段中寻找文学的推演与转变,由物质生活所反映的意识形态中,而求出文学的产生与存在的价值。"而他自己的著作则"重在社会经济基础的变迁。因为文学是社会基础最上层的建筑",讲求先"分析每一时代所产生的作品和作者的背景是什么,然后估定其价值"。③ 这段夫子自道颇为明确的彰明了贺著的核心思想,即不仅要如胡适那般发现"平民的文学",注意到文学背后各时代的社会背景及其与文学之间的关系,更要进而探究胡适所未尝明晰的"社会经济的转变"所造成的文学的嬗变。换言之,其所致力的乃是发现作为基础的社会经济与作为上层建筑的文学这两者间的关系,如此他认为才谈得上洞明了文学演变的深在原因。

　　本乎此,贺凯与张希之一样,也认为中国的社会长久停滞在半封建社会状态中,与此相符应的中国文学,自然只可能是受限于封建生产关系的文学,其所反映的意识形态,也必然不会出乎半封建社会的思想状态。贺著将中国文学分成两大阶段,一是从西周以迄鸦片战争以前的封建社会的文学,一是自鸦片战争始以迄帝

---

① 罗根泽:《郑宾于著〈中国文学流变史〉》,《图书评论》1934 年第 2 卷第 10 期。
② 贺凯:《中国文学史纲要》,北平文化学社 1931 年版,第 1 页。
③ 贺凯:同上书,第 2 页。

国主义列强入侵后的文学。同时,他借鉴并深化了陈独秀在《文学革命论》中关于"贵族文学"与"平民文学"的划分,援引马克思的阶级观点,并升等为"剥削阶级文学"和"被剥削阶级文学",认为整个封建社会的文学模式乃呈现为这两种文学交替推演的状况。显然,贺著试图以历史唯物主义来对中国文学之嬗变做一系统性的梳理和分析,并将马克思主义中的社会学分析方法、阶级斗争学说、基础与上层建筑等观念竭力融入对于中国文学历史进程演变的思考,仍可说是马克思主义文艺理论中国化的一次有效尝试。

谭丕谟的《中国文学史纲》亦坚持从社会政治历史的变化来研究文学发展的学术立场。他认为"文学是社会经济生活所反映出来的意识形态之一",所以"文学史就是关于这类意识形态的历史叙述"。与贺凯关于文学与社会经济的关系的认识相同,谭著亦认为文学"是社会经济基础上之必然的产物,而被社会经济基础所决定",故此"社会经济基础一有变动,则文学内容亦随之而变动;因此,社会经济基础进展到某一阶段,则文学亦随之进展至某一阶段;社会经济停滞在某一阶段,则文学亦停滞在某一阶段。"他明确宣称"经济的变迁,是文学进展的动力",而"学习中国文学史的目的,就是要用辩证唯物论和历史唯物论的观点、立场、方法,研究中国文学发展过程中一切现象变动的因果关系,来阐明中国文学发展的规律性"。[①] 由此可见谭丕谟受到历史唯物主义之影响,认为文学乃社会状况之反映,故中国文学史的演变的内在本质恰为社会组织形态、经济结构的变迁发展。

此外,吴文祺 1936 年出版了《新文学概要》,从历史的整体发展来考究新文学的发生与发展,具有鲜明的马克思主义文艺观的特色。他认为文学史上发生的一切变化都有一从量变到质变的过程,而文学的演变每每与一时代社会的政治经济多有密切的联系。四年后,1940 年起在《学林》连载的《近百年来的中国文艺思潮》较之前此,则更其深化地借鉴了历史唯物主义观念。吴著于政治经济的角度去思考文学变迁的原因特为着意,不局限于传统观念下的新旧文学的褒贬臧否,而是尽可能拓宽文学研讨的尺幅,从社会历史的广阔维度来把握文学演变的内在原因,加以其缀连古今,从历史的长程来思考具体的文学表现,故亦为古代文学研究领域中较早的对于文学的古今演变进行探讨的实践。而上卷完成于 1939 年、下卷定稿于 1943 年的刘大杰的《中国文学发展史》,不仅受到了法国学者朗松与丹纳的影响,试图从种族、时代、环境三大角度来考察和分析中国文学史,更显然受到历史唯物主义的影响,将具体的文学作品的探讨建基于对产生这一作品的古代社会的政治经济的分析,以此勾勒中国文学的发生与发展。

---

① 谭丕谟:《中国文学史纲》,北新书局 1933 年版。

上述作品，不论是单篇论文，还是整本专著，都可说是以马克思主义唯物史观研究中国古代文学与文论的典型案例。其初衷大抵如李长之在《论研究中国文学者之路》一文所说："专就文学而了解文学是不能了解文学的，必须了解比文学的范围更广大的一民族之一般的艺术特色，以及其精神上的根本基调，还有人类的最共同最内在的心理活动与要求，才能对一民族的文学有所把握"，而"不了解一个民族的文化的整个，依然不能了解一个作家"，因为"文学的内容不是独立的，而是有文化价值的整个性的"。① 换言之，对当时的研究者而言，传统诗文评的考究字词、辨析家数、传述掌故及显扬人物的研究路径，都不可说是够格的学术研究范式了，甚至如胡适等人开始发起的"整理"也不尽能满足时人对于中国固有传统作全面深透之理解的要求了。同时，这种对于中国文学传统之演变意欲作究其根底的探索的心态，本质上也是中国知识分子对于作为整体的中国思想文化在晚近中国遭受的剧变与重创所试图给出的回应和思考。因此，所谓"专就文学而了解文学是不能了解文学的"不仅指的是文学研究的范围和方法要有本质性的突破，更指的是古代文学与文论的研究者们必须改弦更张，谋求经由中国文学演变来对其背后更深在的历史原因进行更为彻底的把握，亦即由文学问题的研究转进至文化传统、社会思想变迁乃至政治经济等更其深阔的历史问题的追索。反之，恰因对广阔的中国社会及其传统有深透的把握，也才谈得上对中国文学能有既见木也见林的了解，不如此则终不免皮相之见。

这样的对于文学传统的态度和研究立场，其实与19世纪以来的实证主义传统一脉相承。文学之所以有别样的价值，乃在于其记述的正是种种曾经存有过的历史印记与生活写照，而年湮代远，唯有假文学之手，才能遥想当年风流，忆念过往历史的诸般生猛活泼。文学中所承载寓托的古人的情感与思想的活动，又正可给予后人以宝贵的策砺与资取，因此在时人看来，文学未尝不可看做某种意义上的家国与民族的集体记忆。

基于这样的理解，马克思主义唯物史观显然最能满足研究者们想要在文学中开显历史全貌的要求。从肯定文学自身的价值与地位到宣扬进化论摒弃循环史观，从标举科学主义，强调学术研究观念与方法的科学化，再到马克思主义唯物史观的确立与张大，此中历史之起承转合看似纷繁复杂，其实渊源有自，未必杂乱无章。即如前述，横亘在中国知识分子心头的问题，首先还是如何解决紧迫的政治经济危机以及由此导致的一连串思想文化的窘境，再者为了解决或者说是缓解这种现实的焦虑，知识分子不仅需要制定现实的策略，也需要回溯传统，给出历史的某

---

① 李长之：《论研究中国文学者之路》，《李长之批评文集》，郜元宝等编，珠海出版社1998年版，第402—403页。

种应答。因此,不论是进化论、科学主义还是唯物史观,任何被引入的西方学说都需要能同时在现实中国与历史中国这两者之间给出平衡且较为完满的答复,才可能被始终纳入进现代中国关于未来的整体政治文化解决方案的设计之中。就此而言,唯有马克思主义最终在现实与历史两方面,给予中国知识分子一套可资参考的思想体系与历史维度。

事实上,正缘于历史唯物主义成为中国古代文学与文论研究的潮流与主流,中国文学研究也随之发生了从问题意识到话语模式,从研究立场到研究方法等各方面的根本性改变,诚如有的学者所总结的那样:“对于古代文学的发生发展,能够从社会经济和阶级关系方面去寻找必然原因,做到不仅知其然,而且知其所以然;对于古代作家作品,能够根据当时的阶级关系情况,运用阶级分析方法,去作出历史性的价值评判,避免以抽象的道德伦理观念去看待古人;对于文学的变化演进,可以从经济基础与上层建筑的关系、唯物史观的社会发展规律出发,去加以统摄和把握,去总结古典文学发展的内在规律性。”①由此不仅为我们理解中国文学的历史进程提供了多维的观察角度和研究方法,并且重新建构了中国文学史与中国文学批评史的面貌及其阐释系统,彰显出马克思主义文艺理论的自身价值和现实针对性。

同时,马克思主义文艺理论在古代文学与文论研究中的确立与张大,也标志着以马克思主义为核心的新一套学术传统的确立。值得注意的是,这一学术传统一开始就带着鲜明的“致用”色彩。前述研究者们不满足于偏于资料整理性质的国故整理,要之根本即是要从“整理”走向“批判”,从“求是”趋于“致用”,换言之,在他们看来,整理本就乃批判之基础,求是不妨为致用之初步。反之,是否能用之于现实,又进而是否能对现实实践产生指导性作用,其实也正是一门学科得以存在乃至持续的合法性所在。有学者认为,从事古代文论研究的第一批学者,虽然已经尝试“学习、运用近代欧洲的文学理论、历史观点、思想方法去观察中国古代文学批评实践,清理理论史料的遗存”,并且“又能够继承改造中国传统朴学实证的治学手段”,但成绩突出的同时,缺陷也不乏,首先是“文学观、史学观没有完全摆脱二千多年来逐步形成的儒家正统、六经中心、诗文正宗等传统观念的羁绊”,其次是“对概念、命题、流派、专著、理论家的研究,重考核而轻阐释”,其三是“建构体系的物质载体、符号系统——理论语言,尚多是以古释古,没有根本的系统的判断”。② 换言之,第一批学者虽然旧学西学并举,但并不具备系统化的理论解释能力,所谓“以古释古”亦即无法以新的学术阐释系统来消解和开显古代文论研究中的诸多问题,故求是有

---

① 徐公持:《二十世纪中国古典文学研究近代化进程论略》,《中国社会科学》1998 年第 2 期。
② 黄保真:《回顾与反思》,《文学遗产》1989 年第 4 期。

余,就致用这一端来说,则似有所欠缺。但由此又可见出作为新的学术传统的马克思主义唯物史观所独具的优势,正因其对历史传统的革命性的理解,从而使得整体的研究话语摆脱了"以古释古"的学术形态,使得古代文论研究能从清理遗存、考核优劣的传统学术模式跃进至勾连社会物质基础与文学思想的历史唯物主义研究,最终产生"根本的系统的判断",也即罗根泽以前强调的,先要求真,进而求好,既记述过去,更指导未来。

而惟其亟亟于致用,现实给予中国知识分子的压力实在太过巨大,故日后不免在带来巨大成绩的同时也生出各种流弊。事实上,因受到现实政治的强烈干预,以及研究者自身太过热衷地谋求致用,从达尔文进化论开始的各种时代思潮在引入中国的同时,伴之而来的还有对这些学说有意无意的误读与误用。而随着马克思主义唯物史观的日趋流播,并且如雷蒙德·威廉斯所言:"马克思主义对(属于结构性)的社会过程的强调受到一种更糟的并持续至今的理性主义的限定,它便同那种进步式的线性发展假说产生关联,成为一种关于发现社会的'科学规律'的论述。这种情况削弱了结构性眼光,强化了功用性眼光。"①换言之,马克思主义本身致力于对社会演变过程的"结构性"阐释,但当其与线性历史发展模式相联系,则很容易削弱其整体性的结构性眼光,而被过分强调"功用性眼光"。而当马克思主义移植于风云突变、民生日蹙的晚近中国的历史语境,现实政治对其持续加强的意识形态要求,历史唯物主义的理论阐释模式遂不仅成为革命的工具,甚且在"泛政治化"的时代中,还被异化为完全机械型的解释工具,以便达到更好地"致用"——为现实政治服务——的目的。

随之出现了如下几个主要弊端:首先是对于历史唯物主义模式的简单套用,出现了泛政治化的倾向。论者全然不顾历史文本本身的特性与其所在时代的具体语境,贸然将唯物主义演绎为放之四海而皆准的现成公式,裁云为裳,削足适履,最终忽略了历史唯物主义对于客观辩证的强调。其次,将马克思本身颇为独特丰富的阶级论粗糙抽离为简单的二元对立,使得这种对立模式脱离学术研究的客观中立,异化为现实政治斗争的工具,又或是倾向于将文本完全视为占统治地位的阶级的意识形态的反映,最终沦为"庸俗马克思主义";再者,虽然马克思主义唯物史观充满洞见地认识到了物质基础对于作为上层建筑的文学艺术的决定性作用,并不认同文学艺术能改变历史进程,但这并不意味着完全排斥文学艺术在历史进程中可能产生的积极作用。相反,简单粗糙地解读历史唯物主义,往往无一例外机械地来理解物质基础与上层建筑间的关系及其互动,恰恰忽略了恩格斯所强调的:"根据

① (英)雷蒙德·威廉斯:《马克思主义与文学》,第17页。

唯物史观,历史过程中的决定因素归根到底是现实生活的生产和再生产。无论马克思或我都从来没有肯定过比这更多的东西。如果有人在这里加以歪曲,说经济因素是唯一决定性的因素,那么他就是把这个命题变成毫无内容的、抽象的、荒诞无稽的空话。"①因此,诚如伊格尔顿所打的比方,物质基础与上层建筑"并没有形成一种对称的关系,并没有在全部历史中手拉手地跳优雅和谐的双人舞",而是"都有它们自己的发展速度,自己的内在演化,并不难归纳为仅仅是阶级斗争或经济状况的表现"。②雷蒙德·威廉斯也一再强调,被从物质生活中强行"分离"出来的所谓文化,其本来应该是"作为一种创造着独特的、与众不同的'生活方式'的结构性社会过程"而被加以理解,如今却遭受到长期忽视,"并且实际上总被一种抽象的、直线发展的普世论所取代",而与此同时,"那种被定义为'精神生活'和'艺术'的取代性的文化概念的深刻意义,也因文化被降为'上层建筑'而连带受损"。③马克思主义所致力于的正是面对各种复杂的人类社会现状,分析出它们内部所存在的辩证而统一的关系。换言之,没有谁比马克思更了解人类历史可能呈现的复杂性。因此,任何试图对于马克思主义作一狭隘片面的理解和运用,最终实际上都在背离马克思主义的初衷。

而就马克思主义之于古代文论研究所产生的影响,在本书所设定的讨论时间内,我们可以看到,作为一种具有明确结构原则的思想体系,马克思主义使得研究者将关于古代文学与文艺理论的解释同社会物质生活条件相联系,同其所处时代的社会意识相联系,并且充分顾及到生产力对于文学作品可能产生的重要影响,同具体时代广阔的思想、学术、艺术、宗教乃至价值观念等可能与古代文学理论的发展嬗变产生密切关系的相关方面相联系,由此真正深入到历史的文学进程与文学的历史进程中去,深透准确地把握古代文学理论的发展全貌。

同时,马克思主义自身带有的极强的理论阐释与建构能力,则使得古代文论研究的话语模式前所未有地具备了思辨性、逻辑性与系统性三者具足的理论能量。它使得中国传统文论的观点、范畴、概念与表达方式,经由马克思主义的烛照,获得了更大的阐释空间和更多样的话语形态。诚如李大钊所言:"史学家应有历史观,然后才有准绳去处置史料,不然便如迷离漂荡于迷海之中,茫无把握,很难寻出头绪来。"④易言之,对古代文论研究如山似海的知识资料而言,马克思主义恰如"准绳",令研究者得以循此处置史料,不致茫无头绪。就学术演进的整体趋势来说,建

①　恩格斯:《恩格斯致约瑟夫·布洛赫》,《马克思恩格斯选集》1972年版,第四卷,第477页。
②　(英)特里·伊格尔顿:《马克思主义和文学批评》,第17页。
③　(英)雷蒙德·威廉斯:《马克思主义与文学》,第18页。
④　李大钊:《史学与哲学》,韩一德、姚维斗编:《李大钊史学论集》,河北人民出版社1984年版,第235页。

基于马克思主义的古代文论研究,不仅摆脱了传统偏于个人灵悟的感性言说,抑或完全陷入历史考索的资料考证,更史无前例地在价值理性与工具理性两者间求取最可能的融合,使得古代文论在一个新的价值体系与阐释空间中得以被重新发现与解读,获致了全新的理论面貌,最终加速推进了古代文论研究的现代转型。

第五章
人民本位与时代意识
——中国化马克思主义文论范式的深化展开

如果说从李大钊、陈独秀等人开始的关于马克思主义的介绍与输入,是马克思主义文艺理论中国化前奏曲的话,那么毛泽东文艺思想则可视为马克思主义文艺理论中国化的地位的最终确立。尤其是1942年5月2日至23日,中共中央在党内整风的基础上召开了旨在解决中国无产阶级文艺发展道路上所遇到的理论和实践问题的延安文艺座谈会。在会上,毛泽东发表了重要讲话,这篇讲话随后在1943年10月19日的《解放日报》上以《在延安文艺座谈会上的讲话》为题刊出。《讲话》被视为毛泽东文艺思想体系正式形成的标志,同时也成为日后指导马克思主义文艺理论中国化建设的纲领性文件,从理论和实践两个层面深刻而长远地影响了当代中国的文艺思想和学术批评的建设与发展。

众所周知,毛泽东向来十分重视和强调在思想文化领域中的革命,认为文化革命必须是中国革命的整体中必不可少的一部分。这种强调,首先是出于革命斗争的现实需要。与俄国不同,中国革命并不存在强大的城市无产阶级作为革命的主力军,从本质上来讲,中国革命是农民革命,"农村包围城市"是中国革命所不得不采取的战略。因此,对中国革命而言,在发动全面的政治、社会革命的同时,还必须对绝大多数处于文盲状态下的农民大众发起文化革命,以此增进他们对革命的政治认同与文化认同。诚如毛泽东所说,十月革命"帮助了全世界的也帮助了中国的先进分子,用无产阶级的宇宙观作为观察国家命运的工具,重新考虑自己的问题",最终得出结论,选择"走俄国人的路"。[①] 但接受了马克思列宁主义的先进分子们,要在一个几乎完全与马克思主义经典作家所设想的革命发生环境背道而驰的国家中,面对整体文化认识水准普遍低下的农民大众,唤醒他们内心的阶级意识,增强他们的革命情感,势必需要通过农民本身喜闻乐见、最大程度体现"民族形式"的革

---

① 毛泽东:《毛泽东选集》,第4卷,人民出版社1991年版,第1471页。

命文化,来赢得广大农民大众的认同。

正如刘康正确指出的那样,"失去了革命力量和主体——羽翼丰满的城市无产阶级和极为先进的革命政党——中国革命从一开始就不得不抓住意识和文化问题,在革命的过程中创造自己的革命力量",因此,"文学和艺术变成了革命斗争的工具,变成了建构新文化和新主体的支配性表现方式"。① 换言之,文化革命在中国革命的现实语境中,已然不仅仅是政治、社会革命的配套与附庸,相反是毛泽东本人所肯认的极端重要的革命的主体概念,是中国革命与现代性方案中的一项中心内容。他试图通过对于文化革命的不断强调和推动,最终形成一套具有中国特色的"革命文化",用毛本人的话来说即是,"革命文化,对于人民大众,是革命的有力武器"。在革命的不同阶段,革命文化承担着不同的革命任务:"在革命前,是革命的思想准备;在革命中,是革命总战线中的一条必要和重要的战线"。与此相呼应的则是"革命的文化工作者",他们"就是这个文化战线上的各级指挥员"。② 由此我们可以理解,何以从《矛盾论》《实践论》开始,直到《新民主主义论》《讲话》,毛泽东不仅试图借鉴和运用马克思主义来确立文化革命的必要性、紧迫性乃至普世性,更谋求对关于文化思想领域中的各种细部问题作出不厌其烦的具体说明和明确界定,最终缔造出成功的"革命文化"以及经得起检验的"革命的文化工作者"。

需要指出的是,在以毛泽东思想为典型代表的中国化马克思主义文艺理论的体系中,不同时期的中国知识分子也曾从各自角度和领域出发,与其进行不同维度的思想对话。也就是说,我们并不能完全将这一场文化革命视为毛泽东一人演出的独角戏,而应理解为由其主导的,但同时也不时与众多的创作者和批评者发生的或主动或被动的绵密的革命对话。其中,瞿秋白对于文艺大众化问题以及民间文学作为革命文化资源的率先关注,鲁迅对于城市文化以及文艺与革命的互动关系的敏锐卓见,显然已经为毛泽东的文艺思想导夫先路。因此,如若我们仅仅重视毛泽东个人在这场文化革命中的发言与发声,而忽略这一革命中的和声与复调,未免有失周延。

同样,之于古代文论研究领域,毛泽东文艺思想也成为具体研究展开的指导思想。本章即试图以郭沫若与废名为例,就他们与毛泽东文艺思想所做的或主动或被动的对话,以及对于"时代意识"的努力呼应,来讨论这一时期马克思主义文艺理论中国化进程中的特质与问题。

---

① 刘康:《领导权和反领导权:民族形式与"主观战斗精神"》,《马克思主义与美学》第三章,第 92 页。
② 毛泽东:《毛泽东选集》,第 2 卷,第 708 页。

第一节 时代意识与人民本位

　　1962 年 2 月 28 日起,《人民日报》开始连载郭沫若的《读随园诗话札记》。在《札记》序言中,郭坦言自己少时即曾读过《随园诗话》,且对作者袁枚颇为仰慕,"喜其标榜性情,不峻立门户;使人易受启发,能摆脱羁绊"。而近见人民文学出版社铅印再椠,殊便携带,遂于"旅中作伴,随读随记",可见郭氏之于袁枚及其论诗名作《随园诗话》是极为中意的,以致既见再版,便要随身携带,甚且还颇有兴致地随手劄记。

　　但有趣的是,此番重温少时所读之书,不仅没有乍见老友般的亲切欢喜,反倒频生反感,认为"其新颖之见已觉无多,而陈腐之谈却为不少"。从早先"易受启发"的"新颖",忽而变为如今的"陈腐",不得不说是一次重大的改易。而之所以有这样的改变,郭沫若接着说明道,"良由代易时移,乾旋坤转,价值倒立,神奇朽化也",易言之,从少时的推崇到如今的鄙薄,郭氏态度一变的个中缘由,实乃时代改易所致的价值判断的翻转。甚且其自述《札记》撰作的主要目的,即在"揭出其糟粕者而糟粕之"。而揭举糟粕、唾弃陈腐之余,郭氏亦特为强调虽然札记纷杂,无有衔接,但亦不乏贯串,"贯串者何? 今之意识",并且自谦道,果若今日青胜于兰,则全赖"时代所赐",感激时代的改易赋予他分辨良莠的识力,情见乎词,至为鲜明。①

　　作为新文学的重要创作者之一的郭沫若,较诸侪辈,显然一直以来都是得时代风气之先的人物。早在五四时期,就以新诗集《女神》开一代诗风,暴躁凌厉,情感蓬勃的诗歌创作风格恰与冲决罗网、狂飙突进的时代风气相契相合,成为中国新诗初创时期的重要作品,他本人也一跃而为中国新诗的奠基人之一。1921 年他又与郁达夫等一道发起成立了创造社,试图对浪漫主义文学创作产生推动。与他的情感喷涌、精力弥满的诗风一样,作为一名涉猎广博的学者,郭沫若同样在各个学术领域取得了不俗的成绩。不仅与王国维、罗中玉、董作宾等同列"甲骨四堂"之名,还以《中国古代社会研究》等著作成为声誉颇隆的历史学家,而其对于马克思主义唯物史观的自觉运用,也使他成为中国文化学术界早期的马克思主义专家。

　　1927 年共产大革命失败之后,时局蜩螗,革命前途迷茫难测,国民党、共产党、帝国主义侵略者以及各路地方军阀,纷纷厉兵秣马,整个国家陷入一片散沙之境地。当此之际,革命尚未成功,同志更须努力,现实革命的失败却带来了文艺创作与学术研究的吊诡高潮。王德威曾指出,1927 年大革命的失败导致了中国现代长

---

① 本两段所引,皆见郭沫若:《读随园诗话札记》序,作家出版社 1962 年版,第 1 页。

篇小说创作的第一波高潮。而细究其因，在他看来，一是因为作家企图"使用叙事策略，整编革命后纷然四散的经验，形成一个完整连贯的头绪，好为革命失败自圆其说"，再是鉴于现实革命的失败，创作者不得不接二连三地经由虚构叙事来使得他们"心目中的浪漫欲望与革命理想连成一气"。① 换言之，不论是前者希图以叙事来完满革命的失败，还是后者用以平复失败后的创痛，他们都企图以小说叙事的方式来整编自身的革命经验。

倘若我们移用王德威的这一论述，不妨说大革命的失败同样也促迫中国的知识分子们不得不从革命的风潮中掉转头来，自我省思一番失败的根由。小说创作者可以通过虚构叙事来完满现实，学者虽然不能如此随心所欲，但将之前的学术账簿来一回彻底清算，进而别开一门，改弦更张，也未尝不可说是另一种接纳与收编现实的方式。用郭沫若在《中国古代社会研究》自序中的话说，即是："我们把中国实际的社会清算出来，把中国的文化，中国的思想，加以严密的批判。"加减乘除，无一不爽，但又绝非之前风靡全国的所谓整理国故，当年胡适等人发起"整理国故"运动时，郭沫若就率直地认为这"不外是把封建社会的巩固统治权的旧武器，拿来加以一道粉饰，又利用为巩固资产阶级的统治权的新武器而已"②，认为这样的"整理"并非"批判"，并不能解决中国的实际问题，反倒每每有为资产阶级所利用之虞，"它只是既成价值的估评，并不是新生价值的创造"③。从中国的现实与未来出发，真可用以清算的算盘，在郭沫若看来实在唯有马克思主义唯物史观，为此他嘲讽那些谈国故的老夫子，"谈国故的夫子们哟！你们除饱读戴东原、王念孙、章学诚之外，也应该知道还有马克思、恩格斯的著作，没有辩证唯物论的观念，连国故都不好让你们轻谈。"④不论是时代危机使然，还是个人主观意图的推动，至此显然都可见出郭沫若试图以历史唯物主义来清理中国的历史，研究中国的现状，并由此带给中国以未来。

而如果说历史唯物主义的研究方法在其他学者那里，更多表现为社会分析方法的借鉴和运用，那么在郭沫若这里，则不妨说是他念兹在兹的"时代意识"。

这位号召创作者努力争做"时代留声机"的时代弄潮儿，对"时代意识"向来最是敏感，最善于谛听时代的弦外之音。在他看来，时代不断更迭演变，文学也终须不时推陈出新，这是时代进化的必然，也是文学推演的必然，"古人用他们的言辞表示他们的情怀，已成为古诗，今人用我们的言辞表示我们的生趣，便是新诗，再隔些

① 王德威：《革命加恋爱：茅盾·蒋光慈·白薇》，《现代中国小说十讲》，复旦大学出版社 2008 年版，第 55 页。
② 郭沫若：《文学革命之回顾》，《文艺讲座》第 1 册，上海神州出版社 1930 年版。
③ 郭沫若：《整理国故的评价》，《郭沫若全集·文学编》第十五卷，第 162 页。
④ 郭沫若：《中国古代社会研究》自序，《郭沫若全集·历史编》第一卷，第 9、5 页。

年代,更会有新新诗出现了"①。而所谓进化,郭沫若认为:"社会进化的过程中,每个时代都是不断地革命着前进的。每个时代都有每个时代的精神,时代精神一变,革命文学的内容便因之而一变。"②古人所谓一代有一代之文学,恰因一代有一代之精神,以致文学随时变异,换言之,此时之文学只是时代精神的综合反映。而了解一时代之精神或许犹有未已,因为"要想知道'时代背景'和'意识形态',须要超越了那个时代和那个意识才行",倘若"不能超越那个时代和意识,那便无从客观地认识那个时代和那个意识,不用说你更不能够批判那个时代和那个意识"。③ 因此,唯有对于不同时代的"时代意识"都有周至彻底的了解,才谈得上能在具体的文学作品中发见不同历史阶段的"时代意识",最终定去取,下褒贬。

时代对于文学的介入与干涉既然如此之大,对于文学的考量势必也将几乎完全以时代意识之转变来作为衡酌估量之标准。郭沫若 1925 年末编订论文集《文艺论集》时说道自己的思想、生活和作风在"最近一两年间,可以说是完全变了",从之前的"尊重个性、景仰自由"一转为认为这时候"有少数的人要来主张个性,主张自由,未免出于僭妄"。而这变化的起因,其自述为"在最近一两年间与水平线下的悲惨社会略略有所接触",觉得这是一个"大多数人完全不自主地失掉了自由,失掉了个性的时代",因此"在大众未得发展个性、未得享受自由之时,少数先觉者倒应该牺牲自己的个性,牺牲自己的自由,以为大众人请命,以争回大众人的个性与自由"。④ 此时的郭沫若显然从对于个人自由的讴歌,转变为要为生民请命、为民众出头。

值得注意的是,郭沫若在 1925 年前后所发生的个人立场的转变,除了其自述的与底层民众接触的经验之外,还有一个很重要的原因即是其在 1924 年夏秋之际,阅读了日本马克思主义经济学家河上肇的《社会组织与社会革命》一书,初步接受了马克思主义的影响。1924 年 8 月 9 日他致信成仿吾,回顾所来径,展望新生活,明确宣称自己"现在成了个彻底的马克思主义的信徒了","现在对于文艺的见解也全盘变了",认为"昨日的文艺"是"不自觉的占生活的优先权的贵族们的消闲圣品","今日的文艺"乃"革命的文艺","明日的文艺"则是在社会主义实现后才能实现的"超脱时代性和局部性的文艺",并且强调,"我对于今日的文艺,只在它能够促进社会革命之实现上承认它有存在的可能"。⑤ 由此可见,对于马克思主义的接

---

① 郭沫若:《三叶集·郭沫若致宗白华》,《郭沫若全集·文学编》第十五卷,第 47 页。
② 郭沫若:《创造月刊》第 1 卷第 3 期,1926 年 5 月 16 日。
③ 郭沫若:《论闻一多做学问的态度》,《郭沫若全集》第二十卷,第 330 页。
④ 郭沫若:《〈文艺论集〉序》,《郭沫若全集·文学编》第十五卷,第 146 页。
⑤ 郭沫若:《孤鸿——致成仿吾的一封信》,《文艺论集续集》,人民文学出版社 1979 年版,第 17—18 页。

受使得郭沫若从个人思想到文艺立场都发生了巨大的转变,如果说此前他的"灵魂久困在自由与责任两者中间",时而歌颂海洋,时而歌颂大地,认定今后的事业要在"这两种的调和上努力建设去了",①那么成了马克思主义信徒的他,如今毅然决定要将自己献身革命,献身大地,而其之于文艺作品的功利化要求也随之愈加强烈。

1926 年,郭沫若发表了名文《革命与文学》,直接提出"革命文学"的主张,认为"文学是永远革命的么,而真正的文学是只有革命文学的一种",甚且还给出了"革命文学"的公式:"革命文学=F(时代精神)"或曰"文学=F(革命)"。换言之,文学乃革命的函数,文学随着革命的自变而因变。事实上,不仅文学在随时发生改变,郭沫若强调即连革命本身也始终处于变动不居的状态,"在第一个时代是革命的,在第二个时代又成为非革命的,在第一个时代是革命文学,在第二个时代又成为反革命的文学了。所以革命文学的这个名词虽然固定,而革命文学的内涵是永不固定的"。换言之,不存在一成不变的革命文学,因此为了真切把握"时代精神",创作出贴切时代的革命文学,创作者们便不能埋首书斋,"更应该到兵间去,民间去,革命的漩涡中去",如此才能"把自己的生活坚实起来"。② 对于文学与革命的定义及其之间关系的阐释,充分表明了郭沫若个人的革命立场与文学态度,此时的他显然已经完全转变为一个马克思主义者,试图通过文学作为革命的武器,来造成整体政治、社会的颠覆性变革。在这样的文学论述里,文学的最大价值即在于为民众鼓与呼,为不自由的人们争取自由,进而活画出"时代精神"。但更值得关注的部分,乃是郭沫若始终强调革命与文学的变动性,亦即不同时代下的革命任务是不同的,以此导致文学的主张也须随时奉命符应,但在这变动不止的状态下,文学要为革命服务的原则却又千载不易。郭沫若不仅为革命与文学规范了彼此的地位,同时也提醒创作者要善于在不同时代发现不同的"时代精神",唯有明了何者是革命,何者是非革命,才谈得上创作出符合时代要求的"革命文学"。由此,我们也就可以理解何以郭沫若一生都在"变",不仅要做文学上的急先锋,还是政治上的弄潮儿,就其深因而论,即是因其始终要趋附这时刻在变的"时代精神"。

"革命文学"的主张之外,郭沫若又提出"人民本位"说。1921 年,其在《我国思想史上之澎湃城》中最先提出这一概念:"我们传统的政治思想,可知素以人民为本位,而以博爱博利为标准,有不待乎唐虞之禅让,已确乎其为一种民主主义Democracy 矣。"③继而在《历史人物》一书序言中总结道:"我的好恶的标准是什

---

① 郭沫若:《三叶集·郭沫若致田汉》,《郭沫若全集·文学编》第十五卷,第 66 页。
② 郭沫若:《革命与文学》,《创造月刊》第 1 卷第 3 期,1926 年 5 月 16 日,第 5—8 页。
③ 郭沫若:《我国思想史上之澎湃城》,《学艺》第 3 卷第 1 期,1921 年 5 月 30 日。

么？一句话归宗：人民本位。""我就在这人民本位的标准下边从事研究，也从事创作"。① 如果说，对于"时代精神"的执着寻找是郭沫若以马克思主义向时代发出的回应，那么"人民本位"不妨视为其以马克思主义所觅获的观念内核。前者使其始终努力以时代的主流思潮作为自己整体文化思考与实践展开的依据，后者则是用以判断其思考与实践的准则。

《向人民大众学习》一文明确提出："人民大众是一切的主体，一切都要享于人民、属于人民、作于人民。文艺断不能成为例外。"②而假使"你的人格够伟大，你的思想够深刻，你确能代表时代，代表人民，以人民大众的心为心，够得上做人民大众的喉舌，那你便一定能够产生得出铸造时代的诗"③，换言之，是否具有"人民本位"意识，将直接决定创作者是否能把握住时代精神。而当毛泽东在延安文艺座谈会上作了讲话之后，郭沫若旋即在 1945 年 4 月写作《人民的文艺》一文，更其深透地阐述了自己的"人民本位"文艺观，认为"文艺从它的滥觞的一天起本来就是人民的"，而"一部文艺史也就是人民文艺和庙堂文艺的斗争史"，"今天是人民的世纪，人民是主人，处理政治事务的人只是人民的公仆，一切价值都要颠倒过来"，"人民的文艺是以人民为本位的文艺，是人民所喜闻乐见的文艺，因而它必须是大众化的，现实主义的，民族的，同时又是国际的文艺"。④ 至此，郭沫若的"人民本位"文艺思想可说是完全成熟了，并用为判断当时文艺创作先进与否的标准，"凡是有利于人民解放的革命战争的，便是善，便是正动；反之，便是恶，便是对革命的反动。我们今天来衡论文艺也就是立在这个标准上的，所谓反动文艺，就是不利于人民解放战争的那种作品、倾向和提倡"。⑤

诚如朱自清在《现代人眼中的古代——介绍郭沫若〈十批判书〉》一文中所说，研究古代文化，要联系社会政治经济状况，但不能"只求认清文化方面的，而不去估量它的社会作用，只以解释为满足，而不去批判它对人民的价值，这还只是知识阶级的立场，不是人民的立场。"他认为，郭沫若"最重要的，自然还是他的态度"。而所谓态度，实即"人民本位"思想，朱自清认为"这'人民本位'的思想，加上郭先生的工夫，再加上给了他'精神上的启蒙'的辩证唯物论，就是这一部《十批判书》之所以成为这一部《十批判书》"的缘故。⑥ 换言之，在朱自清看来，郭沫若的"人民本位"

①　郭沫若：《历史人物》序，《郭沫若全集·历史编》第四卷，第 3 页。
②　郭沫若：《向人民大众学习》，《郭沫若全集·文学编》第十九卷，第 534 页。
③　郭沫若：《诗歌的创作》，《郭沫若佚文集》（下），王锦厚编，四川大学出版社 1988 年版，第 70 页。
④　郭沫若：《人民的文艺》，《郭沫若全集·文学编》第十九卷，第 542—543 页。
⑤　郭沫若：《斥反动文艺》，《郭沫若全集·文学编》第十六卷，第 288 页。
⑥　朱自清：《现代人眼中的古代——介绍郭沫若〈十批判书〉》，《朱自清全集》，江苏教育出版社 1988 年版，第 202—207 页。

思想与辩证唯物论,使其对于古代文化的理解不再局限于只是简单把握传统的真面目,而是尽力去"批判它对人民的价值",用郭本人批评整理国故的话来说,即是不惟要评估"既成价值",还要以"人民本位"的标准和马克思主义学说的方法来"创造价值"。

不独文学创作与历史研究,即在古代文学研究方面,郭沫若一样秉持"时代精神"和"人民本位"两大思想观念。

前者的典型乃《诗经》研究。郭沫若 1929 年在《东方杂志》发表《诗书时代的社会变革与其思想上的反映》,即是一篇运用马克思主义社会历史分析方法研究中国文学的典型案例。通过对《诗经》中所叙写的社会生产形式、社会关系、社会意识的考察和分析,郭沫若试图勾勒出殷商至东周时期的中国社会形态从原始社会转变为奴隶社会最终落实为封建社会的历史线索。同时,此文以对《诗经》内容的深入分析,为读者展现出当时社会的物质文化状况,进而以马克思主义理论创造性地解读了上古材料,从生产方式与社会关系两大要素来区分不同的社会发展阶段,相较之前的学者,郭沫若前所未有地将技术对于历史的关键性作用推展到整体历史的建构。

郭沫若对于中国古代社会的重新探究,显然深受马克思主义影响,尤其是恩格斯《家庭、私有制和国家的起源》中关于历史发展的洞见以及摩尔根《古代社会》中对于原始社会的分类与分期的观点,最是令其印象深刻。而其原创性地

运用唯物史观来分析《诗经》,从社会历史的角度重新认识中国古代社会的基本状况,不再只是在微言大义和辞章之学中迂回徘徊,更是给予学者全新的研究思路和方法,极大地丰富了《诗经》的阐释方法。与其突出的历史学研究成绩一样——其历史分期模式"在 30 年底晚期取得了正统的地位,而且从此以后就一直主导着中国的马克思主义史学"[①]——他将历史唯物主义运用在文学研究之中,"第一次将《诗经》还给了它的时代,揭示了《诗经》的真相"[②]。

至于"人民本位"思想用之于古代文学研究,则郭沫若以屈原为论说重点。在三四十年代,他先后写作了《屈原研究》、《革命诗人屈原》、《关于屈原》、《屈原考》、《屈原的艺术与思想》、《屈原时代》、《屈原:招魂·天问·九歌》、《屈原不会是弄臣》、《从诗人节说到屈原是否是弄臣》、《屈原的幸与不幸》等文章,既从历史事实层面详尽考察了屈原的时代背景、身世思想,以批评廖平、胡适等人对于屈原及其作品的否定,同时也从春秋战国时代的社会状态切入,认为屈原是革命时代的革命诗

---

① （美）阿里夫·德里克:《郭沫若与中国历史上的奴隶社会》,《革命与历史》,江苏人民出版社 2005 年版,第 115 页。

② 郑振铎:《读毛诗序》,《中国文学研究》上,第 4 页。

人,是"深深把握着了他的时代精神的人"。换言之,在郭沫若看来,屈原不仅是一位杰出的爱国者,更是一位能预流时代的革命者。甚且他还将屈原追认为"五四运动的健将",因为"屈原的诗是把民间形式扩大了,而且尽量的采用方言,在春秋、战国的文学革命上完成了诗歌方面的一个伟大的革命"。屈原的"诗歌形式的革命却和他的思想的前进性是合拍的。他是注意民生的人,乘着奴隶解放的潮流、知识下移的气运,对于已经僵定了的诗歌,借民间的活生生的生活与言语的灌入,使它复活而蓬勃了起来"。① 因此,对于屈原的研究,其意义就不仅仅是古代文学研究,而是在整个中国陷入抗战危机时,以屈原的革命精神与人民本位思想为标杆,鼓舞民心士气。

上述所论,只是对于郭沫若文学思想的一番大体的掠视,但由此已可见出其言说的一贯重点,亦即对于"时代精神"和"人民本位"的持续强调。因此,日后当其旅途闲寂,翻读《随园诗话》并作札记,宣称自己之所以能犹胜往昔,揭出袁枚的糟粕而糟粕之,全赖"时代所赐",这一对于"时代"的敏感和无上推举,对郭沫若来说显然是不足怪的。

第二节　有批判地在爱惜随园的羽毛

《札记》在《人民日报》连载之后,引起了不小的反响,读者纷纷给郭沫若写信,或补充缺漏,或提供异见。其中有一两位读者替袁枚抱不平,认为郭沫若有"吹毛求疵"之嫌,实在有些"多此一举"。对此,郭在是书后记中如是应答:"我为什么要'多此一举'呢? 不客气地说,正因为有朋友不是有批判地在爱惜随园的羽毛,而是似乎有点嗜痂成癖。"②换言之,郭沫若自承对于袁枚的"求疵",并非毫无理由地苛责恶评,而是出于带有"爱惜"之意的批判,甚且恰因有所批判,方才谈得上有所爱惜。但所谓批判,指的又是什么呢? 显然,郭沫若用以批判的思想还是其自序所说的"时代意识"。

众所周知,《随园诗话》在有清一代诗话中卷秩最富,为人议论者亦最多,"偶及前代,以述事为主,间出议论,必精警可喜"③,且当时极为风靡,几家有其书,寻常诗人若为袁枚稍录一二,则欣喜若秀才科考而获中,足见其影响之大,时人刘声木《苌楚斋随笔》卷一则如是评价此书:"《随园诗话》论诗之语颇多妙谛,论作诗之法亦甚详备,固亦脍炙人口,流传极盛。"由此可知,《诗话》在中国古代文论史上颇可

---

① 郭沫若:《屈原研究》,《郭沫若古典文学论文集》,上海古籍出版社 1985 年版,第 223—224 页。
② 郭沫若:《读随园诗话札记》后记,《读随园诗话札记》,第 91 页。
③ 蒋寅:《清诗话考》,中华书局 2007 年版,第 425 页。

占一席之地,然饶是如此,郭沫若在"时代意识"的指引下,仍觉此作每多陈腐之谈,封建保守意识充溢全书,故其不欲为袁枚巨大的历史声名而震慑,而要条记随录,将《诗话》中不合于现时代革命精神的陈腐之见一一抉发而出,以供批判。

　　《札记》凡七十七则,所论大抵可分为如下几类:一是客观知识掌故的考证,如首条《性情与格律》、十一《解"歌永言"》、十二《释"采采"》、十九《风不读分》、二一《诗人正考父》、二三《古剌水》、二六《"神鸦"》、四二《椰珠》、四五《石棺与虹桥》、四七《"一戎衣"解》、四八《"撒羹"与"麻姑刺"》、五二《脉望与牡丹》、五八《状元红之蜜汁》、七四《九天玄女》等,究明辞义,疏通文句,考证名物,小处见出大学问,充分显示出郭沫若深厚的古文字功底与历史学养;二是关于诗歌创作与批评的探讨,如二五《咏棉花诗》、二七《百尺粉墙》、二八《断线风筝》、二九《"潭冷不生鱼"》、三三《谈改诗》、五一《枫叶飘丹》、五九《天分与学力》、六九《言诗》等,或就袁枚所论而推展申说,或驳斥袁说而别立意见,由此评骘文学创作之关窍,解读古人文心之深密,时有慧解,亦足证郭氏的文学造诣与识见;而除却此两类之外,则几乎皆为以"时代意识"来对袁枚进行的批判,小至名物字词的反驳,大到就随园论诗中凸显的封建意识的极力痛诋,在在可见出郭沫若试图以新中国的时代意识来勒评袁枚的诗论,以求将随园的神奇来一次彻底的"朽化",最终反证出新时代的正确与光荣。

　　首先,郭沫若殊为不满袁枚的封建意识。如第二则《批评与创作》条,袁枚认为"金圣叹好批小说,人多薄之",评孔尚任的《桃花扇》曲本,"有诗集若干",独"船冲宿鹭排樯起,灯引秋蚊入帐飞"为"佳句","其他首未能称是",又评洪升"人但知其《长生》曲本与《牡丹亭》并传,而不知其诗才在汤若士之上"。郭沫若从新文学观念出发,认为袁枚对此三人的评论,足见其封建意识的"保守性"。袁枚但知诗为高,"用意亦在扬诗而抑曲",殊不知"曲与诗之别仅格调不同耳","诗、词、曲,皆诗也",而"好批小说"的金圣叹固然有可鄙之处,"但不是由于'好批小说'而可鄙,而是由于好以封建意识擅改所批的小说而可鄙",换言之,小说本身是与诗文词曲一般地位的。郭沫若讥刺袁枚因自己"能诗",遂"视诗亦高于一切",认为"小说贱,故好批小说者亦贱","至于曲本,与小说齐等,故为诗话者所不屑道",而之所以袁枚会如是说,即因"时代限人"。① 在中国古代文学体系中,诗文一道,向来高于词曲、小说,清代的袁枚作是论,自不见怪。郭沫若以新文学的观念来衡评袁论,认为其鄙薄词曲、小说乃封建意识作祟,所论是否恰当暂且不说,至少由此可见出郭沫若的批评标准完全以新时代的文学观念为准。

　　如第十条《才、学、识》,袁枚认为:"作诗三长,才、学、识,缺一不可。余谓诗亦

---

① 郭沫若:《批评与创作》,《读随园诗话札记》,第2—3页。

如之,而识最为先。非识,则才与学俱误用矣。"郭沫若认为袁枚此论,"良有见地"。
继而他发挥道,袁枚的"识"即今之所谓"思想性",而"识最为先"即今言"政治第
一"。但这份"识"并非一成不变的,相反不同历史阶段有不同的"识","有奴隶制时
代之识,有封建时代之识等",而袁枚之"识"当然是"封建制时代之识"。故《诗话》
当年虽风靡一时,今日视之,"糟粕多而菁华极少",但之所以"居今日而能辨别其糟
粕与菁华,则正赖有今日之识"。① 郭沫若将袁枚的作诗之"识"定义为创作者的
"思想性",认为必须具有敏锐的政治意识,明确自身的政治立场,才谈得上才与学
的发扬,而若无时代意识,则创作无力之外,连辨别封建时代之良莠糟粕也成了
问题。

　　而最令郭沫若不满的乃是袁枚因封建时代而不可避免地带有极为强烈的阶级
局限,推崇帝王将相士大夫阶层,鄙夷农民、妇女乃至贩夫走卒。这看似是对袁枚
的阶级意识落后的批判,实质上这关系到现时代的文艺更多的应该是表现士大夫
的趣味,还是劳动人民的情感,亦即其"人民本位"思想所强调的,要以人民的好恶
为好恶,文艺要为人民服务,因为今日已然是人民的世纪。

　　故此他极力痛诋袁枚对于社会底层民众的轻视。如第七则《抹杀音乐天才》,
袁枚亲家徐题客幼时即能拍板歌咏,颇具音乐天分,乳母抱其见外祖父,夸耀徐虽
幼,"竟能歌曲",外祖闻言,颇为不悦,"若果然,儿没出息矣"。日后徐题客果然性
耽词曲,晚年落魄扬州,袁枚记道,"为人司音乐,以诸生终"。郭沫若认为徐虽然无
有功名,但能为人司音乐以终,"正是自得其所"。外祖鄙之,以为"没出息",亲家亦
惜之,谓"竟坎壈",这些"都是道地的封建意识",难道唯有身居庙堂,才算有出息、
不坎壈耶? 他为徐题客虽有天才,却"在封建社会中没有得到尽量的发展"而深感
惋惜。② 再如第四四则《草木与鹰犬》则更是直接批评袁枚的士大夫阶级意识。袁
枚认为:"士大夫宁为权门之草木,勿为权门之鹰犬。何也? 草木不过供其赏玩,可
以免祸,恰无害于人。为其鹰犬,则有害于人,而己亦终难免祸。"郭沫若认为这几
句话"相当坦率地表白了袁枚自己的人格,也表白了以袁枚为代表的封建时代士大
夫阶层的一部分人的人格","他们对于权门既不敢反抗,也不敢回避,而是甘愿或
勉强依附。但为自己的利害打算,为更容易欺骗别人和自己,却宁肯做权门的花
瓶,而不敢做权门的爪牙"。继而郭沫若讽刺道,草木与鹰犬之间不过是"五十步与
百步之差",况且到人民起来反抗之际,权门失势,草木们"也未见得就能'免祸'",
因为"时代的进展是铁面无情的"。③ 再如第六十则《黄巢与李自成》,袁枚呼此二

① 郭沫若:《才、学、识》,《读随园诗话札记》,第 12—13 页。
② 郭沫若:《抹杀音乐天才》,《读随园诗话札记》,第 8—9 页。
③ 郭沫若:《草木与鹰犬》,《读随园诗话札记》,第 51—52 页。

人为"逆贼",自述听闻"黄巢、李闯,俱因毁墓而败,非风水之验否?",素不信风水的袁枚认为,"此等逆贼,虽不毁其坟,亦必败也"。郭沫若自承,"读至'逆贼'二字,便使人不愉快",接着嘲讽道,"特惜袁枚只活了八十一岁,没有可能活到今天,看到黄巢、李闯之被公认为农民起义的英雄"。① 显然,人民本位的思想成了郭沫若用以批判袁枚的核心标准,后者出于时代局限所给出的各种判断都成为其极力反对的对象。

而由对于底层大众的重视,自也牵连到对此类诗歌题材的推重。《札记》第三八则《关心农家疾苦》,郭沫若对于袁枚能录锡山顾立方《不雨叹》诗一首极表称赞,因此诗"能关心农家疾苦,自是难得之作",但又明确指出,顾诗虽写农家,却不甚了解农事,缺乏必要的农事常识,盖其"所写老农心理,不是农民心理而是地主心理,因而诗调虽铿锵,而意识却隔膜",饶是如此,也算是凤毛麟角之作了。② 第五十则《马粪与秧歌》中,袁枚记一女子本卖与某参领家做妾,为正妻所不容,后发与家奴为妻,意甚怜之。郭沫若则一反袁说,认为与其给达官贵人做妾,倒不如为走卒之正妻,并赋诗云"炕头逾软榻,马粪胜香泥"。③ 与此相似的还有第六三则《马夫赴县考》,说是直隶某县入学定例有八名,而应试者不过六七人,忽有马夫着红布履来向知县告假,问何事,马夫答曰明日要应县考,县官闻言大笑,遂作诗讥讽之。郭沫若批驳记录此事的袁枚平日"颇自标榜能有教无类",此刻却对马夫轻薄调笑,诘问道,"马夫便不能赴县考吗?"④第七十则《讼堂养猪》更是有趣,袁枚游雁荡山,过缙云县,"见县官讼堂养猪,为之一笑",而郭沫若却觉得这是"一大好诗料",此县官"亦是一大好清官",且对猪不吝赞词,"不仅全身无一废物,即粪便亦有大惠于人",还随文附录了自己给《养猪印谱》所写之序,言辞间颇觉光荣。⑤

从对袁枚封建士大夫阶级意识的批判,到对社会底层民众的同情与支持,再到养猪、马粪之类题材的推奖,这对一个当年写出《女神》之诗的浪漫诗人来说,自然是令人瞠目结舌的,但对一个毕生要努力把握时代精神,要以人民为本位的马克思主义的信徒来说,却又是情理之中的。正如有的论者所说,"比起郭沫若的其他著述而言,《札记》显示出难得一见的恬淡从容气质,但与当下现实政治、社会意识的全方位贴近,仍然是郭沫若写作《札记》的有意追求"⑥,换言之,虽然郭沫若以传统诗话作为讨论形式,但究其内核而言,无疑仍旧贯串着一贯的对于现实政治的极度

①　郭沫若:《黄巢与李自成》,《读随园诗话札记》,第68页。
②　郭沫若:《关心农家疾苦》,《读随园诗话札记》,第45—46页。
③　郭沫若:《马粪与秧歌》,《读随园诗话札记》,第57—58页。
④　郭沫若:《马夫赴县考》,《读随园诗话札记》,第71页。
⑤　郭沫若:《讼堂养猪》,《读随园诗话札记》,第77—78页。
⑥　曾平:《"时代意识"与郭沫若〈读随园诗话札记〉》,《郭沫若学刊》2013年第3期,第37页。

关心与试图融入的强烈意识。

不过我以为《札记》的意义或许尚不止于此。一直将表现"时代精神"、"时代的社会意识"视为伟大的文学作品的创作前提的郭沫若,其撰写《札记》固然可能是一时兴会,但其借批判袁枚来趋附时代主流,张大无产阶级意识,为马克思主义文艺理论添一新话题,显然并非仅系旅途岑寂之故,更深在的原因,乃是其借此与毛泽东文艺思想展开绵密深层的互动对话。

首先,毛泽东早在 1940 年的《新民主主义论》一文中即明确提出著名的"一分为二"的观点:"中国的长期封建社会中,创造了灿烂的古代文化。清理古代文化的发展过程,剔除其封建性的糟粕,吸收其民主性的精华,是发展民族新文化提高民族自信心的必要条件;但是决不能无批判地兼收并蓄。必须将古代封建统治阶级的一切腐朽的东西和古代优秀的人民文化即多少带有民主性和革命性的东西区别开来。"①换言之,古代文化的接受不是无条件全盘接受,而是建立在剔除糟粕、吸收精华的基础上的有选择地接受,而区分糟粕与精华的标准则转为阶级的区分与对立,唯有那些能表达广大人民的意愿和趣味并被人民群众所欢迎的作品才是精华,"无产阶级对于过去时代的文学艺术作品,也必须首先是检查它们对待人民的态度如何,在历史上有无进步意义,而分别采取不同的态度"②。此时的"人民"不仅是一个阶级身份的概念,也成为一个美学裁断的概念,凡可归属于"人民"的,即是政治正确的,同时也可说是文化上的精华。这其中充分表现出文学的阶级性已然成为马克思主义文艺理论的一个基本概念,成为新中国建立之后文艺创作与学术思考的重要标准之一。从此出发,对于古代文化的接受过程先就要从对作品透露出的阶级倾向和创作者本人的阶级立场来进行深入分析,作者与作品的倾向和立场到底是站在封建剥削阶级这边还是无产阶级这边,直接成为判断先进或落后的标准。

再者,毛泽东《讲话》中强调文艺为什么人服务"是一个根本的问题",既是革命工作的出发点,也是归宿点,因此,不抱持人民本位的思想,是不可能正确理解无产阶级文艺的本质的,也不可能创作出合格的无产阶级文艺作品。但"人民"不是一个包罗万有的概念,毛泽东根据当时中国的阶级状况,对"人民大众"作了具体分析,指出工农兵才是人民大众的主体,而城市小资产阶级劳动群众和知识分子则是革命的同盟者,这四种人之外都不可说是"人民"的一员。进而,他明确表示:"我们的文学艺术都是为人民大众的,首先是为工农兵的,为工农兵而创作,为工农兵所

---

① 毛泽东:《新民主主义论》,《毛泽东选集》合订本,人民出版社 1969 年版,第 667—668 页。
② 毛泽东:《在延安文艺座谈会上的讲话》,《毛泽东选集》合订本,第 826 页。

利用的。"①换言之,文艺创作和批评,古代文化的接受和学习,都需要时刻把握住为工农兵服务这一大原则,从思想、内容到对象,都需要将人民时刻置于首位,人民性不仅成为文艺创作和批评的重要价值导向之一,也成为判断古代文化糟粕与否的重要标准之一。而以此来看郭沫若的《札记》,则其对于袁枚封建士大夫阶级及其审美趣味的极力批判,以及与此恰成对比的对于马夫、仆从、底层妇女、农民等人民群众的极力彰表,正是对于毛泽东文艺思想的直接呼应与自觉践行。

再者,毛泽东明确指出文艺不可能脱离阶级和政治,"现在世界上,一切文化或文学艺术都是属于一定的阶级","为艺术的艺术,超阶级的艺术,和政治并行或互相独立的艺术,实际上是不存在的。"而所谓"政治","不论革命的和反革命的,都是阶级对阶级的斗争,不是少数人的行为。"②既然文艺必须从属于政治,也就必然导致文艺批评也须处处唯政治马首是瞻,毛泽东提出"文艺批评有两个标准,一个是政治标准,一个是艺术标准",但这两个标准并非同等并行,因为"任何阶级社会中的任何阶级,总是以政治标准放在第一位,以艺术标准放在第二位的"。③ 因此,唯有政治正确,阶级明确,方才谈得上较论文艺上的优劣工拙,否则一概摒之门外,着毋庸议。郭沫若显然对此观点也颇为认同,故其在《札记》中明确借批驳袁枚之机,表明今日之创作者先要有"政治第一"的觉悟,若这一关不合格,遑论才情学养,因为不能够把握时代意识,则必定不能写出革命的文学。

《札记》最末一则题为《考据家与蠹鱼》,盖袁枚尝痛恶考据家,认为"考据家不足与论诗",甚至诋此辈为"蠹鱼",徒食糟粕,鄙夷之气在在可见。文史功底深厚的郭沫若则认为考据"无罪",乾嘉学者徒考据而无批判,罪不在学者,而"在清廷政治的绝对专制",乃"时代使然"。接着,郭沫若以"蠹鱼"作譬,认为"学者必须先经过蠹鱼阶段,从繁杂中去其糟粕而取其精华,然后才能达到更高的阶段","不读书,不调查研究",绝不能成为辞章家、著作家。此条表面是讥刺袁枚不专心读书,卖弄聪明,不明考据的价值,实则是强调创作者先要进行实质的"调查研究",读书即为调查研究之一法,而最终的目的则在于"去其糟粕而取其精华"。此时,考据就不是繁琐的考证,无聊的释古,反是明乎糟粕与精华的必要阶段。郭沫若的言下之意乃正因袁枚鄙薄考证,不曾进行调查研究,故其对封建文化的糟粕非但未尝加以挞伐,甚且还自鸣得意,与其相比,作为马克思主义学者的郭沫若,即因掌握了历史唯物主义的社会分析方法,不仅超越乾嘉学者的细琐考证,并且因此特能辨识良莠,故能揭出袁枚的糟粕而糟粕之。

---

① 毛泽东:《在延安文艺座谈会上的讲话》,《毛泽东选集》第3卷,第863页。
② 毛泽东:《在延安文艺座谈会上的讲话》,《毛泽东选集》第3卷,第865—866页。
③ 毛泽东:《在延安文艺座谈会上的讲话》,《毛泽东选集》第3卷,第868—869页。

袁枚作为中国古典文学中性灵派的代表人物,不比皓首穷经的诸多冬烘先生,已然是当时公认的少有的特立独行之士,"表现出强烈的反传统倾向,在汉、宋之学笼罩学术界和思想界的时代氛围中能别树一帜,开启了清代中后期个性解放的思潮"①。如今,郭沫若以《随园诗话》作为批判研讨的对象,且以传统诗话札记的形式来进行,一方面是对古代文化遗产的某种程度的接受,另一方面又多对袁枚"吹毛求疵",正不妨视作其对于毛泽东"一分为二"说的响应和践行。而被当时社会视为离经叛道之人物的袁枚,尚且被郭沫若揭批得如此不堪,那中国历史上更多的古代作品和作者之"糟粕"则更可想见了。

第三节 "我确实恨我过去五十年躲避了伟大的时代"

1949年北平和平解放,全国解放亦是指日可待,同样沉浸在革命喜悦中的废名,这一年开始在北京大学讲授《诗经》。与此同时,他开始阅读毛泽东的著作,首先读的是《新民主主义论》,读后自言,"识见上得到了好大的进益,心情上得到了好大的欢欣"。喜不自禁的他,写了长达几万字的专文《一个中国人民读了新民主主义论后欢喜的话》,扉页上且恭敬地题上了"献给中国共产党"七个字。两年后,1951年10月,他和北大师生一道赴江西万安县潞田乡参加火热的土改运动,农村的生活经历让他"精神振奋,大有感悟",谈起毛泽东《在延安文艺座谈会上的讲话》,极表推崇,"毛主席真是了不起,为工农兵服务、为社会主义服务,这个方向提得实在是伟大"。翌年9月,全国高校院系调整,废名被调往东北人民大学(后改为吉林大学)中文系任教授,对这一决定本有些"不快不安"的他,因"听北大有关领导谈及东北人大需要加强教育和学术力量,才调他前往",遂转而颇感壮奋,"准备到新的地方有所作为"。②

作为现代文学的重要作家、诗人、批评家,废名的短篇小说集《竹林的故事》、《桃园》及长篇小说《桥》尤以田园牧歌的风味和如诗如画般的意境,在中国现代文学史上别具一格。同时,他试图将唐人写绝句的方式引入小说创作,长篇小说《莫须有先生传》和《莫须有先生坐飞机以后》(未完)以自传体小说的形式摹写一己人生遭遇和思想轨辙,涵容禅意与诗意,玄思满天,文采炳焕,亦为其奠定了中国现代抒情小说最重要的作者之一的地位。其姿媚雅丽却又奇崛清健的文风,深刻影响了沈从文、汪曾祺、何其芳等一批作家。在出色的文学创作的同时,废名的文学批

---

① 邬国平、王镇远:《中国文学批评通史·清代卷》,王运熙、顾易生主编,上海古籍出版社2007年版,第477页。

② 冯止慈、冯思纯:《废名生平年表补》,《废名集》,王风编,北京大学出版社2009年版,第3500—3502页。

评与研究也颇有实绩。早年著《谈新诗》,以一己之于中外文学的多年研阅与新诗创作的经验,对"五四"至三十年代代表性诗人胡适、沈尹默、刘半农、鲁迅、周作人、康白情、"湖畔"四诗人、冰心、郭沫若、卞之琳、林庚、冯至等人的创作实绩作了切情入理的评析,进而对新诗的未来提出诚恳的意见,是中国新诗初创时期重要的理论批评著作。

与废名特异的文学创作相映成趣的是他同样独特的思想个性。废名平日喜静坐深思,除受传统儒家思想影响之外,亦特受佛道两家影响。乃师周作人曾说,"废名在北大读莎士比亚,读哈代,转过来读本国的杜甫李商隐,《诗经》《论语》《老子》《庄子》渐及佛经,在这一时期我觉得他的思想最是圆满。"①曾与废名有过交往的张中行亦云:"他(指废名)在北京大学是学英文的,用力读莎士比亚。其后一转而搞新文学,再转而搞旧文学;搞旧文学,特别喜欢李义山,这都是沿着'情'的一条路走。由情而'理',一个大转弯,转到天命之谓性和般若波罗密多。"②不过,由外国文学转到佛学禅理,尚不能算是废名思想演变的最终归宿,废名最终折服的还是马克思主义。卞之琳曾记述1949年春,他从国外回来,废名"把一部好像诠释什么佛经的稿子拿给我看,津津乐道,自以为正合马克思主义真谛"③,可见其对马克思主义不仅抱有好感,甚且还颇为坚信,以为与其之前的思想正相契合。而据张、卞二人所述,废名折服于马克思主义,并非如一般人只是碍于时局改换而被动地转变,抑或有意的迎合,因为废名为人向来不哗众取宠,投机取媚,所以我们有理由相信,废名对马克思主义的信服确乎是真诚而自觉的。也正是出于这份信服,他才会接连写作多篇对于毛泽东文艺思想表达由衷认同的文章,也才会在新中国建立后完全以马克思主义文艺理论作为自己研究、教学的思想准绳,用他在1957年出版的《废名小说选》自序中的话来说,"我确实恨我过去五十年躲避了伟大的时代。在前进的伟大的时代里,我希望我能有贡献。要符合人民的利益才算贡献,要对创造社会主义文化有贡献才算贡献,我很有这番良心。"④

对于中国历史,废名认为中国封建社会,以秦为界,"秦以前与秦以后的历史有一个绝然不同的空气,即为人民与为君",秦之前是为人民的,秦之后是为君的,"秦汉以后的历史,即是忠君役民的历史,即是奴隶的历史"。因此他很是佩服中国共产党,因为"共产党给中国人以一个革命的意识,即阶级意识;给中国人以一个革命方法,即阶级斗争",而"我们非共产党员,应该代表一切的为人民者,从孔子以至陶

① 周作人:《怀废名》,《论新诗及其他》,陈子善编,辽宁教育出版社1998年版,第147页。
② 张中行:《废名》,《负暄琐话》,黑龙江人民出版社1997年版,第70页。
③ 卞之琳:《〈冯文炳选集〉序》,《卞之琳文集》中卷,安徽教育出版社2002年版,第337页。
④ 废名:《〈废名小说选〉序》,《废名集》第六卷,第3270页。

潜以至李卓吾,一齐向共产党致敬,因为共产党有了为人民的方法,即是革命",至于历史上的汤武革命、刘邦革命之类,"都不算是革命,那个革命都可以转手的,都可以转到君主手上去,只有现在共产党的革命是科学方法",由是"我们从此真有为人民的道路了"。① 换言之,废名认为共产党领导的革命之所以迥异此前中国历代的革命,关键即是共产党给了中国人以"阶级意识",教导中国人以"阶级斗争"的方法来发动革命。而从对阶级斗争的肯认转及新中国的教育,废名自言"我是很赞成共产党的教育的,我们要把共产党训练党员的方法拿来办教育",认为共产党的教育方法即是孔子的教育方法,所谓"政教合一",而这里的政治,指的便是"与劳动大众联合在一起"。② 由此可见,废名对于《新民主主义论》中所包含的人民本位思想、阶级斗争观念极为赞成,而这直接影响了他对毛泽东文艺思想的态度。

　　1957 年 10 月废名发表文章《必须党领导文艺》,文章开宗明义忏悔自己年轻时"脱离政治拼命搞文艺,妄自尊大,不知那正是受了资产阶级文艺思想的毒",直到解放后,"马克思列宁主义的学习唤醒了我",并且认为所有的文艺工作者都必须回答一个问题,即"我们愿意不愿意为劳动人民服务? 愿意不愿意为创造社会主义的民族的文学艺术而尽忠?",而但凡是肯定的回答,就必然有共同的要求——"必须党领导文艺"。③

　　在废名看来,党领导文艺,可使作家努力"学习社会科学树立马克思主义的世界观"。他认为有些人"强调什么艺术标准",纯系"头脑糊涂了",不知道强调艺术标准"正是属于资产阶级思想范畴的艺术标准","而在近百年来半殖民地的中国单纯提倡什么艺术标准,那是非常危险的,因为它对帝国主义有利"。进而废名认为作家深入生活的程度不同将直接影响创作成就。他将陶渊明与杜甫作比,认为在前者的作品里"并不能令读者看出他所处的社会的面貌到底怎么样",虽然陶渊明对于时代必然有自己的感触,"但以'不知有汉,无论魏晋'的声一出之,就近乎逃避了",假若陶渊明"深入到社会现实中去,那他的成绩无疑更大了";与之相比,"杜甫的价值就在他对社会的深入,因之他的诗成为诗史,他的诗写了典型人物"。由此他提出今天"我们是处在人民的时代",因此更要"深入生活,向劳动人民学习",这样"我们的文艺必定面目一新,光芒万丈"。在文章的末尾,废名提出"作家掌握政策是头等重要的事情,再是参加实际运动,第三步才是写作",因为"党所领导的本来就是社会主义的现实",并且再三倡言"在共产党领导的中国,必须党领导文

①　废名:《一个中国人民读了新民主主义论后欢喜的话·从为人民到为君》,《废名集》第四卷,第 1979—1984 页。
②　废名:《一个中国人民读了新民主主义论后欢喜的话·新中国的教育》,《废名集》第四卷,第 1989 页。
③　废名:《党必须领导文艺》,《废名集》第六卷,第 3286—3287 页。

艺"。①

从对中国共产党取得革命成功的由衷感佩,到对自己多年来所谓资产阶级文艺思想的痛恨追悔,再到对于马克思主义文艺理论和毛泽东文艺思想的亦步亦趋,此时的废名从政治立场到文艺观念,都发生了近乎脱胎换骨的改变。因此,每当有机会表达自己对于毛泽东文艺思想的认识,废名往往态度诚挚而激切,言语中在在透露出对于过去的悔恨和对马克思主义使其重获新生的感激。

1962 年,废名撰文《仰之弥高 钻之弥坚》纪念《讲话》发表廿周年,自述"怀着极兴奋的心情,汇报我自己学习这一篇马克思主义关于文学艺术的经典著作的心得"。

在这篇对自己建国后的文艺思想改造进行系统汇报的文章中,废名首先认为党和毛主席对他的教育,"第一件大事就是政治第一"。认为自己读《讲话》,"首先信服的是政治标准第一、艺术标准第二的提法"。基于这样的认识,他感觉到自己"对不起古代的屈原和杜甫",因为自己"以前并不重视他们两人",为自己"爱好陶渊明、李商隐、庾信三个人"而深感"惭愧"。继而,他认识到自己对"思想改造缺乏实践",《讲话》中强调的文艺的提高"要沿着工农兵自己前进的方向去提高,沿着无产阶级前进的方向去提高",让他一下豁然开朗,"精神上有一个大的解放"。从此,他自承不再"梦想做作家",而是转为科学研究,立志于"阐述毛泽东文艺思想"。

同时,废名认为《讲话》不仅是对具体无产阶级文艺工作作出的正确指导,更重要的是"替美划了界限",亦即指明了"工农兵方向的美"。而这样的文艺观,废名认为是史无前例的,因为历史上进步的文艺美学"不是从阶级分析方法来",所以"不能产生'帮助群众推动历史的前进'的奇迹"。即便进步的五四新文学,仍旧"属于批判的现实主义的范畴,不可能写群众的正面人物",而新中国人民文艺所写的英雄人物"从群众中来,到群众中去"。面对众多如《创业史》、《挡不住的洪流》等在废名看来"帮助群众推动历史前进"的作品,废名深刻觉得"在中国建立辩证唯物主义美学的时机已经成熟了",并且坚信"毛主席教导我们的阶级分析方法是辩证唯物主义美学所以高于以往的美学"的原因。②

废名显然长期以来一直在竭力领会马克思主义文艺理论与毛泽东文艺思想的内涵。这种领会,一方面表现在对自己过往历史的不断自我批判,认为自己过去完全陷入了陈腐的资产阶级文艺思想,"我确实恨我过去五十年躲避了伟大的时代";另一方面,这种领会需要个人在主观认识上不断刷新自我,肃清残余,充分认识到

---

① 废名:《必须党领导文艺》,《废名集》第六卷,第 3288—3293 页。
② 上述三段所引,见废名:《仰之弥高 钻之弥坚》,《废名集》第六卷,第 3362—3377 页。

《讲话》提出的政治第一、艺术第二的原则,文艺首要为工农兵服务,阶级性是决定文艺本质的关键因素等内容。同时,基于理论与实践相结合的一贯原则,个人不仅要坐而言,更要能起而行,这方面,打算致力于学术研究的废名确也极为主动的试图将毛泽东文艺思想落实到自己的古典文学与文论研究中去。

在1958年制订的《个人规划》中,废名给自己规划了未来学术研究的四个总题目,分别是:"一、鲁迅作品的语言和艺术风格;二、作家、作品和作品的语言(小说重点放在《水浒》上面,另一个重点是诗词);三、中国文学上的问题(企图把马克思主义的文学理论应用到中国文学实际);四、中国诗的问题(从三百篇到新诗)。"①对应这四个课题,他先后完成了《古代的人民文艺——诗经讲稿》《杜甫论》《杜甫的诗》《跟青年谈鲁迅》《鲁迅的小说》《鲁迅研究》《新民歌讲稿》《歌颂篇三百首》《毛泽东同志著作的语言是汉语语法的规范》《美学讲义》等著作,并古典文学、鲁迅研究等相关论文多篇。

虽然废名并没有专门的古代文论研究专著,但从这些研究作品中,我们仍可发见其对于中国古代文学批评的诸多意见,以及试图以马克思主义文艺理论和毛泽东文艺思想来对古代文学与文论加以重新阐释的尝试。尤其是《美学讲义》一书,虽非中规中矩的古代文论著作,但他在此书中试图从文艺理论的深层层面来勾连理论与实践,最终建立起辩证唯物主义美学,且在这一过程中,对于中国古代文学与古代文论的不少问题发表了自己的看法,所以在此我们以此为例,分析马克思主义文艺理论中国化之于废名文艺观的具体影响。

《美学讲义》原系废名在吉林大学中文系美学课程的授课讲义。废名自述开设美学课程,原是为"适应中文系的教学之用,求能对学生有兴趣,作到具体的帮助",但中文系联系汉语言文学的实际过程中,他发现"有极多的问题需要从美学上解决","如文艺的源泉问题,文艺的民族形式问题"等。换言之,废名对《讲义》的定位乃是从更广大的角度来探讨文艺与美学问题,并非仅仅止于一般的授课之用。而其最终的祈向,则是"以毛泽东文艺思想为指导,理论联系实际,建立辩证唯物主义美学"。② 就废名素不苟且敷衍的行事风格而言,此著显然是其晚年文艺思想的一次整体表现。

是书凡八章,分别是《美是客观存在的》《美学》《群众和美》《民族形式和美》《生活和美》《作品的思想性和作品的美》《内容和形式》并《美的创造和美感》。一望可知,废名对于文艺美学的阐说,皆遵循着马克思主义文艺理论的轨辙。

在第一章中,废名认为美的客观存在可以五点来说明之:一、客观上存在着自

---

① 废名:《个人规划》,《废名集》第六卷,第3317页。
② 废名:《美学讲义》,《废名集》第六卷,第3063页。

然美;二、艺术美也是客观的,而善于描写典型人物的艺术美"永远给人以美的感受";三、美的规律是客观存在的;四、美的继承性是客观事实;五、美的政治性是客观存在的。显而易见,这五点的论述逻辑是逐级升入的,最终是为了论述美的政治性之必要。

在废名看来,"离开政治性而谈美,正如没有空气的房间,真空虽是真空,然而其中没有生物",而"美在有阶级的社会里和法律一样,和道德一样,和宗教一样,为剥削阶级的政治服务,它为政治服务最得人心"。换言之,不存在不具备政治性的美,亦即毛泽东强调的,"为艺术的艺术,超阶级的艺术,和政治并行或互相独立的艺术,实际上是不存在的"。废名认为"中国的孔子最懂得这个道理,表面上离开政治的陶渊明也懂得这个道理",由此他从中国古代的礼乐传统开展他的论述。他认为,孔子的理想的政治工具,并非律法政令之类,而是礼乐,且认为《论语》"兴于诗,立于礼,成于乐"一语正见出"孔子认为诗、礼、乐有那么大的效果,可以指导老百姓的行动",充分说明"孔子重视艺术为政治服务的作用"。而孔子的所谓礼乐,其实质又是什么呢? 废名认为,礼乐的核心即是"美"。他提醒我们注意《论语》中两处孔子论诗语,一处是"子曰:诗三百,一言以蔽之,曰:'思无邪。'"另一处是:"子曰:小子何莫学夫诗,诗可以兴,可以观,可以群,可以怨,迩之事父,远之事君,多识于鸟兽草木之名。"废名认为孔子所言诗之功用,不论"美善刺恶",皆可称美,"所以较之法律道德最得人心"。① 换言之,比起道德律法偏于外部的强制性,礼乐之美因为化润无形,反倒更易入人心,但这并不表示礼乐之美不具备政治性,恰恰相反,这即是文艺利用自身特质而发挥其政治功用。从客观世界中的自然美到人工所营构的艺术美,再到美的规律与美的继承性,最终落实到美的政治性,废名试图强调的是毛泽东文艺思想中的政治性原则,并非是外在的政治干预,相反他认为毛泽东所表达的正是美学自身的基本属性。废名指出当前的美学的任务,不单是要说明美,更要如《讲话》所说,"帮助群众推动历史的前进",而这一任务,过去时代的美学是不可能提出来的。据此,他批评孔子的美学观和文艺观是唯心论的,批评孔子"向后看,不懂得向前看","用一个主观的框子,把美、把生活局限起来了"。而儒家主张的"中庸"的文艺观,在废名看来也属于唯心论,因为"和现实生活并不相符",与实际生活相脱节。而要纠正这样的偏误,他认为唯有从唯心论的文艺观中摆脱出来,努力趋附于辩证唯物主义的文艺观,其方法则如《讲话》所指出的,工农兵方向才是正确的文艺方向。②

而工农兵方向,实质就是从群众中来到群众中去。在第三章《群众和美》中,废

---

① 废名:《美学讲义·美是客观存在的》,《废名集》第六卷,第3074—3077页。
② 废名:《美学讲义·美学》,《废名集》第六卷,第3078—3099页。

名批评了所谓"长期以来剥削阶级知识分子各种各样的偏见和习惯势力"所造成的诸多"正统观念"。首先是"以文学为正统的观念",而"文学里面又有正统文学的观念",废名认为在中国古代文艺理论体系中,"雕塑,歌舞、音乐、表演这些艺术部门,向来认为是'小道,不足观'",这反映出的问题是"在美的问题上轻视群众"。而"以文学为正统","文学又是正统文学坐在统治座位上",戏剧、小说统统不上台面,"怎么能懂得美呢?怎么能懂得美和群众有极其重要的关系呢?"由此提出第二个问题,即中国文学的语言问题。废名认为语言是群众创造的,而古代文论中的"文笔之分"表明古人只知书面的文章,却"不知有口头创作这件事",于是愈加脱离群众。废名以《诗经》、《陌上桑》、《孔雀东南飞》等为例,认为"美是与群众有关的",强调"语言的性质是'发口为言'","'属笔曰翰'只应是'发口为言'的加工",正统派的文人不懂古代文学中"所表现的群众的美"。由批评古代文论的正统观,到对口头创作传统的提奖,废名揭批此二点的目的,乃在为群众与美的必然关系证明其历史合法性。在他看来,从本质上说,是劳动创造了美,因此文艺必须极力表现劳动群众;其次,既然文学的工具是语言,那么为了更好地为劳动人民服务,就必须用他们能懂的语言来创作,为此他批评古代文人的文章观是轻视群众;其三,未来的文化发展方向既是党所提出的"知识分子劳动化,工农群众知识化",即意味着在文艺理论和美学观念上"就离不开劳动和群众两个观点"。① 换言之,只有打破传统的正统文艺理论观,充分发扬口头创作传统,努力表现劳动人民的生活,才谈得上贴近群众,才谈得上是符合时代要求的美。

在解决了美的本质、美的任务以及美和群众的关系等问题之后,废名开始转进探讨更为具体的文艺理论问题。诚如刘康所指出的,毛泽东之所以"能够将革命理论或马克思主义的普遍理论与充满了发展不平衡性和矛盾重复性的中国的具体环境结合起来",其关键方法即是"通过'民族形式这一中介'"②,亦即毛泽东强调的,"使马克思主义在中国具体化,使之在其每一表现中带着必须有的中国的特性,即是说,按照中国的特点去应用它……洋八股必须废止,空洞抽象的调头必须少唱,教条主义必须休息,而代之以新鲜活泼的、为中国老百姓所喜闻乐见的中国作风和中国气派"③。换言之,在整体理论上确立政治第一和表现人民群众的原则是容易的,但在具体实践过程中,如何以民族形式来完成马克思主义中国化则并不能一蹴而就。

废名认为五四新文学初起时,受了外国文学很好的影响,有力地扫荡了旧文

---

①　废名:《美学讲义·群众和美》,《废名集》卷六,第 3100—3118 页。
②　刘康:《领导权与翻领导权:民族形式与"主观战斗精神"》,《马克思主义与美学》,第 99 页。
③　毛泽东:《中国共产党在民族战争中的地位》,《毛泽东选集》第 2 卷,第 209—210 页。

学、旧教条和旧传统,但新文化的知识分子们"对于外国事物,没有历史唯物主义的批判精神",以致"在美的领域里,凡属于我们民族的,中国画,中国音乐、中国戏,都认为不屑一顾",批评他们没有意识到在美学问题上,"必须看群众的态度,必须得到广大人民的批准",于是"文学艺术的民族形式乃成了一个突出的问题"。①

问题的解决途径,废名认为即是毛泽东强调的革命的现实主义和浪漫主义相结合。而不管是用现实主义的方法,还是浪漫主义的方法,废名都特为强调其核心乃在于对于现实生活作出"反映",亦即"美是反映生活的"。由此他批评《文心雕龙》的"宗经"、"原道"、"征圣"诸篇"不懂得生活是美的道理",认为刘勰误解孔子孔子的所谓的"美"实即指生活,以致"本来是美的东西,反而用非美的眼光去看了",批评这就是"道学家的眼光"。进而以《诗经·东山》为例,认为此诗也是"为政治服务的,故事明白,语言活泼,人物生动",是"美的塑造,是生活的真实图画",但刘勰、朱熹等人的解诗皆不能认识此点,"徒徒反映封建统治对上层建筑的要求",却忽视了"要注意美的人民性的因素"。②

而尤须注意的是,为了解决美的民族形式的问题,废名特别以他毕生爱重的陶渊明、杜甫、庾信和李商隐为例,就此四人作品的思想性、语言的形式和阶级性等问题逐一分析。

如其在论述陶渊明时指出,陶渊明的《闲情赋》表现了"隐士渊明生活的多采",而作品中所特有的描写,正反映出"一个孤独的知识分子而经常有耕种之事"。废名指出《闲情赋》中"愿在昼而为影,常依形而西东;悲高树之多荫,慨有时而不同"一句,反映出"陶渊明对树的感情",认为假使"没有生活上树荫这一回事,就不会有陶渊明这个艺术美了"。废名举此例,是为证明正是因为陶渊明有耕种之事,深入农民生活,才对树如此有感情,才摹写树木之美。特有意味的是,关于这一话题,废名早在1936年就写过文章《陶渊明爱树》,文中所举例子亦和《讲义》相同,但彼时他由陶渊明爱树这一话题得出的结论是,爱树的陶渊明是儒家,"仍为孔丘之徒也",推重的是陶渊明的"庄严幽美"与"质朴可爱",③并未如《讲义》强调的所谓深入农民生活。④

而论及李商隐和庾信,废名则更为关注语言问题,尤所措意处是语言中的用典问题。此一问题,废名同样在1948年初接连写过两篇文章《谈用典故》和《再谈用典故》。废名认为,"中国的坏文章,没有文章只有典故。在另一方面,中国的好文

---

① 废名:《美学讲义·民族形式和美》,《废名集》第六卷,第3119—3142页。
② 废名:《美学讲义·生活和美》,《废名集》第六卷,第3147—3151页。
③ 废名:《陶渊明爱树》,《废名集》第三卷,第1363页。
④ 废名:《美学讲义·生活和美》,《废名集》第六卷,第3164—3165页。

章,要有典故才有文章","中国的诗人是以典故写风景,以典故当故事",且多以庾信文章为例,认为其于典故的化用最是老练活泼,能"以典故为辞藻,于辞藻见性情"。①

在《讲义》中,废名批评中国文学理论中的形式主义阻碍了中国美学的发展,但李商隐的诗则为"艺术美的反映生活",李商隐"利用了汉语的特点,就是他的词汇大量采自典故",但"李商隐的诗还是反映生活",尤其"形象性应该说是生动无比的"。因此,只要如李商隐般有对生活的真切反映,并出以真实的感情,则利用汉语特性的典故,恰是艺术美的反映,不然则滑入形式主义的窠臼。同时,他指出庾信文章的形象性正与其善用典故颇有关系,因为"骈文和典故,确实是汉语规律所许可的"。② 而在《新民歌讲稿·诗的语言问题》一节中,废名亦就用典问题,作了详细的申论。他以庾信《哀江南赋》为例,认为此文能用典故铺陈感情,乃"以古典代今事"的集大成者,而"杜甫的五言长律又是从庾信的赋学来的,写的都是时事,用的都是典故"。以此他强调假设杜甫不用典故,"把他对他的社会的观察都用白描的手法写出来,他就要费更多的思考,用更多的组织,他的思想也就必须有更大的提高",而从历史主义的角度来看,杜甫是做不到的。此后他又比较了李商隐和黄庭坚的好用典故,认为前者是从"感情"出发,后者则是自"理智"出发,而他们对生活的态度"就是逃避","脱离对现实生活的反映而娱乐于典故当中的形象"。由此他认为,好用典故的古典文学"从很早就陷入了圈套了",而今天的出路则是"必须向生活学习,向人民学习",而这才合于马克思主义中国化的民族形式的要求。③

在废名四十年代创作的具有自传色彩的小说《莫须有先生坐飞机以后》中,主人公莫须有先生曾对一个不喜欢新文学的小学校长说道:"我生平是很喜欢庾信。"因为校长是英文系毕业的,他接着说了一段话:"我喜欢庾信是从喜欢莎士比亚来的,我觉得庾信诗赋的表现方法同莎士比亚戏剧的表现方法一样……,我读莎士比亚,我读庾子山,只认得一个诗人,处处是这个诗人自己表现,不过莎士比亚是以故事人物去表现自己,中国诗人则是以辞藻典故来表现自己,一个表现于生活,一个表现于意境,表现生活有好,表现意境也好,都可以说是用典故,因为生活不是现实生活,意境不是当前意境,都是诗人的想象。"④废名又说:"读庾信文章,觉得中国文字真可以写好多美丽的东西。"⑤可见废名于庾信及其文章的极端推崇了,而其所以喜欢李商隐,则显然有部分原因是因其所谓晚唐乃六朝文章的生命延续,即便

---

① 废名:《谈用典故》,《废名集》第三卷,第 1459—1462 页。
② 废名:《美学讲义·生活和美》,《废名集》第六卷,第 3169—3171 页。
③ 废名:《新民歌讲稿·诗的语言问题》,《废名集》第六卷,第 2832—2841 页。
④ 废名:《莫须有先生传》,《废名集》第二卷,第 880—881 页。
⑤ 废名:《中国文章》,《废名集》第三卷,第 1371 页。

被他归为白描一派的杜甫,他也特为看重其与庾信的脉络传承。

对于庾信、李商隐和好用典故的六朝诗文的挚爱,可说是废名持之终生的文学趣尚。其个人创作,显然也从中多有滋养。而特有意味的即是,在整个时代的文学审美发生本质性的变化之际,废名需要如何来因应这样的改变。从上述所论可知,他一方面将马克思主义文艺理论和毛泽东文艺思想作为开展论述的前提和标准,以现实性的缺乏来批判庾信和李商隐。但另一方面,他并不愿完全废弃自己的美学判断,试图以生活反映的艺术美形式来作为论述的转圜,认为即便在文艺朝工农兵方向发展的当下,作为中国文学传统之一的用典,仍有不可完全偏废的价值意义,因此我们看到他在时代意识和个人趣尚中努力做出的协调和挣扎。

而如果说废名试图以庾信、李商隐为例来解决所谓民族形式的问题,那么他对于杜甫的分析则是关注作品思想性和作品的美之间关系的表现。在他看来,作品的思想性问题本质上是"美的阶级性的问题",而辩证唯物主义提出的客观标准即是思想的标准。他先将杜甫和庾信作比,认为后者的文章也能予人动人的美,"然而读庾信文章容易迷失方向",前者"则给人以警惕,而且要人总是向着光明望"。庾信之美,恰可用以"说明杜甫的美",否则"现实主义的美就没有了对照";杜甫之美在于其"是现实主义的","反映了他的时代","在国家民族的命运面前表现他是一个主人翁"。继而废名又以杜甫和陶渊明作比,虽然他称许后者"在中国文学史上是以饱满的哲学思想濡着诗人的笔的第一个人",但又批评他"表现了很大的局限性",而其局限恰"在于他脱离政治,在于他的哲学思想是形而上学的"。废名认为"从陶渊明的一生没有看出他的政治斗争",其诗"对当时的政治没有表现他的具体意见",但陶诗"又都是写了个人的具体生活的,思想感情极真实",因此我们必须承认陶渊明是"第一流的美"。不过终究陶渊明的作品"有极大的局限性",脱离时代的诗歌不能引起今天的"我们的共鸣"。① 废名强烈突出作品的思想性,实质即是其一开始所强调的政治性亦是美的基本特性,因此凡是缺乏思想性,缺乏现实生活的反映,缺乏对广大人民群众的关怀之情的作品,都不是美的作品,即便其艺术美达到了很高水平。

对于作品思想性的强调,相对来说是"注重内容",而内容之外,形式亦很重要。在形式问题上,废名仍将重点聚焦在中国文学的语言问题上。而这其中,又分为戏剧、诗歌、散文三方面来讨论之。废名认为,在发展民族形式的大前提下,首先必须承认"中国老百姓所喜闻乐见的中国戏的民族形式",其次他主张"应该发挥戏剧美的特点","把中国戏所加进的音乐美给分解出去",如此令其"能够和现代生活的内

---

① 废名:《美学讲义·作品的思想性和作品的美》,《废名集》第六卷,第3190—3203页。

容完全统一起来"。在诗歌的部分,他认为"中国诗应该离开词曲发展的道路,回到诗是有节奏的语言的道路",亦即"诗要节奏和韵",不可学外国诗的格律,而应该是"汉语的有节奏和韵的一种体裁"。至于散文,废名批评中国原本的文章"取的是一条线的形式",因其并无标点符号,因此也就没有"段落的美","只有字的美,句的美,篇的美",也有"起头的美","煞尾的美",但总体而言"还是线的美",不是"图案的面的美",由此他认为现代新式文章是从古文的"线之美"转变为"面之美"。① 由是可见,虽然废名处处以马克思为圭臬,不敢越雷池半步,但他毕竟是一位出色的作家,不论是出于学术研究的必须,还是创作家的敏感,他在无上肯认文艺理论政治性的同时,总不免要对文艺的形式问题展开讨论,而其研讨的内容,虽也不免趋时骛新,但对中国文学有独到见解的他,仍旧会在政治性言论中不时闪现个人卓见。

　　在关于文艺美学以及古代文学与文论的一系列探讨之后,废名最后谈到了"美的创造和美感"的问题。关于美的创造,废名强调辩证唯物主义的美学,"起着中心作用的是阶级分析方法",只有掌握这一原则,"再加以革命的现实主义和革命的浪漫主义相结合,便是我们今天创造美的准则"。继而他认为,根据辩证唯物主义的美学,"不能有比生活更'美'的东西,只是要求表现生活的本质方面",而发现生活本质的方法,即是"对人类社会作阶级的分析"。此外,他就革命的现实主义和革命的浪漫主义相结合提出自己的两层体会,其一是"总结了从古以来艺术的表现手法的经验,尤其是中国的传统手法",其二是废名号召大家"要敢于有革命的浪漫主义",因为"我们今天的时代已经不是历史上的现实主义的范畴所能范围得了"的了,因此"美学上我们应该说'创造','再现'就有些不合乎要求了"。废名特别强调"创造",而非"再现",是因为在他看来,"我们今天的美和历史上的美其内容完全翻过来了,历史上最宝贵的东西只能包含有人民性,而我们今天是工农兵文艺方向"。他号召今天的创作者不再做空头文学家,而要"工农化","深入到普通的实际生活之中",体会了生活之美后,再"根据实际生活,创造出比普通的实际生活更高、更理想、各种各样的典型人物",最终建设成"帮助群众推动历史的前进"的辩证唯物主义美学。②

　　在 1963 年所写的《我对建立辩证唯物主义美学的愿望和实践》一文中,废名如是说道:"在我的美学论文里,其主要精神是理论联系实际,我们的时代产生了我们的时代的美,它是毛泽东思想指导下的产物,我所作的研究,只不过意识到这个事

---

① 废名:《美学讲义·内容和形式》,《废名集》第六卷,第 3204—3234 页。
② 废名:《美学讲义·美的创造和美感》,《废名集》第六卷,第 3235—3249 页。

实,把事实指明出来,辩证唯物主义美学就摆在眼前。"①而就其《讲义》所论,我们完全可以将之视为废名对于马克思主义文艺理论和毛泽东文艺思想的一次主动回应。

不论是郭沫若念兹在兹要把握住时代的航向,要贴近时代精神,创作出合格的革命文学,还是废名对于自我过往的痛恨,对于新时代的热切拥抱,都无疑证明了马克思主义文艺理论中国化的进一步深入展开。郭沫若、废名等知识分子尽力贴合时代,将个人思想和审美判断尽力与马克思主义文艺理论相融合,尝试以毛泽东文艺思想作为个人学术研究展开的前提和标准,由此为古代文论研究带来了不同的研究视域,丰富了古代文论研究的既有格局。

特别需要指出的是,研究者们对于马克思主义文艺理论和毛泽东文艺思想的主动学习和自觉运用,固然有现实政治的外部因素,但究其内因,则更深在的原因在于此前各种文论范式都主要来自上层知识分子的的文学思考与社会实践,忽略了来自中国社会底层的绝大多数的无产阶级群众对于文艺的需求和认识。因此,马克思主义文艺理论,尤其是毛泽东文艺思想的应运而生,本质上正是满足了广大无产阶级群众的文艺诉求,顺应了蔚然兴起的蓬勃的中国无产阶级社会革命,同时解决了在社会革命过程中存在着的诸多文艺问题。就此而言,知识分子将马克思主义文艺理论和毛泽东文艺思想作为一己学术思考的根本纲领,正是对于马克思主义文艺理论中国化的历史合理性及其学术品格的最好说明,是马克思主义文艺理论中国化深入中国社会和广大民众的进一步体现,是中国文艺理论获得马克思主义政治品格的明确彰显。

---

① 废名:《我对建立辩证唯物主义美学的愿望和实践》,《废名集》第六卷,第3257—3258页。

第六章
政治文化语境中的古代文论研究：
以现实主义为中心

　　诚如华勒斯坦所说："19 世纪思想史的首要标志就在于知识的学科化和专业化，即创立了以生产新知识、培养知识创造者为宗旨的永久性制度结构。"①换言之，现代文学观念的确立必然伴随着现代学科体制的发生发展，正是由于教育体制的演化、知识领域的分化以及社会功能的多元化，才使得文学学科愈加系统化和规范化，最终建构起符合现代社会发展要求与知识公理的文学知识体系与知识生产方式。

　　毋庸置疑，现代中国的文学观念与文学知识体系的建构发展，亦不自外于这一历史进程。事实上，从 1898 年京师大学堂成立开始，试图学习、资鉴全新的西方知识生产方式和教育制度，就成为中国现代学科体制滋萌发展的内在需求。而随着现代教育体制的日益确立和成熟，几乎与这一过程始终同步演变的现代文学观念及其知识生产方式也发生了重大改变。从现代文学义界的确立到更为系统化的文学教材的编撰，从文学研究偏向重考据版本的乾嘉朴学转变为融汇中西的理论化阐释，从传统的讲述文章源流到不乏意识形态的科学的文学论，中国现代文学理论知识体系确然愈加整全，而这一过程中的每一步发展其实也正对应着政治文化语境的变革步骤。

　　尤其是建国之后，随着国家体制的日益完密，原先的文学教学也面临着体制化、规范化的处境，不仅需要向学生传授具体的文学知识，还需要承担意识形态规训的政治任务。1950 年 8 月，国家教育部即颁发了《大学教学大纲草案》，《草案》明确了文艺学教学的基本任务是："应用新观点，新方法，有系统地研究文艺上的基本问题，建立正确的批评，并进一步指明文艺学及文艺活动的方向和道路。"诚如研究者所指出的，《草案》"要求新的文艺学教学要有鲜明的意识形态特点"、"要求新

――――――――――
①　华勒斯坦：《开放社会科学》，北京三联书店 1997 年版，第 8—9 页。

的文艺学教学为现实政治服务,紧密地联系现实的文艺实践",①亦即作为知识生产之一种的文艺学,此时已被纳入国家体制之中,成为政治意识形态规训过程中的一部分。

在这样的政治文化语境之下,古代文论研究与教学虽然不及当代文艺学更易与时世相接,但也难免意识形态的大浪冲击。有研究者指出 20 世纪五六十年代,古代文论研究由于苏联文艺理论的独尊与中苏关系的恶化,导致文学观念和批评标准"主要表现为以反映论为文学的哲学基础,以辩证唯物主义和历史唯物主义作为评判文学历史发展的准则,强调阶级分析、人民性、注重文学的认识价值,推崇现实主义的创作方法等等"。②

作为马克思主义文艺理论的一大重要范畴,现实主义在中国现代文学发展进程中实亦扮演着重要角色。从原本作为文学创作方法之一种,上升为重要的价值评判尺度,很长时期以来都被用为审视和解读中国文学史的价值标准。凡与此冥合者,即是"正确"的,站在人民大众这一边的,而与此相对者,自然是形式主义的、唯心主义的,是非社会主义的。而就古代文论研究领域来说,几乎当时重要的中国文学批评史教材都以现实主义与反现实主义的斗争作为论述主线,同时亦以此为评价标准来对具体的古代文艺理论话题加以讨论。

本章即以现实主义对于古代文论研究所产生的影响作为讨论重心,同时观照政治文化语境中的古代文论教学所展开的具体方式,由此厘析古代文论研究中的现实主义话语,反映出彼时古代文论研究界普遍的思维模式和评价话语,最终见出这一阶段马克思主义文论中国化进程中的得失利弊。

第一节　现实主义:一种文化/政治的解决方案

唯物主义文学史观认为不存在脱离具体历史条件和社会环境的文学,文学最终是具体社会历史的产物,不可避免地要带上所处社会阶段的鲜明烙印。一如恩格斯对于巴尔扎克《人间喜剧》的知名赞誉:"我从这里,甚至在经济细节方面所学到的东西,也要比从当时所有职业的历史学家、经济学家和统计学家那里学到的全部东西还要多",并且将巴尔扎克的成功评价为"现实主义的最伟大的胜利之一。"③巴尔扎克对于所在时代的真实描绘以及透辟揭露,不仅深刻揭示出历史发展的本质规律,同时也使得作品因为前所未有地深入历史与时代深处,最终获致了

---

① 程正民:《中国现代文学理论知识体系的建构》,北京大学出版社 2005 年版,第 89 页。
② 蒋述卓等:《二十世纪中国古代文论学术研究史》,第 109 页。
③ 《恩格斯致玛·哈克奈斯》,《马克思恩格斯选集》第 4 卷,第 462—463 页。

极高的历史价值与文学价值。

诚如研究者所指出的那样,"五四"新文学的开展初期,现代主义、现实主义与浪漫主义呈现三足鼎立之势,并各自对应着中国知识分子在不同方面的文化与政治诉求,其中现实主义"因为与中国本土的务实传统以及迫在眉睫的现实局势紧密相关而产生功利的效益"①,最终影响日盛,渐成主流。换言之,现实主义作为一种文学范畴,其在中国的日渐张大,不仅因其可用为文学创作的参考资鉴,很大程度上还因其相较现代主义、浪漫主义,更易与时世相接,从而由创作方法升等为面对时代危机时所采取的文化政治的解决方案。这也就注定了现实主义在中国的文化政治语境中始终不可能被限制在纯文学的领域里来加以观照,即便其日后已然成为最重要的文学评判标准之一。

第一个在中国正式提倡现实主义,并试图将这一创作方法应用于中国新文学的是陈独秀。1915 年 10 月,他在《青年杂志》第 1 卷第 2 号发表《今日之教育方针》,指出当下中国百业皆废,而亟亟以求自强之道,端在教育,但"二三年来,学校破坏,诚可痛心",故欲振作精神,擘画今后教育之四大方针,而首要方针即乃现实主义,所谓"古之所谓理想的道德的黄金时代,已无价值之可言……现实主义,诚今日贫弱国民教育之第一方针矣"。② 11 月,其又发表《现代欧洲文艺史谭》,以进化论为依据,历数欧洲文艺思潮之嬗变,认为欧洲文艺思想自古典主义一变而为理想主义,继而随着十九世纪的科学大兴,"宇宙人生之真相,日益暴露","自古相传之旧道德、旧思想、旧制度,一切破坏",文学艺术亦随顺潮流,"由理想主义,再变而为写实主义"。③ 显然,陈独秀认为现实主义不仅是文学创作的当令思潮,更是拯颓挽弱的一大文化利器。从其所论亦可见出,现实主义因符合进化论的递嬗顺序而获致某种先验正确性,最终将战胜浪漫主义,成为整个文学进化过程的终点。

对于社会现实的真实记录与直截批判,使得时人日渐认识和接受现实主义。胡适在《文学改良刍议》中明确指出:"惟实写今日社会之情状,故能成真正文学。"④其鼓吹"易卜生主义",正由于"易卜生把家庭社会的实在情形都写了出来,叫人看了动心,叫人看了觉得我们的家庭社会原来是如此黑暗腐败,叫人看了觉得家庭社会真正不得不维新革命",而所谓"易卜生的文学,易卜生的人生观,只是一个写实主义"。⑤ 如果说陈独秀对于现实主义的宣扬,在于将现实主义置于文学/文化的进化顶点,那么胡适则更其明确地把握了写实与批判之间的逻辑关系,亦即

---

① 陈思和:《中国新文学发展中的现实主义》,《陈思和自选集》,广西师范大学出版社 1997 年版,第 56 页。
② 陈独秀:《今日之教育方针》,《陈独秀著作选编》第一卷,第 172 页。
③ 陈独秀:《现代欧洲文艺史谭》,《陈独秀著作选编》第一卷,第 182 页。
④ 胡适:《文学改良刍议》,《胡适文集》第三卷,第 20 页。
⑤ 胡适:《易卜生主义》,《胡适文集》第二卷,第 28 页。

对于社会现实的刻露描绘，最终可以转化为社会变革的重要动力，进一步将现实主义与社会批判相结合。正如李大钊在《什么是新文学》中所率直宣称的那样，"我们所要求的新文学，是为社会写实的文学"，因其写实，一方面在文艺思潮的发展序列表上处于时间意义上的"新"，另一方面也因其史无前例地深入时代，揭发现实，从而获致了一种强大的政治能量，成为"好"的文学。

而享有"中国的左拉"之誉的茅盾，或许可说是新文学运动中最执着于实践、阐释乃至推动现实主义的重要人物了。茅盾早年在现实主义与现代主义之间难以取舍，直到1921年下半年开始，在胡适的劝导下，他才毅然转向前者。

茅盾遵奉"为人生的文学"的主张，认为文学与现实的人生、社会息息相关，批判社会也正是文学的重要使命之一，认为新文学家"积极的责任是欲把德漠克拉西充满在文学界，使文学成为社会化，扫除贵族文学的面目，放出平民文学的精神"①。他根据文学进化的次第，认为文学的进化伴随着与现实人生的勾连更趋紧密，"翻开西洋的文学史来看，见他由古典—浪漫—写实—新浪漫……这样一连串的变迁，每进一步，便把文学的定义修改了一下，便把文学和人生的关系更束紧一些，并且把文学的使命也重新估定了一个家长……这一部进一步的变化，无非欲使文学更能表现当代全体人类的生活，更能宣泄当代全体人类的情感，更能声诉当代全体人类的苦痛与期望，更能代替全体人类向不可知的运命作奋抗与呼吁"。② 虽然此时茅盾仍将浪漫主义文学置于写实主义文学的发展后续，但其之于文学与现实人生的功利性强调在在可见，故其日后偏转至现实主义亦不必诧为怪异。

正如安敏成所指出的，五四俊杰"从未将西方的观念当作游离现实之外的知识来把玩，而是将其当作一项解决严峻课题的现实方案"③，亦即将西方引入的文学观念迅速转化为可资凭借的文学/文化的知识手段，最终谋求建立全新的文化图景。茅盾从浪漫主义转投现实主义，关键原因，即在其认定后者更契合彼时中国，所谓"写实主义在今日尚有介绍之必要"④。换言之，现实主义与浪漫主义之间的优劣高下，其实并不成为取用选择的评判标准，重要的是哪种文学观念更能满足当前中国的革命需求。起先对于浪漫主义文学的推重，本质上亦是因其与国人意欲打破传统枷锁，渴求表露真实自我的冲动相契合。而随着中国的现实乱象愈加突出，创作者遂不再满足于单纯通过小说宣泄个人情感，而期冀文学创作能在更广阔、更深入的社会层面与政治、文化运动桴鼓相应。因此，虽然对于西方各种文学/

---

① 茅盾：《现在文学家的责任是什么》，《茅盾全集》第 18 卷，人民文学出版社 1989 年版，第 11 页。
② 茅盾：《新文学研究者的责任与努力》，《小说月报》第 12 卷第 12 期，1921 年。
③ （美）安敏成：《现实主义的限制：革命时代的中国小说》，第 39 页。
④ 茅盾：《小说月报·改革宣言》，《小说月报》第 12 卷第 1 期，1921 年。

文化观念的绍介引入不曾中断,但各种观念都须经由现实革命的检验考校,以验证其合法性与可实践性。

在这一文化逻辑的引导下,茅盾对于现实主义文学的思索与实践,显然超出了陈独秀、胡适等人的尺度。1925 年,他接连发表《论无产阶级艺术》《告有志研究文学者》《文学者的新使命》及《现成的希望》等四篇文章,将之前秉持的"为人生"的文学主张升等为革命现实主义文学。这四篇文章的最大特点,即在于茅盾试图以"阶级性"来构成一己文学观的核心理念。他明确宣称"文学实是一阶级的人生的反映"①,而此前的"民众艺术"不过是一笼统不确的口号,如今则须换上一个"头角峥嵘、须眉毕露的名儿,——这便是所谓'无产阶级艺术'"②,文学艺术应描写"被压迫的民族和被压迫的阶级陷于悲惨的境地"和"被压迫的民族和被压迫阶级的解放",进而强调文学者当前的使命即是"抓住了被压迫民族与阶级的革命运动的精神,用深刻的伟大文学表现出来,使这种精神普遍到民间,深入到被压迫者的脑筋,因以保持他们的自求解放运动的高潮,并且感召起更伟大更热烈的革命运动来!"③显然,此时茅盾对于现实主义文学的认知发生了改变,他不再满足于文学仅仅逼真地刻绘现实,而是希望创作者借由现实主义文学最终创造出一种能集结民众、辅助革命的激进艺术,一如其在 1931 年担任"左联"书记之后明确指出,"文艺家的任务不仅在分析现实,描写现实,而尤其着重于在分析现实,描写现实中指示了未来的途径"④。

而 20 世纪 30 年代开始,对于现实主义的认识与实践,开始进入一个"质变"时期。1933 年瞿秋白发表《马克思,恩格斯和文学上的现实主义》一文,作为中国现代文学第一次系统介绍马、恩关于现实主义文学理论的开山之作,瞿文首先在文章开首即加注强调"现实主义 realism 中国向来一般的译做'写实主义'",由此避免了因具体用词之不同而可能导致的理解分歧。在文中,瞿秋白强调了马、恩在与拉萨尔的通信中将莎士比亚与席勒对立起来,并非出于私人审美趣味,相反别具深意:"这就是鼓励现实主义,而反对浅薄的浪漫主义——反对'主观唯心论的文学'。"而马、恩之于巴尔扎克的高度肯定,是出于对巴尔扎克敢于违反自己的阶级观点而公开暴露资本主义社会内部矛盾的勇气的推崇,相较之下,左拉等人的现实主义因为曲解了阶级斗争的现实动力,只是一种"更加调和的现实主义",而未来的革命与无产阶级文学的趋向,则是延续巴尔扎克的资产阶级的现实主义而向前发展。⑤

---

① 茅盾:《告有志研究文学者》,《学生杂志》第 12 卷第 7 号,1925 年 7 月 5 日。
② 茅盾:《论无产阶级的艺术》,见《茅盾选集》第 5 卷,四川文艺出版社 1985 年版,第 87 页。
③ 茅盾:《文学者的新使命》,《文学周报》第 190 期,1925 年 9 月 13 日。
④ 茅盾:《我们所创造的文艺作品》,《北平》第 2 卷第 2 期,1932 年。
⑤ 静华(瞿秋白):《马克思、恩格斯和文学上的现实主义》,《现代》第 2 卷第 6 期,1933 年 4 月。

　　同年，周扬发表《关于"社会主义的现实主义与革命的浪漫主义"》一文，系统介绍了苏联的社会主义现实主义。周文强调社会主义的现实主义的特质在于其已是诞生发展着的文学样式，而其对于真实性的要求使得文学成为反对资本主义拥护社会主义的利器。同时社会主义的现实主义较之资产阶级的现实主义的最大区别，在于前者是在发展中、运动中去认识和反映现实的，后者则是静的。而在本质的、典型的书写过程中，社会主义的现实主义着力阐明社会主义革命的胜利的本质，将人类为争取更美好的未来的斗争精神传导给读者，这即是社会主义的现实主义的根本道路。①

　　而延安文艺座谈会之后，周扬关于现实主义的认识再进一步，提出"新的革命的现实主义"的说法。明确指出，作家应当以马克思主义的世界观为基础，并且这一世界观的建立并非得之书本，而是直接投身于群众的实际斗争，同时应当以大众，尤其是以工农兵为主要对象。② 在他看来，如果现实主义仅仅意味着"写自己熟悉的生活，真实的情感"，其结果是"让自己流连在狭隘的个人生活的小圈子里，松弛了向新的生活，向工农兵的生活的突进"，最终仍旧是"小资产阶级知识分子的感情罢了"。③ 唯有"真正的深入到现实中，到群众中去，实地去接触那赤血淋漓的生活现实，并用适合的形式去表现它们"，才是现实主义作家需要努力探索和解决的问题。④

　　同时，周扬亦明确宣称"现实主义和文学的功利性常常连结在一起"，认为"新文化运动的创始者诸人，就都是文学上现实主义的主张者"，而对于文学实用性的主张，即是要求"文学应当于群众之大多数有所裨益，应当成为革新政治的一种工具"。⑤ 仅仅满足于揭露黑暗的现实主义是"过去的旧的现实主义"，而革命的现实主义的"基本精神却应当是永远向人们启示光明的"。值得注意的是，正是从为政治服务出发这一根本立场，周扬反而特别强调文艺创作的特殊性，认为"文艺是以自己的特殊姿态去服从政治的"，但"第一，艺术的语言不能同于政治的语言，因为表现的形式各有不同；第二，艺术也不是单纯地把政治原则形象化就像了；它必须直接描写生活，写自己的经验；政治倾向性必须从作品中所描写的活生生的事实本身中表现出来。"⑥由此可见，周扬的现实主义文学观试图将文学与政治、文学性与

---

① 周扬：《关于"社会主义现实主义与革命的浪漫主义"——"唯物辩证法的创作方法"之否定》，《中国新文学大系1927—1937·文学理论集一》，上海文艺出版社1987年版，第72—85页。
② 周扬：《艺术教育的改造问题》，《解放日报》，1942年9月9日。
③ 同上。
④ 周扬：《新的现实与文学上的新任务》，《周扬文集》第一卷，人民文学出版社1984年版，第252页。
⑤ 周扬：《抗战时期的文学》，《自由中国》第一期，1928年4月1日。
⑥ 周扬：《王实味的文艺观与我们的文艺观》，《解放日报》，1942年7月28—29日。

艺术性、典型性与普遍性高度结合起来,由此在瞿秋白的基础上建构"中国化"的现实主义,最终将现实主义从创作方法升华为一种理解现实的基本立场:"目前的文学将要顺着现实主义的主流前进,这是中国新文学之发展的康庄大道。对于现实主义,我们应当有一种比以前更广更深的看法。它不是作为一种样式,一种风格,而是作为一种对现实的态度,一种倾向。"①

另外颇为值得注意的是胡风的现实主义文学理论。如果说周扬强调的是现实主义与现实政治的密切勾连,明确要求创作者必须深入到现实生活和在与工农兵的接触中来深化对于现实主义的认识,那么胡风则更其强调现实主义的战斗精神,将现实主义定义为"主观精神和客观真理的结合和融合"②,并将文学活动诠释为"和历史进程结着血缘的作家底认识作用对于客观生活的特殊的搏斗过程"③。

在胡风看来,现实生活确为文学创作的源泉,现实主义文学也理应对现实生活有着真切的反映,但这并不意味着创作过程只是"单纯的对于现实的认识过程",恰恰相反,作家本人要与现实生活进行一场"肉搏",要"用真实的爱憎去看进生活底层",否则即便秉承朴素的唯物主义观点,也不过是"在表面中间随喜地遨游",④根本不可能"走进现实主义的创造道路"⑤。因此,虽然他也肯认巴尔扎克这般经典现实主义作家对于所在社会作出了真切描绘与勇敢揭露,但他的着眼点并非在于作家成为社会的一面镜子或是一名书记员,而是着力强调作者自身的主观参与,希望作家"把预备好的一切生活材料溶合到主观的烘炉里面,把作家自己底看法,欲求,理想,渗透在这些材料里面"⑥。

瞿秋白试图从马克思、恩格斯的理论出发,强调现实主义未来的发展方向理应是巴尔扎克式的具有极强革命性的文学道路,周扬则着力阐明社会主义的现实主义的本质及其必须服务于政治的功利性,胡风敏锐地意识到主体性是再现现实主义的关键,并将之与其关于"民族形式"的讨论结合起来,试图经由现实主义美学的重新阐释最终"实现人民思想的转化和革命潜能的发掘"⑦。由此可见,此时关于现实主义文学的讨论已经从梁启超、陈独秀等人侧重于创作方法、文学流派的义界,转向为"社会主义现实主义"的综合理论,成为此后 60 年中国文学研究与创作的思想主流。

---

① 周扬:《现实主义和民主主义》,《周扬文集》第一卷,第 227 页。
② 胡风:《现实主义在今天》,《胡风评论集》,人民文学出版社 1984 年版,第 319 页。
③ 胡风:《今天,我们的中心问题是什么》,《胡风评论集》,第 112—114 页。
④ 胡风:《张天翼论》,《胡风评论集》,第 36 页。
⑤ 胡风:《第三次排字后记》,《胡风评论集》,第 261 页。
⑥ 胡风:《文学与生活》,《胡风评论集》,第 312 页。
⑦ 刘康:《马克思主义与美学》,第 130 页。

我们当然无法在这么短的篇幅内完全勾勒和展现出现实主义在中国政治、文化语境中的演变历史,但我们仍可经由上述讨论,见出其中可能存在的思想逻辑。正如李泽厚所指出的:"五四时期启蒙与救亡并行不悖相得益彰的局面并没有延续多久,时代的危亡局势和剧烈的现实斗争,迫使政治救亡的主题又一次全面压倒了思想启蒙的主题。"①因此,现实主义的输入与接受,从一开始就注定需要符应中国现代化和政治文化变革运动的时代要求,注定需要经由文学来回应知识分子所望出现的社会效应。又或者像夏志清所指出的,中国现代文学始终有一股"感时忧国"的精神,不遗余力地宣扬进步和现代化思想。② 虽然夏氏此言其实意含反讽,暗指中国作家由于太过追求解决民族危机而反使文学创作遭到"感时忧国"精神的限制。但我们也不妨承认,夏志清确实极为准确地点中了奥窍,亦即中国作家相较作品的文学性,他们更其强调作品文学在解决社会问题与民族危机方面的功能与价值。

再者,虽然现实主义文学的题中之义,即在于按照生活的本来面貌去展现生活。但在具体实践过程中,所谓描绘生活的原貌逐渐让位给了对于社会的无情批判和真实揭露。知识分子们相信,只要将现实主义的批判能量加以激发,那么它就能激励民众投身到重大的社会政治变革中去,以满足重塑民族的迫切需要。而随着中国的政治革命日益深入和扩大,革命者们发现现实主义可以被纳入到他们对文化的整体设计之中,亦即通过对于现实主义批判性的大力强调,由此和整体的革命目标相符应,最终塑造成为一种新的革命力量,一种新的认识世界的立场倾向与表现方法。就此而言,现实主义此时已经从之前的冲击传统秩序转变为参与到重新塑造民族群众的进程中去,但不论如何,我们都必须承认,作为一种文化/政治解决方案的现实主义,在中国的政治文化语境中,它须臾未曾离场,并且在不同历史阶段都需要承担起召唤大众,批判现实的政治任务。

第二节 政治文化语境下的古代文论知识生产体系的建立

按照福柯的理论,知识与权力从来勾连紧密,知识生产不仅意味着一种权力关系的形成,事实上,一种权力若要得以贯彻实施,革命暴力之外,也需要建构完成自己的知识文化体系。如果说新文学运动是为推倒旧文学背后的封建保守政权,革命文学是为革命运动呐喊鼓呼,那么建国后文学知识体系的国有化和体制化,其本

---

① 李泽厚:《中国现代思想史论》,北京三联书店 2013 年版,第 29 页。
② (美)夏志清:《现代中国文学感时忧国的精神》,《中国现代小说史》附录二,香港中文大学出版社 2005 年版,第 459—479 页。

身也正是伴随着革命政权成功之后的题中之义。

正如洪子诚先生对于 1950—1970 年代文学所作研究中正确指出的,当代文学"一体化"的形成,"从一个比较长的时间上看,最主要的,并不一定是对作家和读者所实行的思想净化运动。可能更加重要的,或者更有保证的,是相应的文学生产体制的建立。"①不妨说,这一生产体制的建立,恰恰使得这场大规模的思想净化运动成为可能。

首先,建国后文学生产体制的建立过程始终处于强大的政治语境的压力之下。1951 年 5 月,由毛泽东亲自发动而展开了关于电影《武训传》的批判,旨在取得革命政权之后加强文化领导权。在毛泽东看来,虽然政权一统,但思想文化界却"混乱"不堪。他十分不满《武训传》的封建意识形态,严厉批评那些为这部电影歌功颂德的作者"不去研究过去历史中压迫中国人民的敌人是些什么人,向这些敌人投降并为他们服务的人是否值得称赞的地方","也不去研究自从一八四零年鸦片战争以来的一百多年中,中国发生了一些什么向着旧的社会经济形态及其上层建筑(政治、文化等等)作斗争的新的社会经济形态,新的阶级力量,新的人物和新的思想,而去决定什么东西是应当称赞或歌颂的,什么东西是不应当称赞或歌颂的,什么东西是应当反对的"。② 由此可见,毛泽东之所以认为思想文化界混乱不堪,关键即在知识分子不明白"什么东西是应当称赞或歌颂的,什么东西是不应当称赞或歌颂的,什么东西是应当反对的",知识分子的立场并没有和无产阶级同进退,因此不得不对知识分子思想来一次大清算。

随后在 1951 年 10、11 月即开始了高校教师和文艺界的思想改造运动。在这场改造运动中,同时亦开展了一场关于文艺学教学的大讨论。讨论始因乃《文艺报》1951 年 11 月 10 日发表的 6 封高校读者来信,来信就高校文艺学教学纷纷提出尖锐批评,其中最重要的一封是山东大学中文系学生张祺批评该校中文系主任吕荧之信。信中,张祺批评吕荧教学没有贯彻毛泽东思想,"把毛主席的讲话当作一个'例外'的文件看",认为"老师有责任引导他们研究我们的现实、我们的政策、我们的文艺",而解决文艺学教学的关键即在于"把毛主席的文艺思想,贯穿到每一个文艺基本问题的讨论中来"。其余几封信亦大多批评文艺教学"过于依赖书本,只注意教条地传授,不联系生活实际,不解决学生思想问题",指责教师没有充分贯彻毛泽东文艺思想,流于教条主义。针对读者来信,《文艺报》以"编辑部的话"总结道:"从这些来信里可以看出,现在有些高等院校,在文艺教育上,存在着相当严重的脱离实际和教条主义的倾向;也存在着资产阶级的教学观点。有些人,口头上常

---

① 　洪子诚:《问题与方法——中国当代文学史研究讲稿》,北京三联书店 2002 年版,第 193 页。
② 　毛泽东:《应当重视电影〈武训传〉的讨论》,《人民日报》,1951 年 5 月 20 日。

背诵马克思列宁主义的条文和语录，而实际上却对新的人民文艺采取轻视的态度，对毛主席的《在延安文艺座谈会上的讲话》认识不足，甚至随便将错误理解灌输给学生。"

　　来信发表的翌日，《文艺报》召开了由主编丁玲主持，李广田、钟敬文、蔡仪、严文井、王朝闻、陈涌等人参加的改进文艺教学工作座谈会。这次会议的一大结果是将高校文艺教学队伍区别划分为三种人：第一种是讲授者懂一点马列主义条文，但不联系实际，自许"高级"，这实际上是旧的学院派思想在作祟，认为文艺学是一门专门性的学问，因此不参与任何现实运动；第二种人则是马列主义修养很差，浮光掠影地看了几本马列著作，名义上是在教新的文艺学，实质不过还是老一套；第三种人则新的也无，旧的也差。

　　值得注意的是，三种人的划分标准几乎完全不在实际学问的高下有无，而只在于是否在教学中全面积极地贯彻马列主义，尤其是是否坚决贯彻毛泽东文艺思想。与会者明确宣称导致文艺教学产生诸多问题的最根本原因，即是"对毛主席《在延安文艺座谈会上的讲话》认识不足，甚至连最基本的理解也没有"，因此"根本问题是要明确毛主席所指示的为工农兵服务的文艺路线，要彻底廓清一切违反毛主席指示的错误的文艺思想，只有在这个基础上，才能具体地来研究教学提纲、教材、教学方式诸问题"。座谈会之后，一场全国范围内关于文艺学教学的大讨论随之登场。

　　直到 1952 年 4 月《文艺报》发表了题为《改进高等学校的文艺教学——关于高等学校文艺教学问题讨论的综合评述》一文，可说是对这场历时半年的大讨论作了一番总结。文章特别指出，建国两年来，有些教师"已能逐步地运用新的观点重新整理过去的知识，但仍然有些人迷恋故纸堆，欣赏那些充满封建意识的'国粹'，排斥新的文艺。还有一部分人受资产阶级教育的影响，一贯地只承认西洋文学史中的一套，认为那是唯一的'正统'。"因此，"思想改造是我们改进教学工作第一件要做的事情。教师们因为不能站在无产阶级立场，掌握马克思列宁主义的思想武器，是使得自己的工作不能满足国家建设的需要和青年学生的要求的根本原因。"文章号召所有的教师们"应该以清洗非无产阶级的思想毒害，当作自己经常的、重要的工作"。①

　　这场关于高校文艺学教学的大讨论可以视为建国后学科制度化的一大表现。一方面它强调了马列主义思想在教学研究中的指导地位，尤其是毛泽东文艺思想对于文艺学教学的引领作用，使得此后高校教师必须以贯彻马列主义和毛泽东文

---

① 《文艺报》1952 年第 8 号，第 11—14 页。

艺思想作为自身研究施教的根本纲领和最高价值取向;另一方面经由讨论而导致文艺学整体学科转型,学术风格由史转论,从偏于历史事实与文学知识的考究转进为服务于现实政治,以文艺理论来为意识形态注疏张目,政治意识太过强化,由此从观念到实践等多方面拘限了整个文艺学的知识生产方式。

而如果说外部的意识形态环境是导致建国后文学教育体制发生根本变化的一大原因,那么随着这一变化的深入,接踵而来的问题即是符合意识形态要求的文论教材的编撰。

长期以来,苏联的文艺学思想及其文论教材在中国一直处于主导地位。其中较为重要的著作如 1937 年以群翻译的苏联文艺学家维诺格拉多夫的《新文学教程》、查良铮 1953 年翻译的苏联文艺学家季莫费耶夫《文学原理》以及 1954 年出版的苏联专家毕达可夫在北京大学文艺理论研究班的讲稿《文艺学引论》。总体来说,这几部苏联文艺学教材都带有鲜明的马列主义色彩,试图以马列主义阐明各种文艺问题,同时亦具有一定的科学性和系统性,成为中国现代文学知识体系建构过程中的重要一环。

维诺格拉多夫的《新文学教程》体系明确,分别从三大部分来讨论具体文艺问题。所涉及的讨论要点则有形象性、典型性、思想内容的艺术性、历史性、主题、幽默与讽刺、人物形象的描写、艺术作品的风格、种类以及创作方法等。可以说,此书的体系结构很长时间以来都深刻影响着中国的文艺理论和文艺学教学。而苏联著名文艺理论家季莫费耶夫的《文学原理》则在文艺理论的哲学深度上更其着力,对文学的思想性、形象性、艺术性、作品内容与形式的统一、结构情节的设置、文学作品的语言乃至风格流派的形成和文学类型的划分等问题,皆有讨论。季莫费耶夫的理论基础正是反映论,认为文学作品是对现实生活的具体反映,由此亦成为建国后国内文艺理论的基本观念和教材编写的基本价值体系。

建国后由于苏联文艺理论教材的占主导地位,马列主义文论确然成为文艺理论研究和教学的核心观念。具体而言,基于马列主义的苏联文艺教材首先认为文学是上层建筑的意识形态的一部分,由物质基础所决定,反过来又作用于物质基础,据此,文学的发展与表现一定受到所在社会阶段的利益限制,也一定不可避免地带有鲜明的阶级性;而因主张反映论,遂将文学视为客观现实生活的反映,并在反映世界的基础上力求改造现实世界,指出文学作品应将典型性视为文学创作的最高标准,力求表现出典型环境中的典型人物;进而苏联文论教材认为文学的发展必然与社会发展相一致,而思想性、人民性概念的提出也被视为文学作品优劣高下的重要判断标准。凡此种种,给予了中国现代文论体系一系列马列主义的文艺观念和思维方式,提供了中国现代文论知识体系最重要的话语资源,在很大程度上奠定了中国现代文艺理论研究教学的基础格局。

无可否认苏联文艺教材对于中国现代文论学科的形成具有重大的推进作用,但其负面影响同样不容忽视。事实上,特别是新时期以后,文艺学学科以及文艺理论研究的再出发,很大程度上恰恰是以对苏联文论体系的扬弃作为一大重要出发点的。归纳来说,苏联文艺教材对于建国后文艺理论知识体系的最主要的负面影响基本表现在如下几大方面:

第一,泛政治化倾向严重。虽然苏联文艺教材以马列主义为纲,正乃其先进性之体现,但通盘以此作为讨论文艺问题的唯一价值标准,并且要求文艺理论时刻为现实政治服务,从而导致泛政治化倾向日益严重,庸俗社会学和教条主义愈加浓烈,忽视了文艺自身的规律及本质。加之用阶级观点来解释一切文艺现象,使得整部文学史被简化为不同路线的斗争,几乎一切文艺问题都被直接判定为正反对立之争,不加顾及具体历史语境中不同作品的内在性质;

第二,思维模式过于简单粗糙。虽然马列主义以辩证法作为自己的根本思维方式,但讽刺的是,苏联文艺教材几乎完全忽视了这一宝贵的思维模式,代之以非此即彼的简单对立。同时片面过度强调反映论的正确性,忽视了创作主题的主观能动性以及文学创作的丰富多元性,以致众口一词,千人一面,无法深入全面地了解不同历史时期、不同风格流派的作家作品的特殊之处,取而代之的是简单片面地总结,裁云为裳的割裂乃至狭隘封闭的学术态度;

第三,研究路径的单一保守。正因处处唯马列主义为尊,以阶级斗争为纲,使得学术研究不能完全处于正常的学术轨道上,而是需要不断因应时势,紧跟现实政治。处于政治高压下的学术研究,如此势必不可能采纳多元多样的学术研究思维,甚至马克思主义本身奉为圭臬的历史唯物主义研究也被庸俗社会学取代。意识形态的保守陈旧最终导致研究方法的单一落后,很大程度上限制了正常的学科发展,因此日后到了新时期,文学研究领域回归正轨,其中很重要一方面即是强调研究方法的多元丰富。

综上所述,建国后受当时唯政治主义思潮的影响,苏联文艺教材大行其道,将文学这一特殊而复杂的精神活动简单视为政治意识形态的形象反映,过多关注文学外部环境的探讨,疏于文学内部规律的开显,导致机械认识论和庸俗社会学现象较为突出,以致很长时期以来影响着中国现代文论研究体系的形成和知识生产方式的建构。

然而随着时代发展,尤其是马克思主义中国化进程的日益推进,研究者们对于苏联文论教材中庸俗社会学和教条主义倾向的认识愈加明晰,由此迫切希望建构起更加符合中国实际的文艺理论体系。

这其中尤以周扬的作用最为重要。作为新中国文艺政策的重要制定者之一，周扬很早就提出要建立中国自己的马克思主义文艺理论和批评体系。1958 年 8 月，其先后在河北省文艺理论工作会议和北京大学作了题为《让文学艺术在建设社会主义伟大事业中发挥巨大的作用》的报告。报告指出当前存在着三种文艺理论批评，分别是马克思主义的，教条主义的以及修正主义的，并且强调"马克思主义文艺理论和批评，必须是创造性的、战斗的，必须同我国的文艺传统和创作实践密切结合，必须以促进社会主义文艺发展为主要任务。"基于此，他主张"用科学的方法来研究本国艺术创作的经验，从中找出它的特殊规律和方法，把我国艺术创作的丰富经验科学化、系统化"。换言之，周扬并未完全将苏联文论视为马克思文艺理论中国化的唯一思想资源，而是如其所言，"我们的立足点是工农兵，要一手伸向古代，一手伸向外国，继承人类的宝贵遗产。立足点是根本问题，这个问题不解决好，只盲目地伸向古代、伸向外国，就危险了，要被淹死的。我们要努力学习党的文艺政策、毛泽东文艺思想，对我们自己的文艺应该怀有满腔热情。对古代的东西、外国资产阶级的东西，也要了解，要分析。"① 可见周扬对于文艺问题的基本立场，亦即始终坚持立足于工农兵，同时既不一味奉外国文艺理论为圭臬，也不盲目抱残守缺，耽溺古代文化，而是以党的文艺政策，尤其是毛泽东文艺思想为中心，据此融汇中西古今，最终谋求建立起中国化的马克思主义文艺理论，亦其所谓"目前的问题，就是把马列主义、毛泽东思想与各学科结合起来，总结我国现代经验、古代经验，产生我国的理论"。②

在这一观念的主导下，周扬不仅有理论构想，同时也实际指导新中国文艺理论研究与教学的具体工作。尤其是 60 年代开始，他主持了全国高校文科教材的编写工作，对中国现代文艺理论体系的建构起着至关重要的作用。就古代文论研究领域来说，周扬因其特殊的政治地位，长期以来被视为这一领域的重要支持者，而其关于建设中国的马克思主义文艺理论和批评的观点确实极大地推动和鼓舞了古代文论研究的具体开展，形成了 50 年代末到 60 年代初的古代文论研究热潮。

而就周扬关于文艺理论建设的具体思考来看，主要可见出如下几大方面：

第一，既重视意识形态，亦重视学科特质。毫无疑问，周扬始终将对意识形态的坚持放在首位。对于新中国文艺理论体系的建构及文艺学学科的整体建设，其主导思想仍然是马列主义、毛泽东思想，尤其是以《讲话》为核心纲领。同时，有鉴于苏联文论教材的泛政治化倾向与庸俗社会学的泛滥，周扬在坚持意识形态的前提下，也特别强调要把握文艺理论学科的自身特质。不认同将文艺理论教材作为

---

① 周扬：《周扬文集》第三卷，第 227 页。
② 周扬：《周扬文集》第四卷，第 74 页。

党的政策的简单图示,认为"教科书主要是要以规律性的知识武装学生的头脑,这同政策解释、工作总结都不一样"①,"理论教科书回答的是'是怎样'或'不是怎样',而不是回答'应当'怎样和'必须'怎样"。② 由此可见,周扬虽然十分强调政治性的作用和地位,但他并不主张将具体文艺理论知识的教学演变成单调无味的政治宣传,而是着重要求教材编写者在具体知识的讲解、文艺规律的总结和文学问题的分析等方面多下功夫。

第二,既强调马列思想,也注重中国经验。作为马克思主义文艺理论中国化的重要推动者,周扬十分强调要建设中国自己的文艺理论。这不仅构成了周扬文艺理论的重要方面,也成为其对于中国现代文艺理论体系建构的明确要求。在他看来,虽然我们必须始终以马列主义为指导,但不能因此照搬外国理论,而是"要搞马克思主义普遍真理,回过头来总结中国的文艺遗产和五四以来的文学经验,再从中得到我们的马克思主义理论——中国化的理论"③,因为"文学理论如果不总结中国的经验就很难成为我们自己的理论"④。而其明确指出,中国古代的文学经验和文论遗产正是所谓"中国的经验"。在他看来,这些宝贵丰富的中国经验,关键问题在于没有科学系统地加以整理,因此在其提出这一观点之后,古代文论研究界即以"批判继承中国古典文艺理论遗产"作为基本学术立场,对古代文论进行了一次大规模的清理和挖掘,试图以马列主义毛泽东文艺思想为指导,从中总结出一定的文学规律和文学经验,以此更有助于马克思主义文艺理论中国化进程的建设。由此可见,周扬对于马克思主义文艺理论中国化的具体实践有着相当清晰的认识,对于盲目照搬外国理论,一味摒弃本土经验有着十分警觉的认识,由此才谈得上真正把握和总结中国自身千百年来的文艺经验,最终有利于建设中国自己的文艺理论。

第三,既重视理论阐释,也强调实践经验。周扬认为,文艺的规律要从文艺自身的历史研究中得来,因此他既重视文艺理论的学术阐释,也十分强调实践经验的梳理总结。他主张文艺理论研究与教学要重视历史方法,不能从概念到概念,而应当注重从历史的过程来叙述总结,"写理论,历史的方法和逻辑的方法要统一,文学发展的过程需讲,在文学概论中要贯穿历史的管道,这样,知识、材料才会丰富,否则,单在概论中兜圈子,会陷在里面走不出来的"。⑤

严格来说,周扬的理论思考和具体实践并没有超出他所在时代的思想状况,仍旧过于注重政治在文艺理论建设中的价值地位,要求学术研究为现实政治服务。

---

① 周扬:《周扬文集》第四卷,第 72 页。
② 周扬:《周扬文集》第三卷,第 246 页。
③ 周扬:《周扬文集》第三卷,第 231 页。
④ 周扬:《周扬文集》第三卷,第 241 页。
⑤ 周扬:《周扬文集》第三卷,第 232 页。

但值得注意的是,相较其他人,周扬确实有着对文艺理论建设和文论教学研究的独特思考,在强调学术服从政治的前提下,仍能注重结合中国自身的传统文化遗产和现实生活经验,并试图将马列主义、实际生活斗争以及民族传统这三者结合起来,最终建设出具有中国特色的马克思主义文艺理论体系。不论其初衷如何,我们都应当承认在特殊的政治文化语境之中,周扬所倡导的建设中国自己的文艺理论,不仅因时而发,而且也在很大程度上给中国现代文论的建设和发展提供了新的思想话语资源,在一定程度上推动了文艺理论学科的自我建构。

　　而从本章所述的外部政治思想环境、苏联文艺理论教材的长期影响以及类似周扬这样对于新中国文艺理论知识体系和知识生产方式产生巨大影响的决策人,我们大体能见出建国后至文革前,中国现代文论知识生产的内外环境及其模式的发展演变,由此更好地理解古代文论研究学科所处的外部学术体制,进而更为真确地体察这一时期古代文论研究的话语模式、研究路径以及价值取向。

第三节　现实主义在中国文学批评史书写中的体现

　　1952 年,冯雪峰在第 14 期《文艺报》上发表《中国文学中从古典现实主义到无产阶级现实主义发展的一个轮廓》一文。文章指出:"中国有三千年历史的文学,其中最有代表性的伟大名著也大都具有现实主义的精神,就是说,大都是现实主义的或基本上是现实主义的。"①随后,冯氏将中国古典文学中现实主义的发展阶段划分为三大时期,分别是从诗经时代到六朝以前、从六朝到五代以及从宋代到鸦片战争时期。甚且还将宋代以后平民文学中的古典现实主义与欧洲近现代文学特别是俄罗斯文学的现实主义,一道追认为"五四"新文学的两大源头,认为"就是在这两种来源的基础之上,在从'五四'以来的人民革命的时代中,体现着我们民族的创造力,独立地创造出了以鲁迅为代表的辉煌的革命现实主义"②。显然,冯雪峰将现实主义直接评定为中国文学传统中最具价值的部分,认为现实主义不仅是中国古典文学伟大名著的共同特质,同时也是五四新文学运动蔚然蓬勃的内在深因。

　　同样作为建国后深入讨论中国文学中现实主义传统的重要文字,茅盾在 1958《文艺报》上半年发表的系列文章《夜读偶记——关于社会主义现实主义及其他》,激起了更强烈的舆论反响。经由中国文学史上的大量事实,茅盾明确指出中国文学史存在着现实主义与反现实主义的斗争,而阶级的对立和矛盾是产生现实主义的

---

① 　冯雪峰:《中国文学中从古典现实主义到社会现实主义发展的一个轮廓》,《雪峰文集》第 2 卷,人民文学出版社 1983 年版,第 419 页。
② 　同上书,第 436 页。

土壤;被剥削阶级基于阶级本能及斗争性质,要求产生现实主义,而剥削阶级则形成反现实主义。因此,"中国文学史上,进行过长期而反复的现实主义和反现实主义的斗争","在阶级社会内,文学的历史基本上就是现实主义与反现实主义的斗争"。① 如果说冯雪峰对于中国文学传统中现实主义的地位作出了鲜明的揭示,那么茅盾则不仅肯认现实主义正乃中国文学史的主流,同时更明确以阶级与阶级斗争的观点来强调现实主义与反现实主义之间的激烈斗争。

不过《夜读偶记》虽名之"偶记",其实绝非茅盾一时兴起,而是其来有自。1956年复旦大学中文系教授刘大杰在《文艺报》、《光明日报》先后发表《中国古典文学与现实主义问题》、《中国古典文学史中现实主义的形成问题》、《文学的主流及其他》及《关于现实主义问题》等专文。按其所论,刘大杰的主要观点可以归纳为:一、文学作品的现实性与现实意义不能简单类等为现实主义,而现实文学也不就是现实主义文学,且现实主义文学有自己的发展道路,不同阶段有不同阶段的现实主义;二、不能简单套用"现实主义与反现实主义"这个公式来概括中国文学史的三千年历史进程,否则既不能切合实际地说明问题,复不能真实地分析文学史的具体内容以及不同作者、流派的艺术特点,最终造成如哲学上的唯心主义与唯物主义之争这般的简单片面;三、确立了中国古典现实主义成熟于杜甫、白居易时代,在这之前,中国文学只能有现实主义的因素,或是现实主义的基本条件,因此它们都只能称为现实文学,而不能称为现实主义文学,唯有到了杜甫、白居易的时代,才谈得上达到了中国古典文学的现实主义的成熟阶段。当时由于阶级矛盾的尖锐,工商业的空前发达,市民阶层的扩大和市民意识的高涨,新哲学思想的兴起等,构成了现实主义成熟的条件。唐代以后,小说戏曲更好地发展了现实主义,尤其是元明清的戏曲小说使得现实主义得到了极大的丰富和发展。②

刘文一出,舆论哗然。姚雪垠在 1956 年第 21 期《文艺报》发表《现实主义讨论中的一点质疑》一文,认为现实主义的成熟与市民阶层的兴起颇有关涉,而中国近代社会资本主义萌芽却是在南宋以后,尤其是市民阶层的兴起,导致话本小说愈加兴盛。因此,姚雪垠认为中国古典现实主义并不如刘大杰所说在杜甫、白居易时代,而是产生于南宋期间,话本小说则是中国古典现实主义产生的代表。蔡仪则不同意刘大杰将现实主义创作方法等同于表现方法,亦不认同刘所谓中国古典现实主义成熟于杜、白之际,认为有相当的现实主义作品的出现也就是现实主义的形成,故其认为中国古典现实主义的文学作品早在《诗经》时代就有了。同时,他亦重

---

① 《文艺报》1958 年第 1、10 期。
② 上述几篇文章,收录于刘大杰著《古典文学思想源流》,上海书店出版社 2008 年版。

新强调了现实主义与反现实主义的斗争是中国古典文学的发展主线的看法。① 与其观点相似的还有廖仲安,亦认为中国现实主义文学始于《诗经》,不同意照搬欧洲的批评观念,认为欧洲近代被称为现实主义的文学作品主要是小说和戏剧,而典型人物的塑造是小说和戏剧的主要任务。中国则在元代之前,诗歌尤其抒情诗是文学作品的主要样式,因此不能用欧洲现实主义的概念来作为衡量中国现实主义文学的尺度,不同意将现实主义的成熟时间推迟一千多年。同时指出,诸如《孔雀东南飞》、《悲愤诗》及汉乐府中的一些作品,在对社会现实的揭露方面,并不下于杜甫之作。② 陈翰文则认为劳动人民创作了文艺,现实主义创作方法诞生在劳动人民对自然、社会进行斗争时所创作的文艺中,因此何时有文艺的创作,何时就有现实主义创作方法,故主张《弹歌》就可算是现实主义作品。③ 而亦有研究者主张现实主义作为一种进步的创作方法,是从《孔雀东南飞》开始逐渐形成和渐趋成熟的。而从《诗经》到汉魏乐府是现实主义因素逐步积累和现实主义逐渐成熟的时期;唐代大量现实主义诗歌的出现和新乐府运动的兴起,则标志着现实主义文学的完全成熟;唐以后是现实主义文学继续发展时期。④ 亦有学者以不同文体的发展过程来讨论中国古典文学的现实主义的形成问题,认为诗歌的现实主义滋萌于《诗经》时代,形成于建安时代,最终成熟于杜甫、白居易时代;小说的现实主义则滋萌于唐传奇,形成于元明小说,成熟于《红楼梦》;戏剧的现实主义则滋萌于《董西厢》时期,成熟于关汉卿、王实甫时代,《桃花扇》则为高峰。⑤

正是在这样的讨论情势下,茅盾写作了《夜读偶记》,对刘大杰作了不点名批评。与此同时,北京、上海等学者都就中国文学史上的现实主义与反现实主义斗争的问题展开了热烈讨论,讨论的结果则是不少学者认为以现实主义与反现实主义的斗争来解释中国文学史并不允妥⑥,认为“革命的进步文学和落后的反动文学的斗争”的说法更为贴切。⑦

1959 年 6 月 17 日,中国作协和中国科学院文学研究所联合召开了文学史问题讨论会。会上,文学所所长何其芳作了长篇发言《文学史讨论的几个问题》。在何看来,列宁的两种文化理论或可引申出每个民族都有两种文学,即有民主主义和社会主义的文学,以及封建地主阶级的文学,但并不能因此直接将民主性的文学与现

---

① 蔡仪:《谈现实主义》,《文学研究》1957 年第 1、2 期。
② 廖仲安:《也谈中国文学史上的现实主义问题——并与刘大杰现实商榷》,《光明日报》1959 年 7 月 5 日。
③ 陈翰文:《现实主义的产生和发展》,《光明日报》1959 年 11 月 15 日。
④ 盛钟健、姚国华、徐佩珺、范民声:《也谈现实主义的产生和发展》,《光明日报》1960 年 2 月 21 日。
⑤ 胡锡铸:《略论中国文学史中现实主义的形成》,《新建设》1962 年第 5 期。
⑥ 马启:《现实主义文学是主流吗?》,《解放日报》1959 年 4 月 2 日。
⑦ 储松年:《一点质疑》,《解放日报》1959 年 3 月 31 日。

实主义文学等同起来。民主性的文学不仅是现实主义文学，况且真实反映现实也未必等同于现实主义，积极浪漫主义的文学也能真实反映现实。那种主张将积极浪漫主义归为现实主义的做法是错误的。同时，他指出，恩格斯致哈克纳斯的信中所谓必须写出典型环境中的典型性格才算是现实主义，这一提法只针对小说、戏剧和其他以描写人物为主的文学样式，"至于抒情诗和抒情的散文，无论是古代的还是今天的，都不可能也不应该要求他们写出典型"。因此，他并不认同以现实主义与反现实主义的斗争作为贯穿中国文学史的线索。①

虽然看似何其芳的言论是对现实主义成为绝对主流的某种程度上的反拨，但实际上不论是作为一种创作方法，还是一种文学流派，抑或是一种理论主张，现实主义此时已是一枝独秀。

1958 年，毛泽东提出革命的现实主义与革命的浪漫主义相结合的"两结合"创作方法。如果说革命的现实主义是对于此前由苏联传入的社会主义现实主义美学的肯定与继承，那么革命的浪漫主义的提法，一方面是毛希望借此鼓动群众在"大跃进"的时代氛围下革命意志饱满，以夸张荒诞的革命能量来完成浮夸不切实的革命目标，另一方面毛亦是借"两结合"的口号来取代社会主义现实主义这一讲法，以此回应当时中苏意识形态的分歧与冲突，试图摆脱苏联的影响，最终建构出中国自身的文艺理论体系。对此，周扬认为："革命的现实主义与革命的浪漫主义相结合，这是对全部文学历史经验的科学概括。"②而前述对于建国后文艺理论教材颇有影响的毕达可夫的《文艺学引论》亦认为："两个方向的斗争，现实主义和形式主义的斗争像一根红线一样贯穿着整个文学和文学科学的历史。现实主义在全部历史过程中都是进步的潮流，进步的文学活动家都站在它的旗帜下。反动阶级永远是贪婪地抓住形式主义、反动的浪漫主义和神秘主义。"③由此可见，不论是在苏联文艺理论教材的价值判断体现中，还是在建国后不断丰富和深化的文艺理论知识体系中，文学史的整个过程都被简化为现实主义和形式主义的斗争，前者不仅是政治正确的，在艺术审美上也是杰出的。

对于现实主义的高度推举，显然也成为建国后古代文论教材的一大核心内容。大抵来说，这一时期比较重要的古代文论与古代文学教材有黄海章著《中国文学批评简史》、郭绍虞《中国文学批评史》（修订本）及刘大杰《中国文学批评史》（上）。

以黄著为例，作为建国后新编写的第一部文学批评史，这部出版于 1962 年的古代文论教材带有鲜明的时代印记。在短短 16 万字的篇幅内，黄著以时代递变为

---

① 何其芳：《文学史讨论的几个问题》，《何其芳文集》第 6 卷，人民文学出版社 1984 年版，第 91—103 页。
② 周扬：《新民歌开拓了诗歌的新道路》，《红旗》1958 年 6 月 1 日创刊号。
③ 毕达可夫：《文艺学引论》，高等教育出版社 1958 年版，第 524 页。

序、以具体古代批评家为纲,并辅以古代文论的重要论题为中心展开叙述,基本囊括了古代文论史的内容大纲,勾勒出古代文论的历史线索。

在时代思潮的影响下,黄著亦颇为突出现实主义与反现实主义的两条道路之争:"在古代文学理论和批评中,有些是含有现实主义文学的因素,可以推动文学向前发展的,有些是偏于唯美主义、形式主义,会把文学拉向后退的。文学史上进步、向上的,和落后的、反动的,两种矛盾的斗争,在文学批评史上也是同样的显现出来。""在进步的向上的和落后的反动的两种矛盾的斗争中,胜利是属于前者而不是后者。"①由此可见,两条道路之争已经成为对于古代文论与文学总体把握的基本价值判断依据了,在这一论述标准下,历史上重要的作者、批评家和文学观点都被截然一分为二,或归为现实主义的进步队伍,或贬为反现实主义的反动阵营,而文学进程的演变也就成为这两大阵营之间斗争的结果。正如研究者所指出的,黄著基于时代时代风气而对中国古代文学批评的实际发展历程作了简单化的概括分析,从而整体上影响了著作的学术价值,②使得研究偏离学术,成为现实政治话语的注脚。③

如果说黄海章的《中国文学批评简史》是诞生于时代思潮之中的产物,那么五六十代郭绍虞的《中国文学批评史》的改写工作则更其说明建国后意识形态话语对于古代文论研究所产生的具体影响,以及现实主义与反现实主义如何作为主要研究观念落实于具体研究的。就具体版本来说,郭绍虞的批评史改写本有两种版本,一种是 1956 年由上海新文艺出版社出版的《中国文学批评史》,另一种则是 1959年由人民文学出版社出版的《中国古典文学理论批评史》,该本只写到晚唐司空图,故亦只出版了上册,但改写部分较多,试图融合马克思主义文艺理论的色彩也较重。"文革"结束之后,原新文艺版由上海古籍出版社于 1979 年重印再版,成为七八十年代重要的古代文论教材,影响颇深远。

1955 年 4 月,郭氏在新文艺版《中国文学批评史》后记中如是写道:"改写好像复雕,细细琢磨,理应更加完美一些;可是,改写又好像校书,如扫落叶,总不易收拾净尽。尤以自己马克思列宁主义的文艺理论研究不够,旧观点不能廓清,对各家意见不能给以应有的评价,均属意料中事。更因在病中,工作起来,每有力不从心之感,虽然改写的态度自认是严肃的,但结果仍只能是一部资料性的作品。"由此可见,郭绍虞颇欲紧跟时代,尤其是以马列文论的学习来"廓清"所谓旧观点,以使全书尽量从"资料写的作品"上升为具有马列主义观念的理论性作品,不论其实际效

---

① 黄海章:《中国文学批评简史》,广东人民出版社 1962 年版,第 3 页。
② 蒋述卓等:《二十世纪中国古代文论学术研究史》,第 125 页。
③ 张海明:《回顾与反思——古代文论研究七十年》,第 29 页。

果如何,显然这些都是郭绍虞改写原作的具体考量。

就具体改写来说,首先较之旧版,新文艺版修订本对于中国文学批评史的整体分期作了明显调整,从之前的文学观念演进、文学观念复古并文学观念完成等三大阶段调整为自上古至东汉的“上古”、东汉建安至五代的“中古”以及自北宋至清代的“近古”的三大历史分期,从单纯的聚焦文学扩展为对于历史整体状况的关注。

而用以展开具体论述的研究观念,则郭的改写皆以二元对立模式作为逻辑主线。具体表现为哲学上的唯物与唯心之争,反映论与唯心论之争,主观与客观之争,政治上的进步与落后之争,无产阶级与资产阶级之争,审美上的现实主义与形式主义之争,积极浪漫主义与消极浪漫主义之争等等。人民文学版《中国古典文学理论批评史》(上)第一章《绪论》中即设立“发展规律中的斗争问题”一节,明确将中国古典文学理论批评史概括为“现实主义文学批评发生发展的历史,也就是现实主义文学批评和反现实主义文学批评斗争的历史”,同时唯物主义与唯心主义“两种对立倾向的斗争也是比较明显的”。①

在此观念影响下,郭绍虞的中国文学批评史改写对于古代具体批评家的阶级立场及其与具体文学主张之影响,特为措意。如其明确指出儒家“尚用”的文学观念“是为复古的尚用,是为剥削阶级服务的用”;批评庄子是“唯心主义者”,讽刺庄子“一碰到实际,不能脱俗,结果却变为顺俗”,言论玄妙空虚,是“主观唯心的虚无之道”;荀子是“比较接受道墨两家朴素的辩证法和和唯物思想的”,孟子的逻辑思想是“主观主义的比附方法”,是“唯心的、不科学的”。② 凡此种种,皆可见出郭绍虞试图将个人的文学主张与阶级身份结合起来加以论述,并且不乏阶级决定论的观念,多以阶级立场、唯物唯心主义来统摄具体文学批评。

阶级决定论之外,修订本另一大论述主线即是将中国文学批评史设定为现实主义与反现实主义的斗争过程。如其将魏晋南北朝时期的文学批评指认为形式主义文论的萌芽发展时期,而隋唐五代时期相应的正成为对上述时期形式主义文论的斗争。他论及曹丕、曹植的文学主张,认为他们的作风“偏于形式技巧”,只是出于身处统治阶级的关系,才大谈儒家思想,因为唯有如此,“才能使偏重形式技巧的文学,不暴露现实,不反对政治”:③皎然的《诗式》乃“纯艺术论”、“唯心论”,走到现实主义的反面去了,司空图《诗品》亦是被动消极的浪漫主义,是不科学的唯心思想,“粉饰现实,努力使人与现实相妥协,或逃避现实,使人走向颓废享乐或虚无主

① 郭绍虞:《中国古典文学理论批评史》(上),人民文学出版社 1959 年版,第 5 页。
② 郭绍虞:《中国文学批评史》(1956 年修订本),上海古籍出版社 1979 年版,第 12、15、16、18、23 页。
③ 郭绍虞:《中国文学批评史》(1956 年修订本),第 43 页。

义"；①在现实主义方面，除了通篇不时出现的具体论述之外，还专设一节"唐代现实主义的诗论"来加以重点阐述，肯定陈子昂是唐代现实主义的第一人，认为"直到陈子昂拈出'风骨''兴寄'诸词，才算接触到了现实主义"，批评李白、杜甫未能完全接续陈子昂开出的现实主义之路，"不可能完全发挥现实主义的理论"，认为李白虽然能不模拟古人，不拘束声律，但"他只理解到这一点"，至多本于一己的浪漫气质，"崇尚自然，破弃格律"，而对六朝形式主义创作观念颇有体悟的杜甫，却能接触到现实，在诗作中表现时代；而处于社会矛盾更其尖锐的中唐的白居易，论诗虽不脱儒家论调，却能"正确地了解诗的意义和作用，所以虽不用现实主义的名称，却接触到现实主义的实际"。②

作为郭绍虞努力提高自我理论认识的作品，修订本另一大特点即是其特别注意自觉运用历史唯物主义和社会历史分析方法来观照历代重要批评家，注意揭示他们各自理论主张背后的现实根源。如其在讨论王充的文学思想时，即以侯外庐《中国思想通史》所论为据，注意到其文学思想正与汉代农民战争的衰落有关，王充战斗批判的精神乃因"反抗了汉代的统治政策"，并将王充置于汉代重谶纬之学的学术氛围中来进行比较，由此见出王充的独特之处；③又如论及明代的唐宋派文论，修订本指出当时复古思潮复又抬头，即"大抵元代以蒙古族统治中国，原有文化受到摧残，所以一到明代，复古机运也就抬头"④，显然是从政治局势变革的角度来讨论文学主观的嬗变；再如论及袁枚独标性灵的文学主张，不一味局限于性灵格调之争，而是牵连汉宋学术的深在背景，从当时的学术思潮来观照袁枚诗论文论的特出之处，又注意到"清初的新兴市民阶级的影响"，显然视野更其开阔。⑤可见，相较旧版局限于历代文学思想的研析考辨，修订本《中国文学批评史》试图借鉴马克思主义唯物论的观念方法，将文学批评所开展演变的时代背景与历史事实作进一步的解读，由此更其符合马克思主义文艺理论的要求。

在人民文学版《中国古典文学理论批评史》的书前小诗中，郭绍虞曾如是写道："我昔治学重隔隙，鼠目寸光矜一得。坐井窥天天自小，迷方看朱朱成碧。矮子观场随人云，局促徒知循往迹。客观依样画葫芦，主观信口无腔笛。""自经批判认鹄的，能从阶级作分析。如聋者聪瞽者明，如剟肠胃加漱涤。又如觅路获明灯，红线条条遂历历。心头旗帜从此变，永得新红易旧白。"从中颇可见出郭氏的内心写照，

---

① 同上书，第149—157页。
② 同上书，第113—119页。
③ 同上书，第35—41页。
④ 同上书，第352页。
⑤ 郭绍虞：《中国文学批评史》(1956年修订本)，第552页。

认为自己以前的研究只是看到了"隙隙"，所谓"资料性工作"，并且既不足以认识客观，又犯了主观主义之错，多信口开河，经过批判反省之后，才知道要从阶级性来进行研究分析，如此则聋者复聪瞽者复明，而这由白变红的革命历程，关键是缘于找到了马克思主义这盏指路明灯，找到了毛泽东文艺思想作为心中红旗。

诚如研究者所指出的，郭绍虞修订《中国文学批评史》是时代大浪中的一次典型学术事件，"集中反映了'17'年期间思想改造运动和文艺界大批判运动所营造的学术语境对中国古代文学批评研究的制约，反映了生存在这一语境中的学者与时俱进而不断自我调整的精神轨迹"。① 而更值得注意的是，不论是黄海章的《简史》，还是郭绍虞的修订本批评史，很长时间以来，它们都成为了流传颇广的规范的中国文学批评史教材，而时代思潮之于这些著作的影响，某种程度上又通过它们影响了人们对于中国古代文论的认知，形成了人们对古代文学批评历史发展过程的认知模式和价值判断。

作为马克思主义文艺理论中的重要范畴，现实主义自来拥有极强的理论阐释能量，同时它每每与社会现实进程遥相呼应，很自然地成为中国知识分子用为改造社会、阐释文学的理论工具，并以此重新审视和读解中国文学的发展演变。但不可否认，在将现实主义付诸理论实践的过程中，因着现实政治的语境压力，这一原本仅仅作为一种文学创作方法的理论名词，日益上升为一种价值评判尺度，甚至在某一时期成为文学研究的最高准绳，最终演变为一种意识形态的价值观。而这也就给古代文论研究带来极大的伤害，遮蔽了丰富而生动的古代文学的全貌以及不同历史时期、不同作者、不同风格之间的重要差异，在放诸四海而皆准的评价模式面前，关于古代文学的讨论与分析日渐显得单一而雷同，以庸俗社会学的研究方式替代了本该纷繁多彩的文学研究，最终也背离了现实主义作为一种创作方法的本来的文学意蕴。更深远的后果则是，政治化语境中古代文论研究的被束缚，其实最终体现为古代文论自身独特文化内涵的被取消，古代文论沦为现实政治与主流文艺思想的附庸和注脚，教条化的倾向愈加严重，古代文论自身的学术身份与文化品格却日益被消融乃至被"虚构"。

---

① 韩经太：《中国文学批评史研究》，第255页。

第七章
返本与开新

——古代文论研究的更新与延拓

毫无疑问,建国后持续不断的各种政治运动,一定程度上扰乱了学术发展的自身规律,尤其是 1963 年之后的文艺批评活动几乎完全脱离了学术研究的常道与正道,成为彻底的政治斗争。正常的文艺理论的研究与争鸣,被粗暴地设定为"文艺上的社会主义道路同资本主义道路的斗争,无产阶级的社会主义的文艺路线同资产阶级的反社会主义的文艺路线的斗争,是大是大非之争"①,由此使得文学政治化的趋势日益强烈,带给学术研究的局限甚至伤害也就不言自明。

直到"新时期"开始,亦即 1978 到 80 年底末期的十年时间,"文革"动乱宣告结束,政治趋于理性清明,拨乱反正,整个国家开始进入社会主义现代化建设的新的历史时期。随之而来的是在三中全会以后,思想文化界开始出现一场影响深远的思想解放运动,亦即在"解放思想,实事求是"的精神指导下,试图冲破此前"左"的束缚和禁区,文学创作与研究也开始重新谋求自身定位,文学的去政治化趋势进一步得到加强,诚如邓小平所指出的:"党对文艺工作的领导,不是发号施令,不是要求文学艺术从属于临时的、具体的、直接的政治任务,而是根据文学艺术的特征和发展规律,帮助文艺工作者获得条件来不断繁荣文学艺术事业,提高文学艺术水平,创造出无愧于我们伟大人民、伟大时代的优秀的文学艺术作品和表演艺术成果。……要着重帮助文艺工作者继续解放思想,打破林彪、'四人帮'设置的精神枷锁,坚持正确的政治方向,从各个方面,包括物质条件方面,保证文艺工作者充分发挥自己的聪明才智。"②换言之,文艺工作者不再只是政治观念的"留声机"与"传声筒"——虽然这并不意味着文学艺术开始具有完全自主的地位和价值,仍旧要承担为现代化建设服务的任务——而是从此前全面的政治附庸中渐始摆脱出来,从理

---

① 《"写中间人物"是资产阶级的文学主张》,《文艺报》1964 年,第 8、9 期合刊。
② 邓小平:《在中国文学艺术工作者第四次代表大会上的祝辞》,《邓小平文选(1975—1982)》,人民出版社 1983 年版,第 179—186 页。

论观念到具体实践等多方面进行反省与扬弃。就古代文论研究领域而言,一方面,研究者们从极左思潮中摆脱出来,尤其是对庸俗社会学和泛政治学的研究观念进行了痛定思痛的反思,进而回归原典,回归传统,从中国传统文化的层面全面把握古代文论的理解与阐释,此之谓"返本";另一方面,古代文论研究界也不满足于简单地以古释古,试图以现代化的学术眼光,融合现代文论、外国文论等理论思潮,衡酌古今中外,在多方比较的视域下,为古代文论研究别开生面,此之谓"开新"。大抵而言,从"新时期"开始直到世纪末,古代文论研究基本就围绕着这两大主题,分别从观念的反拨、具体研究方法的翻新、古代文论研究的现代转型等方面进行了具体探讨与革新,由此延拓了更多元的价值取向,开阔了更宽广的学术视野,取得了更丰硕的成果。

第一节　观念的反拨与转型

"新时期"古代文论研究的突破,首先取决于研究观念上的反拨与转型。前者指的是对于历史过往中的种种错误观念进行根本扬弃,后者则以面向未来为目标,资取现代学术研究观念,用为古代文论研究学术传统的重建。

有鉴于长期以来文学创作与学术研究始终受制于现实政治的掣肘与主导,学术观念的反拨首先即谋求对文艺与政治关系的重新定位,破除"文艺为政治服务并从属于政治"和"文艺是阶级斗争的工具"这两大一直以来被视为马克思主义文艺理论的基本观念所造成的弊端。1978 年 6 月,陈丹晨、吴泰昌在《上海文艺》上发表《评"文学创作都要写阶级斗争"》一文,认为"文艺创作都要写阶级斗争"乃"四人帮"所"最惯用最典型的假左真右的反动文艺谬论之一",可说是对于文艺专制思想的初步清理。而真正对文学工具论发出质疑的,允推上海《戏剧艺术》1979 年第 1 期陈恭敏所撰文《工具论还是反映论——关于文学与政治的关系》。陈文尖锐质疑:为了革命的需要是否就可以不顾艺术的特殊规律,把文艺的反映论变成工具论? 而"把文艺直接说成是阶级斗争的工具,显然是对文艺为政治服务的一种简单化、机械化的理解,是不符合艺术的规律的",尤其"当我国进入一个新的历史时期,大规模的群众阶级斗争已经结束,转入四个现代化的建设,这种'工具论',更值得加以重新研究"。① 是年 3 月,《文艺报》召开理论批评工作会议,对"文艺为政治服务"这一观念的批判也成为是次会议的一大主要内容。

《上海文学》1979 年第 4 期发表评论员文章《为文艺正名——驳"文艺是阶级

---

① 　陈恭敏:《工具论还是反映论——关于文艺与政治的关系》,《戏剧艺术》1979 年第 1 期。

斗争的工具"说》,更是直截了当主张全盘否定"文艺从属于政治"的说法,明确提出要"为文艺正名",认为将文艺视为阶级斗争的工具是"从根本上取消了文学艺术的特征",指出"文学艺术的基本特点,就在于它用具有审美意义的艺术形象来反映社会生活",而"只有把文艺与生活的关系作为首先和基本的关系来考察的文艺观,才是唯物主义的文艺观"。文章还指出,"解决文艺与生活的关系,主要是为了求得真的价值;解决文艺与政治的关系,主要为了求得善的价值。在真与善的基础上,还要解决内容与形式的关系,这是为了求得美的价值。这三者的关系不是孤立的,而是相互联系、相互渗透的。"由此可见,文艺工具论之所以必须纠正,乃在其"将文艺与政治的关系说成唯一的、全部的关系,这样的文艺观,将导致文艺与政治的等同,因而是一种取消文艺的文艺观,必须从理论上加以澄清"。相较陈文,《正名》试图从文艺自身属性来论述文艺泛政治化所产生的弊端,从审美角度重新观察和思考文艺本质及其与现实政治的关系,"为文学回归'自身'提供了最初的理论视野"①。

一石激起千层浪。《正名》引发了思想文化界的激烈争论。为文艺工具论辩护者亦不乏,如王得后《给〈上海文学〉评论员的一封信》(《上海文学》1979 年,第 6 期)、吴世常《"文艺是阶级斗争的工具"是个科学的口号》(《上海文学》1979 年,第 6 期)、张居华《坚持无产阶级的党的文学原则——"文艺是阶级斗争的工具"不容否定》(《上海文学》1979 年,第 7 期)、李方平《真实性、公式化与文艺为阶级斗争服务——与〈为文艺正名〉商榷》(《上海文学》1979 年,第 9 期)等。他们认为文艺工具论的提法本身并没有错,不能因为"四人帮"对于工具论的滥用就以此完全否定文艺工具论,且阶级斗争说本源于马克思主义经典理论,具有先验的政治正确,因此不可完全否定。

反对工具论的观点也迭有跟进。主要文章有顾经谭《文学的发展与"为文艺正名"》(《上海文学》1979 年,第 7 期)、周宗岱《"文艺是阶级斗争的工具"是个科学的口号吗?——驳吴世常同志》(《上海文学》1979 年,第 7 期)、罗竹风《文艺必须正名》(《上海文学》1979 年,第 10 期)、徐中玉《文艺的本质特征是生活的形象表现》(《上海文学》1979 年,第 11 期)等。他们认为文艺工具论否认了文艺的特殊规律,应坚决否定,主张要尊重文艺的主体创造性,不仅反对文艺对现实生活的被动反映,并且强调文艺自身特具的主动性。换言之,这一认识已经跃出了反映论的讨论藩篱,表现出对工具论的彻底扬弃,由此摆脱文艺从属于政治的窘境,最终发现人类生活的多样性以及文学艺术的审美性。

关于文学与政治关系的讨论,最终通过最高层领导人的表态而得以一锤定音。

---

① 刘锋杰等:《文学政治学的创构——百年来文学与政治关系论争研究》,第 325 页。

首先是 1979 年 10 月 30 日,邓小平在《在中国文学艺术工作者第四届代表大会上的祝辞》中正式宣布:"党对文艺工作的领导,不是发号施令,不是要求文学艺术从属于临时的、具体的、直接的政治任务,而是根据文学艺术的特征和发展规律,帮助文艺工作者获得条件来不断繁荣文学艺术事业,提高文学艺术水平,创作出无愧于我国伟大人民、伟大时代的优秀文学艺术作品和表演艺术。"①文代会闭幕不久,他又在《目前的形势和任务》的讲话中进一步提出:我们"不再继续提文艺从属于政治这样的口号,因为这个口号容易成为对文艺横加干涉的理论根据,长期的实践证明它对文艺的发展利少害多。但是,这当然不是说文艺可以脱离政治。文艺是不可能脱离政治的。"②继而,1980 年 7 月 26 日的《人民日报》发表社论《文艺为人民服务、为社会主义服务》。社论以"文艺为人民服务,为社会主义服务"的口号取代了过去长期使用的"文艺为工农兵服务"、"文艺为政治服务"的提法,以此"概括了文艺工作的总任务和根本目的,它包括了为政治服务,但比孤立地提为政治服务更全面,更科学。它不仅能更完整地反映社会主义时代对文艺的历史要求,而且更符合文艺规律"。1981 年 8 月 8 日,胡乔木在中宣部召开的思想战线问题座谈会上发表题为《当前思想战线的若干问题》的讲话,认为长期以来将毛泽东《在延安文艺座谈会上的讲话》中关于文艺从属于政治的提法,以及把政治标准作为衡量文艺作品的第一标准的提法,"虽然有它们产生的一定的历史原因,但究竟是不确切的,并且对于新中国成立以来的文艺的发展产生了不利影响"③。经过这一系列最高层领导人的明确表态,文艺工具论的观念及围绕其展开的方针政策得到了彻底扬弃,标志着文艺学术界的思想大解放,由此也为古代文论研究领域的进一步观念反拨与学术转型提供了重要的思想契机和话语基础。

　　1979 年第一次中国古代文学理论学术研讨会在昆明召开,会上成立了中国古代文学理论学会,向被视为中国古代文学理论学科在新时期历史条件下复苏与前进的一大标志。这次会议认为,"我国古代文学理论遗产极其丰富,对一系列问题都能从多方面进行深入细致的探讨,其中既有不少和西方文学理论相通的东西,也有不少是西方文学理论没有接触的东西"。然而解放以来,我国编著的文学理论教材,"虽然试图以马列主义作为指导思想,取得了一些成绩,但受西方影响太大,无论是体系还是具体阐述,都很少民族特色"。因此,与会者提出在新的历史时期下,"建立民族化的马克思主义文艺理论和繁荣社会主义文艺创作的历史任务已经提

① 邓小平:《在中国文学艺术工作者第四次代表大会上的祝辞》,《邓小平文选(1975—1982 年)》,人民出版社 1983 年版,第 185 页。
② 邓小平:《邓小平文选(1975—1982 年)》,人民出版社 1983 年版,第 220 页。
③ 胡乔木:《当前思想战线的若干问题》,《三中全会以来重要文献选编》(下),中共中央文献研究室编,人民出版社 1982 年版,第 882—884 页。

上日程,我们必须认真研究古代文学理论,批判继承,推陈出新".① 由此可见,将文艺从政治的附庸中解放出来只是初步解放,唯有从学术研究的既定模式中摆脱出来,尤其是充分认识和尊重古代文论基于中国文化传统所带来的先天的民族性,才有可能真正深入到古代文学理论的遗产中去,把握古人言说的真谛,进而找到其与现代文论、西方文论的理论绾接点。

因此,一方面研究者们承认解放后对于古代文学与文论的研究"力图运用马列主义观点,结合时代背景,作了思想性的分析",避免了之前研究中出现的"只是人物事实的叙述或随心所欲的简单论断",②从而使得学术研究的整体面貌发生了本质改观。但另一方面,人们也承认在这一过程中出现了庸俗马克思主义的现象,轻视具体问题,既不注意具体作家作品的自异性,也未尝开显其在历史演变过程中的丰富面貌,而仅止于简单套用马列主义文论与毛泽东文艺思想,最终导致实用主义的功利研究频频出现,有研究者将此现象概括为一种盲从权威、自我束缚的"新经学的迷雾"③。而更值得反思的是这种研究方式,在实际操作中实际完全沦为苏联文艺理论的照搬照抄,"把古代文论作为苏联文学概论的理论框架和理论观点的注脚,而不是从古代文论的实际中总结出自己的结论"④。换言之,这种研究模式几乎完全取消了古代文论的自身独立性和文化属性。事实上,早在 1957 年就有学者指出,"有许多人用教条主义的方式去学苏联的文艺理论,而不顾中国过去和现在的实际。在文艺理论领域内,虽然也阐述了文学的一般规律、构造学说、发展学说,起了一定的作用,但严重的是,它没有被移植到我国既有的文艺理论的土壤上,跟我国古代所流传下来的文艺理论遗产形成了严重的脱节现象"⑤。"脱节"之外,因为忽视对于古代文学与文论遗产的继承,过于强调批判,往往还导致基于现实政治意识形态的需要而对古人言说持攻其一点不计其余的研究态度,由此"必然在某种程度上造成对遗产的虚无主义态度"⑥,遑论涤除糟粕,取精用宏。

在 1980 年中国古代文论学会召开的第二次年会上,黄保真发表了《中国古代文学和文学理论研究中的现实主义问题质疑》一文。该文就文艺理论界长期以来将"现实主义"奉为唯一圭臬和不刊之论,以"现实主义"观照古代文论的研究观念提出了质疑。黄文认为现实主义并不能准确地解释古代的文学现象,也不能科学

①　《古代文学理论研究丛刊》第一辑,上海古籍出版社 1979 年,第 422 页。
②　胡念贻:《研究古典文学与批判继承遗产——三十年来古典文学研究的回顾》,《文艺百家》1979 年第 1 期。
③　程千帆:《从新经学的迷雾中走出来》,《社会科学战线》1980 年第 4 期。
④　罗宗强编:《古代文学理论研究》,湖北教育出版社 2002 年版,第 10 页。
⑤　应杰、安伦:《整理和研究我国古典文艺理论的遗产》,《新建设》1957 年第 8 期。
⑥　曹道衡:《关于古典文学研究工作的几个问题》,《文学评论》1979 年第 5 期。

地整理古代文学理论,在实践过程中,又不可避免地出现乱扣帽子的现象,诸如"现实主义"、"形式主义"、"唯美主义"、"反现实主义"之类的标签随意被用于对古代文论的解读阐释,遮蔽和简化了古代文论的全貌。黄文还指出较之欧洲文学与文论,中国古代文学和文论显然有自身不可磨灭的特色,彼此间的共性与差异性也绝非"现实主义"一词可一言蔽之。因此,"现实主义"用为古代文学与文论的价值判断标准,不惟无法涵括古代文学与文论的多样性与整体性,甚且还是一种"欧洲中心论"的表现,罔顾古代文论自身的民族特色。① 如果说对于文艺工具论的批判和否定的目的在于避免过多的政治介入,那么关于古代文论研究作为文化遗产的重新肯认及其民族特色的再度抉发,则不妨视为一种内部环境的"解放"。更关键的是,这一观念的反拨,不独是对古代文化遗产的尊重,更是对古代文学与文论的中国性的强调,由此才谈得上重新认识古代文论的独特价值和当代意义,并为此后开展的中西文论比较研究以及古代文论的文化语境研究奠定思想基础。

　　而不论是谋求文学研究的外部"解缚",还是基于内部自我认识更新的"解放",其最终目的皆在于学术主体性的确立。文艺工具论的否定是不希望文艺创作与研究继续做政治的"传声筒",民族特色的强调则是不希望继续做苏联文论的"好学生",两者牵连并举,古代文论研究方可从唯反映性、革命性是论转进为主体性、学术性的提倡。因此,研究观念的反拨的最终旨归,乃在于古代文论学科的重新定位,重新审视和揭出古代文论的当代意义。

　　1982 年 10 月,山东大学《文史哲》编辑部在济南召开了关于古代文论研究问题的座谈会。王元化在会上明确指出,研究古代文论的意义,一是对中国遗产的整理和继承,再是有助于建设具有中国特色的马克思主义文艺理论。② 1987 年《文艺理论与批评》编辑部亦召开了以"建设有中国特色的马克思主义文艺理论"为主题的讨论会,会议主旨仍然系针对"怎样把马克思主义同新时期的文艺实践结合"、"怎样运用马克思主义的立场、观点、方法研究现状、研究历史、研究外国"、"怎样科学总结经验,以推动文艺实践"等话题,③较之前一会议,显然更其紧扣马克思主义文艺理论中国化的主题,而对于中国特色的强调亦被与会者视为马克思主义文论中国化的核心内容。同年召开的中国古代文学理论学会第五次年会的中心议题亦是"如何将中国古代文论研究引向深入",有学者指出古代文论研究不仅在于文化史的意义,更在于满足当下现实的需要,亦即"建立具有中国特色的马克思主义文

---

① 黄保真:《中国古代文学和文学理论研究中的现实主义问题质疑》,《古代文学理论研究丛刊》第 4 辑,第 50 页。
② 《"中国古代文论研究和建立民族化的马克思主义文艺理论问题"座谈纪要》,《文史哲》1983 年第 1 期。
③ 《文艺理论与批评》,1987 年第 1 期。

学理论体系的需要"。两年后召开的第六次年会的中心议题则以"中国古代文学理论的价值及其在当代的作用和意义"来赓续此前的讨论,主张古代文论的现实生命力不可忽视。1991年召开的第七次年会,则有学者提出具有中国特色的马克思主义文艺理论必备的三要素系"观点和方法是马克思主义的,内容是具体文艺实践经验的科学概括,形式是中国民族化的"。① 由此可见,此时对于古代文论研究的讨论已从所谓"遗产"说转变为对其当代意义的开显,而这一意义的实现则是通过建设有中国特色的马克思主义文艺理论的实践过程来最终完成的。

　　90年代之后,关于马克思主义文艺理论中国化的讨论进一步深入。1990年,《文艺研究》编辑部召开了"推进有中国特色的文艺理论建设"座谈会。此次会议的主旨是展开关于"中国特色"的讨论,与会者认为"'中国特色'应该包括比'民族化'更深广的内涵"②,而建设有中国特色的马克思主义文艺理论的关键在于"用马克思主义普遍原理说明和解决中国社会主义文艺实践中的实际问题"③,并且认为在"强调中国的民族文化传统和特色"的同时,"根本主题却在于探索、研究我国的社会主义文艺的特殊本质和特殊规律"④。朱立元《关于马克思主义文艺学民族化的思考》则深入中国传统文论的思维模式与文化根性,认为马克思主义辩证思维方式与中国传统文论的"整体思维方式"、"两端中和的思维方式"和"流动圆合的思维方式"有着"天然的相通之处",主张"努力用马克思主义辩证思维方式来吸收、改造中国传统思维方式中的辩证因素,并融会贯彻到文艺问题的研讨中",这样我们才能"建构起具有鲜明的中国特色、闪烁着中国式智慧的光芒的当代马克思主义文艺学体系来"。⑤ 蒋孔阳先生则主张以兼容并包的态度来建设有中国特色的文艺理论,认为对于"民族特色","既不要做狭隘的理解,也不要做固定的理解,而要把有利于中华民族的发展的东西,理解为民族特色"。⑥ 张海明则认为,"研究古代文论的意义和价值,首先是为理论建设提供一个坚实的根基,同时这个根基又不是传统文论体系的简单照搬,而是经过现代意识审视,改造了的产物。"⑦曹顺庆主张对于中国文论话语的重建,在于从中国传统文论话语系统中"选择一些涵盖面宽,生命力强而又影响深远的原命题,通过历史的纵向叙述与横向的理论总结,恢复期话语的阐

① 蒋述卓等:《二十世纪中国古代文论学术研究史》,第143页。
② 董学文:《谈谈"中国特色"》,《文艺研究》1991年第1期。
③ 邢煦寰:《最主要之点》,《文艺研究》1991年第1期。
④ 严昭柱:《牢牢把握住主题》,《文艺研究》1991年第1期。
⑤ 朱立元:《关于马克思主义文艺学民族化的思考》,《学术月刊》1990年第8期。
⑥ 蒋孔阳:《建立具有中国特色的文艺理论》,《文学理论:面向新世纪》,钱中文等主编,山东人民出版社1997年版,第115—120页。
⑦ 张海明:《回顾与反思——古代文论研究七十年》,北京师范大学出版社1997年版。

释能力,然后运用这些原命题为核心的中国话语,去解释古今中外文学理论的重要理论问题。"①

　　上述所论可见,对于古代文论的当代意义的探讨越加成为古代文论学科重新定位的核心议题。某种程度上,摆脱了政治规训的古代文论学科只是完成了学科独立的初步工作,更紧迫的问题在于如何将古代文论的当代意义加以抉发和发扬,由此解决这一学科的知识合法性危机。就学科发展史而言,古代文论研究从一开始就是西学输入的一部分,因此在学科性质、理论框架并研究方法上带有极为明显的西方知识范式的印记。此外,苏联文艺体系解释路径的大行其道,现实主义反映论的理念束缚,现实政治的多方介入,也导致古代文论的阐扬受到极大地误读和遮蔽,进而日趋边缘化。而古代文论源于自身文化根性的特异性,先天注定其不可能舍弃自身文化传统,而完全依附于西方理论的阐释框架。因此,在新的历史条件下,古代文论研究的再出发势必要解决当代性的问题。而这一危机的解决,本质上又是对于自身文化焦虑感的日益凸显,文化认同感的日益缺失的主动回应。诚如有的学者所说,从"民族化"到"中国特色"的提法的改变,其实质在于"突出理论建设中的自我意识","民族化似乎更倾向于传统,而中国特色则更注重当代"。② 而当将古代文论研究的当代性问题与马克思主义中国化联系在一起时,则形成了对政治上的"建设有中国特色社会主义"的呼应,"体现为对理论建设中自我意识的重视"③。换言之,新时期开始的古代文论研究的复苏与前进,不论是强调对于现实政治的疏离,还是自身特质的重新肯认,及至学科当代性的抉发,其核心主线乃是民族自我意识的重建,学科主体性的重建,以及现代性与民族性相互涵融后的对于未来发展道路的新认识。

第二节　方法的翻新与运用

　　研究观念的反拨,必然带动研究方法的翻新。尤其是鉴于前此教条主义、庸俗社会学的泛滥所致的研究方法的单一和僵化,新时期开始以来的学者亟亟以求破除机械反映论的局限,尝试更多样化的研究方法,以期从内部激发古代文论的学术活力。因此,对于古代文论研究方法的探讨,正是延拓学术空间的有力实践,也是将此前反拨的学术观念加以落实的实际行动。

　　尤其是 1985 年,该年因先后召开了三次以方法论为主体的大型学术会议,遂

---

①　曹顺庆:《重建中国文论话语》,《文学理论:面向新世纪》,第 171 页。
②　张海明:《回顾与反思——古代文论研究七十年》,第 102 页。
③　黄念然:《20 世纪中国古代文学研究史·文论卷》,第 445 页。

得名"方法论年"。首先是 3 月由《上海文学》、《文学评论》、《当代文艺探索》等单位联合举办的"全国文学评论方法论讨论会"在厦门召开,该会对于自然科学、社会科学等各学科的研究观念和方法不断涌入文学批评领域的现象展开了热烈讨论,进一步促进了自然科学的方法论在文学批评中的讨论和运用。① 其次是 4 月 14 日至 22 日由中国社科院文学研究所牵头十二家单位联合主办的"文艺学与方法论问题学术讨论会"在扬州召开,主要就引进自然科学、横断科学方法的问题展开讨论,与会者认为在引进上述方法的同时,必须"既要注意到普遍适用性方面,又要顾及学科自身特点"。② 三是 10 月 14 日至 20 日由中国艺术研究院外国文艺研究所与华中师大联合举办的"文艺学方法论学术讨论会"在武汉召开,会议主要讨论了文艺研究方法体系中的层次问题,及如何运用系统科学方法论,方法论与文艺观念、艺术本体间的关系问题等。③ 这三次大型会议的召开直接掀起了方法论之于古典文学与文论研究的深入讨论,方法论问题已然成为新时期之后学术研究的一大重要议题。

如果说之前学术观念的反拨使得古代文论研究获致了再出发的内在动力,那么方法的反思和翻新,使得这种内在动力找到了具体实现的路径,"表明了古代文论学科已具备强烈的自省意识,可视为古代文论学科走向成熟的标志"④。

古代文论研究方法的自省,首先表现在对于中国传统文学批评方法的梳理和总结。1991 年出版的赖力行著《中国古代文学批评学》⑤以古今中西互证互释的方法,梳理中国古代文学批评的典型形态,从本体论、标准论、方法论、术语论和文体论等五大方面涵摄中国古代文学批评学体系。在方法论部分,赖著认为中国古代文学批评的展开方式可分为"品评批评"、"以意逆志批评"、"辨体批评"、"分解批评"并"比较批评"五部分,并着重将中国古代文学批评学纳入西方文艺批评学的阐释框架之内予以解读,从此前局限于具体批评文本的分析转进为对于中国古代文学批评的宏观系统性研究。

赖著之外,也有不少学者试图对传统文学批评方法加以分类归纳。如谭帆即将古代文学批评的主要模式分为社会批评、主体批评、审美批评、向导批评等四

① 晓丹、赵仲:《文学批评:在新的挑战面前——论厦门全国文学评论方法论讨论会》,《文学评论》1985 年第 4 期。
② 钱竞:《欲穷千里目,更上一层楼——记扬州文艺学与方法论问题学术讨论会》,《文学评论》1985 年第 4 期。
③ 李心峰:《深入探讨方法论,努力发展文艺学——武汉文艺学方法学术讨论会综述》,《文艺研究》1986 年第 1 期。
④ 蒋述卓等:《20 世纪中国古代文论学术研究史》,第 238 页。
⑤ 赖力行:《中国古代文学批评学》,华中师范大学出版社 1991 年版。

种。① 张伯伟则将古代文学批评方法和可能受到的思想观念影响加以并置考察，归纳出受儒家学说影响的"以意逆志"法、受学术传统影响的"推源溯流"法以及受庄禅思想影响的"意象批评"法。② 张利群则以阐释法、评点法、品评法、鉴赏法等四种类型来加以分类。③ 李家骧则更其缜密细分，认为古代文学批评的基本方法为辨证型、比较型、流变型、选评型、鉴赏型、答辩型、诗化型、描绘型、点悟型、图谱型等十种。④

上述关于中国古代文学批评方法的分析与概括，已然见出古代文论研究者们试图对于中国古代文学批评加以更精准的类型把握，更深入地了解中国古代文学批评的话语形态和展开方式。随着研究的深入，研究者们很自然地试图从表面的分类趋于更本质化地对于中国文学批评方法的思考。

陆海明著《中国文学批评方法探源》⑤即着力探讨中国文学批评方法的思维原点。他认为中国文学批评方法的成型与发展，肇始于中国早期文化，基本观念、思维模式和价值建构皆濡染了早期文化的种种特性，换言之，只有从古代早期文化的特性体系中来对中国文学批评方法加以把握，才能真正了解中国文学批评的特质。从此角度出发，陆著着重剖析《易经》、孔子、墨子和庄子对于中国文学批评的根本性影响，并勾连文学、美学和哲学等多门学科，指出《易经》"立象"、"取比"的思维方式和"尚中"的哲学观念对中国古代文学批评方法产生了深远影响；孔子"一以贯之"的整体思维方式、正名主义的逻辑思想和"叩其两端"的"中庸"观则奠定了伦理批评范式的基础；墨子"三表法"的"义法"意识及其经验与理性、归纳与演绎相统一的方法论特征，已然表明中国文化早期即有一定的科学价值取向，而"非乐"思想与儒家审美思想一样直接影响了中国美学史；庄子"物化"、"心斋"、"坐忘"、"虚静"、"养气"等诸多观念，更是直接催生了后世"意境"理论以及"言意"观的探讨，成为中国文学批评史和美学史的最重要的一大思想渊薮。

相较陆著偏于从文化渊源角度论述中国文学批评思维模式之特质，刘明今《方法论》⑥则试图从总体理论层面为中国文学批评方法做出更为全面深刻的总结分析。刘著意在挖掘中国文学批评丰富的思维内涵，从"批评意识与方法"和"批评思维与方法"这两大方面综括讨论中国文学批评方法开展的深在文化背景与思维特质。就前者而言，刘著认为文化历史意识、人物品鉴意识、审美超越意识、批评的自

---

① 谭帆：《论我国古代文学批评的几种主要模式》，《华东师范大学学报》1985 年第 4 期。
② 张伯伟：《中国古代文学批评方法三论》，《文献》1990 年第 1 期。
③ 张利群：《中国古代文艺批语方法论研究》，《海南大学学报》1994 年第 4 期。
④ 李家骧：《中国古代文学批评的基本方法及其认识途径》，《湘潭大学学报》1987 年第 4 期。
⑤ 陆海明：《中国文学批评方法探源》，中国社会科学出版社 1994 年版。
⑥ 刘明今：《方法论》，复旦大学出版社 2000 年版。

觉及自主意识的历史进程等五大批评意识直接影响了中国文学批评方法的建构；就后者来说，刘著则认为中国文学批评方法始终透出体用不二、整体直觉、通观整合、圆融不执等四种批评思维的价值地位。刘著着重探讨了中国传统文学批评方法所形成的历史过程，以及在这过程中，批评方法与批评思维、批评意识的复杂互动，由此开显出中国文学批评方法的动态建构过程及其独特的思维特质。可以说，陆著与刘著都已明显从单纯地罗列排比升等为对于中国传统文学批评方法的文化根性与思维方式的本质化探讨，不满足于对中国文学批评方法特色做浅表的综述，而是攀升至形成这种特色的文化背景的有意识探究，厘析出其历史运作过程中的内在话语系统和文化逻辑，进一步把握中国文学批评迥异西方文学批评的特质与本质，而这也为日后古代文论研究中的文化学思考及中西话语比较提供了前期话语资源。

在这样的考究过程中，研究者们对于中国传统文学批评的特质的认识也随之加深。或指出中国古代文论最显著的特色乃"以作家为基础，以史、论、评结合在一起的批评"，从而构成一种有别于"西方从上而下的、由先验的演绎推论而构成的诗学体系"的一种"从下而上的，由鉴赏经验的概括总结而构成的诗学体系"[①]；或强调中国文学批评的审美特性，指出中国传统文学批评"是属于'点、悟'式的批评，以不破坏诗的'机心'为理想，在结构上，用'言简而意繁'及'点到而止'去激起读者意识中诗的活动，使诗的意境重现，是一种近乎诗的结构"[②]；或为中国传统文学批评的印象式表述方式张目，肯认其言简意赅，精简恰切的特色[③]；又或是认为中国传统文学批评特色已然不限于文学批评，称许其"本身就是一种文学创作，是一种批评的文学"[④]。大抵来说，此时古代文论研究者们对于中国传统文学批评方法的成立方式、思维特质、话语模式及其文化背景都有了较为清晰准确的理解，愈加认识到古代文论研究方法亟待更新。

首先，研究者们仍然强调马克思主义研究方法作为主流研究方式的不可替代的地位。1979 年郭绍虞在《关于古代文学理论研究中的几个问题》一文中对古代文论研究方法提出了三点意见：首先在坚持马克思主义立场、观点的基础上，用实事求是的态度对客观事物作全面的历史的探索，详细地占有材料，注意一个时代的政治经济和其他思想对文艺理论的影响，注意文艺理论本身的传承关系以及这种理论对文学实践的影响，然后用历史唯物主义和阶级分析的方法总结出经验和规

---

① 杨明照：《从〈文心雕龙〉看中国古代史、论、评结合的民族特色》，《中国古代文论方法论集》，华东师大文学研究所编，齐鲁书社 1986 年版。
② 叶维廉：《中国诗学》，北京三联书店 1992 年版，第 9 页。
③ 黄维樑：《中国古典文论新探》，北京大学出版社 1996 年版，第 74 页。
④ 孙蓉蓉：《古代文学批评的艺术性》，《南京大学学报》1993 年第 3 期。

律;再是通过比较的方法,克服过去研究中马列文论、西方文论、中国古代文论各自分家的情况,实现各有侧重而又相互合作;第三点则是对古代文论进行科学的阐释。① 在同年召开的首届古代文学理论学会年会上,与会者也强调在研究方法上,尤其"应该提倡马克思主义的学风,采取实事求是和分析批判的态度,在详细占有材料的基础上,联系不同时代的政治和经济,结合当时文艺创作的实际来研究不同时代的文论",特为指出要"避免用理论解释理论的偏向",同时"应克服研究马列主义文论、西方文论和中国古代文论各自分家而互不合作的情况"。② 而陆海明在《古代文论研究中的方法论问题》一文中亦强调,马克思主义的方法论是指导古代文论研究的"大法",批判和继承传统的研究方法,利用和改造域外的研究方法,吸收和博采相邻学科的研究方法,并使用和完善考证手段,这些都是坚持和发展古代文论研究中的马克思主义方法论思想的一项重要内容。③ 也有学者强调由于长期以来的对于马克思主义文艺理论研究方法的简单庸俗化的运用,所造成的流弊颇大,因此日后研究必须注意着力发扬马克思主义的辩证思维方法。④ 汪涌豪则进一步指出,历史唯物主义方法在中国文学批评史研究过程中所出现的误用和滥用,还表现在"重视社会学的批评而缺少美学意义上的分析,重视平面定点研究而缺乏开阔视野和立体综合把握;比较研究流于简单比附而缺乏规律性的探索"。⑤ 由此可见,研究者们仍然认可马克思主义研究方法在古代文论研究中的重要作用,但同时也清醒地认识到此前的庸俗化简单套用产生了极大流弊,故此在日后的研究中亟需正本清源,避免片面理解所导致的机械化倾向。

此外,研究者们也非常推重中西文论比较研究的方法。这其中的经典成果允推钱钟书《管锥编》、《旧文四篇》和王元化《文心雕龙创作论》。前者以博大精深著称,尤以博古通今兼容中西而一新时人耳目,钱钟书以其卓越的理论释读能力与丰厚的中外文学阅读积累进行了一番精细精到精微的互证发明,郑朝宗认为,"作为一种新的文艺批评,《管锥编》的最大特色是突破了各种学术界限,打通了全部文艺领域"⑥。所谓"打通"指的是钱钟书能在古今中外的文艺观念中发见其共同共通之处,亦即其本人所谓"东海西海,心同理同",而求同求通的前提恰恰是对于中外文学深入细致的比较发明。

与《管锥编》异曲同工的是王元化的"三结合"说,亦即"古今结合、中外结合、文

① 郭绍虞:《关于古代文学理论研究中的几个问题》,《学术月刊》1979 年第 4 期。
② 《古代文学理论研究丛刊》第一辑,上海古籍出版社 1979 年,第 422 页。
③ 陆海明:《古代文论研究中的方法论问题》,《社会科学》1983 年第 4 期。
④ 陈伯海:《文艺方法论讨论中的一点思考》,《上海文学》1985 年第 9 期。
⑤ 汪涌豪:《对运用历史唯物主义研究中国文学批评史的几点检讨》,《文学遗产》1986 年第 3 期。
⑥ 郑朝宗:《研究古代文艺批评方法论上的一种范例》,《文学评论》1980 年第 6 期。

史哲结合",其被郭绍虞许为价值"决不在黄季刚《文心雕龙札记》之下"的《文心雕龙创作论》,即旨在通过对于《文心雕龙》的分析进而揭示出文学发展的一般规律,他自认这一点是深受黑格尔之影响。其与钱钟书相同处,皆在于试图发现文学现象背后的普遍规律,而这种发见又是通过古今中外的比较而实现的。充分认识到中国古代的美学和文艺理论的特殊性的王元化,并不赞成"勉强"地追求中外融贯,以致流为"比附",相反他更愿意"采取案而不断的办法,把古今中外我认为有关的论点,分别地在附录中表述出来"①,换言之,比较是融贯的前提,而非以牵扯比附来盲目求取融贯。再者,比较的目的亦非仅为彰明不同,比较实乃综合之手段。王元化强调综合研究的目的在于,"把古与今和中与外结合起来,进行比较对照,分辨同异,以便找寻出在文学发展上带有规律性的东西"②。而其在《八说释义小引》中对于自己的撰作原则阐明得更为明晰,"如果把刘勰的创作论仅仅拘囿在我国传统文论的范围内,而不以今天更发展了的文艺理论对它进行剖析,从中探讨中外相通、带有最根本最普遍意义的艺术规律和艺术方法,那么不仅会削弱研究的现实意义,而且也不可能把《文心雕龙》创作论的内容实质真正揭示出来。"③换言之,王元化的贡献恰在于既能充分考虑到古代文论的民族特色,同时又能以当下的文艺理论来剖析古代文论,进而在中外比较中揭示出《文心雕龙》的内容实质,探寻到"带有最根本最普遍意义的艺术规律和艺术方法"。

　　早在古代文论研究学科刚起步时,中西文论的比较即成为研究的一大重要内容。一方面是希望借镜异域之眼重新窥看中国古典,以此发现中西文论的同与异,另一方面也暗含着一层现代性与民族性的双重焦虑,期待通过中西比较古今互证,最终为古代文论求取知识合法性。而80年代开始重提中西文论比较研究,研究者显然怀抱更趋明确。郭绍虞认为中西文论比较的方法,最终目的是为了"发现我们独特的经验和独特的贡献"④;杨明照则认为"提倡比较研究法更重要的意义,还在于建立我们自己民族化的马列主义文艺理论"⑤;蒋孔阳更明确表示,比较研究"不是比高低,而是比特点",通过比较研究来"探讨各自的特点,各自特殊的规律性"⑥,换言之,亦即求同的同时,更重要地是要明异,发现古代文论一己之所长。

　　而"比较"之外,学界亦颇为强调"会通",即从相邻学科来开展古代文论研究。这其中堪作代表的是关于古代文论的美学阐释。张少康即认为"中国古代文论的

①　王元化:《文心雕龙创作论初版后记》,《文心雕龙讲疏》,上海三联书店 2012 年版,第 344 页。
②　王元化:《文心雕龙创作论第二版跋》,《文心雕龙讲疏》,第 352 页。
③　王元化:《八说释义小引》,《文心雕龙讲疏》,第 89 页。
④　郭绍虞:《关于古代文学理论研究中的几个问题》,《学术月刊》1979 年第 4 期。
⑤　杨明照:《运用比较的方法研究中国古代文论》,《社会科学战线》1986 年第 1 期。
⑥　蒋孔阳:《中国古代美学思想与西方美学思想的一些比较研究》,《学术月刊》1986 年第 1 期。

发展和古代书法、绘画、音乐等艺术理论的发展,关系十分密切,交叉影响,互相促进",而"如果我们能把诗、书、画、乐的理论贯通一气来研究,古代文学理论的独特理论体系和民族传统特色,也许就能把握得更为确切"。① 诚如郭绍虞、王文生《审美理论的历史发展》所说,"文艺不仅作用于人们的理智,而且影响人们的情感;不仅帮助人们认识世界,而且满足于人们的审美需要。文艺这种特殊作用与文艺的本质和特征有着密不可分的联系。"② 正因这种新的阐释路径的应用,使得古代文论的探讨不局限于学科本身,而是尽可能地与其他相关学科产生互动对话。

李泽厚《美的历程》③当年风靡一时,几乎家传户晓。虽然是书并不以古代文论作为研究的中心议题,但其将中国古代文艺理论中的诸多经典性议题,诸如"赋比兴"、"屈骚传统"、"魏晋风度"、"中唐文艺"、"苏轼的意义"等,置于整个中国古代文化传统中加以厘析思考,从中不仅抉发出这些议题的文艺价值,更"在美的哲学的层面透视中国传统文艺理论的精神本质"④,从而使得古代文论相关议题的哲学意蕴得以豁然开显。

萧驰的《中国诗歌美学》⑤则在早年研究王夫之诗论的基础上,以钟嵘、司空图、王夫之为历史线索,通过对于人间、历史、自然、超自然的四大类题材诗歌的横向研究,从中勾勒出中国诗歌理论的美学演变踪迹。其所注目的乃是经由对中国古典诗歌的关键性问题的思索,着力探讨诗歌的美学特征及其在美学史上的发展历程,勾连中国古典绘画、音乐的创作特质,最终裸裎出不同类型题材诗歌的美学传统,显然是以美学视角研究古代文论的一部具有开拓性价值的原创著作。

上述讨论可以充分见出,八〇年代开始形成的"美学热"极大程度上给研究者们提供了一种全新的研究范式和思维途径。通过美学阐释途径来加以理解古代文论,使得原本兜转于文学批评史的研究话语出现更其活跃的思维能量。更重要的是,通过这样的研究范式的改变,提醒古代文论研究者需要不断拓宽研究视野,充分激活古代文论的话语能量,认识到古代文论研究唯有在多学科的交叉观照中进行综合式立体式研究,亦即"与传统学术的各个层次和方面取得逻辑上的有机关系"⑥,才有可能进一步开拓古代文论方法论的话语空间。

---

① 张少康:《加强对古代文论横向理论体系的研究》,《回顾与重建——四十年古代文论研究反思座谈会发言》,《文学遗产》1989 年第 4 期。
② 郭绍虞、王文生:《审美理论的历史发展》,《古代文学理论研究丛刊》第一辑,上海古籍出版社 1979 年版,第 1 页。
③ 李泽厚:《美的历程》,文物出版社 1981 年版。
④ 韩经太:《中国文学批评史研究》,第 317 页。
⑤ 萧驰:《中国诗歌美学》,北京大学出版社 1986 年版。
⑥ 韩经太:《古文论研究应有多维视野》,《回顾与重建——四十年古代文论研究反思座谈会》,《文学遗产》1989 年第 4 期。

　　如果说中外文论比较研究是希望通过中西文论的不同来找寻古代文论的独特特质,美学阐释方法是经由多学科交叉研究来使古代文化话语空间得以扩大,那么将古代文学与古代文论加以统贯地考察,则是古代文学共同体内部的一次新实践,正如程千帆先生所说,研究"古代的文学理论"和研究"古代文学的理论"要相结合,做到"两条腿走路"。

　　罗宗强、卢盛江在《四十年古代文学理论研究反思》一文中,特别强调对于古代文论的研究要尊重历史事实,即所谓"历史实感"。而为达成此一目标,则须尽量真实地还原历史原貌。具体依循的方法是在古代文论研究中"结合相应的文学创作背景"、"结合文学史的实际"以及"结合文化环境"等。① 换言之,要深入到古代文论议题生成的具体历史语境中去,亦即王运熙先生所指出的,在古代文论研究方法论上,"要统观全人,避免以偏概全",同时"把理论原则和具体批评结合起来"、"与同时代文论联系起来考察"以及"把批评史研究和文学史研究结合起来"。②

　　作为这一方法论的提倡者,罗宗强先生同时也是一位出色的践行者。先后出版了颇负盛名的《隋唐五代文学思想史》③和《魏晋南北朝文学思想史》④,将这两大历史时期的文学观念与整体文学思潮、社会人文环境加以比照研究,使得不同历史时期的古代文论议题从诞育、发生、发展到成熟的演变线索得以清晰揭示。由于他对不同历史时期中文学创作所反映出的文学思想倾向的着力关注,使得古代文论的阐述不再只是从纸面到纸面的理论套语,而是结合具体文学创作之后的生动考察,由此令古代文论的诸多命题差异得以开显,更具理论说服力。罗先生意识到,要想确切把握文学思想发展的历史深因,还需要深刻把握古代文论的制造者,亦即士人群体的内心世界。故此,罗先生在大量历史文本中披沙拣金,发掘不同历史时期士人心态的演变和导致这些转变的社会文化事件,由此发现士人心态与文学思想两者间的深密关系,其《玄学与魏晋士人心态》⑤即较为成功地拓展了古代文论研究的一大面向。

　　受到这一研究方法影响的作品还有袁济喜先生《六朝美学》⑥。该书亦是将魏晋美学的生成与发展与六朝人物的人生观、世界观相结合,从人物品藻、玄学思潮和佛教哲学对美学的影响等方面去考察六朝美学特质,不止步于单纯文艺美学概念的分析,而是在对魏晋人物的人生审美化的考察中,求取一幅整全的六朝美学图

① 　罗宗强、卢盛江:《四十年古代文学理论研究的反思》,《文学遗产》1989 年第 4 期。
② 　王运熙:《谈谈中国古代文论的研究方法》,《复旦大学学报》1984 年第 5 期。
③ 　罗宗强:《隋唐五代文学思想史》,上海古籍出版社 1986 年版。
④ 　罗宗强:《魏晋南北朝文学思想史》,中华书局 1996 年。
⑤ 　罗宗强:《玄学与魏晋士人心态》,浙江人民出版社 1991 年版。
⑥ 　袁济喜:《六朝美学》,北京大学出版社 1989 年版。

景。朱良志的《中国艺术的生命精神》①则以"生命精神"为主旨,从中国哲学、中国艺术出发,以中国哲学观照中国艺术,以中国艺术凸显中国哲学,涉及诗、书、画、中国园林等多种传统艺术领域,试图强调中国哲学具有极强的生命哲学的特质,以及中国艺术精神很大程度上也是这种生命哲学的一种表现形式。

相较主张同异之别的中西文论比较研究,以及旨在汇通相关学科的交叉研究,以文学史与批评史相结合的研究方法,则可说是一种纵向深入研究,在互证互识的基础上,对于古代文论的理解与研究因历史实感的介入而相较更为准确和深入。

必须指出的是,从八〇年代开始,古代文论研究关于方法论的翻新和运用,并不止于上述这三方面的讨论。此处只是就其中荦荦大者加以简单综述。但由此已可见出古代文论研究者们希望以新方法带动古代文论研究的整体转型。同时,这种对于方法的无上热情,也反映出学界对于古代文论自身民族特质的愈加明确的认知,亦即中国古代文论的体系模式、话语思维都决定了不可能简单挪用外来的文学理论研究方法。因此,这时对于研究方法创新的热情,其意义也就不局限于学术研究本身了。至于新方法的判断标准,则恰如黄保真所言:"从外来新的方法中,筛选出一切适用于中国古代文论研究的新方法,并同传统的治学方法相融合,而创造出一种既有独具的民族特点,又有鲜明的现代意识的研究中国古代文论的新方法。"②

第三节　多元学术成果的取得

如果说二十世纪八〇年代是一个社会文化进行整体自省的时代,对于各类观念、方法还较多停留在接触了解的乍新乍熟的状态之中,那么从九〇年代开始,古代文论研究在八〇年代的基础上更上层楼。一方面在方法论上继续求新求精,以促进古代文论研究的多元发展;另一方面,在秉持传统阐释路径的基础上,不再满足于以史料整理和释读为中心的研究模式,而是更注重独创性与当下意义,强调理论思辨与当代文化的连通,使古代文论研究一洗故纸气,更符合当下的知识公义与研究思路,最终取得了多元的学术成果。

这些成果主要表现在如下方面:

一、古代文论史的编撰

很长时间以来,中国古代文学批评史都是作为高等学校中文系的一门重要课程而设置的。这就决定了在相关研究中,一定会有某种程度上作为教学体现的通史的研究形式存在。建国后,由于现实政治和意识形态的干扰,主要的文学批评史的撰写都带上了鲜明的时代印记,即以郭绍虞改写的《中国古典文学理论批评史》而言,全书始终贯穿着"现实主义与反现实主义"、"唯心主义和唯物主义"的革命思想,对于古代文论的重要论者和论题的讨论无法完全以客观中立的态度加以研究。

八〇年代之后,中国文学批评史的撰写开始有了本质性的改观。首先,即是抛弃过去完全机械化的历史唯物主义研究方式,主张以马克思主义辩证思维与历史唯物主义实证研究来深入古代文论的历史实境。这方面首开风气之作即是1987年由黄保真、蔡仲翔和成复旺合著的五卷本《中国文学理论史》。在充分意识到旧有研究范式之局限的基础上,该书一方面强调对于古代文论的研究仍不能脱离具体历史时期的政治经济环境,完全成为纯艺术的评鉴赏析,而忽略政治经济的发展演变对于一时代文学思想之巨大影响;另一方面,该书也特为指出不能将古代文论研究简化为政治经济的直接映射,而是应该充分考虑到哲学、道德、宗教等中间环节的影响,以及如画论、书论、乐论等中国古典艺术理论与古代文论之间的横向影响。而就具体古代文论问题的分析判断上,不能将此前流行的阶级分析法作过度演绎,而忽略了历史的复杂性,进而更要避免以"唯物"、"唯心"的标签来代替对历史过程的具体析解。正因基于上述观念,该书别开手眼,尤其表现在对于哲学思潮影响文学批评的重视,强调道、释两家对中国文学理论的重要影响,指出"中国文学理论的发展基本上就是以儒家思想为基础的政教中心论的文学理论与以道、释哲学为基础的审美中心的文学理论,在对立、斗争、渗透、融合中辩证发展的历史"。基于此,该书围绕着政教中心论和审美中心论这两大历史线索对古代文论的历史演变进行了多维探讨,在这一学术视野的统摄下,该书相较此前的文学批评史著作,显然更为接近历史原貌,更能开显古代文论的动态历史过程。

相较黄保真等人的《中国文学理论史》对于古代文论通史写作的开创性反拨,由复旦大学中文系中国文学批评史教研室以王运熙、顾易生领衔的编写组编撰,耗时十七年的七卷本《中国文学批评通史》,则可说是这一研究形式的集大成者。

《通史》共分先秦两汉、魏晋南北朝、隋唐五代、宋金元、明代、清代、近代七卷,由此对古代文论有一通贯的认识。作为这样一部史无前例的通史,其首先给人的深刻印象,即是对于中国文学批评史的包揽全局的意识。几乎历代重要的文学批评思想与讨论,都有涉及,而对重要的议题,诸如老子"大音希声"说、魏晋文学自觉说、刘勰文学思想、钟嵘诗论、风骨论、江西诗派、七子复古说、公安性灵说等,更是不吝笔墨,看似笔锋和缓,但精义全出。此外,譬如前此不为研究者所重视的金、元文学批评,《通史》却以近300页篇幅对此详加讨论,所论亦不乏历史上诸多不知名的作家、批评家,由此指出金、元文学批评上承宋季,下启有明的重要历史意义。此外,不独对古代文论中最重要的诗文两体作了详细缜密地梳理,更兼及向为轻忽的戏曲、小说、民歌、笑话、八股文等批评理论,大大扩大了文学批评通史的讨论空间,古代文论的全貌也庶几得到突破性的还原开显,极大丰富了古代文论的研究课题。

而为达到上述目标,《通史》尤为可敬之处即是历史资料的大量占有。举凡古人别集、总集、史传、小说、笔记、评点等,但凡片言只语和古代文学批评相关,皆一一登录,如此关于古代文学批评的讨论就不会陷入资料陈陈相因以致所论每多雷同的窘境,而即便多有讨论的命题,也因新资料的不断填充而获致全新的理论活力。值得一提的是,在处理丰富历史资料的时候,《通史》编撰者亦颇为注意对资料的解读方式。在秉持不骛声华、持平周正的解读风格的基础上,《通史》力求对所讨论的作家作品切合历史实情,要言不烦的评论与可信可用的原始资料相结合,不以偏概全,不评价夸张,不盲目比附西方文论,而是以历史唯物主义思想辩证看待不同作者、作品和具体文学思想在不同历史时期所产生的影响和作用,在时代背景、文体形式以及批评家与文学批评的关系等多方面综合讨论的基础上,最终透显出中国文学批评的整体风貌和演变过程。由此《通史》被众多学者许为"根深叶茂,体大思精"①之作,认为该书"把中国文学批评史的研究推向了新水平"②,更嘉许其"把文学批评史的研究提到了一个新的高度,为本世纪中国文学批评史的研究作了一个完美的总结,也为二十一世纪中国文学批评史研究的发展打下了非常厚实的基础"③。

此外,亦有几部文学批评史值得一提。如 1981 年周勋初著《中国文学批评小史》④,虽然该书篇幅不过二十余万字,却因风格独特,而予人惊听回视之感。著者有感于以往的文学批评偏于就事论事,仅对个别作家、作品进行片断或零星研究,缺乏有系统的分析与叙述,因而无法洞见文学理论发展史脉络,由此强调中国文学批评史应该研究历代文学的发展情况,总结各时代诗文评的研究成果。在这样的研究观念指导下,《小史》着力对古代文学批评作宏观全局式的探讨,不作过多枝节的讨论。但这不代表《小史》失于粗放,事实上,该书往往对于同一论题在不同时代的讨论状况进行贯串审视,如文学起源、古文运动、桐城派文论等议题,皆不局限于一时,而是置于整个文学批评发展史加以厘析。同时,该书尤为注意文学理论与具体时代的社会政治、经济、文化思潮之间的关系,在更大的文化背景中重新认识文

---

① 程千帆:《根深叶茂 体大思精》,《复旦大学学报》(社会科学版)1996 年第 6 期。
② 王元化:《把中国文学批评史的研究推向了新水平》,《复旦大学学报》(社会科学版)1996 年第 6 期。
③ 张少康:《祝贺〈中国文学批评通史〉的出版——兼谈中国文学批评史编写的几个问题》,《复旦大学学报》(社会科学版)1996 年第 6 期。
④ 周勋初:《中国文学批评小史》,长江文艺出版社 1981 年版。

学批评的发生发展。有学者即指出作者的研究业已"脱略了政治化的夸张色彩,而注意趋于客观的事理分析,以至在绝大部分篇幅里,我们根本看不到以政治原则和阶级观念规范与评价问题的痕迹"①,由此成为古代文论研究成功运用马克思主义文艺理论的佳范。

再如张少康、刘三富合著《中国文学理论批评发展史》②。作为一部以教材自期的批评史,该书一方面对既有研究充分吸收,另一方面并未满足于通常教材的平实呆板,而是注重提出自己的研究心得与看法,试图找出文学理论批评史上带有规律性的问题。在内容方面,则更多关注纯文学的理论批评。蔡镇楚著《中国古代文学批评史》则颇具主观色彩,不惟内容全面、体系完备,更着力于探讨中国文学批评与文化传统的关系,故此周振甫先生认为该书"注重于文学批评与各个时期的学术思潮相结合,使中国文学批评史能在一个更为广阔的学术文化背景中有一个更合理、更全面、更深刻的文化阐释"③。而陈良运《中国诗学体系论》④则在对于诗歌批评史的全面把握上,谋求经由具体诗歌批评的现象,最终揭示出中国古代诗歌的理论体系。全书以"言志"、"缘情"、"立象"、"创境"并"入神"等五大篇幅来对中国古典诗学进行多维观照,认为中国诗学发端于"志",演进于"情"与"象",最终完成于"境",提高于"神",认为这五大中国古典诗学中高频出现的审美观念,虽然发生时间不同,但就中国诗学整体历史过程而言,却彼此形成了"共时性建构"。以五大审美观念的演进与互动展开讨论中国诗学体系的营构,较之通史写作多以事件、观点为纲,更其便于贯串逻辑与史实,使得对于中国诗歌理论的演变过程有一全新的观照角度。

黄霖著《原人论》⑤作为三卷本"中国古代文学理论体系"中之一种,则以"人"为中国古代文学和文论的本源,从"心化"、"生命化"、"实用化"三个层面来阐发人的本源意义及其在中国古代文学理论体系中的展现。同时,该书在全面考察"道"的内涵变化和"原道"思维的形成历程的基础上,指出"道"以礼、心、天为基本内核,"礼"对应人际关系,"心"指涉人的思想、意志、品性和情感等,"天"则作为人的对立面而存在。著者认为应以"原人论"来代替沿袭已久的古代文论中的重要观念"原道论",认为这才是探究古代文学理论体系的逻辑原点。而以"心化"、"生命化"与"实用化"三个层面来分别对应文学创作论、作品论、实用论,由此将文学批评史上众多的理论命题贯穿起来,最终开显古代文学理论体系中的文学本原论,因此有论

①　蒋凡、汪涌豪:《发现中国文学批评理论的独特会心》,《社会科学战线》1997 年第 5 期。
②　张少康、刘三富:《中国文学理论批评发展史》,北京大学出版社 1995 年版。
③　蔡镇楚:《中国古代文学批评史》,岳麓书社 1999 年版,第 2 页。
④　陈良运:《中国诗学体系论》,中国社会科学出版社 1992 年版。
⑤　黄霖:《原人论》,复旦大学出版社 2000 年版。

者赞许其"用中国化的语言来建构中国化的文学理论体系"①。

　　长期以来,关于中国古代文论有无体系,一直存在着不小的争议。批评者认为:"中国古代没有产生一部真正体系的文学理论著作,所以,"关于中国古代有系统的'文学理论'或'文学理论体系'与否的回答,只能是'否定的'。"②而肯定者则认为"中国文学理论是以杂文学观念为基础建立起来的范畴体系",并且提出"范畴的模糊性与体系的潜在性相互为表里,一起构成了中国古代文论外在的基本特征",是一种"潜体系"。③由此可见,不论这一争议最终结果如何,古代文论研究从通史的撰写逐渐转向为体系的营构,至少表明这一学科对于自身科学性的完善的日益重视,以及企图通过体系化、系统化、逻辑化的知识建构,进而有利于学科知识的整编和传播,试图在历史经验中提取出更为逻辑系统的理论认知。

　　而作为古代文论研究在新时期的多元学术成果之一,古代文论史的多种撰写方式,从断代史、通史、文体史到体系化概括,充分显示出古代文论的研究空间日益扩大,研究内容日益丰富,研究方法日益多元,为此后各类专题研究的展开提供了知识资源和话语基础。

二、范畴研究的展开

　　90年代以来的古代文论专题研究中,尤须一提的是范畴研究。作为微观和宏观两大层面绾接点的范畴,长期以来以其独特的话语模式,充分呈露出古人关于文学批评特有的致思方式和表述形式,因此有论者指出,古代文论范畴研究将"有助于我们从根本上认识传统文论在思想范畴方面的民族文化特征","揭示传统文论及其范畴发展的内在逻辑和基本规律",同时经由范畴的现代阐释和重新建构,最终"促进当代中国文学理论批评及其范畴体系的转型与重构,实现文论话语本土化"。④

　　事实上,范畴研究很早就成为古代文论研究中的一大内容。解放前,朱东润论"阴阳刚柔"⑤、詹安泰论"寄托"⑥、傅庚生论"赋比兴"⑦等,已开先河。建国后,郭

① 彭玉平:《从历史形态走向理论形态——兼评三卷本〈中国古代文学理论体系〉》,《北京科大学报》2002年第2期。
② 蒋寅:《关于中国古代文章学理论体系——从文心雕龙谈起》,《文学遗产》1986年第6期。
③ 张海明:《回顾与反思——古代文论研究七十年》,第78页。
④ 党圣元:《中国古代文论的范畴和体系》,《返本与开新——中国传统文论的当代阐释》,河南大学出版社2011年版,第83页。
⑤ 朱东润:《古文四象论述评》,《中国文学论集》,中华书局1983年版,第148—168页。
⑥ 詹安泰:《论寄托》,《词学季刊》第3卷第3期,1936年9月。
⑦ 傅庚生:《赋比兴间话》,《东方杂志》第41卷第6号,1945年3月。

绍虞论中国文学批评中的"道"①、李泽厚论"意境"②、王运熙论古代文论中的"体"③、马茂元说"通变"④等，亦通过对古代文论中的重要范畴、名言加以考释说明，来诠释与所论范畴相关之文论议题。新时期之后，范畴研究则随着哲学界关于中国哲学范畴的热烈讨论而日益受到重视。有文本历史资料的整理与汇集，如胡经之主编《中国古典美学丛编》⑤、徐中玉主编《中国古代文艺理论专题资料丛刊》⑥、贾文昭主编《中国古代文论类编》⑦、成复旺主编《中国美学范畴辞典》⑧等都为日后专深研究提供大量宝贵的历史资料。而在资料整理的基础上，不少以古代文艺美学范畴研究为研究主旨的专著大量涌现，其中尤为值得一提的是由蔡锺翔主编的共计十本的"中国美学范畴丛书"。其中如涂光社《原创在气》⑨追溯了"气"概念的形成和运用过程，重点评介了中国古代文学、音乐、书法、绘画诸艺中的"气"论，对"气"这一有代表性的古代美学范畴及其所属的庞大概念族群的意蕴、属性、特征进行了诠释和梳理；袁济喜《兴：艺术生命的激活》⑩则对"兴"范畴做了综括式的把握，联系各艺术门类，强调"兴"是现实人生向艺术人生跃升的津梁，是使艺术生命得到激活的中介；汪涌豪《风骨的意味》⑪则在研究大量原始材料的基础上，结合书、画及诗文批评理论，推本溯源，对"风骨"范畴的语源、内涵和生成途径，其在克服艺术创作程式化倾向过程中所发挥的巨大作用，在古代美学范畴体系的逻辑位置，以及与传统文化的深刻联系，一一作了系统深入的论述；蔡锺翔《美在自然》⑫考察了自然论从哲学到美学、从萌生到发展的历史轨迹，厘清了文艺自然论的发展过程，对"自然"作为最高审美理想的地位和"自然"的美学内涵展开逻辑分析，揭出作为元范畴的"自然"的美学价值。此外，张海明《经与纬的交结——中国古代文艺学范畴论要》⑬对古代文论中的范畴特性及其生成模式进行了初步总结；詹福瑞《中古文学理论范畴》⑭则分文德、文术、文体和文变四部分来对中古时期关

---

① 郭绍虞：《中国文学批评中"道"的问题》，《郭绍虞古典文学论集》（下），第 38—67 页。
② 李泽厚：《意境杂谈》，《美学论集》，上海文艺出版社 1980 年版，第 325—332 页。
③ 王运熙：《中国古代文论中的"体"》，《中国文艺思想史论丛》第 3 辑，北京大学出版社 1988 年版。
④ 马茂元：《说"通变"》，《马茂元说唐诗》，上海古籍出版社 1999 年版，第 156—160 页。
⑤ 胡经之主编：《中国古典美学丛编》，中华书局 1988 年版。
⑥ 徐中玉主编：《中国古代文艺理论专题资料丛刊》，中国社会科学出版社 1992 年版。
⑦ 贾文昭主编：《中国古代文论类编》，海峡文艺出版社 1988 年版。
⑧ 成复旺主编：《中国美学范畴辞典》，中国人民大学出版社 1995 年版。
⑨ 涂光社：《原创在气》，百花洲文艺出版社 2001 年版。
⑩ 袁济喜：《兴：艺术生命的激活》，百花洲文艺出版社 2001 年版。
⑪ 汪涌豪：《风骨的意味》，百花洲文艺出版社 2001 年版。
⑫ 蔡锺翔：《美在自然》，百花洲文艺出版社 2001 年版。
⑬ 张海明：《经与纬的交结——中国古代文艺学范畴论要》，云南人民出版社 1995 年版。
⑭ 詹福瑞：《中古文学理论范畴》，河北大学出版社 1996 年版。

于文学本质和特征、文学创作、文学风格和文学发展的四大方面的范畴进行了清理；皮朝纲《中国古代文艺美学概要》①以"味"为古代文艺美学范畴体系的基础性范畴展开研究；陈竹、曾祖荫合著《中国古代艺术范畴体系》②以"道"、"气"、"意境"、"意象"等范畴构建古代文艺美学范畴体系；蓝华增《意境论》③、蒲震元《中国艺术意境论》④和古风《意境探微》⑤则围绕"意境"范畴进行了较为系统的研究，从具体文学创作中来把握"意境"范畴的生成与流变。

而第一本完整系统的既进行了出色的历史考释，在理论建构上也颇为成功的范畴研究论著，允推汪涌豪《中国文学批评范畴及体系》⑥。该书原名《范畴论》，为复旦版三卷本古代文学理论体系之一种。著者认为范畴以感性经验为对象，以对客体的辩证思维为特色，从此出发，可较为清晰地把握传统文学创作及理论批评的特色与规律。因此，《体系》旨在全面清理古代文论范畴的发展历史，进而从哲学高度对范畴的定义、逻辑边界作了清楚地说明，确立了良好的讨论起点；同时，全书既注意从纵向叙述中缕析历代文学思想与趣尚的演变过程，复以文体分类横向展开讨论不同文体所侧重的范畴、术语，由此开显范畴间横向的逻辑联系和结构体系；最后则归结为对古文论范畴逻辑体系的枢纽——元范畴的讨论，分析了"道"、"气"、"兴"、"象"、"和"等五大元范畴对中国文论范畴产生的本源性意义，进而以此与创作论范畴、作品形态和风格论范畴、鉴赏与批评论范畴连类观照，最终揭出中国古代文论范畴的"潜体系"征象。

由于此书对于古代文论重要范畴几乎毫无遗漏的考察，加之论述过程每能牵连其形成的内、外部规律，兼及剖析范畴之间的逻辑关系，而更重要的是摆脱了此前以古释古的拘谨陈旧，注重在当代文学经验中考察古文论范畴，凸显出范畴的理论品性及其之于当代文学、美学建设的意义。因此，该书一经出版，迅即引起学界关注，被推奖为"古代文论范畴研究的重大收获和登堂入室的标志"⑦。值得一提的是，2010年汪涌豪出版了《中国文学批评范畴十五讲》⑧，就前此未经讨论或已经讨论却未及展开的范畴问题，又做了更为周至精到的论述，诸如就"局段"、"闲"、"躁"、"声色"、"格韵"等向为人轻忽的文论范畴做了具有开创性的厘析与评价，条

① 皮朝纲：《中国古代文艺美学概要》，四川社科院出版社1986年版。
② 陈竹、曾祖荫：《中国古代艺术范畴体系》，华中师大出版社2003年版。
③ 蓝华增：《意境论》，云南人民出版社1996年版。
④ 蒲震元：《中国艺术意境论》，北京大学出版社1995年版。
⑤ 古风：《意境探微》，百花洲文艺出版社2001年版。
⑥ 汪涌豪：《中国文学批评范畴及体系》，复旦大学出版社2007年版。
⑦ 涂光社：《古代文论范畴研究的升堂入室》，《中国图书评论》1999年2月。
⑧ 汪涌豪：《中国古代文学批评范畴十五讲》，华东师大出版社2010年版。

分缕析,备见原委,可说是《体系》一书的后续补充,极有助于展现古代文论内在发展理路。

虽然范畴研究还存在不少问题,"从外在构成看,主要范畴研究多,次要范畴研究少;诗文范畴研究多,而戏剧、小说范畴研究少。从内在性质上看,则狭义诠释多,广义综括少;具体例释多,条贯归纳少;单个专论多,体系探索少。"①因此,范畴研究不能满足于对古人名言、术语的简单疏释,而关键是以范畴为研究中心,纵向勾连文学批评史的演变,横向牵动相关学科的文化背景,如此才可能经由范畴研究,最终建构起古代文论的民族话语体系。

三、文化研究的深入

随着研究的日趋深入,研究者发现若要真正抉发出古代文论迥异西方文论之处,单纯停留在具体文学观念和文学言说的比较尚不足以完成此一目标,只有将关于古代文论的研讨置于整个中国文化传统中予以考究辨析,尤其是在中外文论比较方面,必须由具体文学问题的比较探讨趋向于中西整体文化的互证对比。

以文化学研究方式来探讨古代文论,胡晓明《中国诗学之精神》②是具有开创性意义的作品。其研究主旨是从中国哲学与文化之相通处入手,以此照见中国诗学之精神方向与原型,并以"比兴"、"意境"、"弘道"、"养气"并"尚意"等五大观念揭示中国诗学的历史进程,认为它们之间的历史演进关系正代表了中国诗学的精神趋向。在此基础上,该书又对"乡关之恋"、"佳人之咏"、"空间体验"、"时间感悟"并"吾道自足"等五个专题进行了文化学、美学、文学的通贯考察,认为这五大专题其实正是中国诗学的五大精神原型,全书将美学体悟与文化分析融汇到古代文论研究中去的尝试值得称道。而刘士林著《中国诗性文化》③因着力于建构中国文化的诗性特质与诗性智慧而受到广泛关注。该书认为诗性文化是中国文化之特色,力图从总体上把握中国文化的精神方式。

此外,中西文论比较研究中也出现了文化研究的倾向。如1988年曹顺庆著《中西比较诗学》即可称国内第一部系统比较中西文论的专著。作者认为,"比较不是理由,只是手段。比较的最终目标,应当是探索相同或相异现象之中的深层意蕴,发现人类共同的'诗心',寻找各民族对世界文论的独特贡献,更重要的是从这种共同的'诗心'和'独特的贡献'中去发现文学艺术的本质特征和基本规律,以建

① 蔡锺翔、涂光社、汪涌豪:《范畴研究三人谈》,《文学遗产》2000年第1期。
② 胡晓明:《中国诗学之精神》,江西人民出版社1990年版。
③ 刘士林:《中国诗性文化》,江苏人民出版社1999年版。

立一种更新、更科学、更完善的文艺理论体系。"①换言之,此时中西文论比较已非仅止于表面的罗列排比和简单概括,而是试图由彼此异同进而发现中西文论的独特处,以及带有普世性的文学艺术的本质特征和内在规律。因此,曹著从文论范畴和观念入手,并通过"神思"与"想象"、"风骨"与"崇高"、"物感说"与"摹仿说"、"和谐"与"文采"等中西相似文论概念的对比和阐释来尝试探讨"中西文论沟通的可能性和不可互相取代的独特价值"②,由此为中西文论比较研究带来了更大的可能。

　　余虹《中国文论与西方诗学》③有鉴于中国文论与西方诗学的比较研究,长期以来多在同一性预设中进行,遂另辟一路,在承认中西文化与文论的本质性差异的前提下,以现象学还原方法探究两者在入思前提与意识空间上的突出差异和不可通约性,进而对"中西比较诗学"的命题研究提出质疑。而张隆溪《道与逻各斯:东西方文学阐释》④则针对西方后现代主义中的"新殖民主义"对于文化、种族等差异的过分强调,试图就东西方文化对同一性的探索展开研究。全书就语言与解释的关系——这一中西相通的主题——进行一场跨文化跨历史对话,是跨文化视域下的比较文论研究的经典之作。而张法《中西美学与文化精神》⑤则是国内首部从文化精神的角度对中西美学特色展开平行比较研究的著作。该书从具体美学问题入手,延展到中西美学体系的比较,最终落实为中西文化精神的互证发明。邓新华《中国古代接受诗学》⑥则以西方接受美学为参照,试图将古代文论中蕴藏的具有民族特色的文学思想加以抉发,但著者强调不该将古代文论资料作为西方接受美学的印证,而是试图建构有民族特色的中国接受诗学,由此他以"玩味"、"品评"和"释义"三种方式作为中国古代接受诗学的初步体系架构。黄药眠、童庆炳著《中西比较诗学体系》⑦则就诗学自身尝试进行体系营构。著者从文化精神背景、范畴和影响关系为切入点,分别就"诗言志"与"诗言回忆"、"兴"与"酒神精神"、"感物"论与"表现"论、"虚静"说与"距离"说、刘勰"意象说"与歌德"意蕴说"、严羽"诗有别材"与康德"美的艺术"等中西相关文艺理论范畴展开比较分析,从而更加明晰中西诗学体系的内在逻辑和体系结构。

　　由上述讨论可知,从新时期开始,在对此前极"左"思潮的纠偏下,从学术观念的反拨、学术方法的翻新以及在近三十年中多元学术成果的取得,正是马克思主义

---

① 　曹顺庆:《中西比较诗学》,北京出版社 1998 年版,第 271 页。
② 　同上书,第 269 页。
③ 　余虹:《中国文论与西方诗学》,北京三联书店 1998 年版。
④ 　张隆溪:《道与逻各斯:东西方文学阐释》,冯川译,四川人民出版社 1999 年版。
⑤ 　张法:《中西美学与文化精神》,北京大学出版社 1994 年版。
⑥ 　邓新华:《中国古代接受诗学》,武汉出版社 2000 年版。
⑦ 　黄药眠、童庆炳:《中西比较诗学体系》,人民文学出版社 1991 年版。

文艺理论中国化进一步发展成熟的过程。在这一过程中，一方面纠正了此前对于马克思主义文艺理论认识不清、运用不得法的庸俗机械化倾向，另一方面又经由理论认识的提升与实践操作的印证，充分认识到中国文论的异质性与独特性。换言之，马克思主义文艺理论中国化的过程不仅是古代文论对于马克思主义的自觉理解、接受、运用的过程，也是对于古代文论自身进一步了解其文化根性、思维模式、结构体系的过程。而随着文化全球化的日益到来，通过对古代文论做从整理阐释、特质发明到体系营构的一系列研究，研究者愈加认识到古代文论必须具有当下现实意义，亦即一方面成为当代文艺学可资参考的重要知识资源，另一方面古代文论也需与现实进程展开对话互动，充分吸收西方文论的有益资源，在当代文艺实践中寻找新的文论话语的生长点，激活传统文论的现实能量，从而形成具有充分民族特色与现实关怀的独特的文论话语。

结语：谁之传统，怎样现代？

诚如阿里夫·德里克所指出的："20 世纪上半叶的几十年间，中国人跨入了一个广阔的文化和知识空间，这个空间是由欧洲两个世纪的现代化所开拓的；同时又把中国的文化局面抛入了动荡的漩涡中。当时中国人正试图寻找一种与他们选择的现代性范式相应的文化。中国人与现代性的斗争体现在其历史人物的现代主义眼光中，体现在这种眼光所暴露出来的矛盾之中，这种眼光显示出中国人无法使自己从过去的沉重包袱中解脱出来。"①德里克明确道出了晚近中国在现实处境与自身文化传统中的复杂心态。置诸实际，自晚清开始的巨大的时代变革过程中，数代中国知识分子都必须尝试处理外来文化所激起的政治、经济、社会文化等层出不穷的动荡漩涡，同时努力在各种矛盾之中仍旧能找到与中国的现实及未来可相契合的现代性范式，以完成自身的现代性转化。换言之，对现代中国知识分子来说，现代性既象征着进步、文明、富强等一连串线性时间序列上通向未来的历史进程，又仿若烈阳所必然牵连而至的层层阴影，迫使他们必须不断根据现实与未来的需求去调整自身与传统的关系。

同时，不必讳言，现代性在中国的登台亮相，显然是突如其来的乍然登场，而非顺其自然的渐始自生，因此这就决定了现代中国的现代性实践势必充满着古今中西的矛盾、裂变与张力。而基于这种矛盾、裂变与张力，现代中国知识分子必须在积极输入现代观念的同时，再三再四地让自己避免陷入过去的沉重包袱，甚至每每试图经由西学的汲引，而使传统不再成为中国现代性进程的绊脚石，相反借西补中，起死回生，力求新变。这一系列古今中西的文化冲突，也就迫促我们思考并回答如下问题：在中国文化现代性的历史进程中，传统究竟扮演着怎样的角色？经由一连串西方现代思想文化观念洗礼抑或规训的中国文学与文化传统，其自身的中

---

① （美）阿里夫·德里克：《现代主义与反现代主义》，萧延中等编：《外国学者评毛泽东》，中国工人出版社 1997 年版，第 219 页。

国性还剩多少,怎样体现? 对中国文学与文化传统而言,其趋向现代的方式又是怎样的,此中得失利弊诚该如何分教? 传统,谁之传统,现代,怎样现代?

就本书对马克思主义文艺理论中国化视域下的古代文论研究所作的考察来说,我们首先看到的是外来文化观念对于中国历史传统的主动介入。现代文学与现代文学批评义界的确立所导致的中国传统文学概念的变动,由此连及中国固有的杂文学、大文学传统的渐自失落,纯文学观念的逐渐兴起,从根本上改变了人们对于中国文学与文学批评的认知视界;进化史观无远弗届的影响力,在提供给中国现代性进程一张明确的时间表的同时,也使得中国文学的价值典范发生革命性的变革,自兹而后,中国文学研究都不可避免地会受到这一历史假设的影响;科学主义的勃兴滋蔓,不仅促进了人文学术研究的方法论转型,更加速了学科分化与知识谱系的重塑;而马克思主义思潮的大举引入,更是从整体上更动了知识分子对于中国过往历史的理解方式,并且史无前例地将理论认知与社会实践结合起来,最终内爆出不可比拟的现实能量。在这些互有关联的时代思潮迁变的影响下,不仅中国文学的历史图景发生了本质性的改变,对于中国文学的观照方式与阐释维度也随之产生了革命性的变化。

不过我们并不能就此将古代文论研究的现代性进程截然认定为外来文化全盘改易的结果,相反在这解构与重构的过程中,传统的力量以及其出于因应现实而作出的涵容,反倒不容小觑。就中最重要的一点即是,在这以西方现代观念重构传统的过程中,不论是基于话语策略还是理论实践,本土传统恰恰为再造传统提供了思想和知识资源,也就是说,并不存在完全得诸天外的所谓"传统"。事实上,西方现代思想所提供给现代中国知识分子的是一套尺度以及方法,知识分子们用此对传统量体裁衣,截长补短,间或从此前向为轻忽的传统边角料中发现可从新缀缉的部分。由此我们在在可见,在重构传统的过程中,固有传统通过内部资源重组,自我整合,最终形塑出符应现实语境需求的传统形貌。

如果我们再作省思,会发现,在这时间向度上的古今冲突之外,还暗含着空间维度上的中外冲突,也即是说,传统与现实的互动中还存在着全球化文化交往过程中的差异实践。如果说西方列强以炮火叩开了封建中国的大门,将中国不由分说拉进了现代性进程,那么这一进程同时也意味着中国开始进入了全球化进程的序列。我们暂时不必计较这一过程究竟是"全球化",还是"西方化",抑或是如今的"美国化",至少从共同特质来说,全球化进程乃是一种普遍的抑或同质的外部力量将不同地域勾连统合成一整体的过程。就文化层面而言,诚如费瑟斯通所言,全球化进程往往具有两大文化图景,其一是"文化扩张越出其边界进入全球,异质文化慢慢融入和整合进一个主导的文化,后者最终会覆盖整个世界",其二则是"以前分

离的事物现在进入了一种彼此关联和并列的状况".① 费氏之言点出了在全球化
进程中,全球化和本土化往往同体相随,既注重与外部世界的关联,也关注本土与
外部的差异。

　　而恰是这一整合伴随着分化的历史进程,使我们必须时刻意识到本土话语与
文化传统的处境。也就是说,我们不再拥有一个完全单纯单一的文化状况。就如
弗里德曼所指出的那样:"文化彼此流动并混合起来。时尚通过移民、媒体传播等
方式所形成的文化的运动越多,那么,混杂便越普遍,直至我们拥有一个混杂的世
界,从文化角度看,它与经济全球化进程是一致的。……文化的本质就在于彼此流
动,它们源自各自分离的源头,但却产生了混合,不过仍保持其本原的种种特
性。"②对二十世纪初的中国而言,新兴媒体尚在初萌,时尚流动虽不及今日迅捷,
却也中西混杂热闹不已,文化流动性与混杂性的状态已然初露端倪。某种程度上,
借用西方现代语汇与观念来读解中国传统的行为,本质上也是一种异质因素的介
入,一种文化混杂状态的表现。

　　虽然这种文化混杂性进程乃全球化进程中的大势所趋,但在同质化的同时,对
本土和异域之间差异的重视也愈加明显。尤其是对于民族文化记忆的护守以及对
传统文化资源的再阐释,可视为全球化进程中加深本土文化认同的一大方式:"民
族及其认同在民族的可信性记忆、符号、神话、遗产以及本土语言文化被表述和展
示出来,它构成了共同体的历史和命运,它的知识分子和专业人员试图在一个自治
的家园,通过文化的教育机构,来证实、保卫和体现其遗产的文化。"③

　　由此,我们可以尝试说明,对现代中国知识分子来说,他们一系列因应现实、改
造传统之举,既充分表露了他们企图被纳入现代性进程的急切渴望,试图通过以西
方判准裁断中国传统,最终推进中国现代性进程,而这种重构在呼应西方的同时,
也未尝不可视为是一次如霍布斯所言关于传统的"再发明",具有安德森所谓"想象
的共同体"的作用。

　　就古代文论研究领域而言,长期以来,传统文论研究范式的内在理路往往呈现
为"以意逆志"、"推源溯流"以及"意象批评",外在形态则多表现为"选本"、"摘句"、
"诗格"、"论诗诗"、"诗话"、"词话"以及"评点"等。④ 上述研究范式大抵仍建基于

① Mike Featherstone, *Undoing Culture: Globalization, Postmodernism and Identity*, London: Sage, 1995,
　p.6
② Jonathan Friedman, "The Hybridization of Roots and the Abhorrence of the Bush", Mike Featherstone
　and Scott Lash, eds., *Space of Culture*, London: Sage, 1999, pp.235—236.
③ (英)安东尼·史密斯:《全球化时代的民族与民族主义》,龚维斌等译,中央编译出版社 2002 年版,第 118
　页。
④ 关于中国文学批评方法的细致分析,可参考张伯伟:《中国古代文学批评方法论》,中华书局 2002 年版。

传统的"经学"与"小学"模式,扎根于本土文化传统语境之中。但经由西学冲击,固有的文论研究范式显然已不足以因应时变,同时在新的理论言说尚未形成之际,西方文化思潮自然也就成为中国学术范式变革的重要资源。这一对于西方学术思想多有融摄的历史进程,不可避免地会造成整体阐释框架与言说范畴都将处于西方理论的笼罩和影响之下,由此长时间以来,我们都在为古代文论乃至整体中国人文学术的"失语症"而焦虑惶惑——中国学术说不了"中国话"。

关于古代文论研究如何在古今中西之间实现成功转换,如何继续朗声说出"中国话"的问题,自来论者多有,人言言殊。[①] 谨此稍进一解,亦即对至今仍处于现代性进程中的中国人文学术研究而言,或许既不存在一成不变的所谓传统,也不可能完全通盘西化。也即是说,普遍性的渴望使得我们必须对从西方国家输入进来的认知结构加以复制或转译,以此作为自身现代性进程的理论与实践模板。同时在全球化进程中,我们又须时刻意识到自身政治身份、价值诉求、文化模式的独特特质。

这种建基于全球化、现代性进程所导致的文化认同与文化冲突的复杂境况,使我们认识到完全纯粹、追求纯一的文化态度并不符合当下的现实实际,而完全弃传统于不顾的反传统主义同样也罔顾本土话语在全球化进程中的重要性。因此,比较理性而实际的方案是,在充分尊重古代经典与文化传统的结构性原则的前提下,以合乎当代生活理性和文化理则的方式对其进行再发明与再阐释。也就是说,我们决不将古代文论乃至广义的文化传统视为一个闭合的文化精神系统,而是充分重视并努力开显其可能蕴蓄的精神能量,将其转化为既具有自身文化认同同时也具备普世价值的文化资源。

诚如本书讨论的主题所示,对于自身文化传统的承传续命与力求新变,置诸满目疮痍、干戈遍地的晚近中国来说,显然既是不得不为之事,又是泣血剖心之事。外来强势文明的冲击,现代性进程的仓皇打开,使得我们对自身经典与传统既爱又拒。但事实上,如果我们不完全为现实语境的压力所拘囿,充分注意到传统与现实之间的互补与竞争并存的互动关系,那么我们就有可能在现代性、全球化、同质化之外,提供另一种精神向度,以此形成对于现代性的必要补充。就此而言,古代文论及其所象征的文化传统并未终止更新,闭门自怨自艾,相反它常中有新,既回瞻过往,也照眼未来,不断开放充实,丰富自我,在传统与现实、本土与域外之间,形成富有张力的开放式结构。

---

① 关于古代文论的现代性转换问题的综述,可参考黄念然:《现代性焦虑:从"民族化"到"现代转换"》,收入《20世纪中国文学研究史·文论卷》,东方出版中心 2006 年版,第 435—452 页。

主要参考文献

A

[1] （美）阿里夫·德里克：《革命与历史：中国马克思主义历史学的起源，1919—1937》[M]．南京：江苏人民出版社，2005

[2] （美）艾尔曼：《经学、政治和宗族——中华帝国晚期常州今文学派研究》[M]．赵刚译，南京：江苏人民出版社，2005

[3] （美）艾朗诺：《美的焦虑：北宋士大夫的审美思想与追求》[M]．上海：上海古籍出版社，2013

[4] （英）安东尼·史密斯：《全球化时代的民族与民族主义》[M]．龚维斌等译，北京：中央编译出版社，2002

[5] （美）安敏成：《现实主义的限制：革命时代的中国小说》[M]．姜涛译，南京：江苏人民出版社，2001

B

[6] 白寿彝：《白寿彝史学论集》[M]．北京：北京师范大学出版社，1994

[7] （德）鲍德刚：《中国人的幸福观》[M]．严蓓雯等译，南京：江苏人民出版社，2006

[8] 北京大学等编：《中国现代文学史参考资料·文学运动史料选》[G]．上海：上海教育出版社，1979

[9] 北京大学校史研究室编：《北京大学史料》第一卷，[G]．北京：北京大学出版社，1993

[10] （美）本杰明·史华慈：《寻求富强：严复与西方》[M]．叶凤美译，南京：江苏人民出版社，2005

[11] （美）本杰明·史华慈：《中国的共产主义与毛泽东的崛起》[M]．陈玮译，北京：中国人民大学出版社，2006

[12] (美)伯纳尔:《1907年以前中国的社会主义思潮》[M].丘权政等译,福州:福建人民出版社,1985

C

[13] 陈伯海:《文学史与文学史学》[M].北京:北京大学出版社,2012

[14] 陈独秀:《独秀文存》[M].合肥:安徽人民出版社,1987

[15] 陈独秀:《陈独秀著作选》[M].任建树 编:上海:上海人民出版社,2009

[16] 陈国球:《文学史书写形态与文化政治》[M].北京:北京大学出版社,2004

[17] 陈兼善:《进化论发达略史》[J].《民铎》,1922,3—5

[18] 陈平原:《中国现代学术之建立——以章太炎、胡适为中心》[M].北京:北京大学出版社,2005

[19] 陈平原:《作为学科的文学史》[M].北京:北京大学出版社,2011

[20] 陈思和:《陈思和自选集》[M].桂林:广西师范大学出版社,1997

[21] 陈雪虎:《〈文〉的再认:章太炎文论初探》[M].北京:北京大学出版社,2008

[22] 陈中凡:《中国文学批评史》[M].上海:上海中华书局,1927

[23] 程正民 程凯:《中国现代文学理论知识体系的建构》[M].北京:北京大学出版社,2005

D

[24] 戴燕:《文学史的权力》[M].北京:北京大学出版社,2002

[25] 丁文:《〈小说月报〉的"国故"研究与新文学刊物的重心转移》[J].《学术探索》,2006,4

[26] 杜小真编:《福柯集》[M].王简等译,上海:上海远东出版社,1998

[27] 杜亚泉:《杜亚泉文存》[M].许纪霖编,上海:上海教育出版社,2003

[28] 段治文:《中国现代科学文化的兴起(1919—1936)》[M].上海:上海人民出版社,2001

E

[29] (德)恩斯特·卡西尔:《人论》[M].甘阳译,上海:上海译文出版社,1985

F

[30] 方孝岳:《中国文学批评》[M].北京:北京三联书店,1986

[31] (澳)费约翰:《唤醒中国》[M].李恭忠等译,北京:北京三联书店,2004

[32] (美)费正清 赖肖尔:《中国:传统与变革》[M].南京:江苏人民出版社,2012

[33] 废名:《废名集》[M].王风编,北京:北京大学出版社,2009

[34] 傅庚生:《中国文学批评通论》[M].北京:商务印书馆,1947

[35] (美)弗雷德里克·杰姆逊、三好将夫编:《全球化的文化》[M].马丁译,南京:

南京大学出版社,2002

[36] 傅斯年:《诗经讲义稿》[M]. 北京:中国人民大学出版社,2004

G

[37] 高瑞泉:《中国现代精神传统》[M]. 上海:东方出版中心,1999

[38] (美)格里德尔:《知识分子与现代中国》[M]. 单正平译,桂林:广西师范大学出版社,2010

[39] 葛信益、启功编:《沈兼士学术论文集》[M]. 北京:中华书局,1986

[40] 耿云志等编:《胡适书信集》[M]. 北京:北京大学出版社,1995

[41] 龚鹏程:《文化符号学》[M]. 上海:上海人民出版社,2009

[42] 龚自珍:《龚自珍全集》[M]. 上海:上海古籍出版社,1999

[43] 顾洪编:《顾颉刚学术文化随笔》[M]. 北京:中国青年出版社,1998

[44] 顾颉刚编:《古史辨》[M]. 上海:上海古籍出版社,1982

[45] 郭沫若:《郭沫若全集·文学编》[M]. 北京:人民文学出版社,1989

[46] 郭沫若:《郭沫若全集·历史编》[M]. 北京:人民文学出版社,1989

[47] 郭沫若:《读随园诗话札记》[M]. 北京:作家出版社,1962

[48] 郭绍虞:《中国文学批评史》[M]. 天津:百花文艺出版社,2008

[49] 郭绍虞:《中国古典文学理论批评史》(上)[M]. 北京:人民文学出版社,1959

[50] (美)郭颖颐:《中国现代思想中的唯科学主义(1900—1950)》[M]. 雷颐译,南京:江苏人民出版社,1989

H

[51] 韩经太:《中国文学批评史研究》[M]. 福州:福建人民出版社,2006

[52] 贺凯:《中国文学史纲要》[M]. 北京:北平文化学社,1931

[53] (德)黑格尔:《历史哲学》[M]. 王造时译,上海:上海书店出版社,1999

[54] 胡风:《胡风评论集》[M]. 北京:人民文学出版社,1984

[55] 胡莲玉:《〈诗言志辨〉的成书与学术价值析论》[J].《学海》,2011,6

[56] 洪子诚:《问题与方法》[M]. 北京:北京三联书店,2002

[57] 胡朴安:《胡朴安学术论著》[M]. 杭州:浙江人民出版社,1998

[58] 胡朴安:《胡朴安友朋手札:中国学会创立始末》[M]. 梁颖整理,《历史文献》第二辑,上海:上海科学技术出版社,1999

[59] 胡适:《胡适文集》[M]. 北京:人民文学出版社,1998

[60] 胡适:《胡适留学日记》[M]. 合肥:安徽教育出版社,1999

[61] 胡适:《白话文学史》[M]. 上海:上海古籍出版社,1999

[62] 胡适:《先秦名学史》[M]. 合肥:安徽教育出版社,1999

［63］胡云翼：《胡云翼重写文学史》［M］．上海：华东师大出版社，2004

［64］（美）华勒斯坦等：《开放社会科学》［M］．北京：北京三联书店，1997

［65］黄保真：《回顾与反思》［J］．《文学遗产》，1989，4

［66］黄海章：《中国文学批评简史》［M］．广州：广东人民出版社，1962

［67］黄侃：《文字声韵训诂笔记》［M］．上海：上海古籍出版社，1983

［68］黄克武：《惟适之安：严复与近代中国的文化转型》［M］．北京：社会科学文献
　　　出版社，2012

［69］黄念然：《中国古代文论研究的现代转型》［M］．北京：中国社会科学出版
　　　社，2006

［70］黄念然：《20世纪中国文学研究史·文论卷》［M］．上海：东方出版中心，2006

［71］黄人：《中国文学史》［M］．上海：上海扶学轮社，本书未标注出版日期

［72］黄遵宪：《人境庐集外诗辑》［M］．北京：中华书局，1960

［73］（英）霍布斯鲍姆：《传统的发明》［M］．顾杭等译，南京：译林出版社，2008

J

［74］纪昀：《钦定四库全书总目》（整理本）［M］．北京：中华书局，1997

［75］季广茂：《意识形态视域中的现代话语转型与文学观念嬗变》［M］．北京：北京
　　　大学出版社，2005

［76］江绍铨：《中国文学史》［M］．杭州：武林谋新室，1910

［77］蒋述卓等著：《二十世纪中国古代文论学术研究史》［M］．北京：北京大学出版
　　　社，2005

［78］金观涛、刘青峰：《兴盛与危机》［M］．北京：法律出版社，2011

［79］金观涛、刘青峰：《开放中的变迁》［M］．北京：法律出版社，2011

［80］金观涛、刘青峰：《中国现代思想的起源》［M］．北京：法律出版社，2011

［81］Jonathan Friedman, "The Hybridization of Roots and the Abhorrence of
　　　the Bush", Mike Featherstone and Scott Lash, eds., Space of Culture,
　　　London: Sage, 1999, pp.235—236.

［82］琚鑫圭编：《中国近代教育史资料汇编·学制演变》［G］．上海：上海教育出版
　　　社，1991

K

［83］康有为：《康有为政论集》［M］．北京：中华书局，1981

［84］康有为：《康有为全集》［M］．北京：中国人民大学出版社，2007

［85］（美）孔飞力：《中国现代国家的起源》［M］．陈兼等译，北京：北京三联书
　　　店，2013

L

[86]（英）莱芒·道逊：《中华帝国的文明》[M]. 金星男译，上海：上海古籍出版社，1994

[87] 来新夏：《古典目录学》[M]. 北京：中华书局，1991

[88] 老舍：《文学概论讲义》[M]. 北京：北京出版社，1984

[89] 李春青等：《20 世纪中国古代文论研究史》[M]. 济南：山东教育出版社，2008

[90] 李长之：《李长之批评文集》[M]. 郜元宝等编，珠海：珠海出版社，1998

[91] 李大钊：《李大钊文集》[M]. 北京：人民出版社，1984

[92] 李大钊：《李大钊全集》[M]. 北京：人民出版社，2006

[93] 李丽：《科学主义在中国的历史与现实之省思》[D]. 上海：复旦大学，2006

[94] 李泽厚：《李泽厚集》[M]. 北京：三联书店，2013

[95] 李自强：《现代中国科学主义思潮》[M]. 郑州：郑州大学出版社，2001

[96] 梁启超：《梁启超哲学思想论文选》[M]. 葛懋春编，北京：北京大学出版社，1984

[97] 梁启超：《饮冰室合集》[M]. 北京：中华书局，1989

[98] 梁启超：《清代学术概论》[M]. 上海：上海古籍出版社，2011

[99] 林代昭等编：《马克思主义在中国——从影响的传入到传播》[M]. 北京：清华大学出版社，1983

[100] 林毓生：《中国意识的危机——"五四"时期激烈的反传统主义》（增订再版本）[M]. 穆善培译，贵阳：贵州人民出版社，1988

[101] 凌独见：《国语文学史纲》[M]. 北京：商务印书馆，1922

[102] 刘安：《淮南子》[M]. 北京：中华书局，2009

[103] 刘大白：《中国文学史》[M]. 长沙：岳麓书社，2011

[104] 刘禾：《语际书写——现代思想史写作批判纲要》[M]. 上海：上海三联书店，1999

[105] 刘禾：《跨语际实践——文学，民族文化与被译介的现代性》[M]. 北京：北京三联书店，2008

[106] 刘康：《马克思主义与美学》[M]. 北京：北京大学出版社，2012

[107]（美）刘若愚：《中国文学理论》[M]. 杜国清译，南京：江苏教育出版社，2006

[108] 刘师培：《刘师培经典文存》[M]. 洪治纲主编：上海：上海大学出版社，2005

[109] 刘勰：《文心雕龙》[M]. 上海：上海古籍出版社，2010

[110] 柳诒徵：《中国文化史》[M]. 上海：东方出版中心，1996

[111] 刘永济：《十四朝文学要略》[M]. 北京：中华书局，2007

[112] 刘永济:《文学论》[M].北京:中华书局,2010

[113] 刘知几:《史通》[M].上海:上海古籍出版社,2009

[114] (英)雷蒙德·威廉斯:《关键词——文化与社会的词汇》[M].刘建基译,北京:北京三联书店,2005

[115] (英)雷蒙德·威廉斯:《马克思主义与文学》,王尔勃等译,洛阳:河南大学出版社,2008

[116] 楼宇烈整理:《康南海自编年谱(外二种)》[M].北京:中华书局,1992

[117] 鲁迅:《鲁迅全集》[M].北京:人民文学出版社,2005

[118] 罗岗:《危机时刻的文化想象》[M].南昌:江西教育出版社,2005

[119] 罗岗主编:《现代国家想象与20世纪中国文学》[M].上海:上海人民出版社,2014

[120] 罗根泽:《乐府文学史》[M].上海:东方出版社,1996

[121] 罗根泽:《罗根泽说诸子》[M].上海:上海古籍出版社,2001

[122] 罗根泽:《中国文学批评史》[M].上海:上海书店出版社,2003

[123] 罗志田:《国家与学术:清季民初关于"国学"的思想论争》[M].北京:北京三联书店,2003

[124] 罗志田:《变动时代的文化履迹》[M].上海:复旦大学出版社,2010

[125] 罗志田:《裂变中的传承》[M].北京:中华书局,2009

[126] 吕思勉:《吕思勉遗文集》[M].上海:华东师范大学出版社,1995

M

[127] 马勇编:《章太炎讲演集》[M].石家庄:河北人民出版社,2004

[128] 茅盾:《茅盾全集》[M].北京:人民文学出版社,1989

[129] 茅盾:《茅盾杂文集》[M].北京:北京三联书店,1996

[130] 梅新林等:《当代中国古代文学研究1949—2009》[M].北京:中国社会科学出版社,2013

[131] Mike Featherstone, Undoing Culture: Globalization, Postmodernism and Identity, London: Sage, 1995, p.6

P

[132] (苏)普列汉诺夫:《普列汉诺夫哲学著作选集》[M].北京:北京三联书店,1984

[133] 彭玉平:《诗文评的体性》[M].北京:北京大学出版社,2012

Q

[134] 钱基博:《钱基博学术论著选》[M].武汉:华中师范大学出版社,1997

[135] 钱穆:《晚学盲言》[M].北京:北京三联书店,2010

R

[136] (法)让·弗朗索瓦·利奥塔:《后现代状况》[M].车槿山译,南京:南京大学出版社,2011

[137] 任天石主编:《中国文学史学发展史》[M].南京:江苏文艺出版社,2002

S

[138] (以)S.N.艾森斯坦特:《反思现代性》[M].旷新年、王爱松译,北京:北京三联书店,2006

[139] 沈泽民:《沈泽民文集》[M].杭州:浙江文艺出版社,1997

[140] 时萌:《闻一多朱自清论》[M].上海:上海文艺出版社,1982

[141] 舒芜等编选:《中国历代文论选·近代文论》[M].北京:人民文学出版社,2006

[142] 司马长风:《中国新文学史》[M].香港:昭明出版社,1980

T

[143] 谭丕谟:《中国文学史纲》[M].北京:北新书局,1933

[144] 谭正璧:《中国文学进化史》[M].上海:上海古籍出版社,2012

[145] 唐宝林编:《马克思主义在中国 100 年》[M].合肥:安徽人民出版社,1997

[146] (英)特里·伊格尔顿:《马克思主义与文学批评》[M].文宝译,北京:人民文学出版社,1980

[147] (英)特里·伊格尔顿:《当代西方文学理论》[M].王逢振译,北京:中国社会科学出版社,1988

[148] (英)特里·伊格尔顿:《文化的观念》[M].南京大学出版社,2006

[149] (英)特里·伊格尔顿:《20 世纪西方文学理论》[M].伍晓明译,北京:北京大学出版社,2007

[150] (美)托马斯·库恩:《科学革命的结构》[M].金吾伦译,北京:北京大学出版社,2012

W

[151] 王本朝:《"文以载道"观的批判与新文学观念的确立》[J].《文学评论》,2010,1

[152] 王德威:《被压抑的现代性》[M].北京:北京大学出版社,2005

[153] 王汎森:《中国近代思想与学术的系谱》[M].长春:吉林出版集团有限责任公司,2011

[154] 王汎森:《章太炎的思想——兼论其对儒学传统的冲击》[M].上海:上海人

民出版社,2012

[155] 王夫之:《读通鉴论》[M]. 北京:中华书局,2004

[156] 王国维:《王国维遗书》[M]. 上海:上海古籍书店,1983

[157] 王国维:《静庵文集》[M]. 沈阳:辽宁教育出版社,1997

[158] 汪晖:《现代中国思想的兴起》[M]. 北京:北京三联书店 2007

[159] 王瑶主编:《中国文学研究现代化进程》[M]. 北京:北京大学出版社,2005

[160] 汪子春:《达尔文学说在中国初期的传播与影响》[J].《中国哲学》第九辑,北京:北京三联书店,1983

[161] 汪涌豪:《范畴论》[M]. 上海:复旦大学出版社,1999

[162] 王中江:《进化主义在中国的兴起》[M]. 北京:中国人民大学出版社,2010

[163] (美)韦勒克:《批评的概念》[M]. 张今言译,杭州:中国美术学院出版社,1999

[164] 魏世民:《桐城派理论的发展和最后总结——论姚永朴的〈文学研究法〉》[J].《安徽大学学报》,2009,11

[165] 魏源:《魏源集》[M]. 北京:中华书局,2009

[166] 吴承学:《论〈四库全书总目〉在诗文评研究史上的贡献》[J].《文学评论》,1998,6

X

[167] 萧延中等编:《外国学者评毛泽东》[M]. 北京:中国工人出版社,1997

[168] 谢无量:《中国大文学史》[M]. 上海:开明书店,1924

[169] 徐公持:《二十世纪中国古典文学研究近代化进程论略》[J].《中国社会科学》,1998,2

[170] 许纪霖等编:《现代中国思想的兴起》[M]. 上海:上海人民出版社,2012

[171] 许顗:《彦周诗话》,《历代诗话》[M]. 丁福保编,北京:中华书局,2006

[172] 许啸天辑:《国故学讨论集》[M]. 上海:上海书店出版社,1991

[173] 徐雁平:《胡适与整理国故考论——以中国文学史研究为中心》[M]. 合肥:安徽教育出版社,2003

Y

[174] (捷克)亚罗斯拉夫·普实克:《抒情与史诗:现代中国文学论集》[M]. 李欧梵编,郭建玲译,上海:上海三联书店,2010

[175] 严复:《严复集》[M]. 王栻主编:北京:中华书局,1986

[176] 闫月珍:《郭绍虞与西方文学思潮——〈中国文学批评史〉研究范例论析》[J].《文学评论》,2010,1

[177] 杨国荣:《科学的形上之维——近代中国科学主义形成与衍化》[M]. 上海:华东师大出版社,2009

[178] 杨河等编:《马克思主义哲学的传入与研究》[M]. 福州:福建人民出版社,2006

[179] 姚永朴:《文学研究法》[M]. 南京:凤凰出版社,2009

[180] (德)尤尔根·哈贝马斯:《交往行为理论:行为合理性与社会合理化》[M]. 曹卫东译,上海:上海人民出版社,2004

[181] (美)宇文所安:《中国文论:英译与评论》[M]. 王柏华等译,上海:上海社会科学院出版社,2003

[182] 佘小云:《郑振铎对中国文学批评史研究的独特贡献》[J].《贵州师范大学学报》,2006,1

[183] 余英时:《中国文化与现代变迁》[M]. 台北:三民书局,1992

[184] 余英时:《现代危机与思想人物》[M]. 北京:北京三联书店,2005

[185] 余英时:《中国文化史通释》[M]. 北京:北京三联书店,2011

[186] 袁进:《中国文学的近代变革》[M]. 桂林:广西师范大学出版社,2006

Z

[187] 张伯伟:《一部颇有识力的中国文学批评史》[J]. 载《中国社会科学》,1987,6

[188] 张伯伟:《中国古代文学批评方法论》[M]. 北京:中华书局,2002

[189] 张陈卿:《钟嵘诗品之研究》[M]. 北京:北京文化学社,1926

[190] 张健:《借镜西方与本来面目——朱自清中国文学批评研究》[J].《北京大学学报》2011,48-1

[191] 张汝伦:《现代中国思想研究》[M]. 上海:上海人民出版社,2014

[192] 张胜利:《现代性追求与民族性建构——马克思主义视域下的中国古代文学研究》[D].上海:复旦大学,2007

[193] 章太炎:《章太炎政论选集》[M]. 汤志钧编,北京:中华书局,1977

[194] 章太炎:《章太炎全集》[M]. 上海:上海人民出版社,1984

[195] 章太炎:《国故论衡》[M]. 上海:上海古籍出版社,2006

[196] 张希之:《文学概论》[M]. 北京:北平文化学社,1933

[197] 郑振铎:《插图本中国文学史》[M]. 上海:上海人民出版社,2005

[198] 郑振铎:《郑振铎古典文学论文集》[M]. 上海:上海古籍出版社,2009

[199] 中共北京市委党史研究室编译组译:《李大钊与中国马克思主义的起源》[M]. 北京:中共党史资料出版社,1989

[200] 中共中央马克思恩格斯列宁斯大林著作编译局编:《马克思恩格斯选集》

　　　　［M］.北京：人民出版社,2012

［201］中国蔡元培研究会编：《蔡元培全集》［M］.杭州：浙江教育出版社,1998

［202］钟少华编：《词语的知惠》［M］.贵阳：贵州教育出版社,2001

［203］周勋初：《当代学术研究思辨》［M］.北京：北京大学出版社,2013

［204］周作人：《周作人文类编》［M］.钟叔河编：长沙：湖南文艺出版社,1998

［205］周作人：《苦雨斋序跋文》［M］.止庵校订,石家庄：河北教育出版社,2002

［206］朱东润：《中国文学批评史大纲》［M］.上海：上海古籍出版社,2007

［207］朱光潜：《朱光潜全集》［M］.合肥：安徽教育出版社,1996

［208］朱立元等：《马克思主义文艺理论中国化研究》［M］.北京：经济科学出版
　　　　社,2009

［209］（日）竹内好：《近代的超克》［M］.孙歌编,李冬木等译,北京：北京三联书
　　　　店,2007

［210］朱熹：《朱子全书》［M］.上海：上海古籍出版社,2010

［211］朱希祖：《朱希祖文存》［M］.上海：上海古籍出版社,2006

［212］朱自清：《古诗歌笺释三种》［M］.上海：上海古籍出版社,1981

［213］朱自清：《朱自清全集》［M］.南京：江苏教育出版社,1997

［214］朱自清：《朱自清古典文学论文集》［M］.上海：上海古籍出版社,2009

［215］朱自清：《新诗杂话》［M］.长沙：岳麓书社,2011